DU MÊME AUTEUR

Aux Éditions Gallimard

GUERRE ET TÉRÉBENTHINE
LE CŒUR CONVERTI

Aux Éditions du Castor Astral

ENTRE VILLES : HISTOIRES EN CHEMIN
LE PARADOXE DE FRANCESCO
ANTIGONE À MOLENBEEK

Aux Éditions Bourgois

COMME AU PREMIER JOUR

Du monde entier

STEFAN HERTMANS

UNE ASCENSION

roman

Traduit du néerlandais (Belgique)
par Isabelle Rosselin

nrf

GALLIMARD

Ouvrage publié avec le soutien de Flanders Literature (flandersliterature.be)

FLANDERS LITERATURE

Titre original :

DE OPGANG

Vois-tu l'animal qui court, toujours de la même manière ?

ALESSANDRO BARICCO,
Les Barbares

La première année du nouveau millénaire, j'eus entre les mains un livre qui me fit comprendre que j'avais vécu pendant vingt ans dans la maison d'un ancien SS. Non que je n'aie pas reçu de signaux : même le notaire m'avait incidemment indiqué, le jour où il m'avait fait visiter la maison, l'identité des précédents occupants ; je n'y avais guère prêté attention à l'époque. Peut-être y avait-il aussi eu de ma part une volonté de refouler cette information, tant j'avais été imprégné au fil des ans par les douloureux poèmes de Paul Celan, les témoignages de Primo Levi, les innombrables livres et documents qui m'avaient laissé sans mots, l'impossibilité de toute une génération de décrire l'inconcevable. Maintenant, je voyais pénétrer dans mes souvenirs intimes une réalité difficile à cerner, mais impossible à écarter. Des spectres semblaient surgir dans les pièces qui m'étaient familières ; je voulais leur poser des questions, mais ils me passaient au travers. Rien ne me rebutait autant que d'écrire sur le genre de personne qui commençait à errer tel un fantôme dans ma propre vie. Je me remémorais le jour où j'avais remarqué la maison pour la première fois. Ce devait être à la fin de l'été 1979.

Je me promenais dans un petit jardin public poussiéreux longeant une enfilade de vieilles demeures ; elles s'offraient à la vue à travers les grilles des jardins à l'arrière. Autour des barreaux rouillés de l'une d'elles s'enroulait une glycine aux épaisses tiges presque noires. Il en pendait plusieurs grappes de fleurs tardives, empoussiérées, mais d'une senteur qui me pénétra – me ramenant au jardin rustique de mon enfance ; curieux, je m'arrêtai devant la grille pour regarder. Je vis un jardinet citadin laissé à l'abandon, où un frêle érable se dressait au milieu d'un bric-à-brac indéfinissable, une remise à charbon avec les restes d'un tas de bois sous une couche de poudre noire, environ cinq mètres plus loin la fenêtre cassée de l'extension délabrée à l'arrière de la maison, à côté une véranda à haute fenêtre cintrée donnant une vue en profondeur jusqu'à l'avant de la demeure. Je regardais à travers les pièces sombres et vides. J'apercevais, faible et lointaine, la lumière du côté de la rue.

Je fus parcouru par une curieuse excitation ; je sortis du jardin public, fis le tour du pâté de maisons et me retrouvai dans une ruelle obscure d'un vieux quartier. Je découvris qu'il s'agissait d'une grande maison bourgeoise à la façade grêlée de trous où s'était infiltrée l'humidité au fil des décennies. La bâtisse, dotée de hautes fenêtres et d'une porte à la peinture écaillée, avait connu de meilleurs temps ; de toute évidence, elle était vide depuis un certain nombre d'années. À l'une des fenêtres était suspendu un panneau à vendre fripé par la condensation. Il se mit à crachiner comme il ne crachine que dans les vieilles villes ; une rafale de vent fit claquer lugubrement le clapet en cuivre de la boîte aux lettres.

Le quartier s'appelle le Patershol, littéralement le repaire des moines. Il doit son nom à l'accès étroit au monastère médiéval que l'on atteignait en empruntant un canal de la ville, qui permettait aux moines de faire entrer discrètement, en les acheminant sur de petits bateaux, leurs vivres et, selon la légende populaire, des prostituées. Autrefois, les terres appartenaient aux comtes de Flandre ; ce vieux quartier, proche d'un château fort du douzième siècle, fut longtemps le lieu de résidence de patriciens et de bourgeois fortunés. Cependant, au dix-neuvième siècle, avec l'arrivée du prolétariat, de nombreuses demeures imposantes furent remplacées par de petits logements ouvriers. La pauvreté se répandit et, peu à peu, le quartier acquit une mauvaise réputation. Les étroites ruelles et les cours intérieures se délabrèrent, jusqu'à la fin des années soixante, lors de la contestation étudiante. À l'époque, des artistes bohèmes s'y installèrent. La maison devant laquelle je m'étais arrêté pour l'observer se situait à la périphérie du quartier, au nord-est, dans une ruelle appelée Drongenhof, non loin de la Lys qui s'écoule, lente et sombre, le long des vieilles maisons humides. Ce nom utilisé depuis des siècles par la population rappelle l'époque de la Furie iconoclaste ; à la fin du seizième siècle, des moines norbertins, fuyant la frénésie destructrice des calvinistes, quittèrent leur abbaye située non loin de là, à Tronchiennes, Drongen en néerlandais, pour se réfugier à cet endroit. On appela les maisons qu'on leur attribua les « huysen van Drongen », les maisons de Tronchiennes.

℘

Les grandes décisions de ma vie, je les ai rarement prises en toute conscience. J'étais invariablement dans un état second, sentant une main invisible me pousser dans le dos et allant, moi le légendaire fou au cœur pur, au-devant de mon propre destin tel un poulet sans tête. Je sortis un carnet de ma veste élimée de l'armée et notai le numéro de téléphone. Le jour même, j'appelai le notaire. Deux jours plus tard, je visitai la maison ; elle appartenait à la famille francophone De Potter, qui voulait se débarrasser au plus vite d'un certain nombre de propriétés dans l'anticipation d'une hausse sensible des revenus cadastraux à la nouvelle année.

En visitant la maison, je vis les moisissures et l'humidité, l'eau saumâtre dans les caves inondées, ici et là un vieux meuble vermoulu, mais aussi la haute cage d'escalier, la belle cheminée de marbre brun-rose dans la pièce à l'avant, le long couloir dallé de pierres noires luisantes des Ardennes, au pourtour de marbre de Carrare veiné de gris, les grandes pièces dans les étages avec leur plancher à larges lattes : la force d'attraction d'une vie inconnue.

Nous allâmes de la cave au grenier, une ascension qui dura plus de deux heures, le notaire De Potter devant réaliser en ma présence, chaque fois avec mon indispensable assentiment, un état des lieux détaillé. Au grenier, je vis une corde suspendue à une poutre poussiéreuse ; il manquait plusieurs tuiles sur ce toit pointu. J'aperçus le ciel gris de la ville, j'entendis quelque part les battements d'ailes d'un pigeon.

J'ai toujours eu un faible pour l'odeur d'humidité et de délabrement dans les vieilles maisons. Peut-être parce que né peu après la guerre, j'ai dû encore traverser, en tenant la main de ma mère, des habitations endommagées par les bombardements, et que l'odeur de pierre humide et de moisi est devenue pour moi celle de la célèbre madeleine de Proust. Quand on est enfant et qu'on n'a pas encore de souvenirs, même l'odeur de délabrement est une source de bonheur.

J'eus un coup de cœur pour la maison, dont je fis l'acquisition pour un montant qui aujourd'hui ne suffirait pas à acheter une voiture de taille moyenne. Comme je ne disposais pas des fonds nécessaires, j'empruntai le montant sans intérêts à mon père, en lui promettant de lui rembourser la somme le plus vite possible par versements mensuels. À l'époque, de telles transactions se réglaient souvent comptant ; je vois encore les mains immaculées de mon père compter les billets de son argent soigneusement économisé sur le sous-main en cuir de veau du notaire.

Le livre s'appelait *Zoon van een »foute« Vlaming*, Fils d'un Flamand fautif, un adjectif aussi employé en néerlandais au sens de collabo. Sur la couverture sobre on remarquait aussitôt les guillemets allemands. L'auteur, Adriaan Verhulst, avait été professeur d'histoire à l'université. J'avais suivi ses cours. Il avait joui d'une grande considération durant sa carrière universitaire, on l'avait nommé président du conseil d'administration de la chaîne de télévision publique et d'associations culturelles, il avait rédigé d'innombrables articles scientifiques et il était connu pour son ouverture d'esprit, mais aussi pour sa sévérité et sa ténacité. À la fin de sa vie publique, il avait couché sur le papier son aveu difficile. Il évoquait dans un passage la maison de son enfance et me citait comme le résident actuel ; incrédule, je suis resté les yeux dans le vague, son livre entre mes mains. À l'époque je venais justement de revendre cette maison dans ce quartier populaire de Gand. J'ai décidé de rendre visite à Verhulst, mais avant que l'occasion ne se présente, il est décédé. Je me heurtais à des énigmes et au silence.

Bon, me suis-je dit, je ne vais pas raconter la vie d'un SS ; ce genre de récits ne manquent pas. Je vais plutôt raconter celle d'une maison et de ses habitants. Pourtant, il m'a fallu des années avant de pouvoir recueillir l'histoire qui va suivre. Quelques témoins sont encore en vie, ils sont très âgés et m'ont confié leurs souvenirs en détail, dans toute la mesure du possible. Plus tard, une fois que j'ai eu fini de tout creuser, j'ai aussi compris que cet historien scrupuleux qu'était Adriaan Verhulst n'avait jamais demandé à consulter les dossiers judiciaires pour prendre connaissance sans détour de la vérité, alors qu'il aurait pu le faire aisément ; s'il l'avait fait, il aurait dressé un portrait moins indulgent de son père.

I

Et ceci me fit plus lent à demander.

DANTE,
Le Paradis, Chant III

1

Le père d'Adriaan, Willem Verhulst, naquit le 10 juillet 1898 à Berchem, près d'Anvers, la ville où après d'innombrables pérégrinations il mourut en 1975 – à peine quatre ans avant que je n'achète la maison de Gand où il vécut pendant des décennies.

Dans un curieux fragment autobiographique intitulé « La jeunesse de Wil », sans doute écrit en prison, il qualifie de signe précurseur le fait d'être presque venu au monde le 11 juillet – date à laquelle est commémorée en Flandre la bataille des Éperons d'or de 1302, qui a été promue en mythe fondateur nationaliste. Au cours de cette bataille, des milices flamandes en petit nombre, aidées, il est bon de le souligner, par des soldats de langue française, battirent le roi de France Philippe le Bel au lieu-dit Groeningekouter, près de Courtrai.

Willem venait d'une grande famille de neuf enfants, quatre garçons et cinq filles ; il était le petit dernier, et devint aussitôt le préféré de sa mère. Son père possédait une taillerie de diamants dans le quartier du Parc du roi Albert, entre le Quartier vert et le Vieux Berchem, dans la rue du Verger, Boomgaardstraat en néerlandais. Un siècle après sa naissance, c'est une rue ordinaire plantée d'arbres assez jeunes. Quelques juifs habillés de vêtements orthodoxes y déchargent un grand camion dans un entrepôt en contrebas. Peu de maisons ont un entrepôt à l'arrière ; qui sait, me dis-je en marchant dans la rue, cette maison est peut-être celle où vivait le tailleur de diamants. Je demande à un des hommes devant le camion si cet entrepôt sert à stocker des aliments casher ; l'homme me demande pourquoi je veux le savoir. Je m'apprête à lui répondre que je cherche le domicile parental d'un SS, mais décide qu'il vaut mieux me taire.

Une maison de retraite médicalisée au nom arcadien, Au verger, rappelle qu'il y en avait un là autrefois. La vieille Taverne de la Main, dont le nom fait allusion au symbole légendaire de la ville d'Anvers et où son père buvait régulièrement un petit verre de trop, est encore là. Dans le quartier vivait apparemment un cocher ; il devait flotter dans les rues une odeur de crottin. J'ai trouvé une gravure ancienne sur laquelle on voit une ferme romantique. Des saules têtards et de la neige, un épais toit de chaume, des champs – une image d'une époque révolue. À présent des voitures passent en lentes files interminables, grises comme les âmes de l'Enfer de Dante.

Derrière la maison, la sœur de Willem, Caroline, surnommée Carlo, avait une « école de danses de salon » ; sur la petite table à côté du gramophone étaient posés les disques en gomme-laque, dans leurs fines pochettes brunes tamponnées d'une illustration à l'encre bleue, ce qui était très moderne pour l'époque. Parfois, on n'entendait que le glissement des pieds sur les lattes en épicéa du plancher saupoudrées de sable fin, et les encouragements rythmiques de la jeune femme ; vers la fin de la leçon, après le dernier morceau de musique, les enfants se précipitaient à l'intérieur en virevoltant et se frayaient un chemin parmi les couples vêtus de noir.

Le petit Willem en faisait partie.

C'est sans doute lors d'une de ces soirées, au printemps, que le garçonnet de quatre ans tombe soudain par terre. Il se met à gémir, ses yeux roulent dans leurs orbites, il effectue quelques mouvements maladroits qui se transforment en violentes convulsions. Il a l'écume aux lèvres, ses sœurs poussent des cris et appellent leur mère ; elle vient en toute hâte, voit l'enfant se tordre, essaie de soutenir sa petite tête qui heurte le plancher et glisse un doigt dans sa bouche pour qu'il ne se morde pas la langue. Le garçonnet vomit, hoquette, ses yeux semblent sortir de leurs orbites. La mère sait ce que sont des convulsions fébriles, elle envoie une de ses filles chercher un torchon imprégné d'eau froide et maintient fermement l'enfant jusqu'à ce que les secousses diminuent. Peu à peu, le garçonnet reprend ses esprits, bredouille et pleure plaintivement. La mère le soulève, l'emmène à l'intérieur et l'allonge sur le sofa. Il tombe dans un profond sommeil ; quand il se réveille, des heures plus tard, on lui donne du lait chaud et une tartine de confiture de prunes. Il veut boire, mais renverse la moitié de sa boisson et se remet à pleurer. Une demi-heure plus tard, en cherchant à se rendre aux toilettes, il se cogne dans l'encadrement de la porte. Nouveaux sanglots puis ce cri : *Je ne vois plus rien.* La mère se précipite, observe attentivement l'enfant et voit ses yeux fixant le vide. Elle marmonne une courte prière, l'aide à s'installer sur la planche de bois des toilettes dans la cour intérieure, pose la main sur la jambe du petit pendant qu'il fait pipi assis. Ça va aller, mon petit Willem, dit-elle. Elle le porte à nouveau pour l'allonger sur le sofa, il se rendort, ne sort de son sommeil qu'au crépuscule. Entre-temps son père est rentré, il déplace sa main devant les yeux de l'enfant dès son réveil. Un œil de Willem suit le mouvement, l'autre pas ; peut-être que demain l'autre œil ira mieux aussi, dit le père, en tout cas il voit du droit.

Mais l'autre œil ne va pas mieux. Les mois suivants, le garçonnet se heurte contre tout, il a toujours des petites blessures à la tête, et les genoux souvent éraflés. Il dégringole des escaliers quand il veut se dépêcher ; il évalue mal les distances et trébuche sur les bords des trottoirs et les seuils de porte ; il se cogne aux grands récipients de pommes de terre dans l'extension à l'arrière de la maison et s'accroche à un clou qui lui écorche la cuisse gauche. Les enfants du quartier le font enrager en marchant juste devant lui pour le déconcerter, ils scandent en chœur « Tiens v'là Willem le Bigleux, il y voit rien le morveux ». « En tout cas, écrirait-il plus tard avec une ironie hasardeuse, ce que j'aurais dû voir, je ne le voyais pas ; mais je voyais aussi beaucoup de choses qu'il aurait mieux valu que je ne voie pas, et il me serait souvent utile plus tard de faire comme si je n'avais rien vu. J'ai d'ailleurs eu du mal à en perdre l'habitude. »

2

Assis sous l'auvent en verre derrière la maison, Willem joue avec des billes de pierre et des osselets de porc. À l'intérieur, une de ses sœurs s'exerce au piano en répétant toujours la même ritournelle. Il entend son père chanter « *Je crois en toi, Maître de la nature / Semant partout la vie et la fécondité*★[1] ». Cette chanson, encore connue en France sous l'intitulé « Le credo du paysan », loue le Seigneur pour Sa création et la fertilité de la terre, mais son père qui caricature toutes les paroles rend hommage à Dieu en remplaçant systématiquement « Dieu » par « Bête » : « *Bête Toute-Puissante, qui fit la créature*★ »… Le chant résonne à travers la maison jusqu'à ce que sa femme s'écrie que ça suffit maintenant. Le tailleur de diamants, darwiniste convaincu, tient à mettre en garde ses enfants contre ce qu'il appelle la « folie de la religion », il cite Voltaire de mémoire et qualifie les prêtres de « sacs noirs » et de « livreurs de charbon ».

1. Tous les passages en italique suivis d'une étoile sont en français dans le texte original. *(Toutes les notes sont de la traductrice.)*

Willem souffre de crises d'angoisse quand sa mère n'est pas près de lui ; il refuse de s'endormir avant d'avoir regardé sous son lit. Il ne veut plus s'asseoir sur la planche des cabinets à l'arrière de la maison, il panique à la vue de ce trou noir nauséabond. Les ombres de la lumière des bougies le font frissonner et les grincements de porte trembler. Quand il entend gronder l'orage, il se tapit, il se terre, convaincu qu'un démon s'apprête à venir chercher son deuxième œil. Ses sœurs le gâtent, parfois l'une d'elles l'autorise à venir se glisser dans son lit – à ce propos, il écrira plus tard : « C'est à partir de cette époque que les femmes m'ont consolé, alors que j'étais extrêmement timide, même si certaines femmes le contestent catégoriquement. »

Il devient espiègle, mais sans malice ; au moins une fois par semaine, on l'envoie se coucher sans manger. « Quand je faisais encore une bêtise, je me glissais par avance dans mon lit, écrit-il, pour éviter d'autres punitions. » Jusqu'à ses six ans, il porte une robe, une pratique courante à l'époque, pour des questions d'hygiène ; il joue avec des poupées, dont il entaille le ventre pour examiner leurs entrailles, se rappelle-t-il. Il essaie aussi toujours de « leur réparer les yeux », un grand nombre de poupées traînant sans yeux dans le salon.

Jusqu'à un âge avancé, il se remémorera le jour où sa mère entre dans sa chambre accompagnée de deux médecins, et ce dans les moindres détails, il se souviendra même immanquablement de leurs noms : Dr Van Rechtesteen et Dr Bayence. Il doit avoir environ six ans. Van Rechtesteen marmonne à sa mère toutes sortes de propos incompréhensibles, il regarde autour de lui, sa mère lui indique la table d'appoint. Le médecin prend un des livres d'images de Willem, en déchire la couverture illustrée. Willem proteste, arrêtez, crie-t-il, c'est mon livre préféré. Le médecin approche en lui parlant d'un ton apaisant et transforme la page cartonnée en un entonnoir qu'il place sur l'œil de Willem ; il verse un liquide à l'intérieur. Willem perd connaissance.

Quand il se réveille, il est allongé les yeux occultés, la tête entourée d'un épais bandage qui sent le désinfectant. Il éprouve une douleur vive, diffuse, dans sa tête puis trouve, à tâtons, la main de sa mère ; il essaie d'arracher le pansement, sa mère doit calmer l'enfant paniqué. Il ne faut le retirer sous aucun prétexte ; à la vue de la tache vaguement rouille sur la gaze, sa mère a presque des haut-le-cœur. Elle restera à son chevet pendant des semaines, elle l'aidera avec le bassin, le lavera et l'habillera, lui parlera et lui lira des histoires. Il est nourri d'aliments liquides et reste ainsi alité, aveugle, plus de deux mois. Quand sa mère se fait remplacer pendant quelques heures par une des sœurs de Willem, il cherche à tâtons la main maternelle et se démène, en proie au désespoir, jusqu'à ce qu'elle revienne.

Le médecin finit par retirer le bandage ; l'œil opéré est encore recouvert d'un léger voile de liquide trouble. À l'aide d'une pince, l'homme retire quelques petites croûtes tandis que le garçonnet sanglote. Il tend un bandage plus petit devant l'œil opéré et fait porter au jeune Willem des lunettes noires. *Tranquille, mon gars**, dit-il pour le rassurer, du calme, ça va s'arranger. Le bon œil s'habitue peu à peu à la lumière. Le médecin revient le lendemain, ôte le bandage, pose la main sur le bon œil de Willem et lui demande : Qu'est-ce que je tiens dans ma main ? Le garçon, qui a vu la grappe de raisin sur la table à côté de la main du médecin, s'écrie : une grappe de raisin. Hélas, le médecin tenait des ciseaux. L'autre œil est encore aveugle, dit-il à la mère. Il va falloir recommencer. L'enfant est pris de panique ; non, pas recommencer, crie-t-il, pas recommencer, il donne des coups de pied, secoue la tête, est pratiquement impossible à calmer. Sa mère le prend sur ses genoux, tout va bien, dit-elle, calme-toi.

Il n'y aura pas de deuxième intervention ; chez les mères, l'équilibre entre compassion et persévérance est délicat.

℘

Un an plus tard, le premier jour d'école arrive. Craintif, le garçonnet erre sans but dans le bâtiment, se trompe de porte, entre dans le bureau de l'intendant, qui lui flanque une gifle malencontreuse lui faisant saigner l'oreille ; l'enfant quitte l'école en courant et se fait ramener dans l'établissement par un gendarme. Une heure plus tard, il est assis en larmes sur son banc, un mouchoir roulé en boule appuyé contre son oreille.

J'aimais les marronniers en fleur, écrit-il dans ses mémoires, les petits hélicoptères des érables qui en automne tombaient en tournoyant, les becs de gaz qu'on entendait siffler dans le brouillard ; je volais de grosses poires jaunes dans le verger et cachais mon butin derrière la cage à lapins.

Dès ses dix ans, les bagarres commencent à l'école. L'établissement anversois est scindé en deux départements, l'un où se parlent le flamand et le français, et l'autre entièrement francophone, la cour de récréation est divisée pour veiller à séparer les bagarreurs dans chaque camp. Ceux qui parlaient le flamand étaient méprisés, écrit-il, on se faisait huer et harceler par les fils de bourgeois, et traiter de racaille en français, et nous, les fils du peuple, on les rouait de coups, je ne supportais pas qu'ils nous humilient. J'ai toujours éprouvé de la compassion pour les paveurs, les conducteurs de tramway et les cochers, ajoute-t-il ; quand je faisais l'école buissonnière et que j'allais voler des bonbons, je les partageais avec les travailleurs. Ironisant pour se disculper, il écrit que le petit Wil, comme il choisit de se décrire, n'atteindra jamais l'âge de raison, « soit parce qu'il est d'une parfaite candeur, soit parce que la bêtise se lit sur sa figure ».

3

Le tailleur de diamants s'adonne à la boisson. Dans son atelier, il sombre dans l'apathie, mais la mère est entreprenante. Elle a toujours acheté des petits terrains en ville, qu'elle a revendus en réalisant un bénéfice, ce qui lui a permis de constituer un modeste capital hors de la portée de son mari. Elle s'en sert pour faire construire une grande maison, sur une parcelle assez vaste pour accueillir aussi l'atelier de la taillerie de diamants et l'école de danse de Carlo – une maison de pas moins de quatre-vingt-douze pièces, écrit Willem un demi-siècle plus tard, sans doute veut-il dire vingt-neuf mais peu importe, et quelle salle de gymnastique, quelle salle de danse ! On l'autorise à faire répéter des pas de danse aux filles de bourgeois qui prennent des leçons le soir. Il charme tout le monde, cet enfant avec ce cache-œil noir qui danse élégamment dans la salle comme une petite ballerine et trébuche de temps en temps de manière attendrissante, puis se redresse tant bien que mal et continue de danser.

À l'école, les bagarres prennent une tournure dramatique, la violence s'accentue à chaque confrontation.

Parfois, quelqu'un dissimule dans son dos une bouteille cassée ou un bâton. Régulièrement, des infirmiers viennent chercher un garçon blessé. Willem échoue à ses contrôles d'algèbre, parce qu'il ne maîtrise pas assez bien le français de son professeur de mathématiques qui enseigne dans cette langue ; il devient buté et arrogant, se plante devant la classe et crie qu'il veut que les cours soient donnés en flamand. Le Lion de Flandre, lance-t-il, fonçant comme un taureau sur les garçons élégamment vêtus qui se moquent de lui. On menace de le renvoyer de l'école. Ses bulletins scolaires se dégradent de jour en jour ; il les jette dans le caniveau, vole un bulletin vierge au secrétariat et le remplit lui-même de bonnes notes, jusqu'à ce que son père, qui commence à se méfier des pattes de mouche de ce professeur soi-disant nouveau, finisse par découvrir la supercherie. Cela vaudra au garçon une rossée dont il se souviendra encore au moment où il écrit ses mémoires.

Il s'enfuit de l'école, reste plusieurs jours à vagabonder, traverse des vergers avec un bâton percé d'un clou pour voler les fruits trop haut. Il se présente devant le portail de l'école des filles un bouquet de fleurs des champs à la main, mais une bonne sœur l'attrape par l'oreille pour le traîner dans la rue jusqu'à ce qu'il pleure. Il essaie de regarder sous les jupes des filles – « On disait que cela rendait aveugle, que c'était aussi dangereux que la foudre… » Ah Mariëtte, soupire-t-il encore à un âge avancé, et Tilly et Eveline, elles parlaient français et portaient des petites culottes en dentelle, il l'avait vu de son bon œil.

L'hiver, à cinq heures et demie du matin, il allumait avec son père les poêles dans la taillerie et la salle de danse ; du café était préparé pour les ouvriers, puis toutes les chaussures de danse devaient être cirées. Parfois, il astiquait les chaussures d'un élégant danseur en utilisant des crottes de lapin, cela l'amusait de se payer la tête de tout le monde. J'avais l'air d'un petit saint, écrit-il, je pouvais faire semblant de ne rien avoir fait de mal, j'ai passé une enfance formidable.

Puis la foudre frappe vraiment. Il a treize ans quand sa mère meurt soudainement. Les circonstances sont incertaines ; dans le témoignage de Willem sur son enfance, il est question d'une mort prématurée sans plus de détails. « J'erre avec nostalgie parmi les tombes du cimetière, à la recherche de ma vie » – telle est à peu près sa phrase de conclusion.

Des décennies plus tard, j'ai eu entre les mains une copie de ce curieux témoignage grâce à l'un de ses enfants ; sur la couverture du cahier, une illustration de sportif est surmontée d'une devise écrite dans les deux langues du pays : « Agis comme un vrai sportif ».

Mon regard est attiré par l'ombre du coureur : on dirait un boxeur.

En dessous, on lit, ironiquement, « Cahiers de Belgique ».

AGIS COMME UN VRAI SPORTIF
HANDEL ALS EEN ECHTE SPORTIEF
L'EFFORT OLYMPIQUE
OLYMPISCHE KRACHTINSPANNING
Nº 60
Cahiers de Belgique

4

Il veut devenir agriculteur, ou jardinier, ce genre de métier, il ne sait pas pourquoi, l'important est de ne pas devenir un tailleur de diamants à la gorge sèche. Son père, fatigué de la vie, l'envoie à l'école agricole et horticole de Melle, près de Gand. Mais les études, il n'en sera pas vraiment question. La guerre fait rage, c'est l'époque de l'université von Bissing : en 1916, Moritz Ferdinand Freiherr von Bissing, gouverneur général de la Belgique occupée, amateur de Rilke et de Goethe, a fait néerlandiser l'université de Gand en contradiction avec la législation belge. Cela provoque une profonde division dans le monde universitaire : la *Flamenpolitik*, politique flamande de l'occupant allemand, est perçue par les patriotes comme une provocation, mais par les flamingants comme la reconnaissance d'une exigence justifiée : une université proposant un enseignement dans leur propre langue. Des manifestations ont lieu dans le centre de Gand. Des professeurs flamands, refusant de collaborer, brandissent des pancartes sur lesquelles des slogans en français rejettent leur propre université néerlandisée. *L'université de Gand française** *!* La plupart de ces professeurs quittent l'université et sont remplacés par des collègues activistes. Le déchirement ne pourrait être plus douloureux.

À l'époque, le fils du tailleur de diamants anversois déambule dans les rues de Gand. Il sèche les cours, fréquente des associations étudiantes flamingantes et entre dans le tristement célèbre Groeningerwacht, mouvement activiste en pleine expansion. Son chef de file, le charismatique August Borms, s'adresse le 11 février 1917 aux membres du mouvement. À l'époque, déjà, la séparation administrative de la Flandre et de la Wallonie est au programme, de même que « l'expulsion » des francophones. Borms est un orateur inspiré : « Nous exigeons que, dès à présent, le pouvoir qui repose entre nos mains soit employé à éliminer les éléments qui, sur le territoire flamingant, sont indésirables et ne peuvent donc avoir que des mœurs et un esprit globalement malsains… Dehors tous les fransquillons !… Tous ceux qui aujourd'hui nous résistent : de l'autre côté de la frontière ! Dehors, tous nos opposants ! »

Debout parmi les jeunes gens échauffés, Willem rugit et scande avec eux. Jusque tard dans la nuit, il est au café, court les filles, friand de cette foudre sous leurs jupes, qu'il craint.

Par une journée de printemps, Willem prend le tramway, comme cela lui arrive souvent ; les Allemands effectuent régulièrement des contrôles agressifs, les esprits sont tendus et tout le monde est nerveux. Willem monte et va fumer sur la plateforme à l'arrière. Dans la boutonnière de sa veste, il porte un emblème à l'époque populaire au sein du mouvement flamand : une cocarde belge avec au milieu un

lion flamand. Un monsieur d'un certain âge remarque la cocarde, se met en colère, l'arrache de la veste de Willem et crie : *Maintenant c'est fini tout cela*★ ! L'agressivité de ce civil choque profondément le jeune naïf. Il voit défiler sous ses yeux les bagarres à l'école primaire, les piques méprisantes lancées en français résonnent dans sa tête, il sent dans ses artères une poussée d'adrénaline, a l'impression qu'il est sur le point de perdre tout contrôle, a envie de frapper cet homme, parvient tout juste à maîtriser ses jeunes poings, saute brusquement du tramway en marche, atterrit sur les pavés et se fait une entorse.

Plus tard, il dira souvent que c'est à partir de ce moment-là qu'il s'est mis à détester l'État belge. Vers la même époque, il apprend que son frère aîné, Edward, est mort au front, mais cela lui paraît loin. Lui-même réformé, du fait de son œil aveugle, il n'a pas à effectuer son service militaire. Un cyclope flamand comme moi ne présente pas grand intérêt pour les officiers francophones au bord de l'Yser, dit-il en riant à une fille à laquelle il conte fleurette.

℘

Il est à présent un jeune homme élancé de plus d'un mètre quatre-vingts, il a de longs cheveux noirs – une seule photo floue a été conservée de l'époque, on dirait une version précoce de Neil Young plutôt qu'un flamingant d'avant-guerre. Le cache devant son œil lui donne un air mystérieux qui attire les jeunes femmes aux penchants plus intellectuels et intimide un peu ses amis. Quand il entre au café, tout le monde lève les yeux. Il se fascine pour le cinéma, va voir dans une petite salle une version crachotante de *Maudite soit la guerre*, d'Alfred Machin, assiste une semaine plus tard à la projection d'un film de propagande allemand sur le noble devoir de la guerre, ce qui le perturbe ; le célèbre film sur la bataille de la Somme n'est pas encore projeté à Gand, mais il en entend parler. Il n'est que vaguement conscient de ce qui se passe à ce moment-là dans les tranchées en Flandre et dans le nord de la France, d'ailleurs peu d'informations lui parviennent, les avis contradictoires pleuvent, il entend quelqu'un qualifier les journaux de « presse mensongère ». Bon, alors pas de journaux ; il y a suffisamment de sagesse à récolter dans la rue.

Déjà les Alliés sont empêtrés dans les profondeurs d'une boue sanglante autant que l'occupant, la catastrophe de Passchendaele est en cours. Fin août, Willem entend surgir de plus en plus souvent dans les conversations le nom de Langemarck. Pourquoi Langemarck, que s'est-il passé à Langemarck, c'est où ce Langemarck, apparemment il existe aussi un Kortemark, ça y ressemble, non ? dit-il en riant. Il ne faut pas boire autant, lui dit une amie en passant un bras sur ses épaules. Lorsqu'il rencontre d'autres étudiants, il se montre d'abord réservé et même timide, mais quand il est en verve, il se perd dans des théories confuses et frappe du poing sur la table. Il lit dans un journal des articles sur la révolution d'Octobre, les discussions s'animent à propos des mencheviques et des bolcheviques. Il entend parler de plans, qui existeraient depuis 1912, pour constituer un « pur Parti flamand », le *Vlaamsche Blok*. Le monde occidental s'effondre, entend-il quelqu'un dire, c'est un étudiant à l'université qui porte une curieuse casquette. Edmond Vandermeulen est un fils de bourgeois en compagnie duquel il passe plusieurs soirées à s'enivrer, un homme à qui il aura affaire plus tard, mais il ne peut pas le savoir pour l'instant ; *Hou ende trou*[1] *!* crie-t-il à l'étudiant à l'aube, et *Vliegt de Blauwvoet*[2] *!* Il

1. « Ardent et loyal », maxime en néerlandais médiéval. Corporation étudiante suscitée par les Allemands lorsqu'ils transforment l'université de Gand en une institution flamande collaboratrice.

2. « *Vole Blauwvoet !* » Extrait d'un chant nationaliste flamand composé par Albrecht Rodenbach en 1875. Le Blauwvoet est un oiseau aux pattes bleues, ou « fou de Bassan », symbolisant la combativité flamande. À

disparaît vers un dernier café de guerre minable, où l'on boit du mauvais genièvre distillé à partir d'épluchures de pommes de terre pourries et de betteraves fourragères, un ignoble breuvage qui lui donne de terribles migraines persistant des journées entières.

Ses enseignants à l'école horticole ne le voient jamais ; il préfère vagabonder à travers la ville, discuter jusque tard dans la nuit avec ses compagnons du Groeningerwacht à propos du combat flamand, reste parfois à rêvasser dans le jardin botanique quand il a la gueule de bois. Les problèmes soulevés par la néerlandisation de l'université entraînent aussi une forte diminution du nombre d'élèves à l'école horticole, les enseignants s'absentent, les cours deviennent irréguliers. Il perd sa motivation, ne cesse de traîner en ville la nuit, sans trop savoir quoi faire. Pendant plusieurs semaines, il travaille dans un café. Je suis un ami d'August Borms, fanfaronne-t-il. Cela aide à trouver du travail.

Quelque part dans une salle de réunion, il dérobe une photo dédicacée de son héros ; je retrouverai ce cliché plus tard, déchiré et jauni, le cadre et le verre cassés, quand je viderai la maison sur la Drongenhof, mais à ce moment-là, je n'y prête pas attention et je la jette avec le reste du fatras dans la benne déposée devant la porte.

l'origine, chant de ralliement des élèves des écoles catholiques flamandes, devenu par la suite le chant de prédilection des étudiants flamingants.

5

Quand le père s'aperçoit que son fils perd son temps, il contacte l'école horticole de Vilvorde. Willem se voit contraint de décamper et de s'inscrire là-bas ; en pleine guerre, il échange Gand, la ville rebelle, pour la périphérie nord de Bruxelles. Il trouve une chambre d'étudiant chez un boulanger juste en dehors du centre. Vilvorde est encore en pleine campagne à l'époque, un tramway hippomobile l'amène jusqu'à l'Institut supérieur d'horticulture. Cet institut existe encore, on l'aperçoit quand on prend le train de Bruxelles à Anvers : un grand bâtiment en brique aux linteaux en pierre de taille, bordé d'une grande pelouse, qui rappelle les *public schools* anglaises. Willem s'y plaît, il n'est pas soumis à la pression de toutes ces folles nuits avec ses amis gantois. Chez le boulanger, il peut facilement se procurer un quart de pain, une denrée précieuse en des jours de pauvreté et de rationnement. Chaque fois qu'il descend les escaliers depuis sa chambre sous les combles pour sortir dans la rue par l'accès latéral, il voit la femme du boulanger dans la boutique. Il la trouve attirante ; il se joint aux citoyens affamés pour la distribution de soupe et lui rapporte régulièrement une portion de la mixture claire peu appétissante, qu'elle accepte toujours avec gratitude. Il la fait rire, la met à son aise, l'invite à sortir, lui caresse un jour l'intérieur du bras et dit : À ce soir ?

Elsa Meissner, une femme sensible qui s'ennuie dans sa vie terne aux côtés d'un boulanger qui doit la quitter chaque nuit pour aller travailler et dort le jour jusque tard dans l'après-midi, est complètement bouleversée. Elle ne sait pas ce qui lui arrive, mais cette nuit-là elle se faufile vers les combles, dans la chambre de Willem. Scènes intimes, soupirs étouffés et tripotages précipités dans une mansarde au troisième étage, tandis que dans la cave le boulanger pétrit sa pâte complétée par de la mauvaise farine de pommes de terre. Elsa a trente ans, Willem en a bientôt vingt. Elle est juive allemande ; grande et maigre, elle a des cheveux auburn et des taches de rousseur sur les bras. J'ai froid, dit-elle, Willem la prend dans ses bras, oh tu as la chair de poule, il fait le clown au lit parce qu'il trouve irrésistible le rire mélancolique de la boulangère. Brûlante et légèrement étourdie, elle retourne à l'aube sur la pointe des pieds vers la chambre conjugale, et se glisse dans le lit juste avant que son mari ne remonte épuisé. Le jour se lève, les marches craquent ; le boulanger, allongé à côté de sa femme, ronfle. Elle fait signe à Willem, nu et tout sourires dans l'encadrement de la porte : il est fou, il doit retourner dans sa chambre.

Manifestement, la romance n'est pas une simple passade ; leurs ébats nocturnes se font moins énergiques mais plus intenses, plus lents, ils demeurent plaqués l'un contre l'autre pendant des heures, cherchant parfois à reprendre leur souffle comme s'ils étaient restés longtemps sous l'eau. Tandis qu'elle est allongée dans ses bras, il lui parle en murmurant de ses idéaux politiques, lui rend compte de ses réunions secrètes à Bruxelles. Il s'est lié d'amitié, par la section locale du Groeningerwacht, avec Hendrik Elias, qui a seize ans à peine, il fait de moins en moins un mystère de sa sympathie pangermanique pour l'occupant. Quand l'Allemagne capitule et que l'État belge traque les collaborateurs pour les faire juger, il entre aussi en ligne de mire car il a été crié sur tous les toits qu'il connaissait personnellement August Borms, qu'il est un activiste radical et que la Belgique finira par sombrer. Pourquoi devrais-tu prendre la fuite ? demande Elsa en riant. Parce que tu es une grande gueule ? Il lui avoue que, depuis un certain temps, il est secrétaire du bureau flamand de la propagande à Vilvorde et qu'il craint d'être arrêté. Étendue près de lui, Elsa regarde affolée dans le vide.

Les rumeurs se multiplient à propos d'arrestations et de procès d'activistes. Le poète Wies Moens est incarcéré pour collaboration et incitation à la révolte. Le filet se referme rapidement. Nous devons nous enfuir, dit Willem, nous devons aller aux Pays-Bas, je ne veux pas être coffré par ces fichus belgicistes. Il est nerveux, irritable : ils ne mettront pas la main sur lui. Avant l'aube, il rassemble ses affaires. Elsa le voit planté là, elle prend une profonde inspiration et dit : Je viens avec toi. Elle quitte son boulanger de Vilvorde devant son pétrin en bois de chêne et sort dans la rue avec son amant. À une centaine de mètres les attendent plusieurs compagnons. La voilà partie – une juive adultère prenant romantiquement la fuite en compagnie d'un groupe de flamingants remontés. Il leur faut franchir la frontière au plus vite, ils seront en sécurité aux Pays-Bas. Ils se rendent à vélo à Anvers, dorment avec une dizaine de compagnons sur le plancher de l'école de danse de Carlo, la sœur de Willem. Son autre sœur, une suffragette convaincue avec des sympathies pour l'activisme flamingant, donne au groupe de jeunes un colis de vivres à emporter et leur procure quelques vêtements supplémentaires. À Elsa, elle dit en allemand : J'espère que mon frère va un peu se calmer avec toi, tâche de l'épuiser. Elsa rit avec mélancolie et se tait. Le lendemain à l'aube, ils quittent la ville à vélo, pédalent contre le vent du nord, franchissent la frontière dans les bois de Calmpthout et, soulagés, se laissent tomber sur le bas-côté au-delà de la borne-frontière. Willem est surexcité, il danse et crie *Belgikske Nikske* (la Belgique, c'est merdique), les autres se demandent inquiets où ils vont pouvoir atterrir.

℘

On ne sait trop comment ni pourquoi, mais ils se retrouvent à La Haye.

Willem est devenu cinéphile à Gand ; il peut parler pendant des heures de films, de metteurs en scène, des possibilités qu'offre le cinéma à des fins de propagande pour libérer son pays du joug des oppresseurs francophones. Expressionnisme ! clame-t-il, Jakob van Hoddis ! crie-t-il, Les flots montent ! Le chapeau s'envole de la tête pointue du bourgeois ! Les trains tombent des ponts !

Les piliers de bar haguenois se paient une bonne tranche de rire avec ce clown sympathique.

Il a du bagou et sait vite se faire aimer, mais surtout il est entreprenant et dégourdi. Il entre en contact avec l'exploitant d'un petit cinéma de guerre ; il peut choisir un film et le projeter lui-même dans cette salle une fois par semaine, et le présenter à un public clairsemé. Il tient des conférences sur la Belgique, parce que ces Hollandais n'y comprennent rien ; vous aviez conclu depuis 1908 un pacte de non-agression avec l'empereur Guillaume, tandis que nous, nous avons dû payer et saigner à cause de la bourgeoisie française, crie-t-il, vous nous avez laissés tomber. Il cite les premières règles de la comédie de Bredero de 1617, *De Spaansche Brabander* (Le Brabançon espagnol), pour montrer qu'Anvers est supérieur à Amsterdam. À la fin, plusieurs spectateurs glissent en secouant un peu la tête quelques florins au « sympathique Flamand ». Il parvient ainsi à disposer de l'argent nécessaire pour maintenir avec Elsa la tête hors de l'eau. Il lui apprend à fumer et à boire, ils dansent certains soirs dans un café populaire jusque tard dans la nuit, elle aime l'odeur de sa transpiration, rit dans ses bras et le supplie la nuit de continuer. C'est toi qui as fait de moi une femme, lui dit-elle dans la pénombre, derrière la fenêtre de leur chambre au fond de l'immeuble, et lui : Avant de te connaître, je n'étais pas un mec. Ils sont fous amoureux.

Quand on lui demande s'il est content que son pays ait été libéré, il répond, avec un fort accent flamand : La Flandre est loin d'être libérée, vous verrez, notre heure viendra. Cela laisse ses amis haguenois perplexes, suscite des disputes avec Elsa, qui trouve qu'il devrait apprendre à la fermer.

À un moment donné, en 1919, il rencontre à La Haye l'activiste en cavale et poète flamand Richard De Cneudt, qui vit à Rotterdam et tient régulièrement des conférences. De Cneudt a œuvré, pendant les années de guerre, pour le droit à un enseignement en langue néerlandaise en Flandre, il a lutté dans les établissements scolaires bruxellois pour l'application correcte des lois linguistiques, mais il s'est peu à peu radicalisé quand il a constaté que la législation linguistique n'était pas prise au sérieux à Bruxelles. Il en est venu à défendre et à lutter pour la politique flamande de l'occupant allemand, il est membre du Conseil de Flandre, une organisation qui a proclamé unilatéralement l'indépendance de la Flandre. Il est devenu par là même hors-la-loi. Il a été jugé pour collaboration et s'est exilé aux Pays-Bas où il est un excellent professeur de français. Le héraut de la culture flamande, qui a alors quarante-deux ans, et le jeune combattant se trouvent aussitôt. Ils parlent ensemble de films et de livres.

Ah oui, naturellement. Les poèmes de Richard De Cneudt. Mon Dieu. Eux aussi ont fini dans la benne devant la maison sur la Drongenhof, quand je l'ai vidée. Il y en avait bien une quinzaine d'exemplaires. Certes, endommagés, déchirés, en triste état et couverts de taches car une lucarne avait laissé goutter de l'eau. Des poèmes tantôt romantiques, tantôt remplis de slogans. Mais de la poésie tout de même.

Ta grâce papillonne à travers ma maison,
c'est un doux bruissement, une vision,

un chuchotement d'été,
et moi qui, farouche et peureux,
étouffe mes moindres élans amoureux,
je l'écoute, le souffle coupé…

℘

Par une connaissance d'Elsa, ils entrent en contact avec une organisation protestante – des idéalistes qui s'occupent d'accueillir les nombreux réfugiés belges, souvent sans comprendre les raisons de leur fuite. On parle beaucoup ces jours-là d'un pacifiste et idéaliste chrétien revenu d'Angleterre, Kees Boeke ; ses convictions habitent aussi les personnes qui accueillent Willem et Elsa. Ils rencontrent le pasteur Hilbrandt Boschma, l'auteur d'innombrables brochures publiées sous le titre *Licht en Liefde*, Lumière et Amour.

Boschma parle avec le jeune Belge entre autres du rapport entre le message chrétien et le communisme idéaliste. Dans un premier temps, Willem, qui se souvient des piques de son père à propos de toute religion, se sent encore plus perturbé ; un jour, il affirme de but en blanc qu'il veut devenir protestant. Il entend parler de la colonie socialiste Walden de Frederik van Eeden et demande si le domaine existe encore et si on peut aussi y devenir jardinier. Des discussions personnelles s'engagent avec Kees Boeke, tous deux se rencontrent de plus en plus souvent, Boeke est intrigué par le jeune Flamand. Parallèlement, Willem continue de pérorer en préconisant, souvent à la consternation de ses nouveaux amis, de faire « sauter la Belgique et périr tous les fransquillons ». Un soir de discussions houleuses, il affirme à grands cris qu'il est chrétien, anarchiste et communiste par la pensée, mais tient aussi à rester républicain et nationaliste flamand. Un cocktail qui donne lieu à de nouvelles discussions avec les membres du groupe Lumière et Amour.

Et oui – cette photo aussi était dans tout le bric-à-brac au grenier quand j'ai acheté la maison. Le boulanger de Kees Boeke avec la jeune princesse des Pays-Bas, Beatrix, à l'arrière de son vélomoteur. Vers 1946. Dédicacée même.

Peut-être envoyée par la poste, à la fin des années quarante.

« À mon lointain ami flamand. »

Il ne devait pas le savoir, mais Willem était en taule à l'époque.

Quelques mois plus tard, Willem demande Elsa en mariage. Ils s'épousent en petit comité sans que la première union d'Elsa ne soit officiellement dissoute. Peu de temps après, sans doute en 1922, Elsa est prise de fortes crampes et de fièvre. Elle doit garder le lit, la douleur empire. Willem reste à son chevet et fait venir un médecin. Les symptômes d'Elsa sont vagues mais préoccupants, il s'en aperçoit à l'expression songeuse et au silence du médecin pendant l'examen. Parfois, elle se sent mieux pendant un petit moment, puis passe de nouveau plusieurs jours au lit. Maintenant qu'il faut payer les soins, Willem doit chercher des revenus supplémentaires. Des membres de Lumière et Amour recueillent Elsa et s'occupent d'elle. Willem sillonne les environs à vélo à la recherche d'un emploi. Il lui arrive de s'absenter plusieurs jours d'affilée ; à son retour, il retrouve sa femme terriblement amaigrie et alitée.

Nous n'avons aucune idée de ce qui l'amène à atterrir aussi loin de La Haye mais, à un moment donné, il fait la connaissance d'une famille à Oud-Zevenaar, dans la région d'Arnhem. Il est fort possible que le flamboyant pasteur Boschma l'ait recommandé à un collègue : le pasteur Adriaan Johannes Wartena.

6

1925. Un nouveau nom surgit dans les conversations : celui de l'homme qui, en novembre 1923, a essayé par un putsch depuis une brasserie à Munich de renverser la République de Weimar. Ses milices portent un brassard avec un insigne issu de l'hindouisme. Elles tendent le bras pour saluer ; quelqu'un affirme que ce salut est celui des gardes romains dans l'Antiquité. Mais non, dit un autre, c'est une trouvaille d'acteurs et cela reste une mauvaise mise en scène. Mais leurs apparitions publiques sont imprégnées de violence et d'intimidation pures et simples ; elles ont aussi quelque chose de captivant, d'une nouveauté inouïe. De l'expressionnisme en paroles et en gestes ! Les flots montent ! Dans le vent grincent les girouettes !

Les discours du nouveau leader sont souvent à moitié compréhensibles car sa voix se casse, hystérique. Une énergie électrique explose dans les haut-parleurs des radios, dont les lampes diffusent une lueur jaune. Le braillard, condamné à cinq ans de prison pour son putsch, est libéré onze mois plus tard. Pendant sa détention, l'agitation ne s'apaise pas, au contraire. Il dicte à un codétenu le livre qui traite de ce qu'il appelle son combat.

Les rugissements reprennent de plus belle. Fascination et angoisse face à un cyclone politique qui approche à vive allure ; comptes rendus contradictoires d'événements, unes sensationnelles et vociférations de vendeurs de journaux, rixes dans les cafés, bagarres sur les marches des théâtres. Le pasteur Boschma dit d'un ton apaisant que cela finira par s'arranger. Mais la vie privée se teinte politiquement et les nouvelles du jour s'insinuent dans les conversations les plus intimes. Personne n'est à l'abri du sentiment général que tout est imbriqué. Peu de temps après, les premières vitres sont cassées en Allemagne, le vieux symbole hindou est partout, les échauffourées se transforment en rafles, les querelles en actes de violence dans la rue, un nouvel ordre s'annonce. La société se scinde peu à peu en partisans et en opposants, la trahison ressurgit au sein des familles. Dans la pièce à l'avant de la maison du couple Wartena, dans le village silencieux et rural d'Oud-Zevenaar, un lit a été préparé en toute hâte pour l'épouse malade, tout juste arrivée, du sympathique Wim de Belgique, qui sait parler si savoureusement avec le pasteur du sens de la vie et de la religion. Il est allé chercher Elsa à La Haye. Il n'avait pas d'argent pour le train, il a emprunté à Arnhem auprès de la famille de la femme du pasteur une carriole attelée à un cheval de labour ; le voyage à travers le cœur vert des Pays-Bas a épuisé Elsa. Ils font escale pour dormir dans une petite auberge à Zeist, où Elsa passe la moitié de la nuit à gémir de douleur. Le lendemain, Willem veut faire un détour par la forêt de Woudenberg pour montrer la célèbre Pyramide à sa femme malade. Regarde, Elsa, Austerlitz ! Napoléon ! Et l'héroïsme et les nuits moraves ! Mais elle est si affaiblie qu'elle ne l'écoute pas et ouvre à peine les yeux.

Adriaan Wartena a cinquante-deux ans, il est pasteur depuis plus de vingt ans à Zevenaar. Trois années auparavant, il a fêté avec son épouse Maria ten Bosch ses noces d'argent. Le couple, assisté d'une jeune femme des environs, soigne Elsa. Un médecin établit que la femme souffre d'un cancer du col de l'utérus. Les soins à lui apporter sont loin d'être évidents ; les saignements vaginaux et les inflammations internes sont franchement dramatiques, et à présent il y a apparemment des métastases. Elsa souffre de douleurs intolérables, ne peut pas se retenir d'uriner, ne mange pratiquement plus, reste parfois inconsciente pendant des heures. On lui injecte de la procaïne et de l'iode, ce qui supprime la douleur pendant quelques heures et lui permet de dormir. La nuit, les autres habitants de la maison l'entendent gémir dans la pièce à l'avant ; le plus souvent, Willem reste à son chevet jusqu'à l'aube.

Pendant la journée, il travaille comme jardinier auprès de

la famille Von Gimborn, qui possède une fabrique d'encre à Zevenaar ; il a obtenu l'emploi grâce à l'intervention de Wartena. Là-bas, il ratisse des feuilles, taille les arbres et les buissons, soigne les platebandes, hache et scie le bois, et gagne une misère. Près de l'église catholique, il loue une petite chambre humide, à peine assez grande pour y installer un lit rudimentaire et une chaise. Elsa reste dans la maison du pasteur. À présent, la jeune voisine, Harmina, fille d'un riche fermier également membre du conseil des anciens de la communauté protestante, s'occupe d'elle quotidiennement. Quand Willem passe le soir, elle est parfois encore assise à prier au chevet d'Elsa. Bonjour Harmina, dit-il farouche, et elle lui répond : Que Dieu vous vienne en aide, votre femme est mourante. Il va s'asseoir à ses côtés, elle récite le psaume 23 dans sa propre version.

Même si je dois traverser les ténèbres de la mort,
Je ne serai assailli par aucune crainte,
Tu es toujours proche,
Ta main m'enveloppera.

Un soir, elle lisse d'une main les draps chiffonnés juste au moment où Willem s'apprêtait à en faire autant, avec précaution, pour ne pas réveiller la femme fiévreuse endormie. Leurs mains se touchent. La main d'Harmina, qui caresse le tissu dans la direction opposée, glisse par inadvertance sur celle de Willem ; ils se figent, retirent leurs mains, mais soudain il se souvient de la main de sa mère, quand il était alité, aveugle, et ne pouvait que sentir. Pendant une minute d'une longueur démentielle, il ne voit plus rien ; il se rassoit à tâtons, sa vue ne revient pas, il cherche à reprendre son souffle. Que se passe-t-il, demande la jeune femme, il prononce des mots incompréhensibles dans ce curieux dialecte qui est le sien, il arrache le cache devant son œil aveugle, sa main tremble terriblement, la jeune femme se redresse d'un bond.

Willem, au nom du ciel, que se passe-t-il.

Je ne vois plus rien.

Il tâtonne pour trouver la main d'Harmina.

La femme pose de nouveau la main sur celle de Willem.

Lentement, il se calme, il voit apparaître de vagues ombres, comme s'il revenait des enfers et devait recommencer à s'habituer à la lumière tamisée de la pièce. Puisqu'il continue de haleter, elle lui tient la main. Il n'ose pas la regarder ; elle est troublée par la détresse puérile de cet homme grand, imposant. Ils restent ainsi assis pendant un certain temps, trop timides pour retirer leurs mains. Dehors, une charrette transportant une tonne à lisier passe à grand fracas sur les pavés de la rue ; le grondement s'évanouit peu à peu, la femme dans le lit émet un râle pendant son sommeil difficile. Quand il reprend lentement son souffle, il regarde la jeune femme de son œil si particulier. Peut-on avoir un regard expressif quand on voit d'un seul œil ? Il essaie de lui sourire, mais elle ne voit qu'une grimace, un rictus. Elle se sent transpercée, crainte et angoisse se mêlent, elle pose les yeux sur Elsa puis sur lui. Il est tard, dit-elle, je dois rentrer. Il se lève en même temps qu'elle, trébuche contre un pied du lit, manque de tomber sur la malade. Harmina s'enfuit de la chambre, il reste seul, la pénombre a désormais fait place à l'absence de toute forme et au râle de cette effrayante respiration dans le lit.

7

L'homme que je veux apprendre à comprendre se dessine lentement.

Il se promène en début de soirée dans le village, un homme dépenaillé, solitaire qui vient de Belgique et dont la femme juive plus âgée est gravement malade, on commence à jaser à Oud-Zevenaar. Parfois un voilage s'écarte, une porte s'entrebâille. Imagine un peu, il m'a regardé avec sa drôle de tête, il a failli m'adresser la parole, j'ai pris mes jambes à mon cou, qu'est-ce que tu crois, au secours, quelle horreur ! La fille du fermier Wijers a intérêt à faire attention, elle passe ses journées là-bas au chevet de cette juive, il faut croire qu'on n'a pas besoin d'elle à la ferme, d'ailleurs ce pasteur Wartena est bien trop bon, qu'est-ce qu'il s'encombre avec un gars pareil, tu as déjà vu son œil qui regarde dans le vide, ça me donne la tremblote, ils ne peuvent pas rester là-bas, dans leur pays retardé, on a déjà bien assez de soucis ici, que Dieu nous vienne en aide, et évidemment, comme on pouvait s'y attendre, cette idiote d'Harmina se promène déjà en compagnie de ce type, et discute avec lui, il se passe quoi là, j'ai l'œil, comme on dit.

Harmina, que tout le monde surnomme Mien ou Mientje, ne parvient pas à chasser la scène de ses pensées : ce Willem aveugle pendant quelques secondes, tremblant, bafouillant, suppliant, cherchant sa main à tâtons. L'incident l'a bouleversée, et la tendresse nouvelle qu'elle éprouve pour ce curieux hurluberlu est même gênante ; les hommes se sont toujours tenus à distance, elle ne les fréquente pas. En outre, l'idée d'avoir quoi que ce soit à faire avec des hommes mariés est impensable, ce n'est pas convenable. Cependant cette femme sensible, intelligente, au caractère bien trempé, a déjà vingt-huit ans. Quand le pasteur Wartena a fêté ses noces d'argent quatre ans auparavant, elle a tenu un discours qui lui a valu l'admiration de toute la communauté réformée. Elle a remis au couple pastoral un service de table, le cadeau des associations locales, sous les applaudissements enthousiastes de toutes les personnes présentes. Le pasteur Wartena a ajouté : Eh bien, Mientje, tu ferais un pasteur formidable.

Mais bon, dans la journée, elle doit monter avec les autres dans la charrette, il y a du travail aux champs. Et le dimanche, ils sortent la belle carriole. Pourquoi aller gaspiller sa vie ?

℘

À l'époque, elle suit secrètement des cours d'anglais, à sa propre demande, auprès de l'institutrice du village ; stimulée par son admiration pour l'idéaliste Wartena, elle s'est mis en tête, depuis un certain temps déjà, de devenir elle-même pasteur, elle veut faire des études de théologie ; n'a-t-elle pas encore un bon ami, elle qui tient tous ces discours grandiloquents ? Il est pourtant grand temps !

Non, et elle n'a aucune envie de continuer à mener cette difficile existence à la ferme dans la région de Liemers, elle lit des brochures sur l'émancipation des femmes et les suffragettes. Les jeunes paysans maladroits qui la lorgnent la rebutent. En revanche, elle n'est pas trop sûre de ce qu'elle doit faire. Elle passe ses journées à rendre service au pasteur, qui est toujours occupé – soit avec L'Église et la Vie, un mouvement pour la paix, soit avec l'Union protestante antialcoolique, ou encore avec l'association de logements sociaux, l'organisation de conférences pour encourager l'enseignement protestant, ou l'aide à des malheureux qui ont sombré dans la misère. Elle rend aussi des visites gratuites à des malades, fait des courses pour des personnes âgées nécessiteuses, se plie en quatre pendant que ses parents la regardent faire en secouant la tête. Le week-end, elle prend des cours de chant, elle veut chanter des psaumes en public. Mais le vieux professeur de musique lui parle de Bach, de Buxtehude et de Heinrich

Schütz, il lui apprend à lire des partitions. Elle chante d'abord timidement, puis avec un plaisir grandissant qui la fait rougir, des arias et des lieds, accompagnée au piano. Il lui offre la partition de l'aria *Ombra mai fu* de l'opéra *Xerxès* de Haendel. Son père se fâche : comment espère-t-elle se construire un jour une vie avec toutes ces idioties ?

Elle n'y peut rien non plus si, un jour, en allant chercher des travaux d'imprimerie chez Von Gimborn, elle aperçoit Willem dans le jardin, un râteau à la main, et s'il lève les yeux vers elle ; il approche et lui demande si elle a envie d'aller se promener avec lui le soir même le long de la digue de l'Ooy. Elle n'y peut rien non plus si ce soir-là il passe le bras autour de ses épaules et s'ils continuent leur promenade ainsi en silence, tous deux ébranlés et se sentant trop coupables pour dire encore quoi que ce soit.

Elsa va mal, ce serait très compliqué qu'elle meure aux Pays-Bas. Willem prend contact avec ses sœurs. Carlo et Suzanne sont prêtes à accueillir Elsa, mais elle doit être hospitalisée aussitôt, mieux vaut à Anvers qu'à Arnhem. C'est le dernier soir qu'il voit Mientje avant de retourner avec Elsa en Belgique. Il a entendu dire qu'il n'y a plus de risque de poursuites – si tant est qu'il y en ait eu dans son cas. Les adieux sont maladroits et troublants, ils se séparent en silence, elle avec un fort sentiment de culpabilité, lui avec un sentiment d'excitation interdite.

Il est maintenant à Anvers au chevet d'Elsa mourante.

Il voit sa femme fébrile dépérir, la main maigre agripper comme des griffes la couverture feutrée, pense à la main de Mientje sur le drap, pense à la main de sa mère, il se tait et broie du noir, la regarde expirer son dernier râle, retire avec précaution l'alliance de son doigt froid et la glisse sur son propre doigt. Précisément le 11 juillet, fête de la communauté flamande, un jour après le vingt-huitième anniversaire de Willem, Elsa Meissner meurt. Elle est enterrée au cimetière de Berchem ; Willem est le seul présent. Sa tombe est un simple tertre surmonté d'une croix en bois ; Elsa ne se conformait plus aux usages juifs, et une croix était ce qu'il y avait de meilleur marché.

Willem dépose sur la terre fraîche un géranium, qui sera détruit par la pluie au bout de trois jours.

Il portera la bague d'Elsa toute sa vie.

Quatre-vingt-treize ans après ce jour, j'ai entre les mains son faire-part de décès, qui m'apprend qu'Elsa est née à New York le 8 avril 1887 ; un peu plus tard, étant moi-même à New York, je feuillette l'annuaire. Il y figure tant de Meissner qu'une recherche de ses origines me paraît irréalisable. Je demande conseil au Genealogy Institute du Center for Jewish History. On me fait savoir par écrit qu'Elsa Meissner n'est pas dans les fichiers de l'institut. Il s'avère donc impossible de retracer comment elle est arrivée jusqu'à Vilvorde pour y épouser un boulanger puis s'enfuir de là avec un jeune Flamand qui, pendant la Seconde Guerre mondiale, se transformera en un persécuteur de juifs pour la Waffen-SS.

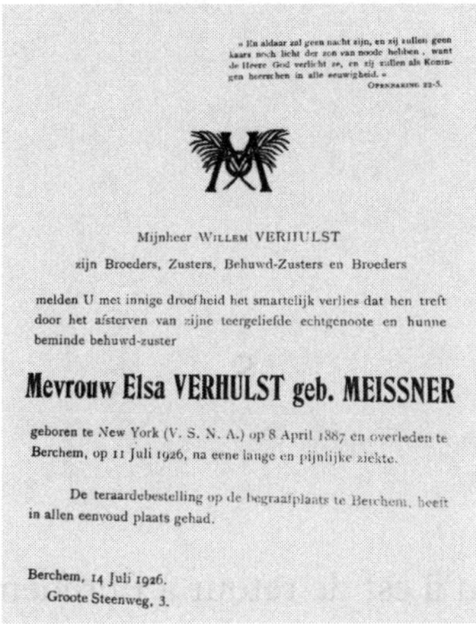

« En aldaar zal geen nacht zijn, en zij zullen geen kaars noch licht der zon van noode hebben, want de Heere God verlicht ze, en zij zullen als Koningen heerschen in alle eeuwigheid. »

OPENBARING 22-5.

Mijnheer WILLEM VERHULST

zijn Broeders, Zusters, Behuwd-Zusters en Broeders

melden U met innige droefheid het smartelijk verlies dat hen treft door het afsterven van zijne teergeliefde echtgenoote en hunne beminde behuwd-zuster

Mevrouw Elsa VERHULST geb. MEISSNER

geboren te New York (V. S. N. A.) op 8 April 1887 en overleden te Berchem, op 11 Juli 1926, na eene lange en pijnlijke ziekte.

De teraardebestelling op de begraafplaats te Berchem, heeft in allen eenvoud plaats gehad.

Berchem, 14 Juli 1926.
Groote Steenweg, 3.

Traduction du faire-part de décès

« La nuit aura disparu, ils n'auront plus besoin
d'une bougie ni de la lumière du soleil,
parce que le Seigneur Dieu les illuminera ;
ils régneront pour toujours. »
Apocalypse, 22

Monsieur Willem VERHULST
ses frères, sœurs, belles-sœurs et beaux-frères

ont la profonde tristesse de vous annoncer la perte
douloureuse qui les frappe en raison du décès
de leur bien-aimée épouse et de leur chère belle-sœur.

Madame Elsa VERHULST née MEISSNER

née à New York (États-Unis d'Amérique) le 8 avril 1887
et décédée à Berchem, le 11 juillet 1926,
suite à une longue et douloureuse maladie.

L'enterrement au cimetière de Berchem s'est déroulé
en toute simplicité.

Berchem, le 14 juillet 1926
3 Groote Steenweg.

8

Maintenant qu'il est de retour à Berchem, il trouve rapidement du travail. Son beau-frère Oscar Schamp lui procure un emploi à la MEGA, une entreprise de matériel électrique, d'appareils ménagers et d'équipement d'éclairage. Le sigle correspond à *Maatschappij voor Elektriciteit – Gemeenschappelijke Aankoop* (société d'électricité – achats collectifs). L'établissement propose des achats groupés aux petites entreprises et aux particuliers aisés qui possèdent plusieurs propriétés. Willem peut se procurer une voiture de fonction et doit désormais « faire de la route » : il devient représentant en lumière, comme il dit en riant. Il en éprouve un sentiment euphorique de liberté ; tous les matins, il charge ses marchandises sur la banquette arrière et sillonne la moitié du pays, il aime les conversations avec Monsieur Tout-le-monde, fait de son mieux pour se faire apprécier de tous, fume des cigarettes comme il l'a vu faire au cinéma. Au bout d'un certain temps, il peut se permettre d'aller consulter un ophtalmologue. Le mal dont souffre son œil aveugle restera incertain ; par la suite, il portera toujours des lunettes à verres opaques, et ceux qui l'ont vu sans lunettes évoquent un œil « trouble » où ne se voyait pratiquement pas de pupille. Apparemment, son unique œil en bon état s'est aussi détérioré, en raison des privations de la guerre, dit-il à qui veut bien l'entendre. L'opticien fait fabriquer des lunettes sur mesure pour monsieur Willem Verhulst, représentant et négociant, mais oui, il a aussi de belles cartes de visite à présent.

Deux mois à peine après le sobre enterrement d'Elsa, il se rend en voiture à Oud-Zevenaar. Il gare le véhicule juste devant l'église Saint-Martin, se rend à pied chez Von Gimborn, tout le monde est un peu étonné de le revoir. Ah Willem, comme c'est gentil de venir nous rendre visite, que c'est triste pour ta femme, si jeune encore, nos condoléances mon garçon. Manifestement, il écoute à peine, même s'il est venu dire un petit bonjour, il est nerveux, fume avec ostentation des cigarettes plates et jaunes. Il passe chez le pasteur, qui l'accueille avec émotion, la femme du pasteur prépare un thé de Frise orientale, que d'histoires, que c'est terrible, quelle vie, et comme c'est bien que tu aies à présent un bon emploi, tiens mon garçon, et regarde, quel hasard, voilà Mientje Wijers qui vient nous rendre visite.

Le choc est visible pour l'un comme pour l'autre, le vieux couple le remarque ; Mientje balbutie qu'elle reviendra plus tard, elle s'apprête à sortir mais la femme du pasteur la retient, enfin Mien, tu vas tout de même rester prendre une petite tasse de thé avec nous, ce serait agréable. Les nouvelles lunettes à verres épais de Willem lui paraissent comiques, tout compte fait elle le trouvait plus beau avec ce couvre-œil de pirate. Elle essaie de retenir ses gloussements, s'étouffe avec son thé, éclate de rire sottement, se sent terriblement gênée, est prise de hoquets et met la main devant sa bouche affolée.

À côté de la belle maison rustique des Wijers, il y a une

grande grange, et devant, une vieille meule. Willem a dit à Mientje qu'il l'attendrait à cet endroit le soir même. Il est déjà là quand elle sort. Lorsqu'elle s'apprête à le saluer, il la prend dans ses bras. Si nous allions encore nous promener, dit-il. Je ne sais pas…, hésite-t-elle, et lui, voyant sa confusion, lâche tout bêtement : Mientje, tu veux m'épouser ? Il le lui demande avec un fort accent anversois. Si je veux quoi ? répond-elle, et lui : Tu veux m'épouser…, répète-t-il avec un accent encore plus prononcé… Mais Wim, dit-elle, pourquoi prends-tu cet accent ? Qu'est-ce qu'il y a ? Tu te comportes si bizarrement, arrête, pas ici dans la rue, et si mon père nous voyait, ta femme vient à peine de mourir, qu'est-ce qui te passe par la tête, laisse-moi, je ne sais pas… Elle s'enfuit à l'intérieur, il s'attarde encore un peu près de la meule, retourne à sa voiture, parcourt dans le noir les deux cents kilomètres qui le séparent de Berchem, arrive en pleine nuit. Le lendemain, il ne se réveille pas à temps et l'oncle Schamp le remet à sa place.

Willem commence à écrire des lettres à Mientje – des épîtres maladroites, truffées de fautes de grammaire et de ratures, mais elle les trouve si touchantes qu'elle ne peut s'empêcher d'éclater de rire quand elle lit ses gribouillages naïfs. Elle ne lui répond pas, elle n'est pas folle, mais elle met les lettres de côté comme si elle épargnait de l'argent pour plus tard. Elle a demandé au facteur de glisser les lettres qui lui sont adressées dans le trou de la meule, elle les trouvera sans problème. Le vieux facteur l'a regardée d'un air songeur et lui a dit : Tu vas bien finir par te caser, Mien, fais attention à ce gars-là. Mais il dépose chaque fois consciencieusement les lettres d'amour qui suivent dans le trou de la meule, avec une petite pierre par-dessus pour que le vieux Wijers ne les trouve pas.

Deux mois plus tard, Willem revient, à une heure qu'il a annoncée au préalable dans une lettre ; la nuit tombe, elle sort, ils entendent le bétail se bousculer dans les étables, un paysan passe à vélo, hé salut Mien, lance-t-il, et il voit ce Belge bizarre debout à côté de la grange. Là, devant la vieille meule enfoncée dans la terre, Willem fait de nouveau à Mien sa demande en mariage. Il lui saisit la main et dit : *Cette fois, je te vois encore.* Elle rit et se tait, regarde son œil, hausse les épaules, rit de nouveau, ne dit rien, mais par son silence elle consent, il en est sûr.

Quand le vieux Wijers apprend par sa fille qu'elle veut épouser « ce minus belge », pas même six mois après la mort de sa femme juive, il se met dans une rage quasi biblique. Il frappe sur la table, pousse des hurlements, la mère se met elle aussi à crier pour calmer son mari, Mientje s'enfuit dehors en pressant ses mains sur ses oreilles.

Elle finit tout de même par écrire une lettre à Willem. Mieux vaut qu'il renonce à son projet. Mais le minus d'Anvers ne cède pas. Il continue d'écrire, toujours ces lettres absurdes pleines de plaisanteries et de jeux de mots idiots, puis il parle à nouveau de son travail, et dit qu'il gagne assez d'argent, qu'ils peuvent vivre à Berchem et qu'Anvers est la plus belle ville des Plats Pays, Bredero l'a dit. Le printemps arrive, il revient à Oud-Zevenaar, attend de nouveau près de la meule ; maintenant il lui a aussi demandé s'il peut entrer pour parler au fermier. Mien en frémit d'avance. Son père n'a jamais été doué pour la discussion, et encore moins pour les nuances ou la révision de ses opinions. Le vieux se prépare à remettre à sa place ce Flamand, mais voilà que Willem entre, le voyageur aux cheveux longs tout propre sur lui et portant sur le museau de belles lunettes neuves salue courtoisement le vieux Wijers et fait même un élégant baisemain à sa dame, il se passe quelque chose, une énergie est présente qui change tout, d'un seul coup, ces choses-là arrivent, voyez sa fille debout, qui se ronge les ongles comme une enfant de seize ans, écoute, Mien, qu'as-tu fait de ton bon sens ? Enfin… il s'en est aperçu depuis longtemps, il n'y a plus rien à faire, cette innocente est mordue, il est aussi grand temps qu'elle soit casée avant que d'autres accidents ne se produisent, on sait ce qui peut se passer, bon Dieu de bon Dieu, Harmen, oui Harmen aurait été le nom de leur premier fils, Harmen Wijers, un fils dont il aurait pu être fier, un fermier comme lui, puis est venue cette… fille, cette fille qui est la sienne, et avec entêtement il a dit à sa femme : Dieu soit loué, si ce n'est pas un Harmen, cette fille s'appellera Harmina, un garçon manqué, et maintenant elle est devenue encore plus têtue qu'un garçon, le Seigneur frappe mais le Seigneur donne rarement l'onction, voilà ce que je pense. Nom d'un chien, qu'il est grincheux et bourru ce fermier, comme on en voit dans les nouvelles qui se déroulent à la campagne et les romans d'un autre âge, sa fille innocente a des gouttelettes de sueur qui perlent sur sa lèvre supérieure duveteuse, le soupirant anversois baragouineur, qui a déjà vu beaucoup de films, est bien trop affable et rusé pour créer un conflit ou donner lieu à une scène biblique démodée, d'ailleurs le fermier Wijers voit déjà sourire les yeux de sa femme conciliante, elles sont toutes pareilles, ces femmes, et bon, au bout d'une demi-heure, le paysan cède en silence, en hochant la tête, enfin non, il ne cède pas du tout, plutôt mourir, il a le dessous, c'est tout, il laisse tomber toute cette histoire ridicule, il sort et claque la porte derrière lui. La supériorité n'a pas besoin de beaucoup de mots. D'ailleurs il est temps de nourrir les bêtes.

Un mois plus tard, le riche paysan finit par venir, sur son trente et un, dans cet « Anvers frivole », comme il appelle cette ville, pour « s'assurer des conditions de vie » que connaîtra sa fille. On lui sert des biscuits frivoles avec son thé, accompagné de toutes sortes d'autres frivolités qu'il n'aime pas, il se contient quand Willem sert du vin blanc à table, du *Wein* allemand, dit-il, uniquement du *Wein* allemand, la bibine française on n'en trouve pas chez moi, vous comprenez, il est le seul à rire, les autres regardent dans leurs assiettes à liseré bleu. Le vieux ne boit que de l'eau et du thé, il reste toute l'après-midi, trouvant le temps long, retourne à pied avec sa femme à la gare centrale d'Anvers, traversant l'immense hall en s'interrogeant sur l'utilité d'un monument aussi pompeux quand on a juste un train à prendre. Ces Belges frivoles. Il monte, grognon, dans le train de nuit, qui restera toutefois en rade pour un problème technique, quelque part au voisinage d'Utrecht, ce qui oblige le fermier à réserver en jurant une chambre dans la ville pécheresse.

℘

Encore en 1927, Willem Verhulst épouse Harmina Margaretha Wijers. Il se fait couper les cheveux et se procure pour le mariage un costume noir soigné. La photo montre un Willem triomphant bien entouré, à côté de lui est assise son épouse, de cinq ans son aînée, dans une tenue sobre de bon goût, et à gauche d'elle, à droite sur la photo, le fermier au regard maussade, encore furieux que sa fille ait fini par épouser ce minus belge.

Le nouveau couple va habiter dans une maison à Berchem, à quelques minutes à peine de la rue du Verger où Willem a grandi.

9

Quatre mois plus tard.

Non loin de la ferme de la famille Wijers s'étend un « bassin naturel », une pièce d'eau appelée De Breuly. C'est aujourd'hui une aire de loisirs, connue aussi comme le « village englouti ». Autrefois il se serait produit dans le voisinage une rupture de digue, qui aurait entraîné la disparition sous les eaux d'un village entier ; la nuit de Noël, on entendait encore les cloches de l'église sonner sous l'eau, racontent les habitants les plus âgés. Willem va s'y promener avec Mientje, alors qu'il rend visite à sa belle-famille un dimanche. La nuit tombe, des hirondelles volent bas et des nuées de moustiques dansent au-dessus de l'eau. Il sort quelque chose de sous son manteau.

Qu'est-ce que c'est, Willem…

Il lui montre un pistolet. Bouche bée, Mientje fixe l'arme qu'il tient à la main.

D'où sors-tu cette horreur, Willem, jette-le.

Je vais le faire tout de suite, dit-il, et il lance l'arme loin dans l'eau, où les poules d'eau s'envolent en caquetant à grand bruit.

Willem, qu'est-ce que ça signifie, dis-le-moi. D'où sors-tu ce truc, tu sais que je déteste les armes…

Oh, dit-il. Un jour j'ai promis de tuer le cardinal belge Mercier, ce papiste fransquillon qui déteste les Flamands. Quelqu'un m'a remis cette arme à l'époque ; on devait me payer pour l'abattre. Mais je n'arrêtais pas de penser à ce que Kees Boeke disait toujours, et maintenant Mercier est mort de toute façon…

Il en a même le cœur serré. Mientje le regarde, stupéfaite.

Puis elle le prend dans ses bras.

Ils retournent à la ferme sans dire un mot.

℘

Récemment, j'ai pris ma voiture pour me rendre à Oud-Zevenaar, après avoir entendu l'une des filles de Willem et Mientje, d'un âge vénérable, me parler de cet endroit. Le temps était glacial, je me suis promené sur la digue de l'Ooy, au loin je voyais des prés et des champs s'étendre à l'infini, des constructions sans fantaisie ici et là, et un profond sentiment de perte m'a assailli. Je regardais fixement cette meule devant la grange, avec l'impression qu'elle dissimulait tout ce que le comportement de Willem avait d'incompréhensible et qu'il laissait derrière lui. Elle est surmontée à présent d'une autre pierre, anguleuse, de différentes couleurs, la raison qui a poussé à la poser au-dessus du trou de la meule n'est pas claire, peut-être que quelqu'un s'est pris un jour le pied dedans. La grange est maintenant occupée par une boutique où l'on peut acheter des fruits et légumes issus de l'agriculture biologique ; quelques personnes parlent du temps, bien trop doux pour la saison. À côté du bâtiment se situe la belle ferme où Harmina a grandi, je cherche la glycine dont j'ai entendu parler, mais naturellement elle a disparu depuis longtemps. Quelle est la durée de vie d'une glycine ? Un homme longe la grange, il me lance un regard méfiant, voit la plaque d'immatriculation belge de ma voiture, je me dirige à pied dans la direction opposée. Je m'attarde encore un peu, empoté, devant la meule, un vent humide souffle au-dessus des polders d'Arnhem. J'essaie d'envoyer une série de photos sur mon compte, vérifie s'il y a le wifi dans les parages, à l'écran apparaît un seul réseau wifi qui a pour nom, croyez-moi ou non : PAS TOUCHE. Je démarre la voiture et m'éloigne doucement, pour ne pas déranger les cyclistes qui luttent contre le vent sur les voies cyclables proprettes. Je retourne jusqu'au croisement, où mon GPS repère le chemin pour rentrer dans ma patrie compliquée.

10

Ils habitent à Berchem depuis à peine six mois quand Willem lui fait savoir pour la première fois qu'il est trop loin pour rentrer le soir même. Elle l'apprend par un télégramme qu'on vient lui apporter à la maison et qu'elle tient entre ses mains tremblantes.

Un télégramme… ? Pour moi… ? Est-ce qu'il s'est… ?

Le facteur touche d'un doigt sa casquette puis disparaît.

« Reste dormir Lokeren. Rendu visite August Borms prison. »

Cela se reproduit une deuxième fois à peine un mois plus tard.

« Reste dormir Langemarck. Reconduit ami de Borms chez lui. »

Lokeren ? Langemarck ? Elle fixe l'obscurité.

Le lendemain soir, quand il rentre à la maison, il est trop fatigué pour bavarder, il a du sommeil à rattraper. Mais non Mien, il n'y a rien, je suis épuisé, tu ne vas tout de même pas en rajouter, je suis assez débordé comme ça. Quand Mientje disparaît dans la cuisine avec une tête de chien battu, il s'affale dans un fauteuil et fume deux cigarettes. Elle revient.

Je ne peux pas supporter ça, Willem, qu'est-ce qui ne va pas ? C'est quoi ces histoires avec Borms ?

Regard agacé, impatience à peine contenue.

Ce ne sont pas des questions qui intéressent une femme, dit-il.

La femme, nettement plus intelligente que l'homme qui prononce cette phrase, est perplexe. Elle se tait, retourne à la cuisine.

Quand elle revient dans la pièce au bout d'une demi-heure, il est allé se coucher.

Une semaine plus tard, il a, à la grande stupéfaction de Mien, loué un appartement pour elle, non loin du jardin public. « Tu y seras plus à ton aise quand je ne rentre pas à la maison. Tu dois encore t'habituer à la vie en ville, une jeune femme comme toi qui a vécu à la campagne. » Consternation, protestations, il y assiste impassible, la laisse se calmer, va se coucher car il est épuisé et les femmes, c'est toujours la même chose, toute cette agitation pour rien et ces simagrées émotionnelles, quand je te vois à l'œuvre, je suis d'autant plus convaincu que tu seras bien mieux là-bas. Le lendemain, il fait transporter à l'autre adresse les vêtements, chaussures, dessous et affaires personnelles d'Harmina. Quelqu'un vient la chercher, alors qu'il est absent, un petit homme obséquieux qui sent mauvais de la bouche, ce n'est pas loin, madame Verhulst, vous verrez, c'est plus confortable là-bas. L'appartement est sobrement meublé ; elle se retrouve dans une pièce étrangère, entend la circulation en contrebas, aperçoit ses affaires déposées là dans des sacs, voit l'autre côté de la rue, désolant ; un violon est posé sur le rebord d'une fenêtre, pourquoi un violon est-il posé devant une fenêtre ? Un court-circuit se produit dans sa tête. Pourquoi supporte-t-elle ça ? Et en plus, l'homme lui dit que Willem est parti plusieurs jours en Allemagne, il revient la semaine prochaine et prendra alors contact. Prendre contact ! Ce langage, traître sous les apparences les plus innocentes, Seigneur entends-moi, Tu m'as promis le réconfort dans les temps difficiles, moi Ta plus humble servante, que T'ai-je donc fait ? Cette expression ! Prendre *contact*, son *mari* !

Totalement consternée, elle se rend dans les bureaux d'Oscar Schamp à la MEGA, demande des explications : Que doit faire Wim en Allemagne, oncle Oscar ? Le bourgeois distingué la regarde étonné, ferme les yeux, prend une profonde respiration et dit qu'il n'est pas au courant. Croise les mains sur le bureau devant lui. Willem a ses propres contacts pour l'entreprise, dit-il encore. Il faut être un peu patiente, Mien, *ne pas paniquer*, tout va bien se passer.

On ne sait comment la femme originaire d'Oud-Zevenaar encaisse ce choc, mais sa fille aînée Letta, quand je lui en parle quatre-vingt-dix ans plus tard, est encore pleine d'indignation. Il faut oser, fulmine-t-elle, franchement, on préfère ne pas savoir ce qu'il traficotait déjà à l'époque.

℘

Willem doit souvent se rendre en Flandre-Occidentale, après tout il est *commis voyageur**, mais Oscar Schamp comprend qu'il faut intervenir pour mettre un terme à la situation douloureuse liée à l'appartement. Il propose à Willem un emploi en tant que « représentant et chef magasinier » pour le département que vient de créer la MEGA à Gand. L'entreprise prend en location une vaste maison avec des entrepôts dans la rue du Vieux Bourg, à l'époque une voie commerçante animée. On est maintenant en 1929, Mientje est enceinte depuis peu. Le déménagement est organisé par l'entreprise. Ils se rendent tous deux en voiture à Gand, avec quelques valises sur le siège arrière. La maison s'avère très vaste, elle a une grande cour intérieure, des dépendances et des entrepôts. Qu'allons-nous faire tous les deux dans ce dédale ? demande Mien. Nous allons le remplir de nos enfants, dit-il, et il lui frotte le ventre.

Un an plus tard, on fait d'eux un double portrait, sur lequel le couple regarde harmonieusement dans la même direction – lui avec une légère ironie, elle un peu tendue et songeuse. L'arrière-plan étant flou, on ne peut pas savoir si la photo a été prise dans la maison de la rue du Vieux Bourg à Gand ou dans un studio.

11

Leur fils Adriaan, nommé d'après le vénéré pasteur Wartena, naît le 9 novembre 1929, premier enfant de la famille. Harmina a alors déjà trente-six ans, Willem trente et un. Mientje, après son accouchement à la maison, montre l'enfant au père ; il le prend, voit aussitôt que le garçon a un pied déformé, tourné très ostensiblement vers l'intérieur. Il n'ose pas en parler ; elle ne comprendra que quelques jours plus tard que leur premier-né boitera à vie.

C'est l'année du grand krach boursier, mais pas pour Willem. Son père aussi est mort à présent, si bien qu'il a reçu une partie de l'héritage – qui devait être assez conséquent, compte tenu de la taillerie de diamants et du patrimoine de la mère. Il peut donc acheter une belle parcelle de terre près du terrain de golf à Laethem-Saint-Martin, à côté de Gand. Dans la commune pittoresque et aisée de Laethem, il fait la connaissance d'Albert Servaes, peintre expressionniste flamand qui deviendra collaborateur et déguerpira en Suisse après la guerre. Il rencontre aussi d'autres artistes et intellectuels, mais reste en marge de ce cercle. Il projette de faire construire une maison sur la parcelle achetée. Cela ne se fera jamais ; il devait être plus pratique de rester vivre dans la rue du Vieux Bourg, à côté des entrepôts de la MEGA.

Un jour, il est invité à la maison communale. Après la réception, il reste boire et rire encore un peu avec quelques invités. Sur une armoire antique dans l'escalier est posé un cadastre du dix-huitième siècle, une belle pièce enluminée et reliée en cuir ; il le feuillette avec précaution, il est seul dans le hall ; il regarde autour de lui, ébranlé, voit les cartes, les dessins anciens, recommence à feuilleter. Il sent une excitation troublante dans son bas-ventre, retire le livre de la bibliothèque, lance encore un regard autour de lui, glisse l'ouvrage sous son manteau, et sort. Il se retourne, personne ne l'a vu ; dans un tilleul à côté de l'église est perchée une pie comme dans une gravure de Bruegel. Il emporte le livre chez lui, le met en évidence sur une étagère dans le salon. Quand Mientje lui demande d'où il le sort, il répond, triomphant : Un petit cadeau pour me récompenser de tous mes mérites.

La pièce d'archives continuera de trôner sur un buffet, non seulement dans la demeure de la rue du Vieux Bourg mais aussi dans celle de la Drongenhof, pendant les années de guerre, quand des Allemands haut placés empliront le salon. Ce doit être à la fin des années cinquante que le fils, Adriaan, à l'époque déjà professeur d'histoire à l'université, découvre la valeur de ce précieux *landboek* flamand et se renseigne pour savoir comment il a atterri chez eux. À son étonnement, on lui répond que l'objet hérité est réputé avoir été dérobé ou perdu. Le fils le restitue à la commune avec un sentiment de honte et en présentant ses excuses.

Le dimanche, la jeune famille se promène le long de la Lys ; parfois ils croisent Servaes. Ils parlent alors de politique, les opinions tranchées de Willem ont donné envie au célèbre peintre de sympathiser avec lui. Servaes invite le couple à son domicile ; Willem et Mientje sont un peu perdus dans l'atelier qui sent la térébenthine, la toile et l'huile de lin, ils ne savent pas trop quoi dire à un artiste. Willem reçoit une gravure ou un petit tableau, qu'il pose sur le panier métallique sous la poussette ; l'objet a peut-être été perdu, aucun membre de la famille n'est au courant quand je pose la question.

En 1931 naît l'aînée de leurs filles, Aletta, surnommée Letta. En 1934 suit la cadette, Suzanne, nommée d'après la tante suffragette d'Anvers et appelée par le diminutif Suzy. J'ai souvent parlé avec les deux filles, entre-temps devenues d'énergiques octogénaires. Letta, en particulier, se souvenait des jours agréables passés dans la maison de la rue du Vieux Bourg. Suzy était trop jeune, elle avait aussi pris davantage ses distances par rapport au passé de son père.

La grande cour intérieure et les vastes entrepôts formaient un terrain de jeu rêvé pendant leurs jeunes années. Parfois leur père, encore cinéphile à ses heures perdues, projetait des films sous un auvent dans la cour avec un appareil de location. Letta se rappelait les grimaces saccadées et tressautantes de Laurel et Hardy et le rire exubérant de son père. Adriaan note dans ses mémoires qu'au début de la guerre, une famille juive vient demander de l'aide, d'après ce qu'il a entendu, pour se faire conduire en voiture à Paris ; mais Oscar Schamp a interdit à Willem de quitter la MEGA, par peur des pillages auxquels pourrait se livrer la « populace » du quartier du Patershol.

Il a déjà peur des pillages à l'époque, ce qui fait tout de même réfléchir, me dit un jour Letta. Elle me sert une autre tasse de café. Qui sait, peut-être que des activités clandestines avaient déjà lieu au sein de la MEGA, et que des informations sur les « éléments soi-disant inciviques, voire anti-flamands » étaient déjà recueillies par un réseau de vendeurs faisant du porte-à-porte.

12

Mientje n’a pas toujours la vie facile dans la rue du Vieux Bourg ; elle doit s’habituer au dialecte gantois, difficile à comprendre, elle est très occupée à la réception et à la transmission de commandes. Toutes les corvées administratives reposent sur ses épaules, parfois elle se trompe en prenant des notes car elle ne comprend pas le dialecte et se fait réprimander par Willem, en gantois on dit *duuze* au lieu de *doos* pour une boîte d’ampoules, et *duust* et non *duizend* pour un millier d’ampoules. Au téléphone, la différence entre *duuze* et *duust* n’est pas toujours très facile à distinguer, ah je suis désolée Wim, je fais de mon mieux. Leurs conditions de vie se sont nettement améliorées, mais les enfants entendent parfois jusque tard dans la nuit des discussions animées, en bas dans le salon ou en haut dans la chambre. Leur père disparaît régulièrement pendant des jours. Quand il rentre, il est le plus souvent d’humeur joviale, il rapporte des petits cadeaux et fait tout son possible pour sortir Mientje de sa mélancolie par des traits d’esprit et des plaisanteries qui la plupart du temps ne produisent pas l’effet escompté. Quand elle marche dans les environs de cette rue du Vieux Bourg grise d'avant-guerre en compagnie de ses enfants, quelques voisins l'encouragent par des hochements de tête, mais la plupart évitent de laisser cette Hollandaise leur adresser la parole, parce qu'ils ne comprennent pratiquement pas son langage ou parce qu'ils sont eux-mêmes conscients qu'ils ne peuvent pas lui parler dans ce néerlandais châtié qui est le sien. Quand elle veut mentionner la cathédrale Saint-Bavon, elle se trompe et dit Saint-Batave, on se moque d'elle, *elle peut pas causer comme tout le monde.*

Pour Mien, tout cela est un peu hermétique, elle hausse souvent les épaules ; elle a entre-temps établi des contacts avec la communauté protestante au temple de la rue Digue de Brabant, il y vient des gens bien disposés à son égard. Sur la façade du temple est inscrite une abréviation qui parle à son imagination : SPQG. *Senatus Populusque Gandavensis* : l'administration et les habitants de Gand. Plus tard, au cours de discussions échauffées, c'est ce qu'elle rappellera souvent à Willem : Est-ce que tu te consacres aux habitants de cette ville, Willem ?

Bientôt, elle propose gratuitement ses services le dimanche : elle apporte un bouquet, participe à l'organisation des services, aligne soigneusement les livres de psaumes sur les bancs à l'arrière, ou chante dans le chœur. Le psaume 91 est son préféré, le Seigneur est mon refuge, chante-t-elle, Il est ma forteresse et ma cuirasse.

Gand — Le Temple protestant.

Pourtant, les années qu'ils passent dans la rue du Vieux Bourg comptent parmi les meilleures de leur vie. Willem sillonne tout le pays en voiture, Dieu seul sait où il se rend et séjourne, mais il a l'air heureux. Elle est absorbée par ses activités familiales. Les enfants qui grouillent dans la cour intérieure et dans les entrepôts l'apaisent et la rendent reconnaissante de ce qu'elle reçoit, elle réalise des arrangements de psaumes à ses heures perdues. Quand Letta atteint l'âge de cinq ans, Willem lui écrit une lettre pour son anniversaire.

Ma chère fillette,
En refermant ce petit passage de ta vie, ton père tient à te dire quelques mots auxquels tu devrais toujours songer !
Tu t'appelles Aletta – comme ta gentille grand-mère Aletta Wijers du côté de ta mère – reste fidèle à cette généalogie en te montrant chrétienne en toute simplicité et dévouée.
Tu t'appelles aussi Wilma, et pas Wilhelmina comme l'exigeait le maire de Gand, cet idiot – mais Wilma comme Wilma Vermaat de Beekbergen aux Pays-Bas – la plus grande écrivaine chrétienne dont tu possèdes tant de livres, essaie de la comprendre en lisant, car c'était une noble dame – avec un cœur en or plein de noblesse.
Enfin tu t'appelles Sonja – mon prénom préféré, du livre de Dostoïevski, Crime et châtiment. *Où que ta vie t'entraîne, ma chère enfant, quoi qu'il puisse t'arriver en ce monde empli de souffrances… reste toujours aussi sincère – aussi pure – aussi noble que cette fillette tirée vers le bas par la société – mieux vaut cela qu'une dame « distinguée »… car l'assassin sur la Croix monta au Ciel avec Jésus, tout comme cette fille Sonja – n'en déplaise à beaucoup de dames « distinguées » et de prêtres qui se bloquent l'accès à Dieu.*
Reste fidèle à Dieu
Gand 16-4-36 *ton père, Willem Verhulst*

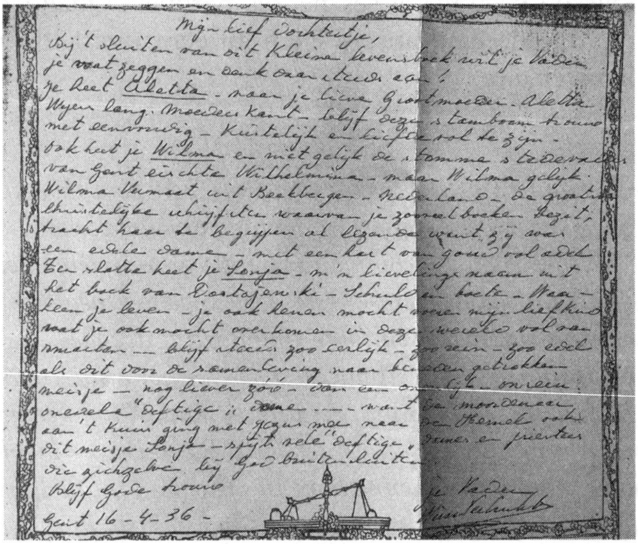

Mijn lief dochtertje,
Bij 't sluiten van dit kleine levensboek wil je Vader
je wat zeggen en denk daar steeds aan!
je heet Aletta – naar je lieve Grootmoeder – Aletta
Wijers lang. Moeders kant – blijf deze stamboom trouw
met eenvoudig – kinderlijk en liefdevol te zijn –
ook heet je Wilma en niet gelijk de stomme stadgenooten
van Gent eischten Wilhelmina – maar Wilma gelijk
Wilma Vermaat uit Beekbergen – Nederland – de groote
christelijke schrijfster waarvan je zooveel boeken bezit,
tracht haar te begrijpen als legende want zij was
een edele dame – met een hart van goud vol adel
En als 3e heet je Sonja – m'n lievelings naam uit
het boek van Dostojewski – Schuld en boete – Waar-
heen je leven – je ook henen mocht voeren mijn lief kind
wat je ook mocht overkomen in deze wereld vol van
smarten — blijf steeds zoo eerlijk – zoo rein – zoo edel
als dit voor de samenleving naar beneden getrokken
meisje – nog liever zóó – dan een oneerlijk – onrein
onedele "deftige" dame — want de moordenaar
aan 't kruis ging met Jezus mee naar den Hemel ook
dit meisje Sonja – spijt vele "deftige" dames en priesters
die zichzelve bij God buitensluiten.
Blijf Gode trouw
je Vader
Gent 16-4-36 –

Willem avait fait la connaissance de l'écrivaine Wilma Vermaat dans le cercle de Kees Boeke, ce qui avait dû se produire à l'époque où il était encore avec Elsa et parlait de la communauté Walden de Frederik van Eeden ; il avait une grande admiration pour l'œuvre de cette femme, qui étudiait le rapport de l'être humain à l'adversité et à la souffrance. Elle aussi avait perdu sa mère à un très jeune âge ; ils ont souvent parlé ensemble. Wilma, de vingt-cinq ans son aînée, a dû avoir pour cet homme, si sensible aux modèles de mère, une importante signification. Il avait offert à Letta un certain nombre de ses romans : *Moeder Stieneke* (Mère Stieneke), *De lichte nacht* (La nuit claire), *De kruisboom* (La palme du Christ), *Opstanding* (La résurrection). La question posée par Wilma – pourquoi l'être humain doit-il souffrir ? – avait profondément touché Willem. « Je ne sais d'où vient tout cela, a-t-elle écrit un jour, mais une chose est sûre : ce que j'écris est en rapport avec les longues années de maladie d'autrefois et avec la vie telle qu'elle est ensuite venue à moi, avec toute la tristesse et toute la souffrance qui existent dans le monde. »

Quand Mientje se retrouve avec la lettre adressée à Letta entre les mains, elle ne peut s'empêcher de pleurer. Mais papa, vraiment, c'est si beau, et comment va Wilma maintenant, nous n'avons plus aucune nouvelle depuis que nous sommes venus vivre ici à Gand. Ce soir-là, ils font l'amour, cela faisait si longtemps.

13

1938. Elle apprend par un voisin que son mari projette deux soirs par semaine des films dans une salle privée des « nationalistes germaniques », comme le dit l'homme avec dédain, mais il ne sait pas quel genre de films on peut y voir parce qu'« il faut être membre de ce club, ma petite madame Verhulst ». Quand Mientje interroge Willem à ce sujet, il dit que cela n'a aucune importance, qu'il se documente pour son travail. Mais quel travail, Wim, demande-t-elle, ce n'est tout de même pas pour la MEGA, et il réplique : Tu n'as pas assez à faire ici, maman, plutôt que de poser des questions sur le travail des autres ?

Maman. Notre petite mère. Mamounette. Presque plus jamais Mien, Harmina, Mientje, sans parler d'un petit nom affectueux ou d'un mot gentil. « Demande à mamounette, Letta. » « Je ne sais pas, Adri, mamma va te le dire. » « Maman, arrête de râler, par pitié, je suis épuisé. »

D'autres jours, il est l'exubérance même, il veut danser avec elle sur des chants allemands qu'il met à plein volume sur le gramophone reçu en cadeau, dont il refuse de préciser qui le lui a donné. Elle en a mal aux oreilles, on dirait des marches militaires plutôt que des airs sur lesquels danser, elle aime autant les psaumes, se dit-elle, les chants qui la réconfortent les jours d'angoisse.

Bon, si tu veux savoir quels beaux films nous projetons, Mien, nous irons les voir ensemble, qu'en penses-tu ? Ils y vont un dimanche, la projection a lieu pour un cercle fermé dans une petite salle perdue, des hommes en uniforme noir sont présents, ils regardent un film sur les jeux Olympiques de Berlin deux ans plus tôt, *Fest der Schönheit*, un long-métrage apparemment tourné par une femme, une ode à la force physique des temps nouveaux. Le début idyllique, on voit le soleil se refléter dans l'eau, sur fond de musique mielleuse, elle est captivée l'espace d'un instant, mais aussitôt après la musique se transforme en marche militaire, elle voit de jeunes hommes tous identiques surgir tels des robots les uns derrière les autres et elle sait déjà qu'elle ne veut pas assister à ça. Elle n'aime pas toute cette démonstration de force et ces sourires factices devant la caméra. Elle déteste l'odeur de sueur dans la salle, et les ricanements quand les jeunes femmes gymnastes apparaissent en gros plan. Elle tripote nerveusement son sac à main, Willem lui lance un regard légèrement agacé. Qu'est-ce qui te prend ? lui siffle-t-il. Tu avais pourtant envie de venir le voir, ce film ! Elle se contient. Abrutie par une heure et demie de musique tonitruante et d'images à vous rendre dingue de gymnastes et d'athlètes en qui elle voit des pantins plutôt que des êtres humains, elle retourne dans sa maison de la rue du Vieux Bourg, ô vieille forteresse, notre Dieu est une forteresse. Elle donne à manger à ses enfants, laisse Willem seul avec son éternelle paperasserie et ses étranges besognes, et se retire dans sa chambre, où elle lit des psaumes et écrit pour la première fois une lettre à ses parents, dans laquelle elle leur dit qu'elle les aime et que la brise printanière qui souffle sur la Liemers lui manque, ô ces jours de printemps où elle allait seule faire du vélo sur la digue de l'Ooy.

Ils vont rarement à Oud-Zevenaar, la vie est trop remplie, il est pénible de voyager avec trois enfants, Willem n'a pas envie de conduire aussi loin le dimanche et quant au vieux fermier, il déteste tout autant faire un si long trajet en train juste pour voir ce minus se glorifier à sa table gantoise.

℘

Un jour, au début de 1939, on sonne longuement, avec insistance, à la porte, il est déjà huit heures du soir, qui vient le déranger encore maintenant, on ne peut jamais être tranquille, bon d'accord, j'arrive. Plutôt grincheux, il ouvre la porte, demande d'un ton un peu agressif : Et qu'est-ce qui vous amène, s'il vous plaît. Un homme et une femme bien habillés demandent craintivement s'ils peuvent entrer un instant. Willem regarde la femme d'un air de connivence, les fait entrer sur un signe de tête derrière la porte cochère, l'homme raconte une histoire en allemand, lui et sa femme s'avèrent être des juifs hongrois qui craignent de se faire arrêter. Ils s'appellent Hevesy, ils sont pourchassés, quelqu'un leur a dit que Willem pouvait les aider à obtenir une *Ausweis*, il leur faut une *Ausweis*, très vite, est-ce possible s'il vous plaît *gnädiger Herr*. Willem les écoute avec un certain ennui, acquiesce, échange un regard avec la femme nerveuse, charmante, dans son manteau de fourrure usé, il remarque le léger tremblement de sa lèvre inférieure, réfléchit à ce qu'il doit faire, puis dit : D'accord. Entrez.

Ils s'assoient autour de la table dans la pièce à l'avant, sous l'éclairage d'une lumière tamisée par un abat-jour ; l'homme sort des bijoux et de l'or de sa poche de manteau, les étale sur la table et dit : Voulez-vous pour le prix de ces bijoux nous amener à Paris, *bitte schön* ?

Das geht nicht, dit Willem, je ne peux pas conduire de ma propre initiative jusqu'à Paris, que se passerait-il au contrôle à la frontière ? Il repousse les bijoux en direction de l'homme ; la femme commence à pleurer. Willem, s'il te plaît, dit-elle. Son mari la regarde, stupéfait. *Kennst du ihn denn... ?* La femme sanglote, Willem baisse les yeux, il tousse, se lève, les raccompagne dans le couloir.

Venez demain à mon bureau, dit-il, je ferai en sorte que vous ayez vos papiers pour voyager. Et débrouillez-vous ensuite pour partir de Gand au plus vite, *haben Sie das richtig verstanden ?* L'homme acquiesce, la femme regarde Willem en quête de complicité, puis fixe le sol quand elle constate qu'il reste de glace. Il fait sortir le couple, ferme la porte cochère et pousse un soupir.

Mientje a écouté au fond du couloir dans l'entrebâillement d'une porte. Elle en a le vertige, il y a tant de choses qu'elle ne comprend pas, elle doit remettre de l'ordre dans ses idées. Willem, dit-elle et elle lui pince fortement le bras, tu as un bureau ? Mais où ? Que fais-tu que je n'aie pas le droit de savoir ? Il se tourne vers elle, la regarde, soupire, la prend dans ses bras. Tu n'as pas à t'inquiéter, Mien, dit-il, tout va bien se passer, ça va aller de mieux en mieux.

Oui, oui, me raconte Letta plus tard, Hevesy, il a aidé le juif Hevesy, c'est vrai. Mais pourquoi ? Que s'est-il passé exactement avec cette dame ? Il ne faut pas me le demander, nous étions des enfants, nous étions heureux là-bas. Mais j'ai entendu dire qu'il allait patiner avec madame Hevesy, l'hiver, sur les étangs de Tronchiennes, il avait dit d'elle à ma mère, qui lui avait posé des questions insistantes, « juste une amie, rien de plus ». Mais bon, connaissant mon père…

Et non, je n'ai aucune idée non plus de ce qu'il est advenu de ces personnes.

14

1940. Le début du mois de mai ; des buissons en fleur dans les petits jardins urbains. Les premiers soldats belges battent en retraite, épuisés, traqués et couverts de poussière, en passant par le centre de Gand. Peu après, les Messerschmitt survolent les rues dans un grondement. Dans le ciel, des parachutistes déclenchent l'ouverture de leur fine voile ; ils flottent en descendant vers les toits, les gens s'agitent ; au-dessus de la place de l'Écluse, un soldat allemand reste brusquement suspendu en l'air, son parachute entortillé dans le câblage électrique d'un grand poteau téléphonique, il se débat pour se libérer. Plusieurs soldats belges accourent, l'un d'eux veut tirer, un autre le retient : des troupes allemandes sont maintenant présentes partout, soudain la peur est profondément ancrée. Le soldat est en suspension tel un ange sinistre avec en toile de fond le ciel parsemé de nuages, son parachute traîne sur les pavés. Il se sert d'une lame pour se dégager sous les regards des personnes attroupées, il saute à terre, les soldats belges lui mettent des menottes et l'emmènent. L'assistance voit son premier ennemi, une femme met la main devant la bouche quand elle remarque ses beaux yeux bleus ; les plus âgés se souviennent de la guerre précédente. L'un d'eux dit calmement : Les salauds sont de retour. Adri, qui a observé la scène bouche bée, rentre à la maison clopin-clopant et crie : Papa ! Maman ! Ils arrivent ! Ils arrivent !

Le silence revient sur la place de l'Écluse, mais le calme a disparu une fois pour toutes.

℘

Des déserteurs belges, paniqués, à bout de souffle, viennent souvent frapper à la porte cochère de la MEGA ; ils supplient qu'on leur donne des vêtements civils, jettent leurs uniformes dans l'eau de la Lys derrière l'entrepôt ; Willem les aide. Tu as tout à fait raison, jette ces hardes, rentre tranquillement chez toi, résister n'a aucun sens. Il donne au plus jeune des gars une tape amicale sur l'épaule.

Comment se fait-il qu'ils se retrouvent tous chez nous, papa ? Qu'est-ce que tu fais ?

Des motos passent dans la rue du Vieux Bourg en produisant un vrombissement tonitruant, qui fait trembler les murs anciens. Les enfants sortent et voient défiler une colonne de soldats allemands, qui sont assis droit sur leur moto, dans le side-car un militaire tient son fusil en joue. Les soldats portent de grandes lunettes effrayantes pour se protéger de la poussière, ils ressemblent à des insectes cauchemardesques. Sur la première moto, un agent de police gantois est assis à l'arrière. Il agite un drapeau blanc.

Soudain quelqu'un crie : *Salauds !*

D'une fenêtre en hauteur, trois tirs retentissent en produisant un bruit sec, cela doit venir d'une rue latérale, le

Veerdam ; la première moto s'arrête brusquement, l'agent gantois en descend d'un bond en criant et en clopinant, puis tombe, en serrant sa jambe, sur les pavés. Toute la colonne s'immobilise, les militaires sautent de leurs side-cars, déclics des fusils, cris et rugissements, quiconque est encore dans la rue se cache, inquiet, sous un porche. Nom de Dieu, s'écrie un homme qui se met à l'abri à la MEGA, il va y avoir du grabuge.

La voix cassée, Mientje appelle les enfants pour les faire entrer, Willem semble lui aussi paniqué, il referme brutalement la porte cochère et la verrouille, il leur crie d'aller tout de suite au sous-sol.

Adri évoque dans ses mémoires les caves de la MEGA, souvent inondées, le mur au fond longeait la Lys, il y faisait humide et froid ; des bottes pour les enfants étaient toujours posées à côté de l'escalier. Ils les enfilent à la hâte en pouffant de rire. Une lumière blafarde s'infiltre à l'intérieur, pendant plusieurs minutes ils n'entendent pas un bruit, juste leur respiration. Puis s'élève au-dessus d'eux un puissant vrombissement. Un peu plus tard, la sirène d'alarme survole les rues, une lente lamentation qui monte et descend, elle vient de l'autre côté de la ville, de sous le tertre du parc de la Citadelle, où des hommes dans les profondeurs de caves en béton tournent comme des possédés une manivelle, les enfants Verhulst le savent, leur père le leur a dit.

Je pense qu'ils bombardent la gare, grogne-t-il.

Tout tremble, des chocs sourds impressionnants se succèdent rapidement, Mientje agrippe le bras de Willem en silence et lui lance un regard qu'Adri intercepte, un regard qui le fait trembler, bien plus que les bruits menaçants, si bien que sa mère, qu'il a surprise, détourne les yeux tandis que son père la rassure en lui tapotant l'épaule.

Nous devons faire des réserves, dit Mien quand ils remontent de la cave, il a suffi de quelques jours pour qu'il n'y ait plus rien à acheter en ville. Dans l'après-midi, Willem se rend en voiture dans une ferme à l'extérieur de Gand, il connaît depuis des années le fermier Vlerick de Tronchiennes, qui est aussi électricien à ses heures perdues, un fidèle client de la MEGA, chez lui il pourra sûrement acheter des provisions de pommes de terre, de lait et de farine, et qui sait un morceau de lard. Il fait beau, il a baissé les vitres de la voiture, il fonce sur les pavés et sort de la ville, il a déjà une radio, une rareté à l'époque. Il entend les nouvelles, puis un fragment de discours en allemand qu'il ne comprend qu'à moitié, il n'a pas non plus envie de bien écouter, peu importe, encore un peu de musique militaire, pom pom pom, d'une certaine manière, il se sent enjoué et plein d'énergie ; que les champs et les prés sont beaux, se dit-il, et ce paysage le long de la Lys, les peupliers alignés bruissent dans la brise chaude, ma belle Flandre, tu m'es si chère ; peu à peu, il se retrouve en pleine campagne, et soudain il se heurte, en tournant pour prendre la route qui mène à la ferme, à un poste de contrôle belge. Les soldats voient ce drôle d'hurluberlu aux verres de lunettes épais, aux cheveux noirs qui flottent au vent, ce cabriolet, ils entendent la musique militaire sortir de l'autoradio – l'un d'eux arme son fusil et met en joue. Willem lève les mains en l'air, son cœur bat à tout rompre dans sa gorge, il a envie d'appuyer sur l'accélérateur et de renverser le soldat devant son pare-chocs ; ils le laissent passer avec un hochement de tête, il arrive à la ferme. Le fermier Vlerick n'est pas là, la fermière l'entraîne vers la remise et dans la cave.

Oui monsieur Verhulst, dit-elle avec le rouge aux joues et un grand sourire quand ils remontent après plus d'une demi-heure, c'est une drôle d'époque qui s'annonce, tenez, prenez encore ces pains et n'allez pas le répéter parce que nous n'en avons pas vraiment assez pour en faire commerce, mais vous, nous vous connaissons, pas vrai, et voilà encore cinq cents grammes de beurre, et vous saluerez bien votre dame, mon mari passera chez vous, rendre service, ce n'est jamais perdu. Je le sais, ma belle, dit-il, vous pouvez compter sur moi. Il lui frotte le derrière, lui décoche un large sourire et elle lui fait un clin d'œil appuyé.

Il charge trois sacs de jute pleins dans sa voiture, puis reprend la route de campagne. Quand il arrive au croisement, les soldats ont disparu. Au-dessus des champs virevoltent vanneaux, étourneaux, alouettes, les arbres fruitiers sont en fleur, il pense à l'époque où, tout gamin, il traversait les vergers muni d'un bâton, à la recherche de fruits suspendus à sa portée, et il rit.

Quand il arrive chez lui, des camions allemands sont arrêtés, le moteur en marche, devant le porche de la MEGA ; trois officiers exigent qu'on leur apporte toutes les radios de l'entreprise. Willem les conduit dans son bureau et ferme la porte. L'entretien dure à peine un quart d'heure ; quand ils ressortent, l'officier qui marche en tête s'incline. Mientje l'entend dire : *Das ist alles in Ordnung*

Herr Verhülst, keine Sorgen und bis bald, tout est en ordre monsieur Verhulst, ne vous inquiétez pas et à bientôt. Tout le matériel dans l'entrepôt est chargé dans les camions. Devant l'air interrogateur de Mientje, Willem réagit par un clin d'œil, il pense à la fermière.

15

À la fin du mois de mai, tandis que les troupes allemandes passent dans les rues de Gand, Mientje se dépêche de rentrer de la rue Digue de Brabant vers la rue du Vieux Bourg. Elle voit les uniformes, les officiers et les soldats qui font claquer leurs talons, les files de voitures et de camions, le bras tendu quand passe un militaire gradé. Les rares civils marchent vite sans lever les yeux. Près de la porte Haute, elle est arrêtée par un jeune en uniforme. Il contrôle avec rudesse son sac à provisions. L'Allemand lui fait signe de partir et elle reprend son chemin à la hâte.

La Belgique a capitulé. Le roi Léopold III est fait prisonnier de guerre. Certains l'accusent d'être un traître à sa patrie, d'autres le vénèrent comme un héros. Plusieurs Junkers survolent la ville à basse altitude, le vrombissement des puissants moteurs fait trembler les maisons , les enfants ne peuvent plus aller à l'école. Depuis quelques mois, des journaux allemands traînent dans la maison de la rue du Vieux Bourg.

On ne devrait pas aller à Arnhem, Wim ? Ce ne serait pas plus sûr pour les enfants ?

Mientje retrouve ses vieilles partitions, elle fredonne une aria, elle exige à cor et à cri qu'Adri poursuive ses cours de violon, même s'il déteste son vieux professeur de musique. Elle s'inquiète de la politique internationale, elle a la possibilité de donner une conférence sur la non-violence au temple de la rue Digue de Brabant, elle parle de la lutte de Jacob avec l'Ange. Puis l'assemblée chante quelques psaumes. Réconfortée, elle rentre chez elle, où Adri lui dit que papa a dû se rendre subitement en Allemagne et qu'il était très pressé.

℘

Adri raconte dans ses mémoires qu'un jour, un cabriolet allemand occupé par des soldats de la Luftwaffe est entré dans la cour intérieure de la MEGA. « Ils ont demandé qu'on leur répare l'autoradio. On est allé chercher le responsable du service de réparation des radios de la MEGA, monsieur Ballière. Plus tard, j'ai appris par ma mère que monsieur Ballière, qui était très anti-allemand, avait saboté l'autoradio au lieu de le réparer. » Ballière bricole, farfouille, les quatre soldats s'impatientent ; ils finissent par repartir avec une radio encore plus détraquée – à la grande frustration de Willem, qui ne peut se permettre ce genre d'extravagances face aux militaires allemands.

Il circule beaucoup d'histoires sur la résistance à Gand, une bonne part de la résistance obscure et silencieuse n'a jamais été répertoriée dans les annales, mais Adri a vu cette scène de ses propres yeux dans la cour intérieure, peut-être sans se rendre compte, à l'époque, de ce qui se passait. Il a dû prendre conscience bien plus tard seulement du risque qu'avait pris l'électricien, quand sa mère lui a expliqué les véritables circonstances ; il se demande même si l'homme n'a pas trouvé la mort dans un camp de concentration – mais quand je lis son compte rendu de l'incident, je me dis : pourquoi se pose-t-il cette question ? Ballière a-t-il disparu peu de temps après ? Et par qui cet homme aurait-il été signalé, vu que les Allemands ne s'étaient apparemment pas rendu compte du sabotage ? Cela ne peut être qu'une seule personne : son père Willem, qui était alors en excellents termes avec les autorités allemandes.

C'est sans aucun doute ce qu'a pensé Adri, le professeur émérite d'histoire penché au-dessus de son douloureux manuscrit, le fils d'un père collaborateur, mais il ne l'a pas écrit.

Incipit tragoedia. La tragédie politique d'une famille.

℘

Combien de signes faut-il à un être humain, Willem, pour comprendre que son propre destin a aussi une importance ? Elle pose la question sans attendre une réponse, elle a lu Marc Aurèle, son mari est fatigué, comme cela lui arrive de plus en plus souvent, elle a longtemps espéré que les psaumes avaient aussi de l'importance pour lui, maintenant elle ne sait plus. Il lui a annoncé qu'ils vont déménager ; une maison pas très loin du Patershol, là-bas sur le Veerdam, à peine à deux cents mètres de là.

Mais pourquoi, Willem, et qui va payer tout ça, pourquoi ne veux-tu pas continuer de travailler pour l'oncle Schamp, nous sommes pourtant bien logés ici ? Et lui, secouant la tête : Ne te fais pas de souci Mien, tout va s'arranger. Elle ne comprend pas, les enfants ne veulent pas partir, elle ne sait pas non plus pourquoi elle redoute à ce point ce changement, le vent gémit autour du toit, pourquoi se sent-elle en proie à tant de doutes quand elle regarde, le soir au lit, l'œil trouble de Willem.

Soudain, il perçoit semble-t-il un gigantesque salaire, ce qui affole Mientje ; ça non plus, elle n'en veut pas, le Seigneur ne veut pas d'une profusion injuste, nous n'en avons pas besoin, Wim, les oiseaux et les fleurs des champs vivent aussi de la miséricorde de Dieu, d'où tires-tu tout cet argent, il faut que tu fasses très attention, mon cher mari, à nos enfants, tu vois ce que je veux dire, pourquoi détournes-tu les yeux quand je te parle ? Il hausse les épaules et rit de son rire le plus aimable. Elle pose la main sur sa nuque.

Des soldats passent dans la rue du Vieux Bourg, juste après minuit, devant la maison, bottes et tapage, brutes terrifiantes, rythme de cœurs lâches imprégnés d'alcool. Il s'en amuse, ce ne sont que des galopins en uniforme, Mien. Mais tout uniforme la fait frémir. Comment dormir l'un près de l'autre quand les rêves de chacun ont suivi leur propre voie obscure ? La nuit est une crapule. Les enfants respirent d'une innocence qui humidifie légèrement leurs lèvres, ils balbutient des absurdités dans leur sommeil. Que fait de nous la guerre, cher pasteur Wartena ? Pourquoi mon bien-aimé est-il un étranger dans mon lit ? Pourquoi le dos que je caressais si souvent semble-t-il être devenu trois fois plus large ? Hé, mon petit homme, tu ne vas même pas me donner un baiser de bonne nuit ?

C'est le mois d'août, la fin de ce mois poussiéreux, le mois du regret et des dernières floraisons. La ville déserte est sur ses gardes et pleine de menaces ; il y règne un silence, un vide qui incite tout le monde à la prudence ; parfois, juste après la pluie, l'air sent la fumée de poudre et les violiers tardifs. Mon imagination ne sait plus où aller, dit-elle dans ses prières, ô Seigneur, je ne veux pas… J'espère que je ne vais pas… Je pense que lui et nous. Qu'a-t-il et que vais-je… J'ai peur que les enfants ne puissent pas…, je ne sais pas, tu comprends, je veux dire… Pardonne-moi mon manque de confiance. Je vais t'écrire une prière, Tout-Puissant, infiniment Miséricordieux. Psaume sans fin. Il est tôt le matin, la semaine prochaine nous déménageons et je n'en ai pas envie. Partout ces bandes de braillards et des civils qui se cachent apeurés. Le roucoulement des pigeons sur le toit ressemble au chant d'amour de faucons. Ou est-ce que les faucons n'en ont pas ?

II

… et le long couloir sombre était maintenant ouvert

RAYMOND BRULEZ,
Mijn woningen (Mes logements)

1

On est en octobre 1979.

La lune et le soleil, pâles présences simultanées dans le ciel froid dégagé, semblent attendre de savoir qui des deux l'emportera sur l'autre, au-dessus d'une ville de province somnolant en cette fin de matinée ; pendant cet instant d'indécision se forment des agrégats de véhicules, des nuages de gaz d'échappement, des aberrations dans le flux de la circulation, on entend pester, klaxonner, les sonnettes de vélo tinter, les piétons jurer ; tandis qu'alternent les courants d'air tiède, les brèves éclaircies et un nouvel afflux fugace d'une population en mouvement rapide, une boule de smog bleuâtre tourbillonne, s'engouffre dans la rue de la Porte Grise puis file sur la place de l'Écluse, comme les virevoltants dans le désert de l'Utah ou de l'Arizona ; un camion au capot rouge massif fait marche arrière en rugissant à travers un flot de piétons dans la rue du Vieux Bourg pour passer sous un portail noir ouvert ; à la poissonnerie près du château des comtes de Flandre un couteau à lever des filets prend son élan en projetant une lueur puis plonge derrière les branchies d'un grand cabillaud agité de soubresauts essayant d'échapper à la main de la belle poissonnière ; une femme, aux paupières encore sans fard et aux cheveux enroulés dans des bigoudis, entre d'un pas traînant dans une boutique du quartier, prend machinalement une bouteille d'eau, un paquet de cigarettes et un journal ; l'épicier tunisien dans la rue du Vieux Bourg froisse le journal de la veille pour envelopper un chou-rave, un piment rouge et une botte de radis. L'agent de la circulation rêve de vidéos aux couleurs blafardes pleines de scènes d'amour entre de jeunes hommes et d'un grand paquet de chips au paprika ; une jeune fille lit Walt Whitman dans son lit en se caressant doucement ; *I sing the body electric* ; dans une chambre sous les combles un adolescent de seize ans essaie de jouer du saxophone, tandis que dix kilomètres plus loin son père met fin à ses jours en prenant la route à contresens ; brume légère, tard dans la matinée, un enchantement que fait naître l'absence de la moindre signification décelable, la ville dérive dans son propre rêve et les nombreux spectres zigzaguent frénétiquement. Sur le mur d'une ruelle sont tracées à la chaux de grandes lettres blanches : Mais ce qui reste est l'œuvre des poètes. Chez le boucher au coin de la rue, un homme porte un cabas en vieille tapisserie contenant des bouteilles vides qui s'entrechoquent, il tient d'abord à commander un morceau de saucisson de cheval, du boudin et une tranche de foie, des tripes grasses et de la cervelle, un peu de pâté à tartiner. *Tenez, m'sieur Arnold, ça vous fera soixante-quinze francs.*

Devant la porte, j'attends le notaire De Potter, le temps se couvre, j'ai froid dans ma fine veste de l'armée, que j'ai achetée au Stock Américain sur la place du Marché du vendredi et sur laquelle j'ai dessiné au feutre le signe de la paix. J'ai rassemblé mes cheveux en queue-de-cheval, *Almost cut my hair*, on tient tout de même à faire bonne impression sur un notaire aussi vieux jeu quand on s'achète une maison.

L'époque est mouvementée pour le quartier du Patershol. La plupart des maisons sont en ruine depuis le grand exode urbain qui s'est amorcé vers le milieu des années soixante. Quand on a les moyens, on fuit les vieilles demeures humides aux cours intérieures sans soleil pour aller vivre en dehors de la ville, dans une bicoque en brique avec du gazon et des conifères devant la porte : *Villa Bonanza*. Les villes flamandes perdent leurs habitants à fort pouvoir d'achat. Des étudiants et des artistes squattent le monastère, ils remplissent les cellules blanchies à la chaux de leurs petits tapis orientaux, leurs amours et leurs guitares, ils font des feux dans la cour intérieure. Quand ils sont défoncés, ils entonnent des chants contestataires. *If I had a hammer, I'd hammer in the morning*. Ils organisent des contestations ludiques, parce que les autorités municipales veulent les déloger. Un de ces cortèges vient de passer, au rythme de tambours et sur un pas de danse, pendant que j'attends devant la porte de la maison ; les manifestants revendiquent le droit d'habiter les lieux, qu'ils appellent Le Pand, l'immeuble, en français. Ils ont le sens de l'humour, contrairement à leurs adversaires bureaucrates. Je lis écrit sur une pancarte *Front pandiniste de libération*, un clin d'œil à la révolution au Nicaragua ; on hurle, on bat du tambour et on danse, le cortège bigarré passe dans la ruelle, disparaît au coin. Voilà De Potter, le notaire, qui arrive en secouant la tête.

Il me salue et, à l'expression sur son visage, j'ai l'impression qu'il craint que je sois tout juste sorti du cortège.

Autrefois, le Veerdam s'appelait en français la rue du Bac, un nom qui évoque l'une des rues les plus agréables du quartier de Saint-Germain à Paris et qu'on cesse définitivement d'utiliser sous l'occupation allemande. C'est Florimond Grammens, personnalité politique appartenant au Vlaams Nationaal Verbond, la Ligue nationale flamande, et activiste flamingant, qui recouvre de peinture la pancarte en français de ses propres mains ; l'incident se produit sans doute dès 1938. La maison où la famille Verhulst emménage appartient à monsieur Henri De Potter, un avocat gantois francophone. La rue ne s'appelle plus le Veerdam depuis longtemps : en 1942, pendant la guerre, les autorités municipales optent à la place pour Drongenhof.

Les vieux quartiers populaires étaient traversés depuis le Moyen Âge par des canaux qui furent pour la plupart comblés dans le courant du vingtième siècle : le fossé des Corroyeurs, la voie d'eau connue sous le diminutif flamand Lieveke, qui était un ancien bras de la Lys, et le quai des Tuileries. Les travaux de comblement ayant souvent été réalisés négligemment, le sous-sol était encore instable par endroits. Certaines maisons reposaient sur des fondements fragiles, la terre noire des petits jardins urbains était pauvre, le pavage parsemé de creux et de bosses. De temps à autre se produisaient des affaissements de terrain, des brèches, des failles soudaines d'où s'élevait une odeur de puisard.

Les trépidations du tramway faisaient vibrer fenêtres et sols ; les lourds camions lézardaient les murs à leur passage. Sur les plaques d'égout en fonte entre les pavés irréguliers se lisait le mot « Osnabrück », Osnabrück, me disais-je, le nom d'une ville allemande que je n'ai jamais vue.

La maison sur la Drongenhof donnait sur un petit jardin public où, pendant la guerre, la Lieveke coulait encore ; déjà, à l'époque, la grille rouillée ne s'ouvrait plus depuis longtemps, il n'y avait d'ailleurs pas de bateau amarré au petit ponton. Mais les rats l'escaladaient encore sans se gêner pour aller se nicher dans la remise à charbon, parmi le bric-à-brac, ils mangeaient les restes de nourriture que les habitants jetaient pour les chats errants dans les buissons.

℘

La haute demeure avait une façade qu'on avait sûrement peinte avec soin autrefois, mais cela remontait sans doute à plus de cinquante ans. Il ne restait plus à présent de ce revêtement qu'une substance sableuse, rongée par les intempéries. Les moulures autour des fenêtres formaient de vagues boursouflures grêlées de stuc fendu et, sous la gouttière qui penchait redoutablement, car elle n'était maintenue que par quelques crochets totalement rouillés, l'humidité s'était creusé un chemin et avait fait cloquer la surface. Ici et là, le plâtre s'effritait complètement, révélant la texture irréductible, gorgée d'humidité, de la pierre dure et sombre de l'Escaut. Au rez-de-chaussée la façade présentait des cassements d'inspiration néoclassique, disait le notaire De Potter dans son franco-flamand en désignant les rehaussements du revêtement de plâtre, conçus pour subdiviser la surface, mais la partie inférieure au niveau de la rue avait été recouverte d'épaisses pierres de parement striées, sur lesquelles avaient été pulvérisés des graffitis illisibles. Il serait sans doute impossible de parvenir à retirer, même en frottant énergiquement, la fine couche de peinture transformée en poussière qui s'était infiltrée au plus profond de la pierre poreuse. À côté de la porte, au niveau de la première marche du seuil, était aménagé dans le parement un vieux grattoir à chaussures, une cavité bordée d'un cadre en forme de fer à cheval présentant à l'avant une barre horizontale incurvée sur laquelle le visiteur pouvait se racler les semelles, dispositif indispensable à une époque où les rues étaient encore pleines de crottin.

La sonnette de la porte d'entrée, un bouton en ivoire veiné de bleu, était enchâssée dans une plaque métallique de quinze centimètres sur vingt, mais elle s'était détachée et pendait à présent dans le vide, un petit trou là où la pierre s'était effritée depuis longtemps ; derrière, on apercevait le câblage électrique, tels de petits boyaux. En tout état de cause, l'entrée dans la maison était entravée par un gigantesque arbre à papillons, qui jaillissait du mur fendu de la maison voisine à la façade surplombée d'un pignon à redans. Comme s'il trouvait de quoi se nourrir dans la pierre devenue aussi moelleuse qu'un gâteau, il se faufilait à l'extérieur de la fissure en tressant une natte de bois, enflait à la sortie pour se transformer en un tronc noueux se déployant en rameaux qui explosaient à leur extrémité, telles des fusées de feux d'artifice floraux. Quelques paons-du-jour et amiraux tardifs venaient tournoyer autour.

℘

Le notaire, qui a eu du mal à trouver la bonne clé dans son trousseau impressionnant, a mis ensuite un certain temps à essayer de faire entrer la clé dans le trou récalcitrant de la serrure, puis grommelé avec un léger accent français : « J'aurais dû le savoir. La serrure est à l'envers » et il est parvenu avec difficulté, sous l'impulsion circulaire de ses gros doigts impatients, à la débloquer. La porte n'a pas cédé tout de suite, elle a frotté pesamment, hoquetant, sur les premières dalles, creusant aussitôt la pierre de plusieurs profondes rainures en forme d'éventail. « Après vous », a dit le notaire De Potter, mais il m'a précédé.

D'abord un souffle de vent tiède d'octobre nous a accompagnés mais, dès le deuxième pas, un courant d'air humide a émergé des profondeurs de la maison, comme s'il s'élevait depuis le sous-sol une résistance hivernale dressée contre nous qui venions perturber une immobilité persistant depuis de nombreuses années. « Mmm, a grogné le notaire, il y en a des courants d'air ici, il y en a qui ont dû laisser les fenêtres ouvertes pour que tout le bazar pourrisse. La spéculation, cher monsieur, est le fléau du secteur immobilier, vous pouvez me croire. » Il s'est tourné vers moi, avec un regard un peu indigné et un léger haussement de sourcils, qu'il avait épais et grisonnants. Comme je me suis contenté de le fixer en écarquillant les yeux pour le distinguer à contre-jour, la porte étant encore ouverte, il a émis une petite toux et commencé à noter, d'une écriture calligraphique, « État des lieux » sur une feuille qu'il avait épinglée à un support maintenu dignement, pour l'occasion, devant sa large poitrine. Son stylo grattait le papier avec la même bonhomie aristocratique, sinon le silence était total.

De Potter a commencé par vanter les mérites de la solide construction du bâtiment en effectuant de grands gestes. Comme vous pouvez le constater monsieur, a-t-il dit avec l'aplomb du bourgeois éduqué en français et doté de l'accent assorti, cette maison est aussi robuste qu'une église ; même si, à l'intérieur, presque tout a été démonté, la construction est quasiment intemporelle ; les murs extérieurs ont près de cinquante centimètres d'épaisseur et les sols sont faits de planches en pin de près de trente centimètres de large et plus de trois centimètres d'épaisseur, du *pitchpine* d'origine (il prononçait Pitche Païne) qui a maintenant un siècle et demi – sans compter le temps qu'il a fallu pour que les arbres poussent ; autant dire qu'ils sont plus vieux que le pays où nous habitons.

Plafonds en plâtre aux corniches en stuc ; traces de peinture subsistant après des applications successives, agglutinées en une fresque abstraite ; fissures et lézardes, parcourant le tout au hasard, sous l'effet de l'humidité incessante ; vagues dessins nés de taches sur le papier peint, que fixait l'œil puéril de l'aspirant acheteur qui croyait voir apparaître des formes antiques, un centaure l'épée à la main, la tête jamais vue d'Homère, une salissure qui ressemblait à la tête d'un satyre. En dessous, des fils électriques encore enveloppés de gaines en tissu se

tortillaient le long du mur, tel un faisceau de serpents très fins, pendant ici et là au-dessus du papier peint à moitié décomposé ; plus loin, ils se faufilaient comme autant de pattes d'araignée vers les prises de courant en bakélite et s'y enfonçaient à travers un duvet de dangereuse poussière qui s'était agglomérée depuis des décennies et risquait de produire des étincelles ; ils ressurgissaient ailleurs, se jetaient dans les profondeurs de vieilles pierres le long d'un montant de porte, débouchaient dans un interrupteur en porcelaine, et l'hydre autorisait à présent la main du notaire à la toucher, sans que cela ait le moindre effet ; nous restions dans la pénombre.

2

Quand Willem Verhulst sonne à la porte de la haute demeure, le premier automne de la guerre, la bonne Cordula vient lui ouvrir. Elle est l'employée de maison du vieux monsieur De Paepe, directeur de l'enseignement catholique à la retraite. Aucune autre information n'est disponible à propos de ce précédent locataire des années trente, rien ne permet de savoir non plus où il a dû aller quand les Allemands lui ont fait savoir qu'il devait déménager sur-le-champ. Le prix de la location à verser par le nouveau locataire de la famille De Potter était anormalement élevé : 1 500 francs belges, à une époque où le salarié moyen ne gagnait pas plus de 500 francs par mois. La famille francophone De Potter a apparemment accepté sans trop de difficultés de conclure le bail.

À quatre-vingt-cinq ans, Suzy, la fille cadette de Willem, se rappelle qu'à l'occasion de ce déménagement on lui avait demandé de « tenir solidement une charrette remplie de pommes. La charrette a basculé et je suis restée suspendue, les pieds au-dessus du sol, à la poignée. J'avais six ans à l'époque ». L'image évoque une photo ancienne : une enfant au début de la guerre s'agrippant à une charrette à bras, les pieds pendouillant trente centimètres au-dessus du sol, quelque part sur le trajet de quelques centaines de mètres entre une maison connue et une autre inconnue, dans un quartier populaire aux ruelles étroites, accompagnée par un père qui ne portait peut-être pas encore l'uniforme allemand à ce moment-là – les sources à ce sujet laissent planer un doute.

Les enfants ont de leur nouveau logement des premières impressions assez désagréables. Ils le trouvent froid et obscur et, bien que ce soit une maison bourgeoise de trois étages avec cave et grenier, le haut bâtiment leur paraît plutôt petit par rapport aux grandes pièces et aux entrepôts de la rue du Vieux Bourg. « Là-bas, nous ne nous sentions vraiment pas bien, écrit Letta, la fille de Willem, dans ses mémoires une cinquantaine d'années plus tard. Une des petites améliorations était l'évier, situé non pas dehors dans la cour, comme dans la rue du Vieux Bourg, mais à l'intérieur dans l'extension à l'arrière de la maison. Les eaux usées coulaient directement de l'évier dans la Lieveke. »

Quand j'ai visité la maison avec le notaire, il ne restait plus dans toute la maison que deux petits robinets en cuivre ; j'essayais d'imaginer comment les habitants avaient dû se débrouiller pendant les hivers rudes de la guerre, sans eau chaude ou installations sanitaires dignes de ce nom.

℘

En ce temps-là, Gand gémit sous le joug de l'occupation allemande. Les nouvelles autorités évincent toutes sortes de fonctionnaires et les remplacent par des individus prêts à collaborer avec la Militärverwaltung, l'administration que l'occupant met en place à vive allure et sous la contrainte. Comme Mientje ne cesse de l'interroger, Willem lui avoue qu'il est maintenant dans les petits papiers des autorités allemandes et qu'on lui a proposé, en partie sur recommandation de son beau-frère, un nouvel emploi : il a été nommé avec effet immédiat directeur de la Radiodiffusion gantoise, un service que les instances municipales proposaient dans les années trente aux habitants mélomanes. Mientje et Willem ont eux aussi droit à un récepteur radiophonique à la MEGA ; leur maison sur la Drongenhof va désormais également en recevoir un dans les meilleurs délais, ces prochains jours même, car cette installation est « indispensable pour mon travail », ajoute Willem.

La mission de la Radiodiffusion, une instance progressiste et sociale, s'inscrivait dans une politique d'enrichissement culturel. Par un réseau câblé, on acheminait la musique directement depuis un émetteur central situé dans la Stoppelbergstraat jusque dans les salons des particuliers. On venait fixer au mur du domicile des habitants de la ville un petit boîtier marron foncé en bakélite, qu'ils pouvaient actionner, la plupart du temps à l'aide d'un grand bouton primitif, entre différentes positions : ils avaient le choix entre musique « légère », « grande » musique, comme j'entendais mon grand-père le dire encore dans les années soixante, ou bien « chaîne parlée ». Je me rappelle avoir eu l'occasion d'apercevoir ce genre de boîtier en bakélite au mur d'une maison dans un quartier ouvrier où j'allais jouer avec mes cousins en été. Helmut Zacharias et son merveilleux violon, *Ich küsse deine Hand, Madame*, j'ai toujours l'impression d'entendre, comme si c'était hier, le son nasal sortir du haut-parleur intégré. Le précédent directeur de la Radiodiffusion, un certain monsieur De Vinck, avait « fui l'occupation allemande », comme me l'a expliqué plus tard une des filles de Willem.

Dans une étude sur la collaboration à Gand, la formulation employée est moins anodine : « Peu après la campagne de dix-huit jours[1], le 15 juillet 1940, les locaux de la Radiodiffusion sont occupés par les Allemands. Les anciens membres de la direction se voient refuser l'accès au bâtiment. Les autorités allemandes mettent à la place leurs propres collaborateurs. » Le prédécesseur de Willem est tout simplement délogé sans ménagement par l'occupant, qui a besoin de cette chaîne pour sa propagande. À partir de ce moment-là, l'émetteur diffuse de la musique militaire, des chœurs flamands et des discours braillards. La Radiodiffusion gantoise s'appellera désormais « Radio Flandre ». Willem boit du petit-lait.

1. Campagne militaire de la Belgique entre le début de l'invasion allemande le 10 mai 1940 et la capitulation de la Belgique, dix-huit jours plus tard.

3

Quand les pieds de Suzy touchent de nouveau le sol, Adri s'empare de la charrette à bras pleine de pommes, la pousse jusque devant la porte de la maison sur le Veerdam, et la gare en travers du trottoir pour que les enfants, qui ont chacun pris un petit seau métallique dans la charrette, puissent d'emblée commencer à entasser les fruits dans la cave. Willem se débat avec la clé ; à bout de souffle, Mientje dépose par terre les lourds sacs de vêtements qu'elle transporte en attendant de pouvoir entrer. Elle voit sur la porte massive le battant en cuivre de la boîte aux lettres, sur lequel est inscrit élégamment le mot *Lettres** ; un courant d'air le fait claquer. Le temps est doux, des nuages blancs se dessinent dans un ciel bleu délavé, ici et là flotte une vague odeur de lignite et de nourriture mijotant sur un poêle. La ville est silencieuse, prudente, sous les forces d'occupation.

Soudain le couloir s'ouvre devant eux. Mientje aperçoit les dalles noires et la haute cage d'escalier, un souffle humide vient à leur rencontre des profondeurs de la maison. Quelque chose en elle frémit et sait que la vie insouciante de la rue du Vieux Bourg est définitivement révolue. Elle dit à son mari rayonnant, dont l'œil unique lance un regard circulaire : C'est bien, ici, Willem, quelle belle maison.

Elle traîne les sacs de vêtements jusqu'à la moitié du couloir, les dépose là et, emboîtant le pas à Adri qui porte son petit seau de pommes, se rend aussitôt à l'arrière de la maison, où l'escalier vers la cave laisse entrevoir une ouverture sombre et béante. Déjà, à l'époque, les marches en bois de hêtre étaient usées ; Adri trouve un interrupteur en porcelaine, une ampoule s'allume brusquement, mince alors, dit-il, maman, la cave est inondée. Cela vient du canal derrière la maison, dit Mientje, l'eau traverse carrément les murs. On écopera l'eau dans la cave quand nous serons bien installés.

Debout derrière son fils, quelques marches plus haut, Mientje se rend compte qu'il est déjà grand pour ses onze ans, elle voit les poils drus sur sa nuque, un courant chaud lui parcourt le corps. Viens, dit-elle, ce n'est pas grave, nous entasserons les pommes tout à l'heure dans le grenier. Son fils remonte l'escalier en passant devant elle, les deux fillettes sautillent dans le couloir et les pas de Willem résonnent sur le plancher de la pièce à l'avant de la maison, mais elle fixe encore un instant la nappe d'eau saumâtre sur le carrelage rouge délavé.

Elle songe à la vieille cave de sa maison parentale composée de deux parties, un cellier à l'avant où étaient stockées les conserves de légumes et une remise à l'arrière où était entreposée une réserve de charbon. Dans cette remise aboutissait un conduit biseauté par lequel on pouvait déverser le charbon de l'extérieur vers l'intérieur : des petits galets scintillant de poussière de charbon compressée pour la cuisinière, et de l'anthracite pour le poêle à foyer fermé dans la salle de séjour. Des hommes à ses yeux gigantesques, noirs de poussière de charbon, coiffés de capuches comme s'ils surgissaient des profondeurs de la mine, portaient sur leurs épaules des sacs en toile de jute grossière ; ils saisissaient chaque sac en tournant le dos à la charrette à cheval, le hissaient d'un seul geste sur leur épaule puis sur leur dos et marchaient, ployant sous leur charge, jusqu'à l'ouverture de la cave, on aurait pu croire, le temps d'un instant, qu'ils avaient sur le dos une bosse ou un enfant difforme ; ils faisaient basculer d'un brusque mouvement de l'épaule le sac au-dessus de l'ouverture donnant dans la cave, ils l'agrippaient par le collet lors de sa chute pour vite le renverser et ainsi le vider précisément dans l'étroit orifice ; ils lançaient sur leur bras le chiffon devenu étonnamment mou et fin, comme quelqu'un qui à la suite d'un choc électrique aurait perdu connaissance, retournaient vers la charrette, pliaient en deux le sac de jute, le jetaient soigneusement au-dessus de la pile et retournaient se tenir courbés, dos à la charrette pour le prochain sac, le front couvert de gouttelettes de sueur luisant comme du verre liquide ; il y avait dans le blanc de leurs yeux une lueur redoutable et ils semblaient ne voir rien d'autre que le trajet qu'ils avaient à faire…

Letta, qui se demandait où était passée sa mère, la rejoint ; celle-ci sort brusquement de ses méditations, se dépêche de remonter, se dirige vers la pièce à l'avant où Willem, le coude appuyé sur le rebord de la cheminée, lui montre le marbre d'un brun rosâtre : Regarde ce magnifique manteau de cheminée, Mien, elle est belle, la maison où on nous a permis d'emménager, tu ne trouves pas ? Elle s'efforce de sourire, cette maison humide ne lui plaît pas, il y flotte une odeur de puisard, oui Wim, elle est belle, dit-elle, ça fait plaisir de te voir si content. À contre-jour devant les hautes fenêtres, il paraît plus grand qu'il ne l'est en réalité. Elle ne peut que deviner ce qui se passe dans la tête de son mari. Il a son sourire malin, une lueur de triomphe brille derrière ses verres de lunettes ; nous sommes riches Mien, nous sommes riches, a-t-il dit avant-hier, quand il lui a fait comprendre qu'il percevrait un salaire mensuel plus que généreux. Elle apprendra des semaines plus tard qu'il s'élève à 15 000 francs par mois, un montant qui l'effraie ; qu'allons-nous en faire, dira-t-elle, qu'est-ce qu'on te demande en échange, la plupart des gens ici dans le quartier ne gagnent même pas de quoi se payer le sel dans leur soupe ; mais pour l'instant, il n'en dévoile pas le montant, il lui glissera dans la main de temps en temps, au cours des mois et des années à venir, un petit rouleau de billets qui mettront le cœur de Mientje en joie, car elle pourra ainsi gâter les enfants, faire livrer une réserve de charbon dans la remise à l'arrière et entretenir la maison.

Près de quarante ans plus tard, je me suis retrouvé avec monsieur De Potter devant la même cave inondée, devant les mêmes portes anciennes. Essoufflé, le notaire me précédait, hésitant à monter l'escalier branlant en bois de hêtre qui, à en croire les innombrables petits trous, était sûrement plein d'horloges de la mort et de capricornes. Une odeur aigre d'eau saumâtre s'élevait vers nous ; regardez par vous-même, ici en bas, a-t-il dit avant de se mettre à tousser.

J'ai descendu la moitié des marches. Le spectacle n'était guère encourageant ; quelques tuyaux entièrement rouillés et cassés sortaient du plafond bas. J'apercevais vaguement, au fond de la cave plongée dans la pénombre, éclairée par la parcimonieuse lumière du jour pénétrant par une bouche d'aération, quelques flaques d'eau trouble ici et là sur le carrelage rouge mouillé. Les jolies voûtes en briques du plafond étaient érodées par la moisissure. Les belles niches sur le mur du fond, conçues pour conserver le vin, étaient traversées par un conduit d'évacuation massif en ciment de laitier d'où pendaient ici et là des gouttes marron. Mon Dieu, me suis-je dit, le tuyau d'évacuation de la merde fuit. Les magnifiques casiers ne pouvaient donc plus être d'aucune utilité. Sur le mur opposé étaient suspendues à des fils rouillés de vieilles étagères poussiéreuses sur lesquelles étaient posés ici et là de petits bocaux abandonnés contenant quelques clous, un fond de peinture sèche ou de l'huile solidifiée. Je n'apprendrais que bien plus tard ce qui s'était déroulé là, l'identité de ceux qui s'étaient abrités des bombardements à cet endroit.

Je suis remonté, j'ai dit au notaire De Potter : C'est bien, mais on va avoir du pain sur la planche, il y a des briques couvertes de moisissure dans la cave. Oui, a-t-il répondu, *neurospora sitophila*, ce sera à vous de prendre des mesures, cher monsieur, on fait maintenant de très bons produits contre ça, cela ne pose aucun problème. Autrefois, il y avait la Lieveke, une ramification de la Lys, qui coulait ici à l'arrière, a-t-il ajouté, vous savez peut-être qu'on l'a comblée après la guerre, apparemment les Allemands y ont fait couler un bateau en 1944, mais l'eau cherche toujours un chemin, comme on dit.

La pièce à l'avant était spacieuse. Les fenêtres offraient la vue, quand on regardait à gauche, sur la vieille chapelle des Norbertins. Celle-ci était vide depuis des décennies ; des pigeons roucoulaient en se promenant sur son toit pentu. On apercevait de cette pièce les hauts murs de l'édifice, qui projetaient une ombre anguleuse sur les pavés mouillés dans la rue. Au-dessus d'une étroite fenêtre cintrée on distinguait vaguement la date, 1607, de cette construction en briques vernissées ; on remarquait des symboles de la franc-maçonnerie sur la façade latérale gauche sous les fenêtres gothiques. Mientje était entrée dans le bâtiment un jour où, pour une fois, le grand portail était ouvert – elle sentait croître en elle une attirance impérieuse pour tout ce qui avait un rapport avec la religion. Parfois, quand elle entendait des chants dans les églises à Gand, elle y pénétrait un instant, bien qu'elle trouvât frivoles toutes ces histoires de saints et les chaires ouvragées, et se sentait ensuite honteuse de s'être montrée curieuse. Dans la chapelle vide, elle avait découvert sur le sol de vieilles pierres tombales ; les dalles étaient endommagées, ici et là certaines étaient même fêlées ou avaient totalement disparu. Tourbillon de poussière à contre-jour, quelques pigeons dans les niches couvertes de fiente. Elle avait secoué la tête en silence. Une telle négligence aurait été impensable dans un temple protestant, s'était-elle dit. Maintenant qu'elle voyait le toit pointu de la chapelle de si près, il avait quelque chose de menaçant – comme si elle allait vivre définitivement sous une constellation étrangère. Le Seigneur nous portera secours, le Seigneur est bon, se mit-elle à psalmodier dans sa tête, et elle dit à Willem : Oui, c'est bien, Wim. On va sûrement être bien ici.

4

Je me suis retourné vers l'intérieur et j'ai remarqué seulement à ce moment-là la cheminée en marbre. Un magnifique spécimen, qu'en dites-vous, a lancé De Potter, ce marbre, c'est de la pierre de Comblanchien pure, authentique… Il l'a annoncé d'un air entendu, comme si j'avais appris par cœur, moi le jeune aspirant acheteur, une encyclopédie décrivant les différents types de marbre ; plus tard, bien plus tard, je passerais à d'innombrables reprises en voiture devant les sillons de la carrière de Comblanchien, dans le centre de la France, près de la ville bourguignonne de Beaune et de ses vignes à l'odeur de gravier et de pisse de chat. Il pleuvrait souvent, les gigantesques sillons mouillés dans le roc paraissant plus bruns que roses. D'ailleurs ce n'est pas du vrai marbre, a poursuivi le notaire, la pierre de Comblanchien est un calcaire, résistant et dur. Elle est appréciée parce qu'elle rappelle le marbre italien, mais elle est bien moins chère – comme vous le voyez, *mon cher**, les gens qui vivaient ici rêvaient d'une vie meilleure. Il n'y avait pas d'ironie dans ses propos, plutôt une légère nostalgie. Au fond, vous savez, ils étaient bien braves ces gens-là, mais tout de même, comment dire – une guerre, ça vous chamboule tout et, avant d'avoir eu le temps de s'en apercevoir, vous vous retrouvez du mauvais côté, pas vrai… ? J'ai vu ici, monsieur, quand j'étais enfant, un buste sur le manteau de la cheminée de…, enfin, de qui vous savez, de l'Adolf, oui, si vous me comprenez, il n'était même pas en pierre, c'était un modèle en vulgaire plâtre.

Un buste de… ? Ici, dans cette maison ? Mais c'était quel genre de personnes ? Les avait-il connues, monsieur notre notaire ? Absolument, a-t-il dit en hochant la tête, et très bien même, monsieur. Il a reniflé, songeur. Ce n'étaient pas des mauvaises personnes, vraiment, enfin, à l'exception du père, mais bon, lui non plus n'était pas une mauvaise personne au fond, il était juste égaré, perdu, aveuglé, mais de là à en dire plus, non, cela étant, il a donné du fil à retordre à mon défunt père… mais cette Hollandaise et les enfants, c'étaient des gens comme il faut… enfin, que voulez-vous, les enfants ont quitté le nid, maintenant le fils aîné est un professeur érudit, qui enseigne à l'université de cette ville, ainsi va la vie, comme vous pouvez le constater, cela fait des années que la maison est vide, toutes ces histoires remontent à il y a très longtemps, mon bon monsieur.

Il est incompréhensible que j'aie laissé m'échapper à l'époque, avec tant d'insouciance, tout ce que j'aurais déjà pu savoir ou du moins supposer.

℘

La famille Verhulst s'installe – les meubles sont transportés le jour même, plusieurs des déménageurs s'adressent à Willem avec déférence. Il réagit d'un ton autoritaire et sec, ce qui étonne Mientje ; elle n'a pas l'habitude de voir son mari se comporter ainsi, Wim l'enjoué, l'enthousiaste, toujours charmeur. Il envoie les enfants au deuxième étage, où ils pourront commencer à explorer leurs chambres bien trop grandes. Il ordonne et indique, l'armoire là, la grande table à pieds de lion dans la pièce en enfilade, ces six chaises de cuisine à l'arrière de la maison ; quand Mientje s'apprête à faire une remarque, il lui fait signe de se taire, comme s'il ne tolérait pas que les hommes travaillant sous ses ordres soient témoins de son intervention. Plus tard dans la journée, elle est stupéfaite de voir livrer trois fauteuils en cuir noir. C'est pour le salon, Mien, dit-il, de la part des nouvelles autorités en place, après tout nous devons recevoir des gens importants. Il la fixe curieusement de son œil clair, elle détourne le regard. Elle sent son cœur battre dans sa gorge, elle se rend au premier étage, où deux hommes montent le lit conjugal, puis un étage plus haut, où les filles ont sorti leurs poupées parmi leurs vêtements et leurs affaires emballés dans de vieux draps. Letta et Suzy dormiront ensemble dans la grande pièce à l'avant au deuxième étage, Adri dans la chambre à l'arrière. Le garçon a déjà posé son violon dans un coin et regarde par la fenêtre, au-delà de la Lieveke boueuse, le quai en face, le café Petite Rose délabré, les quelques mouettes qui tournoient au-dessus des vieux toits ; ses livres de classe disposés en petites piles sont prêts à être rangés sur les sobres étagères. Je serai bien ici pour faire mes devoirs, dit-il. Il se rapproche de sa mère et l'étreint par les épaules.

℘

Ce soir-là, Willem reste seul dans le salon tandis que, dans les étages, Mien met de l'ordre dans les affaires et fait les lits. Il doit consulter des dossiers, dit-il, elle remarque qu'il emporte un petit verre de schnaps. Il monte tard se coucher, le lendemain matin il se lève particulièrement tôt, s'habille et dit à sa femme étonnée : On me sert mon petit déjeuner au bureau, on se voit ce soir. La grande porte se referme avec un claquement sourd ; Mien va devoir s'habituer à ce son, dans la rue du Vieux Bourg même la lourde porte cochère faisait moins de bruit. Elle appelle les enfants, ils se lavent dans une bassine métallique à l'arrière de la maison pendant qu'elle leur prépare leurs tartines – parce que nous n'allons manquer de rien, lui a assuré

Willem, tout va s'arranger, nous sommes entre les mains du Seigneur.

Deux jours plus tard, les choses se précisent déjà : un jeune Obersturmführer vient en début de soirée chez Willem, ils vont s'asseoir tous les deux dans les fauteuils qui viennent d'être livrés, la porte à double battant de la pièce à l'avant est refermée. Mientje écoute de l'autre côté. Elle entend son mari demander dans un allemand entrelardé de flamand comment se passe la restructuration prévue du centre-ville – voilà que son magasinier de la MEGA, son sympathique fêtard qui savait toujours la séduire par une plaisanterie absurde, se mêle d'un sujet aussi important que la construction de nouvelles rues en ville ? L'officier allemand lui répond sereinement qu'il ne faut certainement pas s'attendre à voir la ville traversée par de grands boulevards – *keine Hausmannisierung*, la Verwaltung, l'administration, ne l'autorisera jamais, *Herr Hülst*, elle ne laissera pas détruire le vieux centre historique d'*eine der schönsten deutschen Städten.*

... Ce SS qualifie Gand de ville allemande ! Et son mari acquiesce, à en juger par son grognement approbateur... l'odeur de cigare s'échappe par la fente sous la porte, Mien entend la voix allemande de l'officier dire à présent qu'il compte sur Willem pour organiser efficacement et « *unempathisch* » la « *vertrauensvolle Zusammenarbeit mit den Flamen* », la coopération basée sur la confiance avec les Flamands. *Unempathisch*, sans empathie. Abasourdie, elle retourne en toute hâte vers l'arrière de la maison où est aménagée la modeste cuisine, les enfants veulent savoir qui est ce monsieur, elle dit qu'elle ne sait pas. Quand Adri lui demande si elle a encore envie de chanter un peu ce soir pendant qu'il joue du violon, elle lui répond d'un ton sec qu'elle est bien trop occupée, s'essuie les mains sur son tablier et déclare : Bon les enfants, allez dans vos chambres maintenant, je viendrai tout à l'heure vous dire bonne nuit.

5

Quelques mois après leur emménagement, la sonnette retentit, un ouvrier devant la porte dit à Mientje : Madame, c'est la commande pour votre mari. Il se dirige vers une charrette à bras un peu plus loin, prend une caisse en bois brut et demande s'il peut la laisser dans le couloir. Elle aperçoit une étiquette portant le nom Verhulst, et un tampon allemand. L'homme la salue brièvement, mais oui, dit-il, c'est pour votre époux, et comme vous le savez, Madame, un époux, c'est la fin des billets doux. Il rit, porte la main à sa casquette, empoigne sa charrette et s'éloigne dans la rue. Mien sent son cœur battre dans sa gorge ; elle reste à bonne distance de la caisse dans le couloir, son mari lui donnera sûrement des explications ce soir.

Mais Willem ne rentre que dans la nuit, quand tout le monde dort. Elle l'entend faire du bruit en bas à l'arrière de la maison, peut-être mange-t-il la portion du dîner devenu froid qu'elle a mise de côté pour lui, ensuite elle l'entend monter l'escalier sur la pointe des pieds, il fait craquer le plancher de la chambre, se glisse à côté d'elle, s'allonge en lui tournant le dos et respire si doucement qu'elle ne parvient pas même à savoir s'il est encore en vie.

Le lendemain, après un petit déjeuner précipité, il s'apprête à repartir aussitôt, il paraît nerveux, agité, quand elle l'interroge sur le contenu de la caisse, il marmonne qu'il lui montrera plus tard ; vers midi, un coursier de la Radiodiffusion, spécialement envoyé à la maison sur la Drongenhof pour s'occuper de cette tâche, ouvre la caisse. Il en extrait un objet qui donne le vertige à Mien. L'homme pose un grand buste du Führer – c'est votre mari qui m'a donné ces instructions, Madame – sur le beau manteau de la cheminée en pierre de Comblanchien, il la regarde d'un air entendu et dit : Sur ordre de votre mari, Madame, tous mes vœux de réussite. Après l'ébauche d'un salut hitlérien, il s'incline. Mien le raccompagne à la porte sans un mot, puis retourne dans le salon ; perplexe, se tordant les mains dans son tablier, elle regarde l'expression inerte dans les yeux vides en plâtre brut, sent s'éveiller en elle une aversion qui ne dure que trois secondes puis se transforme en inquiétude et en peur, les enfants ne vont pas tarder à rentrer, il faut fermer cette porte, je ne veux pas qu'ils voient ça, je dois encore faire des courses pour ce soir – elle se dirige vers l'arrière de la maison, sent la commissure de ses lèvres se crisper, regarde fixement l'eau sombre du canal, voit à travers les barreaux de la vieille grille flotter quelques canards, la vie semble presque normale, mais puisse le sort nous épargner, le Seigneur est omniscient, marmonne-t-elle, le Seigneur nous sauvera, amen. Elle verse du charbon dans le poêle, il fait froid, le conduit de cheminée ne tire pas, la fumée âcre qui se dégage la fait tousser, comment peuvent bien aller ses parents à Oud-Zevenaar, elle a envie d'aller les voir le plus vite possible pour passer quelques jours chez eux avec les enfants, mais que va-t-elle raconter là-bas, de toute façon est-il encore possible de franchir la frontière, peut-être que Willem est en mesure d'organiser ce genre de chose pour elle.

℘

Il est difficile de déterminer le moment précis où Willem a commencé à porter un uniforme SS, mais Letta a déclaré oralement se rappeler que sa mère ne supportait pas qu'il le mette à la maison. Elle accroche donc dans la pièce à l'avant un cintre sur lequel sont suspendus des vêtements civils soigneusement lavés et repassés à l'intention de son époux rentrant des destinations qu'il garde secrètes, pour permettre à papa à son arrivée à la maison de retirer les bottes et la tenue qu'elle exècre, d'enfiler ses habits ordinaires, de laisser l'uniforme dans cette pièce et de se présenter en simple civil à sa famille. Mientje interdit dès lors aux enfants d'y entrer. C'est la chambre mortuaire, leur dit-elle, peut-être parce qu'elle a vu la *Totenkopf* sur son uniforme ; et Willem, qui restera toujours un sympathique farceur, se venge en s'écriant *Heil Hitler* à table juste avant le dîner, en claquant des talons et en effectuant le salut bien connu, et s'assoit auprès de ses enfants étonnés, tandis que sa femme honteuse incline la tête et remercie le Seigneur pour le repas.

℘

Le dimanche soir s'enfonce dans la noirceur somnolente des rues vides ; la soirée se termine, le silence revient. On n'entend plus que le bruit rassurant du tramway qui, passant par la rue de la Porte Grise en direction du château des comtes de Flandre, fait légèrement trembler les lattes du plancher dans toute la maison ; allongée dans le noir, Mien ne dort pas. Elle entend au fond de la ruelle étroite en dessous d'elle quelqu'un appeler un enfant pour le faire rentrer, en face une porte claque, ce qui atténue les voix. Quelques soldats passent en bredouillant, puis plus rien, jusqu'à ce que, infailliblement, une vingtaine de minutes plus tard, l'acier des roues du tramway glisse à nouveau sur les rails, rassurant, dans l'autre sens cette fois. Les roues semblent emporter les pensées de Mien, l'inviter à une promenade sur le trajet du tramway, en direction de la banlieue et du port, jusqu'au bassin portuaire où les péniches peuvent tourner. Dans ce gigantesque dock noir, l'eau crasseuse décrit des cercles, marquant une petite hésitation avant de se laisser emporter par le courant dans le canal bordé d'industries. L'appel de la banlieue, suscité par le passage du tramway, donne à Mien envie de se relever, de sortir dans le plus grand silence pour se retrouver dehors un instant, longer les façades et les petits commerces des faubourgs où tout un bric-à-brac est exposé dans la vitrine, arriver dans des rues de plus en plus désertes, jusqu'aux hangars en bois où le vent est plus froid et l'odeur des marchandises entreposées donne au promeneur solitaire une envie de bateaux, de partir sans se retourner.

Mais elle reste allongée, craignant de réveiller Willem. Elle voit, à portée de main, les quelques cahiers qu'elle s'est achetés récemment pour tenir un journal. Elle l'écrira d'ailleurs, avec peu d'interruptions, jusqu'à quelques jours avant sa mort. Plus tard, ces témoignages poignants ont atterri sur mon bureau.

C'est l'anniversaire de Suzy, elle a reçu des fleurs, nous le fêtons avec les amis Vandermeulen et Welvaert, papa fait aussi partie de la tablée heureusement, mais nous avons insisté, la reine de la fête et moi-même, pour que personne ne parle de politique. Brusquement, après le repas, papa réclame son pyjama, sa serviette, son nécessaire de rasage, et ainsi de suite, alors Suzy fait remarquer en riant : « Et aussi son slip de bain, maman, parce qu'il va à Tielt. » Il part en nous laissant interloqués. Demain j'irai au temple de la rue Digue de Brabant, plaise au Seigneur.

6

Mes plus anciens souvenirs, écrit Adriaan, remontent aux années trente ; tous les étés, je passais les vacances chez mes grands-parents maternels, qui habitaient Oud-Zevenaar, près d'Arnhem, loin en Gueldre. Le voyage, parfois avec toute la famille, durait longtemps : maman remplissait de sandwichs un sac en toile, et nous, les enfants, nous portions chacun un bidon de lait en fer. Nous partions tôt le matin en direction de la gare de Gand-Saint-Pierre, le plus souvent à pied, parfois en prenant le premier tramway, car le trajet était long de la rue du Vieux Bourg. Nous prenions d'abord le train de Gand à Bruges, puis l'omnibus jusqu'à Breskens ; ensuite le bateau vers Flessingue, je me souviens du vent salin au-dessus de l'eau grise pendant la traversée. À Flessingue nous montions dans un autre train, pour un trajet long et lent – Middelburg, Goes, Bergen op Zoom, Roosendaal, Dordrecht, Gorinchem, Wageningen, Arnhem – et de là nous marchions encore des heures jusqu'à la maison accueillante, flanquée d'une grande grange en bois, d'Oud-Zevenaar. Nous, les enfants, nous aidions aux travaux agricoles notre grand-père néerlandais, le fermier Wijers – « c'étaient des petites tâches comme ramasser les épis – “*aorenlèsen*”, comme on dit dans le dialecte de la région ». Adri mangeait avec les valets de ferme de la bouillie au lait ; à table, il entendait les propos que les gens échangeaient entre leurs dents sur le Premier ministre Hendrikus Colijn, ou un voisin qui s'était discrédité en se laissant séduire par le NSB, le mouvement national-socialiste néerlandais. Il pensait à son père et se taisait.

℘

Je me rappelle, raconte Letta, que mes parents ont fait une excursion à Düsseldorf. Ils y ont visité, mais nous qui étions enfants ne l'avons compris que bien plus tard, l'exposition de propagande nazie *Schaffendes Volk* – ce devait être en 1937, j'avais six ans, Adri en avait huit.

L'exposition de Düsseldorf était en phase avec une culture de rancunes allemandes apparue durant la Première Guerre mondiale et de plus en plus répandue. Un membre du NSDAP œuvrait depuis quelques années à la création d'un forum artistique en hommage à Albert Leo Schlageter, Allemand originaire de Düsseldorf qui avait été membre d'un *Freikorps*, un groupe paramilitaire. En 1923, les Français l'avaient exécuté pour des activités d'espionnage et des actes de sabotage contre l'occupation française de la région de la Ruhr. Le NSDAP, qui faisait un culte de cet homme en le présentant comme victime, avait même appelé un nouveau quartier de la ville *Schlageterstadt*. L'exposition *Schaffendes Volk*, organisée autour de ce nouveau quartier, avait des aspects futuristes. Elle a attiré plus de six millions de visiteurs. L'architecture était purement et simplement révolutionnaire pour l'époque. Des petits trains bondés de touristes circulaient sur le terrain. L'événement m'évoque les impressions qui me sont restées de ma visite, enfant, en compagnie de mon grand-père, à l'Exposition universelle de Bruxelles en 1958.

En cet été de 1937, Willem devait déjà être en relation avec des organisations allemandes ; Mientje avait sûrement accompagné son mari avec une certaine résignation à cette exposition qui lui avait sans aucun doute déplu par son emphase, son atmosphère militante et ses idolâtres insistants de l'hystérie politique.

Mientje savait bien sûr que Willem, activiste à l'époque de la Première Guerre mondiale puis partisan du Frontpartij, avait déjà fait partie de la Vlaams Nationaal Verbond (VNV), la Ligue nationale flamande, aux sympathies allemandes. Même si elle avait tout fait pour l'en dissuader, il s'était présenté en 1936 au conseil provincial sur la liste des candidats de ce mouvement qui ne cessait de se radicaliser. En 1937, il avait de nouveau rompu avec la Ligue ; quand Mientje lui avait demandé pourquoi il passait son temps à en critiquer des membres qu'il avait initialement vénérés, il lui avait répondu : « Parce que c'est une bande de catholiques vieux jeu, voilà pourquoi. » Un ami de la famille, monsieur De Pestel, avait donné à Mientje une autre version : « Votre mari a eu une violente dispute parce que des partisans du leader wallon Léon Degrelle étaient présents à la réunion. Il y a eu aussi des désaccords parce que Willem trouvait la VNV pas assez radicale ; il s'est mis à crier qu'il ne fallait pas seulement lutter pour l'indépendance flamande, mais intégrer un nouvel Empire pangermanique, car nous, les Germains occidentaux, avions un rôle héroïque à jouer. » De Pestel avait regardé Mien comme pour s'excuser, puis avait ajouté : « Ne dites jamais à qui que ce soit que c'est moi qui vous l'ai appris, madame Verhulst. Je ne suis pas le seul à qui il fait peur. »

Mientje, le soir même : Je n'y comprends rien, Willem, à ces gens que tu fréquentes… Tu te souviens de ce que disait Kees Boeke, et le pasteur Wartena : on a toujours Dieu en face de soi, ni l'un ni l'autre n'approuveraient ce que tu fais. Et lui : Maman, je t'en prie, occupe-toi des enfants, ça te fait déjà assez de travail. Il monte l'escalier vers son bureau au premier étage. Elle l'entend fermer à clé la porte derrière lui.

7

À l'école, Adri est soumis à la politique linguistique absurde pratiquée dans l'enseignement en Flandre. Même sa mère, fille d'un fermier néerlandais au solide bon sens, proteste contre l'obligation qu'ont les enfants d'apprendre des chansons françaises dont on ne leur explique pas les paroles. Les protestations de Mientje lui valent d'être convoquée par la direction de l'établissement scolaire pour venir s'expliquer. Quelques années plus tard, on traitera Adri de Batave dans un établissement où, en revanche, l'enseignement est en flamand, car il parle le néerlandais avec son accent des Pays-Bas hérité de sa mère ; on se moque de lui parce que la grosse chaussure montante qu'il porte à son pied droit déformé l'empêche de jouer au football ; Adri boite, passe le portail du collège, se rend à sa leçon de violon. Il ne s'attire guère la sympathie de ses professeurs car il n'a pas le droit d'apporter une contribution à la Croix-Rouge. Son père a en effet laissé entendre qu'ils ne donnent qu'à la « Croix flamande », son professeur lui ayant alors demandé si la pauvreté et la maladie sont aussi devenues flamingantes. Imperturbable, son père interdit à Adri de se lever lorsque se joue l'hymne de la

Belgique, sans parler de le chanter. Ce genre de facéties valent à Mientje d'être de nouveau convoquée à l'établissement scolaire d'Adri pour se faire chapitrer par le directeur, qui s'indigne des témoignages de *Deutschfreundlichkeit*, de sympathie pour l'Allemagne, de son fils. Mientje transige et plaide, explique et proteste, écoute et désespère, et dit je vous remercie, je vous remercie, à l'homme visiblement agacé qui la raccompagne jusqu'à la porte.

Le poète Richard De Cneudt, cousin et vieux copain de l'époque où Willem et Elsa étaient encore ensemble, passe parfois à la maison sur la Drongenhof. Sous les yeux vides du Grand Dirigeant en plâtre dans la chambre mortuaire, des souvenirs sont évoqués. Au fil de la soirée et de la consommation de genièvre, les discussions s'enflamment, parfois ils se parlent en allemand pour éviter que les enfants entendent ; si on veut enfin libérer la Flandre de l'emprise des dirigeants judéo-bolcheviques et fransquillons-maçonniques, il faudra inévitablement recourir à la violence, proclame Willem, on n'obtient rien dans ce pays à la con par la voie parlementaire, ce sont les propos qui filtrent par les interstices de la porte entrouverte de la pièce intermédiaire ; un peu plus tard, Mientje lance à Willem d'un ton sec qu'elle craint que le Malin n'ait pris l'ascendant sur lui. Hop les enfants, allez vite vous coucher, la soirée est terminée.

Plus tard, écrit Adri, j'ai entendu mon cousin Richard parler avec mon père de l'aile la plus extrême du mouvement activiste, la Communauté du travail germano-flamande, autrement dit la fameuse organisation DeVlag, inféodée à la SS.

Letta se rappelle vaguement les grandes festivités préparées en l'honneur du poète flamand, lors de la publication de son recueil *Mijn hart verlangt* (Mon cœur se languit) en 1942 ; il y a eu une cérémonie à laquelle Mientje et Willem ont été tous deux ravis de participer, avec un dîner dans la Cour Saint-Georges, sous la tour du Beffroi orné en haut de sa flèche d'un fier dragon gantois, juste en face de la salle de la Pacification où un jour, en 1576, Guillaume d'Orange tenta pour les Plats Pays de sceller la paix religieuse. Une soirée d'éloges et de discours, de poésie et de rhétorique, un toast de plus et partout beaucoup de *Heil Hitler* et de bras tendus. Des idéalistes flamands, ici et là un uniforme noir ou vert-de-gris, c'était une douce journée de septembre, en pleine guerre.

℘

Adri avait à l'époque appris par cœur quelques poèmes de Richard De Cneudt, m'a dit Letta ; il les récitait en faisant de grands mouvements de bras et en prenant une voix pincée, pour faire rire ses sœurs.

Toujours tu m'as donné, généreuse, ton étrange beauté
ma ville qui me connaît, moi ton poète séduit.
Source de ma vie, ville par mon chant louée
vers laquelle se tourne, de près ou de loin, mon cœur alangui ;

ville de tours, et du Beffroi, et des nuits de pénombre,
sinuant, menaçantes, autour de ton noble château ancestral ;
ville de profonds canaux, secrets et sombres,
entourée de ceintures multicolores florales ;

ville où, par une ironie grinçante, j'ai supporté de cuisantes douleurs,
repartant cependant chaque fois vaillamment au combat,
ville de mes plus beaux jours et de mon plus fragile bonheur,
où moi, dans une fière ivresse, j'ai aimé pour la première fois…

℘

Dans la maison sur la Drongenhof, les trois enfants grandissent dans des pièces que, des années plus tard, je ferai miennes. Ils ne savent pas pourquoi leur père regarde parfois droit devant lui, l'air sombre et tendu, dans la pénombre de l'extension à l'arrière de la maison, où Mientje se démène pour préparer le repas du soir. Adri passe tout cela sous silence dans les mémoires qu'il publie en tant que professeur émérite ; sans doute plus mortifié que ses propos ne le laissent supposer, il écrit qu'il n'a pour tout souvenir de l'époque de la montée du fascisme que le bruit de bottes, à travers les rues de Gand, des militants flamands de Dinaso, le groupement de solidaristes nationaux thiois, un parti politique flamand fasciste créé en 1931 par Joris Van Severen.

Moi j'attrapais les rats qui sortaient de la Lieveke pour s'aventurer dans notre petite cour, raconte Letta. Le soir je mettais un piège à rat, le matin je voyais une de ces grosses bêtes entre les barreaux de la cage. Maman me disait : Lettie, tu veux bien t'en occuper, je trouve ça insupportable. Mais ils me faisaient à la fois peur et pitié ; il n'y a pas plus brillants que les yeux d'un rat, on dirait qu'ils vous transpercent. Je prenais le piège, où l'animal couinait, et le plongeais les yeux fermés dans la citerne qui recueillait les eaux de pluie, il se débattait furieusement, il fallait parfois plusieurs minutes avant que s'arrêtent le combat et les soubresauts. Je l'entends encore, ce couinement, dit-elle, quand j'osais ouvrir les yeux un instant, je voyais le museau pousser entre les barreaux, c'est tout de même quelque chose, de continuer à voir ça encore soixante-dix ans plus tard, imagine l'impression que cela pouvait produire sur une enfant.

8

Le notaire De Potter a ouvert d'un geste théâtral la porte à double battant séparant la pièce à l'avant de la deuxième pièce. C'était l'endroit le plus sombre de la demeure, un défaut architectural dans de nombreuses maisons bourgeoises de ce type : la pièce intermédiaire ne reçoit pas de lumière directe. L'auteur italien Mario Praz écrit quelque part dans son livre *La maison de la vie* que les enfants qui grandissent dans un logement où existent des pièces intermédiaires obscures auront toujours envie d'une lumière située au-delà, de transcendance : ils ont grandi avec la promesse du paradis à l'horizon, ils continueront d'aspirer à la Terre promise.

Dans cette pièce obscure dominait une sorte de marron foncé, qui semblait adhérer à tout comme un cancer de la peau et datait des années pendant lesquelles la maison n'avait pas été chauffée l'hiver. Non seulement les portes étaient peintes en marron foncé, mais aussi le plancher ancien à larges lattes, altéré par d'innombrables pas perdus et allées et venues, et endommagé ici et là par un choc, peut-être celui des talons pointus d'une femme, de l'extrémité métallique d'une canne du dix-neuvième siècle, de la chute d'une paire de ciseaux ou d'une pelle à charbon ; le plafond orné de motifs en plâtre était maculé de cette même couleur sombre empreinte de tristesse qui se prolongeait plus d'un mètre en dessous de la corniche, donnant à la peinture terreuse l'aspect d'une coupole, d'une boîte posée à l'envers comme un éteignoir sur la pièce transformée en un lamentable craquelé ; les murs étaient recouverts d'un fin revêtement d'aggloméré qui, détaché par endroits, révélait des trous dans le plâtre.

Le notaire, lui-même un peu choqué, s'est senti obligé de faire une remarque réconfortante sur les ravissantes appliques qui seraient du plus bel effet une fois fraîchement repeintes. Oh, ce n'est pas si grave monsieur, m'a-t-il dit, ça se ponce facilement ces larges lattes et elles seront comme neuves… En prononçant ces mots, il a tapé une de ses chaussures soigneusement cirées sur le plancher, qui a produit un son creux dû au vide-sanitaire en dessous ; par endroits une planche craquait, l'une d'elles gémissant pitoyablement fort – un son presque animal qui m'a frappé, comme si la maison poussait elle-même un cri en s'éveillant d'un sommeil où l'avait plongée un sortilège. Le pleur de cette planche grinçante, clouée à une époque où le pays était une toute jeune nation, semblait annoncer un commencement, le cri d'un nouveau-né ; la planche en épicéa rouge provenait sans doute du tronc d'un arbre qui avait poussé quand l'Autriche se livrait à un troc avec la France, échangeant les Pays-Bas méridionaux contre Venise ; j'avais l'impression qu'en émettant ce cri fort et effrayant, ce témoin silencieux m'accueillait, m'initiait, m'entraînait dans la danse de tout ce qui m'entourait et que je ne comprenais pas encore. Oui, lui ai-je dit, il y a de quoi faire ici, pour remettre cette maison en état. Et De Potter m'a décoché un sourire un peu faux, comme pour signifier : De toute façon, tu n'as pas les moyens de t'offrir mieux, mon gars.

Au milieu de cette pièce intermédiaire obscure, il y avait une brouette contenant quelques pelletées de sable et des gravats. Dans un des murs, quelqu'un avait creusé une cavité rudimentaire à l'intérieur de laquelle était posée une bougie qui avait coulé jusque sur le papier peint déchiré. Plus loin, dans un coin sombre, un morceau de carton était recouvert de quelques chiffons. Visiblement, un sans-abri venait parfois dormir sur place – peut-être en s'introduisant par la porte à l'arrière, qui avait été soulevée de ses gonds. La pièce était dominée par un manteau de cheminée en marbre noir veiné de gris des Ardennes, agrémenté d'ornements en forme de coquillages en blanc de Carrare. Du plâtre au plafond, il ne restait guère plus que des masses informes où se distinguaient encore vaguement des motifs rappelant des fruits ; l'abdomen arrondi d'un petit Bacchus évoquait la panse d'un rat noyé plutôt que le ventre d'un dieu du vin. Dans le coin à gauche, une table aux pieds de lion était recouverte de vieux journaux, comme si le dernier occupant de la maison avait dû partir en catastrophe. Sur le sol étaient posés quelques petits cartons au fond desquels adhéraient des restes de nourriture. Près du foyer de la cheminée apparaissaient des marques de suie et même une trace de flammes. Le notaire, se sentant tenu de prononcer quelques paroles encourageantes, trouvait qu'il fallait faire de cette pièce la plus accueillante de la maison.

J'ignore s'il arrivait à la famille Verhulst de prendre ses repas ici aussi, peut-être qu'elle mangeait là uniquement quand il y avait des invités de marque ; la cuisine étant située à l'arrière de la maison, il n'était vraiment pas pratique d'apporter les plats chauds, les couverts et la vaisselle jusque dans cette pièce, Mientje aurait dû passer sans cesse par le couloir toujours frais ou par la véranda. Sans compter qu'il aurait fallu ouvrir et fermer trois portes, ce qui ne facilitait pas les choses quand on avait les mains pleines, *a fortiori* par temps froid dans une maison sans chauffage central et de toute façon trop grande pour conserver la chaleur. J'eus soudain un sentiment partagé : d'un certain côté, j'avais une impression de protection, à l'idée qu'on puisse se tapir ici dans un cocon, loin du monde – la pièce était d'ailleurs plus calme, on n'entendait presque pas la circulation le long de la place de l'Écluse proche de là, juste un vague grondement étouffé ; d'un autre côté, j'avais la sensation qu'on pouvait s'y sentir oppressé, y manquer d'air – c'était dans ce genre de pièce que les bourgeois suspendaient autrefois de grands miroirs au-dessus du manteau de la cheminée, et qu'ils avaient un regard ténébreux halluciné comme dans les tableaux de Léon Spilliaert. C'était également la pièce intermédiaire par excellence, des limbes dont on pouvait sortir de tous côtés ; jonction et refuge. Je me suis dit que je devrais peut-être tapisser les murs de bibliothèques s'élevant jusqu'au plafond, y écouter de la musique, fermer les yeux et laisser lentement s'apaiser le furieux tourbillon de mes pensées.

Il était près de midi ; au loin, au-dessus des toits, le ciel s'est dégagé un instant, une trouée vaporeuse bleu pâle est apparue entre les nuages. J'ai vaguement senti le sol trembler ; le tramway passait avec un grondement dans la rue de la Porte Grise avoisinante, en direction de la rue longue des Pierres, des gens monteraient et descendraient à l'arrêt dans le tournant juste avant le château médiéval.

9

Un jour, vers midi, Mientje entend plusieurs coups de klaxon dans la rue : elle ouvre la porte, aperçoit Willem en uniforme nazi qui rayonne, au volant d'une grosse voiture, il lui demande fièrement si elle a envie de faire un tour en ville avec lui, il est enjoué, surexcité. Sa joie la met mal à l'aise, mais, voyant son regard d'enfant, elle lui dit : Tu devrais tout de même faire attention Wim, tu as déjà eu plusieurs accidents avec tes problèmes de vue. Il entend à peine ce qu'elle dit, allez viens, ma femme, lui lance-t-il, monte, on va faire un tour. Il n'est pas encore bien habitué au changement de vitesse, le grand véhicule noir avance de quelques mètres en toussotant, se cabre comme une chèvre récalcitrante, et hop, les voilà partis – ils passent sous les regards des habitants du quartier et des promeneurs plissant les yeux, longent les canaux aux eaux dormantes dont se dégage de la vapeur, le château médiéval des comtes de Flandre au-dessus duquel flottent les drapeaux allemands, les cafés et restaurants sur le marché aux grains où les gens aux terrasses lèvent la tête ou se donnent des coups de coude. Regardez, c'est ce Willem qui conduit la voiture, tu te souviens, celui de la MEGA dans la rue du Vieux Bourg autrefois, sa femme est hollandaise, y paraît, il s'y croit, tu ne trouves pas, méfie-toi de ce gars-là, il a donné mon oncle aux Boches. Ils traversent ensuite des quartiers plus bourgeois, passent sur la place d'Armes, devant l'Opéra où, là, ce sont les étendards aux lions entièrement noirs des ultra-nationalistes flamands qui flottent à côté des croix gammées, puis bientôt sur la chaussée de Lille vers la gare Saint-Pierre, en direction de Laethem. Allez Mien, insiste-t-il, si on allait à Laethem, pour voir la Lys, tu veux bien ? Et elle : Mais Wim, je n'ai pas fini de faire le ménage, j'ai encore mon tablier, et après je voudrais aussi passer au temple de la rue Digue de Brabant, j'ai promis. Ils empruntent les vieilles avenues pour sortir de la ville, se font contrôler à un poste militaire allemand, mais quand Willem montre ses papiers le militaire claque des talons, rend aussitôt le passeport et effectue le salut bien connu, que Mientje exècre.

Willem la raccompagne à la maison et, pendant qu'il retourne en voiture à son travail, elle prend sa bible pour y lire quelques psaumes. Puis elle se rend au temple protestant de la rue Digue de Brabant, où le pasteur Pichal la regarde d'un air interrogateur quand il constate son trouble. Je dois prier pour mon mari, dit-elle, je dois implorer la miséricorde du Seigneur, puisse-t-Il nous aider, le Seigneur est bon, le Seigneur connaît nos soucis. Elle récite par cœur le Deutéronome 24:5 :

> Lorsqu'un homme sera nouvellement marié, il n'ira point à l'armée, et on ne lui imposera aucune charge ; il sera exempté pour raison de famille pendant un an, et il réjouira la femme qu'il a prise[1].

1. Traduction inspirée de celle de Louis Segond.

❧

Willem aime les livres, surtout d'histoire ; chaque semaine, un paquet est livré à domicile par un coursier. Il contient un nombre remarquable de livres français, marqués d'un tampon de l'École des Hautes Études sur le quai au Blé, institut d'enseignement francophone fondé en 1923, quand l'université de Gand est devenue en partie néerlandophone. Un nouveau gramophone fait aussi son apparition dans le salon, sur lequel Willem fait entendre de la musique à ses visiteurs, en particulier le prélude de *Der Rosenkavalier*, qu'il ne se lasse pas d'écouter.

Il annonce à Mientje qu'ils seront bientôt invités à se rendre à l'Opéra – le vieux Théâtre Royal étant à présent flamand –, grâce aux largesses de ses patrons et à l'appui de la nouvelle direction au flamingantisme : les Allemands soutiennent les activités du nouvel Opéra par une généreuse contribution. Apparemment, Willem connaît aussi le nouvel intendant ; l'homme vient parfois à la maison, les conversations portent sur le répertoire des prochains mois, l'augmentation du salaire des chanteurs et des musiciens, les nouvelles possibilités de promotion de la vie culturelle dans la ville. La culture apparentée au peuple flamand doit se voir accorder la priorité, le mécène allemand est très clair à ce sujet : fini les expérimentations françaises, mais beaucoup de Wagner, le *Freischütz* de Weber, la *Cavalleria rusticana* de Mascagni est aussi autorisée, et sans aucun doute *Fidelio* de Beethoven ; une musique éducative qui doit redonner sa fierté culturelle au peuple frère germanique si longtemps opprimé.

Willem est devenu à tous égards une autre personne : parfois Mientje se réjouit de voir à quel point son mari est maintenant satisfait et sûr de lui ; mais seule, la nuit, elle reste éveillée, se demandant pourquoi il ne rentre pas, ce qui peut bien se passer, jusqu'à ce qu'elle entende à l'aube la lourde porte d'entrée s'ouvrir et se refermer, en raclant légèrement les dalles, et elle plonge alors dans un lourd et sombre sommeil, pour se réveiller une heure plus tard en sursaut parce qu'elle doit sortir les enfants de leur lit.

Willem a beau gagner grassement sa vie pour ses activités, rouler dans une voiture spacieuse – et même se faire régulièrement conduire –, la famille manque souvent de nourriture saine. Adri témoigne de la faim dont ils ont souffert à Gand pendant les premières années de guerre ; les aliments s'achetaient à l'aide de tickets de rationnement, la qualité du pain était tout simplement mauvaise, le beurre et les légumes étaient rares et chers, la viande était le privilège des paysans et des classes supérieures, les enfants des villes étaient sous-alimentés ; on peut s'étonner que Willem, au regard de sa position, n'ait pas cherché à procurer une meilleure alimentation à ses enfants. La raison était de nature idéologique : il interdisait à sa famille d'acheter de la nourriture au marché noir, pour ne pas fragiliser sa position et aussi par principe. « Le pain de rationnement était très foncé et à peine levé, écrit Adri, si bien qu'en dessous, il contenait une substance écœurante à base de farine gluante et de levure. » Par contre, apparemment, leur père rapportait parfois pour sa famille du jambon, du beurre et du fromage, du lait et du pain. Quant à ce qu'il mangeait pendant ses heures de bureau au quartier général de l'occupant, Willem restait vague.

10

On est un soir de printemps en 1942 ; la pression atmosphérique diminue, il fait doux, un air tiède flotte dans les rues, au café Petite Rose sur le quai de l'Écluse quatre soldats sortent en titubant et se dirigent d'un pas traînant en bafouillant sur le trottoir vers le passage où attendent les filles qu'on paie ; dans la boue crasseuse de la Lieveke pataugent quelques poules d'eau, un enfant leur lance des cailloux. À travers les barreaux de la grille de la maison de Willem, on voit, en regardant bien, Letta et Suzy s'activer autour de petites plantes en maniant une pelle.

Un grand tumulte est survenu quelques heures plus tôt. Tandis qu'elle époussetait, Mientje a retiré le buste détesté du manteau de la cheminée dans le salon et l'a caché dans le grenier, enveloppé dans un vieux morceau de tissu. T'es pas beau toi, t'as qu'à rester là un petit moment, a-t-elle marmonné. Or précisément ce soir-là, Willem a prévu une réunion chez lui ; quand il s'aperçoit que le buste a disparu, il sort de ses gonds et s'en prend à sa femme, oubliant qu'il porte son uniforme ; exaspéré, il vire au rouge, se met à vociférer, et à la place de son mari, Mientje voit soudain devant elle un SS coiffé d'une casquette à tête de mort. Elle sent de nouveau s'éveiller en elle une aversion et une angoisse qui la font trembler tout entière. Calme-toi papa, dit-elle, ne crie pas comme ça, pense aux enfants. Willem renifle et crie à Adri d'aller tout de suite chercher le buste et de le remettre à sa place.

Un peu plus tard, Willem Verhulst est installé en tenue militaire dans le salon, la chambre mortuaire comme Mientje continue de l'appeler, au grand agacement de Willem, à présent en grande conversation avec son camarade SS Balliu et un officier allemand, il est assis fièrement à côté du buste d'Hitler, avec un verre de riesling et un cigare hollandais, oui Sturmscharführer, il est beau, n'est-ce pas, la ressemblance avec notre grand leader est frappante, cette œuvre d'art est de la main d'un grand artiste flamand, aimez-vous les beaux-arts, vous aussi ? J'ai connu personnellement le grand Albert Servaes, absolument, nos artistes, il n'y a que de cette manière, avec le Beau et le Vrai, que nous pouvons élever notre peuple à son véritable rang. Que dites-vous ? Ils qualifient Bruegel de *deutscher Künstler* ? Ah, et nous qui pensions que Beethoven était anversois, ha ha, et vous aussi, vous allez devoir bientôt vous présenter en audience devant l'Obersturmführer Jungclaus, il va être transféré à Bruxelles, un grand honneur pour le pays, je trouve. Des messieurs amateurs d'art bavardant agréablement autour de la cheminée devant laquelle, des décennies plus tard, j'ai regardé fixement les flammes et embrassé ma bien-aimée.

Mientje n'a pas envie d'écouter ces discussions, elle sent encore son cœur battre fort après la commotion d'aujourd'hui, les disputes la rendent malade pendant des heures. Elle a fermé la haute porte à double battant de la pièce intermédiaire et demandé à Adri s'il veut bien qu'ils fassent encore un peu de musique ensemble. Non, cela n'a rien de taquin, elle a retrouvé cette après-midi-là, quand elle était au grenier, la vieille partition que son professeur de musique à Oud-Zevenaar lui a offerte tant d'années auparavant ; elle l'a prise entre ses mains, d'abord un peu étonnée, puis émue, elle a fredonné quelques mesures, et demandé plus tard dans la journée, quand Adri est rentré de l'école, s'il pouvait jouer cette mélodie. Adri s'applique et parvient à la jouer presque sans faute, mais très lentement ; Mientje sent son esprit se calmer, son cœur s'éclairer, de la lumière, et une voix jaillit en elle, elle chante doucement l'*Ombra mai fu*, avec une boule dans la gorge et une sonorité hésitante. À un moment donné, submergée par ses souvenirs, elle doit se ressaisir. Elle finit par maîtriser son émotion. Encore une fois, dit-elle comme une enfant qui retrouve son enthousiasme, encore une fois Adri, cette fois sans faute. Adri joue les premières mesures. Juste à ce moment-là, une énorme détonation retentit dans la pièce à l'avant. De toute évidence, un coup de pistolet est parti ; affolé, Adri en fait presque tomber son violon, Mientje le regarde fixement, bouche bée ; ils entendent de l'agitation et des grommèlements, maman, qu'est-ce qui se passe là-bas, dit Adri. Mientje se dirige vers la porte, tourne avec précaution la poignée hexagonale en bois, entrebâille un battant. Willem, qui lui tourne le dos, est plié en avant devant la cheminée, le Sturmscharführer et Balliu le regardent fixement, bouche bée. Elle voit alors les fragments sur le sol, le socle détaché par l'impact, le buste du Führer a volé en éclats. Balliu aperçoit la tête de la femme près de la porte, ah madame, dit-il, votre mari n'a vraiment pas eu de chance, il nettoyait son revolver avec un chiffon et un peu de térébenthine et vous voyez, alors que je lui avais dit : Fais donc attention avec cette arme à feu, Willem, il ne faut pas la tenir comme ça, elle n'est pas chargée au moins, camarade, et vas-y doucement avec cette térébenthine, l'arme va devenir glissante, mais regardez, regardez… Mientje reste sans mot, essaie de reprendre son souffle, puis dit, le plus posément possible : Tant mieux, Willem, tant mieux.

Il se tourne lentement vers elle, la regarde fixement comme le garçonnet maladroit qu'il est encore parfois, elle voit cet œil unique qui la fixe, qui semble aussi immobile et mort que l'autre œil, comme il est désemparé, mon Dieu, ça fait longtemps qu'elle ne l'a pas vu aussi désemparé ; il est cassé, marmonne-t-il, il se retourne vers les fragments, sa main cherche appui sur la pierre brun rosâtre de Comblanchien, Mientje referme la porte, tout va bien, dit-elle à Adri, qui l'attend, apeuré, dans la pénombre de la pièce intermédiaire, et tant mieux, un signe de Dieu, on recommence, *da capo*, depuis le début, tu veux bien ? Un, deux, hop. Là-dessus, dans la pièce obscure, ils reprennent l'immortel *Largo* :

Ô tendre et beau feuillage
de mon cher platane
Puisse le sort te sourire.
Et les ténèbres, la foudre et les tempêtes
ne jamais perturber ta précieuse tranquillité

ou les vents hurleurs
te brutaliser.
Jamais l'ombre
d'une plante
ne fut plus chérie, plus charmante
ou plus douce.

ﬃ

Letta a sorti la partition abîmée du tiroir de son bureau, elle a évoqué des souvenirs toute l'après-midi. Tiens regarde, dit-elle, tu auras eu l'occasion de tenir la partition entre tes mains, ma mère l'a toujours conservée, je l'ai trouvée dans la maison sur la Drongenhof après sa mort, elle était près de son lit à côté de ses journaux intimes.

Elle me tend le joyau, ses mains tremblent et nous nous abstenons pendant plusieurs minutes de prononcer le moindre mot.

11

Regarde, dit Letta, c'est un Symphonion, il était accroché au mur dans notre maison de la Drongenhof pendant la guerre. Elle se sert d'une grande clé sur le côté de l'appareil pour remonter cet « automate à musique » à l'aspect antique, un faible carillon se fait entendre dans le hall de son appartement. Je suis venu à Edegem près d'Anvers pour rendre visite à cette dame pleine d'énergie. Elle me parle pendant des heures avec amour et enthousiasme de la maison où j'ai vécu pendant vingt ans et où elle a passé les années de guerre.

Le Symphonion était dans la pièce intermédiaire et les enfants pouvaient l'utiliser pour mettre de la musique quand ils le souhaitaient – j'imagine la scène les jours de guerre quand, à l'extérieur, la réalité crue produisait ses bruits spécifiques et, à l'intérieur, un flot de sons presque impossibles à suivre harmoniquement résonnait comme la voix d'anges intemporels ; sur l'appareil sont représentées trois étoiles et une lyre antique dorées, un symbole chrétien associé à un instrument dionysien. Le son m'émeut ; les yeux de Letta brillent. Elle a levé un doigt tordu par la goutte comme lorsqu'on veut exhorter un enfant à écouter.

Sa maison soignée est pleine de lumière et d'une chaleureuse atmosphère à l'ancienne. Letta a une vie d'enseignement derrière elle – éducation physique, entraînement sportif, persévérance –, mais aussi de dévouement pour sa famille. Elle est favorable à une certaine forme de féminisme. Elle parle des suffragettes pendant la guerre, de sa tante Suzanne, et de la femme remarquable que tout le monde appelait « Tante Mée ». Je recueillerai seulement plus tard d'autres informations à son sujet. Letta n'a pas de difficulté à me parler de la maison dans le quartier du Patershol, mais je repère de sombres hiatus qu'elle contourne dignement au cours de la conversation ou qu'elle passe sous silence d'un air songeur. Le Symphonion s'interrompt au milieu d'une mélodie, comme un oiseau qui meurt dans votre main ; de ses doigts noueux, Letta remonte gracieusement le mécanisme, une musique rappelant une salle de bal viennoise s'élève, vague et lointaine comme pendant une tempête de neige d'une autre époque, derrière le panneau de verre décoré le disque de métal tourne lentement.

Symphonion, vielle à roue, automate à musique, valses, une chanson populaire – il fait frisquet dans le couloir en hiver, il faut pousser énergiquement les portes qui se coincent, mais des courants d'air passent tout de même par les interstices et les fentes, dans la cave règne un froid glacial et humide, comme dans les grottes les plus profondes de l'Enfer de Dante.

Reviens quand tu veux, dit Letta. Elle me donne à emporter les trésors de son passé : les journaux de sa mère Mientje, l'histoire de sa propre vie, un cahier avec sur la couverture l'illustration d'un coureur et, dans l'écriture de son père, le titre : *Wils jeugd*, la jeunesse de Wil. Elle est impatiente de voir ce qui restera de l'histoire de son père une fois qu'elle n'en aura plus le contrôle. Elle me dit au revoir en agitant la main, quand je reprends la route dans ma voiture je ne cesse d'entendre le grincement du ressort du Symphonion quand on le remonte, comme des oiseaux à ressort dans une petite cage à l'ancienne, des animaux mécaniques qui s'immobilisent, leurs ailes métalliques produisant un son ténu car la fin d'un amour est en vue et la jeune bien-aimée, remontant de sa main délicate le mécanisme pour son amant, sait déjà secrètement qu'elle va le quitter – que le mécanisme de ses émotions est à jamais perdu pour l'amant qui écoute, désespéré, et veut maladroitement la serrer une dernière fois dans ses bras. Mais ce n'est pas cette impression que ressent Letta en l'écoutant ; sa main feuillette des cahiers et fait défiler des photos alors que je suis rentré chez moi depuis un bon moment déjà et que je me demande : comment expliquer que c'est précisément mon ignorance qui est à l'origine de cette émotion, maintenant que tout a disparu depuis longtemps ? *Sym-phonein* signifie tout simplement « résonner ensemble », former ensemble un son dont le tout, complexe, domine ses composantes.

Le lendemain, quand j'ai entre les mains la transcription d'une interview de Letta qui a demandé à un chercheur préparant sa thèse de consigner ses souvenirs, je me rends compte seulement à ce moment-là qu'elle a encore du mal à affronter des faits incontournables. Elle évoque par exemple la prise d'assaut de la Radiodiffusion par les SS en déclarant : « Mon père s'est vu proposer un meilleur emploi par la municipalité quand le précédent directeur s'est enfui sous l'occupation allemande. » Cette innocente formulation recouvre d'une fine pellicule la chair à vif en dessous. Non, il ne reste de tout cela guère de cohérence, rien qu'un vague frottement métallique qui s'arrête dans ce beau boîtier en bois, comme des petits trains électriques sur des rails rouillés.

12

Mais il fait quoi comme travail, papa, geint la plus jeune, Suzy. Papa doit faire des comptes rendus, dit Adri, il doit écrire des rapports sur ce qui se passe chez les gens. Mais des rapports sur quoi, dit Suzy, et sur quels gens. Je ne sais pas, dit Adri, à mon avis des gens méchants, parce que papa est un *Vertrauensmann*, c'est ce que j'ai entendu. Ah, alors les gens gentils font tellement confiance à papa qu'il a le droit de punir les méchants. Évidemment, dit Adri, qu'est-ce que tu crois. En pyjama les enfants, dit Mientje, assez discuté, au lit, silence et dodo, sinon le Père Noël ne passera pas.

℘

Willem est visiblement de plus en plus occupé ; parfois il reste absent des nuits entières, puis dit qu'il y avait une *action* spéciale, qu'il a dormi dans un bâtiment de l'administration, où le concierge lui a installé un lit. Puis Mientje l'entend dire : Il faut encore que j'aille à Dixmude ce soir, j'ai une réunion là-bas tôt demain matin, je vais aller passer la nuit pas loin de là. Elle a son idée là-dessus et se tait.

J'imagine qu'il travaillait à cette lourde table aux pattes de lion dans la pièce intermédiaire parfois jusque tard le soir. Et que la charge de travail n'a fait que s'accentuer au fil des ans, car un homme de confiance, ou V-Mann, était très occupé. Willem devait écrire des rapports sur tous ceux qui, selon lui et ses assistants, rompaient le pas : anglophiles, francs-maçons, juifs, socialistes, éléments hostiles à l'occupation allemande, fransquillons, résistants, bolcheviques et même, sur l'insistance de la Verwaltung, le mouvement scout avec son pacifisme provocateur, un club de billard suspect situé dans la rue des Rémouleurs, et puis aussi ces belgicistes fanatiques de la Première Guerre mondiale, il fallait s'en méfier comme de la peste, avec leurs livres de Jean Jaurès et de Romain Rolland. Oui, c'était devenu une administration impressionnante, cette surveillance de la pureté de l'âme de la population.

Il occupait à présent un vaste bureau dans l'ancienne École des Hautes Études, c'est ce qu'Adri avait entendu dire au collège, car Willem n'allait pas se vanter de ce genre de choses devant sa famille, chacun ses soucis, avait-il l'habitude de dire. Parfois, il était convoqué auprès de l'Obersturmführer Jungclaus en personne, là-bas à Bruxelles, *zur Betreuung der flämischen SS*, pour l'accompagnement des SS flamands comme cela s'appelait si joliment, et il rentrait totalement enchanté et buvait avec ses collègues allemands Siekmann et Erstling encore quelques verres de coûteux *Grauburgunder* ou d'*Eiswein* qu'on lui avait offert pour le remercier de ses excellents services. Son camarade Richard P. était aussi régulièrement de la partie, lui dont le nom d'emprunt dans les services d'espionnage s'est avéré être Adolf ; Willem préférait l'appeler Rijkhart. Ce camarade sera jugé plus tard pour avoir tenté de vendre toute la colonie belge, le Congo, aux Allemands. Les hommes aimaient passer d'agréables moments, là, devant le feu dans la Drongenhof. Mon Dieu que c'est bon, dis donc, et en pleine guerre, tu peux t'estimer heureux, monsieur Verhulst, mais je ferais bien attention si j'étais à ta place, surtout dans les ruelles sombres ici en ville, tu sais que les gens ont vite fait de débouler d'un escalier sombre la nuit, si tu vois ce que je veux dire. Enfin bon, je ne dirais pas non à un autre petit verre, merci.

Une semaine plus tard, Willem rentre à la maison avec un cadeau pour Adri. Il arrive en début de soirée, fait venir son fils dans la pièce à l'avant. Pour toi, mon fils, pour que tu puisses devenir la fierté de ton peuple. L'objet est emballé dans une enveloppe marron ; Adri s'en empare, il est encore dans un étui ; il l'ouvre avec précaution et découvre un grand poignard sur lequel il lit une inscription en lettres gothiques. *Meine Ehre heißt Treue*. Déconcerté, le jeune garçon le tient dans la main ; il a treize ans, il aime courir dans les bois autour de Gand, tailler des branches en pointe ; il aime les couteaux, il en a déjà une dizaine de différentes tailles et de différentes sortes, mais celui-ci est lourd et grand, merci papa, bredouille-t-il. Il pose le cadeau dans son étui à côté de son assiette au moment du dîner, son père lui fait un signe de tête encourageant et plein d'amour ; sa mère ne cesse de lorgner en direction de l'objet, Suzy demande ce qu'il a reçu. C'est un secret, s'empresse de répondre Willem, les grands garçons ont des secrets, et Suzy, obéissante, finit son assiette. Une fois Willem parti dans son bureau, Mientje demande d'un ton agacé si elle peut voir ce beau cadeau. Adri le lui tend d'un air penaud. Elle sort le poignard SS de son étui et en a le souffle coupé ; Adri a-t-il vraiment entendu sa pieuse mère jurer entre ses dents ? Elle le regarde comme si une guêpe l'avait piquée, hésite un instant, ouvre la porte à l'arrière de la maison, Adri crie *Maman non !*, elle traverse la petite cour et lance le poignard et l'étui d'un grand geste à travers la grille dans les eaux sombres de la Lieveke. Adri, qui a viré au rouge, assiste à la scène, les larmes aux yeux, elle le prend par les épaules. Viens ici, dit-elle, mon grand nigaud. Il la repousse rudement, monte l'escalier sur la pointe des pieds, pour éviter que son père ne l'entende, passe devant le bureau au premier étage, va s'asseoir sur son lit dans sa chambre au-dessus, essuie ses larmes, regarde le crépuscule tomber sur les toits près de la place de l'Écluse.

℘

À l'École des Hautes Études sur le quai au Blé, qui abrite à présent le Comité voor Dietsche Actie, ou Comité d'action thioise, fondé à l'initiative de Willem, les allées et venues sont incessantes ; le bureau de Willem se situe au premier étage. Il y est un peu plus au calme, après tout il est le patron maintenant, car en bas règnent parfois le chaos et un bruit, on ne peut même pas concevoir une chose pareille. Surtout quand monsieur Gaston Delbeke passe par là, cela prend alors une vilaine tournure, ce gars-là ne plaisante pas quand il a à interroger des belgicistes. Gaston est un dur, même s'il a le plus souvent un verre dans le nez quand il a à mener un interrogatoire, on entend des rugissements dans les caves, et des hurlements et des pleurs et des jurons et des coups, on ne veut pas savoir ce qui s'y passe. Une après-midi, Willem, qui vient de partager un excellent déjeuner avec l'Obersturmführer, en voit un sortir en chancelant, il est de la résistance, le gros Marcel qui vient de ce repaire de crapules dans le Patershol, il a le visage tuméfié, d'un noir bleuté, la mâchoire décrochée, il traîne un peu la jambe gauche, a une grosse tache sur son pantalon, le gars chiale à pleins poumons comme un gosse, il peut à peine avancer, ce n'est pas un beau spectacle. Willem est tout de même un peu trop sensible pour ce genre de choses, il a du mal à les supporter, c'est mauvais pour son cœur, il préfère tailler ses crayons en prenant soin de ne pas avoir de noir sous les ongles, il remplit soigneusement ses listes et fume ses bons cigares hollandais de la marque raffinée Willem II, et le soir, il demande aux enfants s'ils ont bien appris à l'école, tu te débrouilles bien, Lettie, montre un peu, et tu joues toujours aussi bien du violon, Adri ?

13

Nous avons traversé la courette étroite privée de soleil pour aller vers l'extension à l'arrière de la maison, du côté gauche. Cette construction dépouillée était dans un pire état que le reste. Les fenêtres étaient opaques de poussière, les murs semblaient gorgés d'eau, le toit plat était sur le point de s'effondrer. Les tuiles bitumées, que le notaire appelait *terre-papier**, une déformation franco-gantoise de *geteerd papier*, papier goudronné, étaient aussi poreuses qu'une passoire, le plafond était endommagé par des infiltrations et la pourriture, quelques poutres cassées dépassaient du plâtre mêlé, comme on le faisait autrefois, de crins de cheval. C'était donc là que se trouvait la cuisine à l'époque de la famille Verhulst ; ici s'étaient sans doute attablés d'innombrables étudiants, quand Mientje, durant les premières années après la guerre, tandis que son mari était en prison, avait dû louer des chambres pour assurer la subsistance de sa famille.

Bouche bée, j'observais le déclin qui, silencieusement à l'œuvre, avait tout rongé et détérioré, comme si le pourrissement se produit plus vite quand il n'y a plus d'être vivant sur place pour mettre l'air en mouvement. Il y avait à peine la place pour un plan de travail. Une cuvette en zinc rappelait encore vaguement une activité humaine. À l'intérieur de la petite cheminée étroite dans le coin à gauche, une gueule béante informe était remplie de suie, le tuyau qui probablement en sortait avait dû se casser il y a longtemps ; peut-être le repas était-il préparé sur un poêle de Louvain, ce genre de cuisinière à pot rond en fonte que je me rappelle avoir vu dans mon enfance. J'ai aussi aperçu les vestiges d'un piteux évier ainsi que le trou où les eaux usées disparaissaient dans le sol en direction du canal désormais comblé ; on se demandait bien quel chemin empruntait l'eau, peut-être disparaissait-elle dans des flots de boue souterrains, dont s'abreuvaient copieusement les bouleaux de grande taille. Près du trou dans le sol poussait une immense fougère. Je regardais autour de moi avec une certaine stupéfaction mêlée d'excitation. Quelque chose en moi comprenait que je ne pourrais pas résister à cette maison. Le notaire De Potter a noté quelques mots dans son état des lieux, son stylo semblait accrocher, comme désemparé par l'atmosphère oppressante. Au-dessus de nous dans le ciel gris, trois oies survolant le vieux revêtement bitumé, endommagé par les intempéries, du toit plat en partie effondré, ont pris la direction du port. Un camion de pompiers a traversé le carrefour à toute allure en faisant retentir sa sirène près de la place de l'Écluse ; dans le petit parc mal entretenu, un chien errant coursait un chat domestique, qui a grimpé en feulant en haut du tronc d'un bouleau. La pression atmosphérique semblait augmenter, légers nuages froids dans un bleu délavé ; de petites feuilles jaunes flottaient au-dessus de la sombre extension à l'arrière de la maisonnette voisine au pignon à redans, qui elle aussi s'effondrait tranquillement, de quelques millimètres par an, pas plus, mais bientôt cela suffit.

Un rat a détalé entre des gravats dans la remise à côté de la grille, où se décomposait un tas de bûches vermoulues sous une guirlande complexe de toiles d'araignée poussiéreuses. Le bois dégageait de l'humidité provenant de moisissures et de champignons. Au milieu de ce délabrement, un frêle érable poussait dans la petite cour. Quelques orties se dressaient autour, immobiles dans l'air gris de la ville, qui semblait vaguement empli de senteurs de la campagne (une odeur de choux de Bruxelles, d'herbe mouillée, de porcheries) mêlées aux impressions d'une grande agglomération (asphalte, arrêts de bus, diesel) ; un petit arbre au mastic poussait là aussi, une espèce exotique méridionale à cime claire, dont on se demandait comment il avait pu germer en ce lieu si dépourvu d'ensoleillement.

Je vais démolir ce taudis, ai-je dit avec une détermination qui m'a moi-même surpris, la première chose que je vais faire sera de détruire cette extension à l'arrière, on ne peut rien tirer d'une pareille annexe. Vous ferez comme vous voudrez, monsieur, a répondu dignement l'officier public.

Le froid s'emparait de nos souffles, nos paroles flottaient tels de petits nuages légers devant nos bouches avant de se dissoudre dans le silence des ruines ; nous nous attardions, regardions autour de nous, une goutte est tombée bruyamment dans la cuvette en zinc. La porte vers le couloir, que nous cherchions à présent à ouvrir, a opposé une si forte résistance que le notaire a dû la pousser de l'épaule. Elle a cédé brusquement sous la pression ; l'homme corpulent a perdu l'équilibre, manqué de heurter sa vénérable tête contre le montant de la porte. Il a tapoté ses manches pour se débarrasser d'une toile d'araignée humide, toussoté et dit, comme s'il faisait un constat solennel : Bien, pour ce qui est du *rez-de-chaussée**, nous en avons terminé, cher monsieur. Les escaliers nous font signe, veuillez me suivre. Pour ce qui est de quoi ? La maréchaussée ? demandai-je sottement, n'ayant pas compris le mot français qu'il venait d'employer. Mais mon guide, qui avait haussé les épaules, était déjà parti vers l'escalier sans se retourner vers l'imbécile à qui il s'efforçait de fourguer cette maudite maison.

14

Herr Steffens, le chef de gare allemand de la gare Saint-Pierre, est un homme d'âge moyen, correct et réservé, mais, manifestement, il éprouve plus qu'une simple sympathie pour Mientje. Il s'assoit parfois avec elle à la table de la cuisine, il a pitié des enfants qui mangent du bout des lèvres leur ration de pain gluant en le mastiquant longuement et ingurgitent à contrecœur leur soupe au chou. Il sait que la Verwaltung a obligé Willem à consacrer une part importante de son confortable salaire au paiement des frais supplémentaires occasionnés par l'augmentation constante de ses effectifs et l'expansion de son administration, mais tout de même… Un jour, il apporte pour les enfants du pain de munition allemand et du saucisson. Willem se sent offensé ; il faut que je fasse vivre mes enfants avec les tickets de rationnement belges, dit-il, je ne peux pas faire grand-chose d'autre, vu mes supérieurs, il m'arrive souvent de rapporter pour mes enfants des bonnes choses que je mets de côté pour eux au déjeuner. Je comprends, dit Steffens, mais vos enfants ont tout de même l'air pâlichon, à rester tout le temps dans cette maison sombre à respirer l'air de la ville, vous pourriez peut-être les faire partir cet été avec le KLV, le Kinderlandverschickung, deux mois en Allemagne leur feraient du bien. Mientje se raidit ; elle a entendu dire que Baldur von Schirach a reçu personnellement d'Hitler la mission d'évacuer les enfants allemands à la campagne pour les protéger, comme il est précisé aux actualités, des « violences de la guerre *deutschfeindlich* » – les bombardements des villes par les troupes alliées.

À partir de 1942, les autorités d'occupation essaient aussi d'envoyer en Allemagne des enfants des familles flamandes collaboratrices, pour des raisons de propagande, pour qu'ils passent des vacances salutaires à la campagne. Cependant, sans doute le terme allemand a-t-il une forte consonance collaborationniste car les initiales sont conservées mais le nom est flamandisé : le KLV devient *Kracht, Leven, Vreugde*, Force, Vie, Joie. On distribue aux familles des combattants sur le front de l'Est et activement pro-allemandes des brochures dans leur boîte aux lettres : il faut penser aux futures générations de l'Empire millénaire. Mientje, qui a eu parfois l'occasion de consulter une de ces brochures, chez des personnes que connaissait Willem, lui a dit d'une voix sifflante : Jamais je n'autoriserai une chose pareille, autant que tu t'en souviennes. À présent elle secoue lentement la tête et ferme les yeux.

Ce serait salutaire pour les enfants, répète Steffens, nous, les Allemands, nous avons une *Kultur* ancestrale des camps d'été *im Freien*, et avec le Hajot, cette belle tradition a vraiment acquis une grande dimension nationale. C'est quoi le Hajot, monsieur, demande Letta. C'est l'association dont vous devez d'abord devenir membres, dit Steffens, notre légendaire Hitlerjugend. À l'occasion d'une autre visite, il apporte des dépliants du KLV, et quelques articles du quotidien nationaliste flamand *Volk en Staat*, qui acclament la solidarité entre la jeunesse allemande et les enfants de Germanie occidentale ; tous les enfants flamands qui y sont allés, a dit Himmler, aimeront l'Allemagne pour toujours. Mientje sent le rouge lui monter aux joues ; elle fixe Willem, qui évite son regard. Un silence s'installe autour de la table ; Steffens dit qu'il va devoir y aller. Quand il est parti, Mientje envoie les enfants se coucher. Ils ne sont pas encore arrivés sur le palier du premier étage qu'ils entendent une énième dispute éclater dans la cuisine.

Peut-être pour éviter que son mariage ne déraille totalement, Willem finit par intervenir : faisant appel à ses « relations », comme il dit, il obtient pour les enfants une autorisation exceptionnelle en temps de guerre pour qu'ils puissent se rendre avec leur mère à Oud-Zevenaar. Ils y sont accueillis avec émotion ; même le vieux fermier essuie une larme quand il constate à quel point les enfants ont grandi, il serre surtout Adri dans ses bras en se montrant étonnamment chaleureux. Ils s'installent dans leurs chambres, Mientje reste plusieurs minutes à regarder fixement la cour devant la ferme, revient à l'intérieur les yeux écarquillés, serre son père dans ses bras, les enfants n'ont encore jamais vu leur mère dans cet état ; la table est mise, à leur stupéfaction on leur sert du saucisson, du jambon et du fromage en quantités généreuses ; il y a du pain frais et du lait en abondance. Quand on les emmène plus tard dans les caves, ils y voient stockées de grandes réserves de jambon et de fromage, des pommes de terre et de la farine. Est-ce qu'on pourrait rester ici pour toujours, demande Suzy. Sa mère écarte une mèche du front de la fillette sans rien dire.

Le lendemain, Mientje va rendre visite au couple Wartena en compagnie d'Adri, tandis que les fillettes restent à la ferme. Elle veut demander conseil au pasteur – Willem a l'intention d'envoyer les enfants en Allemagne, dit-elle. Elle se mord la lèvre inférieure. Ah, mon enfant, tout de même, dit la femme du pasteur, elle pose la main sur le bras de Mientje. Quant à Adriaan Wartena, son expression semble annoncer l'orage ; il regarde fixement devant lui et se tait. Que dois-je faire, dit Mientje, je ne peux tout de même pas rester ici à Oud-Zevenaar avec les enfants. Mien, écoute-moi bien, finit-il par dire, elle est surprise par la sévérité de son ton : Ces Allemands, ils ne sont amicaux qu'en apparence. Goethe n'a-t-il pas dit : « En allemand, on ment quand on est poli » ? Une discussion s'engage au cours de laquelle le vieux pasteur se montre implacable, triste et désemparé ; il n'a rien de positif à dire sur Willem. Même sans se salir les mains, on peut commettre des crimes, rugit-il. Adri se recroqueville en entendant ces mots et jette un regard furtif à sa mère ; il a pourtant toujours l'impression que les officiers allemands et flamands qui viennent chez lui sont gentils, ou est-ce qu'il se trompe ? Il a du mal à suivre. Mien retient difficilement ses larmes et regarde par la fenêtre les champs et les prés de sa jeunesse. La femme du pasteur interrompt le silence : « Mais si un été en Allemagne peut faire du bien à ces pauvres enfants ? Qu'est-ce que tu peux y trouver à redire ? Leur père est tout de même parfaitement en mesure de faire en sorte que tout se déroule correctement, non ? Ou faut-il que les enfants passent encore tout l'été dans cette petite cour infestée de rats, dans une ville remplie de soldats ivres et autre vermine ? »

Deux des enfants, Adri et Letta – Suzy était encore trop jeune pour aller dans ce genre de camp à l'étranger –, ont témoigné de cette expérience, qui les a marqués pour toute leur vie, dans leurs écrits respectifs. Le fils est celui qui s'en souvient le mieux – il avait tout compte fait déjà treize ans. Letta consacre à ce sujet nettement moins de place dans ses mémoires, en partie parce que son petit livre est une réplique aux mémoires de son frère ; alors qu'il ranime surtout le passé douloureux de son père, elle essaie d'écrire une ode à sa mère. Elle note seulement à propos de cet épisode que Mientje était totalement opposée à ce séjour.

« Ma sœur et moi, écrit Adri, deux jeunes sans uniforme tout juste sortis des ailes protectrices de notre mère, nous ne nous sentions absolument pas à notre place pendant ce voyage en train vers l'Allemagne. » Les autres jeunes les intimidaient, enchaînaient les chants guerriers nationalistes, « faisaient du gringue » aux filles, se sentant forts dans leur uniforme. Mientje, leur mère, leur avait interdit de porter un uniforme, bien que Willem ait insisté à plusieurs reprises – tous les enfants de ses collègues avaient la tenue nationaliste flamande de mouvements de la jeunesse politiquement apparentés, comme celui de la VNV ou de Rex Vlaanderen ; ils faisaient du tapage dans les wagons, en vociférant joyeusement, s'égosillant pour faire entendre des chants de combat comme « De Blauwvoet » (aussi appelé Le chant des fils de Flandre) et « Zolang de leeuw kan klauwen » (Tant que le lion aura des griffes), et s'amusaient comme des fous. Mais maman Mientje avait dit non, et il avait fallu s'en accommoder. Wim, avait-elle dit, ce sera jusque-là et pas au-delà, que les enfants aillent dans un camp d'été en Allemagne, d'accord, ils en ont besoin, et c'est surtout parce que, têtu comme tu es, tu ne veux même pas te débrouiller pour nous obtenir des tickets de rationnement supplémentaires, pour sauver ton honneur de bon Teuton ; mais ce sont aussi *mes* enfants, j'ai mon mot à dire sur leur éducation, libre à toi de décider de ce que tu fais, mais *mes* enfants ne porteront pas d'uniforme, ni aujourd'hui ni jamais, un point c'est tout. Là-dessus, Willem avait dit un peu bêtement : C'est bon Mien, c'est bon, ne te fâche pas comme ça, quand même. Le lendemain, monsieur De Pestel, devenu l'assistant personnel de Willem, avait accompagné les enfants jusqu'au train.

℘

Le voyage dure longtemps.

« Nous sommes partis dans un train spécial qui passait par Saint-Vith, se souvient Letta plus tard lors d'un entretien. Il empruntait la Vennbahn, la ligne que les Allemands avaient construite en direction d'Aix-la-Chapelle et qu'ils avaient perdue après la Première Guerre mondiale, quand ils avaient dû céder la région autour de Saint-Vith à la Belgique en dédommagement des destructions infligées par leur armée. Pendant la seconde occupation, ils avaient repris triomphalement le contrôle de la ligne, qui formait un grand complexe ferroviaire. Aujourd'hui, elle est laissée à l'abandon, les vieux tunnels de Lommersweil ont été murés, les sombres galeries sont habitées par d'innombrables chauves-souris ; le trajet de la Vennbahn est maintenant devenu une piste cyclable touristique, parfois des gens viennent encore admirer la vieille structure. »

À Aix-la-Chapelle, le train s'immobilise toute une nuit car il existe un risque de bombardements. Adri et Letta apprennent par un chef en culotte de peau qu'ils logeront dans différents endroits et seront donc séparés. Affamés, intimidés et perturbés, le frère et la sœur préféreraient rester ensemble. Finalement, ils peuvent aller tous deux à Neuenstein, petite ville du land de Bade-Wurtemberg à quelque six cents kilomètres de Gand, où Letta a déjà un logement qui l'attend. Ce n'est pas le cas d'Adri, lui et sa sœur parcourent les derniers kilomètres apeurés et tendus.

Le train s'arrête près de la petite gare, les portes s'ouvrent, des appels retentissent ici et là, ils doivent descendre avec une dizaine d'autres enfants. Un coup de sifflet strident, les portières se ferment, le train se met en mouvement. Un quai plongé soudain dans un silence assourdissant, on entend juste le chant des oiseaux, quelques civils attendent plus loin sans rien dire ; gêne, un enfant se met à pleurer. Une liste de noms est lue. Letta est logée chez le maire, un notaire dont elle ne comprend pas le nom. Une gouvernante la prend par la main et l'entraîne. Adri doit encore se débrouiller pour trouver un refuge, un couple d'habitants curieux examine le garçon au regard incertain ; un agriculteur le choisit comme aide, parce qu'il a l'air d'un solide gaillard pour son âge. « La ferme, de taille moyenne, se situait au centre du village, derrière une petite *Gasse*, non loin de la gare », se souvient Adri. J'ai tout appris là-bas, dans cette famille, écrit-il, à atteler les bœufs, à me rendre au champ avec une charrette vide à quelques kilomètres du village, à aider à la remplir de luzerne ou de blé. Apparemment, le fermier n'est pas spécialement favorable aux partisans du national-socialisme ; quand il croise le maire dans les rues, il répond à son *Heil Hitler* en grommelant avec fureur *Grüß Gott*. Le frère et la sœur se sourient timidement quand ils s'aperçoivent aux côtés des parents de leur famille d'accueil respective. Ils ont peu de contacts, la ferme et la demeure du maire sont assez éloignées.

Une tante de la famille du fermier, qui habite Karlsruhe, située non loin de là, vient en visite. Elle demande au jeune Flamand d'où il vient. Lorsqu'il lui répond en balbutiant timidement, elle s'écrie : *Aber dann sind Sie Feind Deutschlands !* (Mais alors vous êtes un ennemi de l'Allemagne !) Le brave adolescent Adri, fils de son père collaborateur, toujours prêt à rendre service, dessine pour cette dame rigide la Tour de l'Yser située à Dixmude, monument devenu un symbole du nationalisme flamand, afin de lui faire clairement comprendre « pourquoi les flamingants ne se sentent pas des ennemis de l'Allemagne ». Dans ses mémoires, il ajoute une singulière réflexion : « Cependant, toute ma vie j'ai conservé le souvenir d'avoir rencontré quelqu'un pour qui la *Deutschfreundlichkeit* des gens dans les territoires occupés n'était pas une évidence. »

Plus je me plonge dans les mémoires d'Adri, plus je remarque les aspects qu'il n'a pas pu, ou pas voulu approfondir. Comme si la culpabilité était héréditaire et qu'il n'avait pas la force de porter le fardeau dont il s'était chargé : un fils aux épaules lestées du poids mort de son père. La douleur réside dans le silence entre les mots de son témoignage.

Le dimanche, Adri accompagne la famille d'agriculteurs à l'église évangélique, qui se situe derrière la demeure du maire chez qui séjourne Letta, juste en face du beau château de Neuenstein. Le soir, il a parfois le droit de sortir avec les garçons des Jeunesses hitlériennes locales. Ils marchent au pas en direction des bois dans les environs, y jouent à la trompette le chant du Hajot, les autres chantent et braillent, leurs voix résonnent dans la forêt. « *Vorwärts, Vorwärts, schmettern die hellen Fanfaren ! Unsere Fahne flattert uns voran !* » (En avant, en avant, claironnent les fanfares ! Notre drapeau flotte devant nous !)

Adri écrit cette remarque absurde : « Il n'était pas question de politique dans tout cela » – manifestement, il n'y voyait qu'un certain exotisme – « sinon je me suis régalé cet été-là, j'ai profité de la bonne et copieuse nourriture qu'on me servait, du moût rafraîchissant et délicieux qu'on buvait frais quand il faisait très chaud ou de la *Zwiebelkuchen*, la tarte à l'oignon, que la grand-mère venait nous apporter au champ, où le père et la mère de ma famille d'accueil et moi nous travaillions si dur que nous étions en sueur. »

Nous n'en savons pas plus ; les archives du Berliner Reichsdienststelle KLV ont été intégralement détruites durant les derniers jours de la guerre.

15

Au printemps 2019, je trouve enfin le temps de faire le voyage jusqu'à Neuenstein – près de quarante ans après ma première visite de la maison dans la Drongenhof, soixante-dix-sept ans après l'expérience estivale d'Adri et de Letta qui leur restera en mémoire toute leur vie. Ma première impression est celle d'une ville provinciale comme il y en a tant en Allemagne, avec un rond-point où se dresse une Volksbank. Juste après la sortie vers le centre, j'aperçois un des impressionnants châteaux de la famille aristocratique des Hohenlohe – ce qui est assez rare compte tenu de la destruction d'une grande partie des villes allemandes par les Alliés en représailles. Je me gare sous un des vieux arbres près du château et me promène dans les rues calmes en direction de mon hôtel. Il est géré par une Thaïlandaise, mariée à un Allemand enjoué ; ils engagent aussitôt avec moi une longue conversation sur les dernières élections, témoignant partout en Europe d'impulsions xénophobes, qu'ils trouvent très préoccupantes. Plus tard dans la soirée, je vois dans les rues presque désertes quelques jeunes Noirs, un peu plus tard de jeunes Indonésiens, et des jeunes femmes qui semblent venir d'Europe orientale, roumaines ou bulgares. Un marchand de kebabs turc fait la promotion de saucisses et de bières allemandes. La petite ville paraît extrêmement paisible, charmante même, mais visiblement les passants à l'air un peu bourru évitent de regarder un étranger quand ils le croisent. Les dernières nouvelles notables sont un attentat raciste au début de 2017 contre un centre d'accueil et une attaque à main armée de la Volksbank Hohenlohe au printemps 2018. L'attaque de la banque a été commise par un homme issu des milieux néonazis locaux, qui s'opposent violemment aux émigrés et à la politique humaniste allemande en général.

Le château, la tour, l'église, les maisons à colombages, les douves avec leurs oies, les hirondelles dans le tiède crépuscule, le parc et les jardins – tout est si soigneusement ratissé et impeccable qu'on pourrait y voir une obsession de la pureté, plutôt qu'une quête du bonheur. J'entre dans l'hôtel ; la famille exotique est chaleureusement réunie. Je mange un excellent curry thaïlandais très épicé et me couche tôt.

Le lendemain matin, je pénètre dans la cour intérieure du vieux château. Contre un mur s'élève une stèle funéraire monumentale. Elle est usée par le temps, les lettres se sont effacées au fil des siècles, mais la date reste lisible : MDCXXIX, *3 Juli, Morgen zwischen 8 und 9*. À gauche, je vois un écusson de Mühlen, à droite un de Merlau. Que s'est-il passé en ce matin du 3 juillet 1629 ? Un mariage ? Un enterrement ? Je parcours du bout des doigts une inscription qui a à peine survécu à l'érosion :

WER DA LEBT UND GLEUBT
AN MICH DER WIRT NIMMER
MEHR STERBEN.

Les mots que Jésus prononça quand il ressuscita Lazare. Quiconque vit et croit en moi ne mourra jamais. Des mots d'espoir sur la résurrection des morts.

Dans les Zentralarchiv des Hohenlohe, au premier étage du grand château, on me remet plusieurs documents et publications dans lesquels j'apprends que les Hohenlohe sont revenus vivre dans ce château en 1946, quand les troupes russes se sont emparées de leur domaine en Haute Silésie. Il est étrange de me retrouver, alors que je suis sur les traces de deux enfants flamands, dans la demeure de l'une des plus illustres familles d'Allemagne ; leur arbre généalogique remonte au quatorzième siècle.

Leurs propriétés, toutes aussi fastueuses et impressionnantes, étaient dispersées dans la région. Le grand-père de Goethe, Johann Wolfgang Textor, membre de la dynastie des Hohenlohe, vivait ici à Neuenstein dans la maison Textor qui porte son nom, sur la Schloßgasse ; je passe plusieurs fois devant.

Dans la salle de travail silencieuse des archives, en lisant le *Heimatbuch*, j'apprends que, la dernière année de la guerre, Neuenstein vit affluer de toutes parts des réfugiés. Certains fuyaient leur région d'origine face à l'avancée des Russes ou aux bombardements alliés ; d'autres revenaient après des années pour trouver leur maison occupée par des étrangers. Mais des Allemands de Silésie, de Tchécoslovaquie et de Roumanie contre qui les populations locales assouvissaient leur rage après la défaite des régions du Troisième Reich s'installèrent aussi ici après la guerre. Beaucoup d'entre eux, désespérés, n'avaient plus aucune confiance dans l'avenir, ils ne savaient pas comment reconstruire leur vie. Hauts fonctionnaires, spécialistes, professionnels, administrateurs, juges et professeurs qui étaient membres du NSDAP avaient perdu leurs fonctions, des personnes sans la moindre expérience furent nommées partout, ce qui généra des frictions, une méconnaissance générale et une profonde insatisfaction. Le chroniqueur se risque à affirmer que la ville de Neuenstein était *occupée* par les Américains, nulle part il ne parle de libération.

Après une heure de recherche et de consultation, je trouve un document d'où il ressort que le NSDAP a tenté de réquisitionner le *Schloß* pour y abriter des œuvres d'art, sous prétexte d'y créer une école d'art Adolf Hitler. Mais le fonctionnaire des archives municipales m'assure que jamais le château n'a abrité une école Hitler et que jamais les SS n'ont véritablement contrôlé le château.

℘

À *Stunde Null*, minuit, le 8 mai 1945, Neuenstein, comme tant d'autres villes allemandes, offre un spectacle de désolation, tous les volets sont fermés avant la tombée de la nuit. Un couvre-feu strict est en place, la pénurie est grande et la population soumise à un sévère rationnement. Le désarroi a dû être immense, à la suite du bombardement total de vastes parties de l'Allemagne. Après le sadisme de la Verwaltung, un régime moraliste, tout aussi péremptoire, est appliqué. Chaque jour de nouvelles consignes et de nouveaux règlements sont annoncés. Tout doit être partagé pour faire face à la misère totale. Les habitants qui possèdent deux ou trois dessous, plusieurs pull-overs ou chemises sont tenus de livrer leurs vêtements supplémentaires. Le port de l'uniforme nazi est désormais strictement interdit, mais il faudra lever l'interdiction à peine une semaine plus tard du fait du grave manque de vêtements ; jusqu'à la fin des années cinquante on verra encore travailler dans leur jardin des hommes d'un certain âge vêtus de leur uniforme élimé dont ils ont retiré les insignes. La bibliothèque municipale doit être assainie, dénazifiée, les innombrables livres publiés sous le Troisième Reich doivent être apportés. Nul ne sait vraiment ce qu'il en est advenu – les maires n'ont pas eu envie d'organiser un deuxième autodafé. En revanche, ceux qui ont caché des livres figurant sur la liste nazie des œuvres censurées peuvent les extraire de la poussière et les proposer gratuitement aux bibliothèques à moitié vides. Dans l'anticipation de l'hiver qui arrive, des avis à la population sont affichés : utilisez le bois de chauffage avec modération ; ne chauffez que la pièce principale ; en cas de gel sévère, bouchez à l'argile les interstices des fenêtres et des portes. La liste des recommandations se conclut par ce coup de clairon : *La chaleur passe avant la beauté.*

Pendant l'hiver de la faim de 1946-47 – deux ans après celui que les Allemands ont à se reprocher à Arnhem et dans le reste des Pays-Bas –, un adulte a droit par mois à 8 livres de pain, 2 livres de produits alimentaires indéterminés, 400 grammes de matières grasses, 250 grammes de fromage et 5 litres de lait. On fait une maigre soupe à base de restes de viande bouillie qui le lendemain grouille de vers – on la mangeait, me raconte plus tard un vieil homme sur un banc, c'était nourrissant, on fermait les yeux et on avalait, on aura mangé de tout. Les maires sont à nouveau sollicités pour agir « sans empathie » ; cette fois contre les usuriers et les mendiants.

℘

La chaleur passe avant la beauté. C'est la phrase qui me reste à l'esprit quand, le surlendemain, assis dans le petit bureau des Kreisarchiv, je retrouve le nom de l'hôte de Letta : Arthur Zeilein, notaire et maire de 1940 jusqu'à la fin de 1942. Une heure plus tard, je suis devant la demeure sombre et impressionnante. À côté de l'entrée est encore indiqué *Notariat.* Je vois Letta, fillette de dix ans, obligée de signer par des *Heil Hitler* ses lettres à sa maman, grimpant les marches en sautillant – les premiers jours dépaysée, puis vite contente, soulagée et peu à peu en meilleure santé et profitant de l'abondance, du plein air, des jardins du château, de l'atmosphère campagnarde. J'envoie à Letta un courriel avec la photo des portes d'entrée imposantes ; ce souvenir l'émeut et l'enthousiasme.

Par un hasard extraordinaire, je trouve aussi l'emplacement probable de la ferme où a séjourné Adri. Je vagabonde dans le quartier de la gare, constate vite qu'il n'y a plus de ferme dans les parages. Je m'adresse à quelques passants. Personne n'est en mesure de m'aider, jusqu'à ce que je voie une femme s'affairer dans la vitrine d'un fleuriste sur la place ; je me dirige vers la boutique et lui demande si elle se souvient d'une ferme dans ce quartier quand elle était enfant. Absolument, dit-elle, la famille Scheuermann vivait près d'ici, dans la Bahnhofstraße, ils avaient une grande ferme. Elle a été démolie dans les années soixante-dix, il y a maintenant deux immeubles à cet endroit dans le style des anciennes granges allemandes. Mais vous devriez rendre visite à Eugen Vogg, dit-elle, le vieux *Gärtner* qui habite juste à la sortie du village, il se souviendra sûrement de beaucoup d'autres choses.

Une heure plus tard, je me retrouve dans la grande jardinerie d'un homme qui me reçoit aimablement. Les Scheuermann avaient trois fils, dit Eugen Vogg : Fritz, né en 1930 ; Ernst, né en 1932 ; et Walter, en 1933. Je lui raconte qu'Adri est né en 1929 – il a dû se sentir un peu comme le frère de ces garçons. Dans la famille d'accueil d'Adri, la mère, la vieille madame Scheuermann, a mis fin à ses jours après la guerre. Quand je demande pourquoi, il regarde par terre, hausse les épaules, renifle et dit : *Melancholie.* C'était dans la famille. Elle a avalé un puissant poison qu'elle avait préparé elle-même en utilisant la ciguë tachetée de son jardin. Quelques années plus tard, Walter s'est pendu. Je ne sais pas, dit-il, ils avaient quelque chose dans la tête. Il se tait de nouveau tandis qu'il me regarde avec bonhomie, comme pour me dire : Maintenant tu sais tout ce que je sais. Je me dis que je ne peux pas lui demander à brûle-pourpoint si cela avait un rapport avec leurs sympathies pendant la guerre ; en tout cas, le fermier Scheuermann était, Adri est clair à ce sujet, franchement antinazi.

Je rentre à pied en reprenant la Bahnhofstraße, qu'ai-je appris de plus ? Pourquoi me fallait-il à tout prix voir cet endroit de mes propres yeux ? Peut-être la visite d'un lieu de souvenir, même si c'est celui d'autres personnes, est-elle une manière de laisser l'Histoire s'apaiser. De retour dans ma chambre d'hôtel, je constate que les deux bâtiments contre lesquels un attentat a été commis récemment, aussi bien le centre d'accueil que la banque, se situent juste à côté de l'emplacement où devait se trouver autrefois la ferme de la famille Scheuermann. J'aurais aimé pouvoir le raconter à mon ancien professeur, Adri Verhulst.

℘

Le lendemain matin, je m'attarde encore un peu avant de prendre la voiture. Je change d'avis, traverse à nouveau toute la petite ville jusque chez l'horticulteur Vogg : et lui demande s'il a pour moi une glycine ; je lui explique que les enfants qui ont passé ici un été pendant la guerre vivaient dans une maison où une glycine poussait contre la grille de leur petite cour en ville, je me sens un peu bête d'ajouter spontanément cette information. Il en cherche une belle, me demande une somme dérisoire, j'emporte la plante vers ma voiture. J'ai promis à la famille enthousiaste de l'hôtel de revenir, même si je sais que c'est une fausse promesse ; j'ai enfin trouvé ce que je cherchais. Pourtant, je n'approche guère plus de ce que Letta et Adri ont vu ; l'Allemagne d'autrefois, peut-être encore essentiellement le paysage que Hölderlin a aimé cent cinquante ans plus tôt, mais à leur époque infestée de croix gammées, de cris et de tambours, de défilés et de bottes, de vociférations à la radio et de tirades hystériques omniprésentes ; les rumeurs de la guerre, les grondements incessants des avions, le sombre triomphe de l'été de 1942. Très vite la marche triomphale se transformera dans l'approche inéluctable de l'enfer. Mais les enfants, occupés à leurs jeux, s'en fichaient.

16

Je demande à Letta comment son père s'en sortait précisément avec son œil ; remarquait-elle quoi que ce soit, en général, dans la journée ? Arrivait-il parfois à Willem de manquer une ou plusieurs marches, tentait-il de prendre sans succès son couteau à côté de son assiette ? Oui, dit-elle, ce dont je me souviens le plus clairement, c'est ce verre épais dans ses lunettes – on aurait dit que le verre était embué. Je ne crois pas qu'il ait jamais porté un cache noir devant son œil comme le légendaire nazi des films hollywoodiens ; quand il ôtait ses lunettes, on voyait un œil éteint, mat et gris, un poisson mort dans la glace. De temps en temps, au volant de sa voiture, il lui arrivait de rentrer dans un poteau, ou d'avoir un accrochage, avec un peu de tôle froissée, sans plus, parce qu'il valait mieux qu'il ne conduise pas trop vite. Son problème à l'œil le rendait si maladroit qu'il ne pouvait pas vraiment utiliser son arme, je pense d'ailleurs que ça explique d'une certaine manière pourquoi il a cassé l'Hitler en plâtre en tirant dans le salon, il avait un champ de vision réduit de moitié, lui qui avait reçu une formation au maniement des armes pour défendre le Dienststelle en cas d'attaque.

Willem a été refusé dans la Waffen-SS, il est donc devenu V-Mann, espion pour le Sicherheitsdienst ; ce n'est que plus tard, et sans formation militaire – car il n'aurait jamais pu la mener à bien –, qu'il a obtenu un grade, en 1943, peut-être en reconnaissance des services rendus. Tout ce qu'il a fait pendant la guerre, il n'est pas venu s'en vanter devant nous. Il prenait de plus en plus de poids, il marchait d'un pas lourd, traînant ; parfois il devait participer à des « marches », comme il disait. Une fois il est parti en riant avec ses pantoufles aux pieds, convaincu que cela lui permettrait d'échapper à ces pénibles marches nocturnes. Le lendemain matin nous l'avons retrouvé à gémir, les pieds dans une bassine, et il nous a laissés le taquiner : le commandant l'avait obligé à faire toute la marche en pantoufles. Il aurait encore pu être appelé dans le Volkssturm de Himmler en 1944, avec tous ces adolescents et ces anciens combattants en piteux état qui, la dernière année de la guerre, ont été mobilisés pour participer à ces tragédies désespérantes de la *Totaler Krieg*, soupire Letta, il ne valait sans doute guère plus pour la nouvelle patrie dont il rêvait.

S'il est très maladroit dans le maniement des armes, il fait en tout cas un usage très habile de son stylo. Il contribue ainsi activement à la préparation de la grande rafle du 28 février 1942, une action répressive à la suite d'un attentat commis par des membres de la résistance. Un nombre sans précédent de personnes arrêtées disparaît en direction du tristement célèbre camp de l'horreur de Breendonk, où elles sont sans doute torturées. Willem, tranquillement assis à son bureau, fait des listes, rien que des listes. Son service de contre-espionnage œuvre discrètement et efficacement ;

il fait surveiller par des tiers les allées et venues de ses proches collaborateurs, on ne sait jamais.

Au crépuscule, Mientje monte au premier étage. Ses jambes enflées la font souffrir et le froid humide ne fait pas de bien à ses poumons. Au premier palier, elle peut regarder dehors, de là elle a vue sur le toit plat de l'extension à l'arrière de la maison. Elle y remarque quelques tuyaux en plomb ; des feuilles sèches font la ronde, puis s'immobilisent. L'hiver arrive, elle va déjà allumer le petit poêle rond dans la grande pièce. Willem y a fait installer une bibliothèque, de celles qui ont des portes vitrées se fermant à clé. Les sièges du salon en bas ont été déplacés ici, il y a aussi une table de réunion autour de laquelle peuvent s'asseoir huit personnes ; quelques tapis en feutre recouvrent le plancher et, dans la cheminée, un petit poêle de marque française, Godin, qu'on appelle en flamand un *duveltje*, diablotin, a des petites fenêtres en mica derrière lesquelles on voit rougir le charbon. Ce petit poêle cylindrique suffit à peine pour chauffer la grande pièce, les charbons s'y consument en un rien de temps, quand on en est proche on a le visage qui brûle et à deux mètres de distance on a encore froid. Sans compter que les fenêtres des pièces ferment mal et que la chaleur disparaît presque aussi vite qu'elle est venue. C'est aussi le cas dans leur chambre à coucher au deuxième étage. Les draps restent humides pendant des mois, il faut se glisser dans le lit en grelottant et essayer de le réchauffer avec son corps. On découvre le matin sur les fenêtres des fleurs de givre. Maintenant que les premières nuits vraiment froides arrivent,

Mientje a posé sur la plaque du grand poêle dans la cuisine trois pierres réfractaires ; quand elles sont bien chaudes, elle les enveloppe dans du papier marron. Avant d'aller se coucher, Letta et Suzy emportent une pierre chaude pour la glisser dans le lit qu'elles partagent – elles dorment à présent dans la mansarde sous les tuiles, où elles n'entendent pas les conversations qui parfois dégénèrent –, Adri a droit à sa pierre pour son lit, il dort toujours dans la deuxième chambre à l'arrière de la maison. La dernière pierre est placée tard dans le lit conjugal. En s'assoupissant, on peut blottir ses pieds contre la masse chaude, ce qui sécurise, console presque, et quand on se réveille un instant au milieu de la nuit, on cherche machinalement avec ses orteils le papier qui produit un léger bruit de froissement et qui est entre-temps devenu presque tiède.

Longtemps avant d'apprendre de quoi il retourne, Mientje passe déjà de nombreuses nuits seule au lit dans une chambre bien trop grande. Willem s'absente souvent à présent et rentre tard chez lui, ou pas du tout. Quand il arrive, il gare sa voiture plus loin sur le quai des Tuileries et rentre alors dans l'obscurité à la maison. Visiblement, il est de plus en plus sur ses gardes, elle ne peut pas lui poser de questions à ce sujet, il réagit avec agacement ou la rabroue, secoue la tête et répond toujours qu'elle n'a aucun souci à se faire. Dans des moments d'angoisse, elle se dit qu'il y a quelqu'un, que son mari en a une autre, elle reste éveillée et se retourne dans son lit. Le foyer dans la grande pièce s'est éteint depuis longtemps, il est tôt le matin, le thermomètre descend un certain temps en dessous de zéro, elle tire les couvertures rugueuses au-dessus de son épaule froide, elle somnole encore un peu, elle rêve de champs de blé et du ramassage des épis, *aorenlèsen*, à Oud-Zevenaar, tout est clair et estival, bientôt elle s'éveille dans l'obscurité hivernale et, encore endormie, monte d'un pas traînant les nombreuses marches jusqu'à la mansarde, debout les filles, puis elle descend au deuxième étage, debout Adri, mon garçon, c'est l'heure ; frissonnant dans sa robe de chambre usée, elle descend allumer le poêle. Dans le silence matinal, elle entend passer le tramway à grand bruit dans la rue longue des Pierres, puis rue de la Porte Grise, la vie commence son tapage quotidien là-bas, place de l'Écluse ; pourquoi papa n'est-il pas rentré à la maison, une fois de plus, pourvu que rien ne lui arrive, il faut s'en remettre au Seigneur, qui sait tout et régit notre sort.

17

C'est sans doute vers le milieu des années trente que Willem Verhulst fait la connaissance de Griet Latomme, sa maîtresse, plus jeune de neuf ans. Ce doit être à l'époque où il « fait de la route » comme commis voyageur pour la MEGA, pendant un de ses périples imprévisibles où il passe dans les maisons et les fermes en sillonnant la campagne flamande. Griet Latomme est une jeune femme issue d'une famille d'agriculteurs pauvres du nord de la province de Flandre orientale. Dans ses mémoires écrits à l'aide d'une machine à écrire d'autrefois, qui sont à présent conservés au Centre de documentation et d'archives du nationalisme flamand (Archief en Documentatiecentrum voor het Vlaams-nationalisme, ADVN) à Anvers et classés, ce qui en dit long, dans le dossier Willem Verhulst, elle dépeint le milieu misérable et l'époque de son enfance : « J'étais le treizième enfant de notre famille. Nous habitions une petite maison blanchie à la chaux au toit de chaume à Kaprijke dans le nord du Meetjesland. » Aujourd'hui encore, il y a en plein centre du village de Kaprijke une place remarquablement grande, recouverte d'herbe et entourée d'arbres et de maisons, ce que l'on nommait un *dries* en flamand et qui rappelle les habitations de la fin du Moyen Âge.

Elle dresse de son enfance un tableau connu, celui de petits cultivateurs pauvres, d'une vie dure aux scènes malgré tout idylliques – les amusements dans les vergers, la cueillette des fruits, le battage du lin ; sa mère qui sous le soleil printanier ravaude devant la façade basse de la ferme ; mais aussi le dur labeur et les soucis d'argent. « Je suis devenue une jolie blondinette aux mirettes bleu clair », écrit-elle avec coquetterie.

Son matelas d'enfant est rempli de glumes que le père récupère gratuitement chez un fermier du voisinage. Les parents « pas trop catholiques » envoient cependant leur fille à l'école de sœurs, où elle montre une petite poupée en terre cuite qu'on lui a offerte à une religieuse qui, affolée, la lui arrache des mains car elle est nue ; on ne lui rend que quelques jours plus tard la poupée, tout habillée ; l'enfant ne comprend pas. « Je suis devenue obstinée, rebelle, et même un peu insolente », note-t-elle.

Griet Latomme se décrit comme une enfant entreprenante, non conformiste, qui se démarque par son esprit rebelle et son sens critique vis-à-vis des religieuses et des prêtres, elle se plaint du contrôle omniprésent de l'Église et de la hiérarchie. Fillette, accompagnée de ses amies, elle va secrètement pendant la pause du déjeuner épier les garçons qui nagent nus dans un ruisseau non loin de là. « Satisfaites, nous retournions vite à l'école… » À partir de ce moment, il se dégage de son récit une intensité érotique à peine dissimulée : « Nous étions toutes des filles en pleine adolescence, qui sentions nos belles poitrines pousser. Naturellement, nous étions fières… Quelques-unes d'entre nous se montraient leurs trésors à la sauvette. »

Elle fait des études pour devenir institutrice dans un institut catholique de jeunes filles de renom à Eeklo, qui portait alors encore un nom français, Notre-Dame aux Épines, et s'appellera plus tard Onze-Lieve-Vrouw-ten-Doorn ; elle se plaint des cours en français, de l'interdiction formelle de se parler en flamand imposée aux élèves par les religieuses ; mais elle se passionne pour les cours d'histoire et de néerlandais. « Dans ce milieu fransquillon, bien sûr qu'on devenait flamingant ! »

Elle est toujours la première à provoquer les religieuses conservatrices. À l'occasion d'une promenade, leur groupe de filles croise dans une rue étroite des étudiants ; elle décrit la nervosité des sœurs à l'approche des garçons, les pouffements de rire dans les rangs des filles, l'excitation tangible ; il n'y a pas de rue transversale, pas d'échappatoire, les deux files vont devoir passer très près l'une de l'autre, les sœurs sont sur le point de se sentir mal. Griet parie avec une amie qu'elle osera aborder les garçons. Elle sort du rang et dit une plaisanterie à un garçon qui sourit timidement. La sœur crie, la tire par les cheveux pour la ramener dans le rang et la pousse brutalement. Griet se fait punir, trois jours d'exclusion des cours, une sanction qu'elle reçoit en souriant fièrement.

Plus tard, elle provoque les sœurs en chantant pendant l'hymne belge une parodie inventée par ses soins, certes en la chuchotant à l'oreille de la fille devant elle, mais une surveillante l'entend, la jeune rebelle est convoquée auprès de *Mère Chantal** pour expliquer son acte antipatriotique.

L'esbroufe naïve dont témoigne Griet lorsque, à un âge avancé, elle ravive ces manifestations banales de révolte enfantine et adolescente lui est peut-être dictée par ce qu'elle entreprendra plus tard dans sa vie, et il est évident qu'à l'arrière de ses pensées, le regard approbateur, et même admirateur, de son amant Willem Verhulst est encore présent lorsqu'elle écrit ses mémoires. Elle est tout de même fière d'être choisie peu après comme « *chanteuse d'église** » pour sa « *gentille petite voix** ». La personnalité qui se dégage de l'ensemble est celle d'une jeune femme minaudière faisant tout son possible pour être remarquée, sortir du rang, en quête d'une vie plus aventureuse que l'existence étriquée à laquelle elle semble destinée. Pendant son stage pédagogique, quand elle est obligée de porter un petit chapeau noir cucul, elle s'arrange pour en faire dépasser ses « deux longues tresses à la Nèle » de façon si grotesque que toutes les âmes dévotes présentes dans l'église éclatent de rire – « J'ai donc transformé ce désastre en un événement amusant ». Les « tresses à la Nèle » sont une référence à la bien-aimée du légendaire Till l'Espiègle ; ce couple était, dans l'imagination flamande de l'époque, le symbole du romantisme, de la révolte et d'une liberté un peu anarchiste.

Une fois en possession de son diplôme, elle retourne à Kaprijke ; elle passe ses journées à faire de longues balades à vélo le long des criques des polders, à chanter dans une chorale et à participer à des conférences flamingantes. Au sein d'une compagnie théâtrale composée de jeunes femmes, elle joue dans une pièce sur la vie de « notre grand idéaliste August Borms ». Elle se lie d'amitié avec Raf Van Hulse, qui deviendra plus tard un SS tristement célèbre et qui est à ce moment-là instituteur dans un village des environs. Elle travaille quelque temps comme employée, parce que « dans le monde de l'enseignement il ne fallait pas espérer trouver un emploi ». On finit tout de même par lui proposer un poste d'institutrice à Langemarck, en Flandre-Occidentale, près d'Ypres, à plus de soixante-dix kilomètres de sa maison parentale, soit près de cinq heures à vélo. Elle déménage donc à Langemarck. Elle se met aussitôt, là-bas aussi, à faire activement du théâtre, et a même l'occasion de se produire dans plusieurs opérettes. « J'étais ravie. Cette liberté enchantait mon existence. » À Ypres et à Roulers, elle assiste à toutes les représentations du Vlaams Volkstoneel, le théâtre populaire flamand. Elle évoque à mots couverts une scène érotique avec un petit ami à qui elle décide un jour de « faire un petit cadeau. Le jeune homme étonné et agréablement surpris a bondi de son lit et m'a embrassée comme jamais auparavant ». Ce jeune homme, qui a la santé fragile, meurt quelque temps plus tard. « J'ai dû surmonter seule un grand chagrin… »

Soudain, elle indique, sans détour, et sans dévoiler ce qui a dû vraiment se passer : « J'ai fait la connaissance de la famille Verhulst et du poète Richard De Cneudt » – ainsi la jeune femme véhémente de Kaprijke rencontre notre commis voyageur Willem, ainsi que son cousin et fidèle ami des jours à La Haye, le poète dont les recueils traînent dans la maison de la Drongenhof. Bien vite, Griet leur rend visite à Gand. « Je suis peu à peu devenue une amie de la maison, chez Wim, et j'y ai rencontré encore bien d'autres amis influents. J'y ai passé des jours agréables : fêtes de Noël, promenades, spectacles d'opéra et bien d'autres choses encore… De temps en temps, je pouvais les accompagner aux Pays-Bas »…

La ferme de ses parents à Kaprijke est détruite dans un incendie, son père meurt, mais elle mène à présent sa propre vie de jeune femme indépendante à Langemarck, où Willem lui rend souvent visite. Autrement dit : Griet devient peu à peu « tante Griet » pour les enfants, Mientje voit avec résignation la « grande amie de Langemarck » se nicher dans leur vie. Griet est bientôt mutée à Maria-Aalter, quand « cette horrible guerre » éclate et que Willem entre au service de l'occupant. « C'en était donc fini des visites de Wim, du père De Cneudt et d'autres qui venaient souvent chez moi passer des journées intéressantes. Nous les appelions nos "journées culturelles" »…

Apparemment dans les bonnes grâces des fermiers et des braconniers, elle parvient à obtenir toutes sortes de produits alimentaires ; peut-être Wim venait-il les chercher chez elle en voiture. Pendant la guerre, Wim demande à Griet si, quand elle est en vacances, il peut faire loger sa famille dans cette maison. Elle accepte volontiers : « Je m'occupais alors de Wim qui était seul à Gand »…

Je garde les yeux rivés sur cette phrase en apparence innocente – sur la Drongenhof, durant les années de guerre, pendant que Mientje, si attentionnée, est soigneusement transférée dans la maison à Maria-Aalter, le nid d'amour secret de mademoiselle Latomme, Willem passe son temps auprès de Griet, jeune, sémillante et entreprenante flamande, aux tresses rebelles à la Nèle, à la précieuse poitrine cachée et à l'ardeur flamingante, dans la grande maison solitaire. La jeunette se garde d'en dire plus long, mais on devine aisément le reste.

On peut s'étonner des termes nonchalants qu'emploie cette maîtresse, qui parvient si vite à s'intégrer, pour évoquer sa vie cachée avec Wim, comme s'il s'agissait d'une innocente affaire familiale ; elle apprécie « la vie en ville », dit-elle, et « l'opéra, le cinéma et les amis me plaisaient énormément ».

Je m'imprègne lentement de la vérité bouleversante : à un moment donné, Mientje a forcément pris conscience de la situation.

Oui, bien sûr, me confie plus tard Suzy, maintenant âgée, après une après-midi arrosée de vin blanc à fumer cigarette sur cigarette : notre mère le tolérait, mais elle en éprouvait du chagrin ; je pense qu'elle se sentait même coupable, parce qu'elle avait rencontré notre père au chevet du lit de mort d'Elsa, sa première femme, je ne sais pas. Et Letta ajoute en secouant la tête : Quand il en était question, maman me regardait toujours avec mélancolie et elle me disait : « J'espère que cela ne t'arrivera jamais, ma fille. »

Sur une photo datant de la même époque, Griet est présente comme une sorte de gouvernante à côté de Mientje, le regard maussade, et des enfants, lors d'une sortie dans les environs de Nimègue. La photo a été prise en août 1938 ; à l'arrière-plan, on voit encore le pont de Waal qui sera détruit plus tard. Il y a aussi une troisième femme, à gauche. Je demande : Qui est-ce ? Suzy répond : Ah oui, c'est Aurélie Willaert, d'Ertvelde, une institutrice. Ah bon, elle aussi... ? Je n'en ai aucune idée, dit-elle ; c'était une grande amie de Griet. Je ne sais pas pourquoi elle se retrouve sur cette photo, visiblement elle aussi pouvait venir à Oud-Zevenaar. Puis Letta dit : « Son harem. Il faut tout de même avoir du culot, nom d'un chien. »

Griet, je t'aime.

Soupir. Il se retourne encore une fois vers la blondinette au sourire rayonnant contre laquelle il s'est lové, les fesses contre son ventre, en chien de fusil pendant leur sommeil. Il la serre de nouveau dans ses bras. Maintenant c'est elle qui soupire. Sur les poils de la poitrine de Willem, elle dessine un petit cercle.

Il faut que tu rentres chez toi, Willem.

Il grogne. Les cheveux de Griet lui chatouillent le nez. Il pose la main sur ses petits seins et lui caresse lentement les mamelons. Il fait glisser sa main vers le ventre brûlant, perçoit plus bas qu'elle est humide et chaude. Le désir revient, elle le sent, le saisit là, le conduit entre ses jambes, l'embrasse de nouveau à pleine bouche. Ils font encore l'amour. Restent ensuite allongés dans les bras l'un de l'autre, somnolant.

Willem, il est déjà minuit, tu as promis à Mien de rentrer pour le week-end.

Grognement. Petite tape sur le bas-ventre de Griet.

Je veux rester ici.

Il faut que tu rentres chez toi, Willem.

J'en ai pas envie, c'est loin ce trajet en voiture, et avec la pluie sur la route dans le noir. Tu ne veux tout de même pas ma mort.

Il essaie de la chatouiller sous les bras. Elle le repousse en riant.

Tu sais que Mien va se faire du souci, Wim…

Il l'embrasse encore une fois, ravi de sentir l'odeur exquise de leurs corps unis, ardents, emplis d'un bonheur lumineux qui irradie tout son être. Il sombre dans un sommeil sans rêve.

Il rentre chez lui le samedi vers midi. Mientje prépare des légumes qu'elle est allée chercher chez un fermier à l'extérieur de la ville. La maison sur la Drongenhof est pleine de voix d'enfants ; une petite fête a lieu pour Letta, il avait oublié, il n'a pas apporté de cadeau.

J'ai dû raccompagner quelqu'un, maman. Après on a eu une action difficile cette nuit, je n'ai pas pu partir. J'ai dû dormir ailleurs.

Installe-toi, Willem. Le repas va être bientôt prêt.

Il éprouve quelque chose, au plus profond de lui-même, qui le désespère. Le sentiment que rien ne peut être réparé. En même temps, il est tellement amoureux qu'il en pleurerait, il a peur que sa peau soit encore imprégnée de l'odeur de sa maîtresse.

Il prend la petite Suzy sur ses genoux et lui dit : Je vais te raconter une histoire drôle.

Et l'enfant demande : Tout de même pas celle des trois agneaux dans la grotte, hein, papa ?

℘

Pour mon Noël de la part du Hauptsturmführer, dit-il avec un large sourire en voyant Mientje regarder avec stupéfaction l'appareil Kodak Duex qu'il tient dans les mains. Comment ça… Willem, mais pour quoi faire ? À quoi ça va te servir ?

Pour faire des belles photos, dit-il, excité comme un enfant.

Mais enfin Wim. En tout cas, tu n'auras pas besoin de fermer un œil pour prendre tes photos.

Il la regarde d'un air bête avant d'éclater de rire.

Il place l'appareil avec précaution dans la bibliothèque de la pièce à l'avant, au premier étage.

Des années plus tard, quand son mari sera en prison, elle trouvera le petit mot qu'il avait caché derrière, à l'intérieur d'un livre :

Pour toi, mon Wim chéri, fais plein de belles photos de nous.
Avec tout mon amour, ta Nèle fusionnelle.

En dessous, deux petits cœurs et une croix gammée.

Elle remet le petit mot à sa place ; depuis des semaines déjà, la maison est si silencieuse qu'elle s'entend respirer.

18

Près de quarante ans plus tard, la grande pièce au premier étage exhibait un vide paisible, une indifférence face au passage des années. Les planches du parquet paraissaient nues, la porte ne fermait pas complètement, le manteau de cheminée en pierre noire des Ardennes était légèrement poussiéreux, plusieurs fines toiles d'araignée pendaient contre les minces vitres en verre étiré légèrement tacheté. Un fragment de mastic dur qui s'était détaché pendait à un clou filiforme, il toquait, agité par le vent, à la fenêtre comme le légendaire rouge-gorge de la chanson bien connue des enfants en Flandre et aux Pays-Bas, *j'veux entrer dans ta bicoque, toc toc toc*. J'ai hésité, voyant le notaire songeur devant la fenêtre, je suis allé me tenir à côté de lui pour regarder dehors. Mon digne guide a tourné son large torse vers moi, posé le support sur lequel il écrivait son état des lieux sur le rebord poussiéreux de la fenêtre, croisé les mains dans son dos. Un quartier modeste, mais tout de même très tranquille, n'est-ce pas, a-t-il dit. Par terre j'ai vu quelques journaux et des photos un peu jaunies endommagées par l'humidité ; à ce moment-là, je n'y ai prêté aucune attention.

Nous nous sommes attardés ainsi, regardant dehors. Le silence était entouré du léger frémissement de la ville, un vague bourdonnement dans la pierre, dans le ciel gris au-dessus des toits.

Je lui ai demandé : C'est quoi ce bâtiment vide en face ?

*Ah ça**, a-t-il dit, s'éveillant brutalement de sa rêverie, c'est le vieux *biseautage**, monsieur, enfin, une taillerie de verre.

J'ai aperçu une pancarte aux lettres écaillées : *Glacegand*, contre un mur imprégné d'humidité présentant les teintes les plus subtiles que peut produire le déclin.

*Biseauter**, a continué De Potter, signifie tailler en biais les côtés des miroirs et des fenêtres, comme on en posait à l'époque dans les portes intérieures et les fenêtres d'ornement des maisons d'un certain standing. C'est de l'artisanat d'art qui exige beaucoup de précision et de patience. Aussi loin que je m'en souvienne, l'atelier a toujours été là ; dans les portes de notre office notarial, il y a aussi du verre biseauté qui vient de cette taillerie. Maintenant ce n'est plus la mode, mon cher monsieur, mais c'était du travail raffiné. On y taillait également sur mesure de l'opaline, de couleur granit, laiteuse, rubis ou bleu de cobalt, parfois traversée de fines veines bleu clair, d'autres de nuages, figés dans le verre.

Le long bâtiment dépassait d'un mètre l'alignement, la rue était plus étroite et plus sombre à cet endroit ; d'un côté il était adjacent à la chapelle de la Drongenhof, de l'autre il se poursuivait jusqu'à la fin de la ruelle. C'était une immense ruine. Depuis cette pièce, on voyait un enchevêtrement de toits bas et de cours intérieures à ciel ouvert.

À travers les fenêtres cassées, on apercevait partout des éclats bleu vif, rouge corail, irisés jaune et vert ou légèrement émeraude.

Plus tard, j'ai souvent erré dans ce labyrinthe ; le fer et le bois, oui même la pierre se décomposaient, mais le verre, dès qu'un peu de lumière ou de pluie se posait dessus, scintillait comme s'il venait d'être soufflé. Dans les bureaux les mieux préservés, tout était encore à sa place, comme si l'entreprise avait dû fermer du jour au lendemain, comme si les employés s'étaient enfuis pendant les bombardements sur la ville : dossiers, factures, lettres, livres de comptes dans leurs chemises cartonnées gris pigeon tachées – tout est resté tel quel pendant des années quand je vivais en face. Le bâtiment était constitué d'un ensemble de couloirs, de cabinets de travail, de pièces latérales, d'ateliers, d'espaces de bureaux ; il y avait des étages intermédiaires avec de petits escaliers de fonte en colimaçon, des ouvertures vers une vaste serre insoupçonnée surmontée tout en haut par des vitres cassées qui branlaient dans le vent, prêtes à tout instant à vous fendre le crâne. En dessous émergeaient de plusieurs couches de verre, crissant sous les pieds, les tables de découpe profondément entaillées par des années d'utilisation, alignées de manière touchante les unes à côté des autres, les anciens coupe-verre encore posés sur les surfaces endommagées ; un peu plus loin se trouvaient les installations sanitaires entartrées, rongées par la rouille, pour le personnel, où j'ai découvert quelques blouses marron, raides de saleté, avec dans l'une des poches encore un mot écrit en pattes de mouche : *Roger, il faudrait 20 fr de mastic s'il vous plaît, merci, Jeanne* ; de vastes caves en pierre de Balegem, où l'on sentait encore l'huile de graissage et où les sans-abri qui avaient secrètement occupé les lieux la nuit avaient laissé des chiffons qu'ils avaient rassemblés et de pitoyables morceaux de mousse caoutchouc ; l'archéologie d'industries en ruine.

Pendant des décennies, Willem, Mientje et les enfants ont eu vue sur ces ateliers, et quand j'ai interrogé Letta à ce sujet, elle m'a dit : Oui, bien sûr, on était réveillés à sept heures, quand le travail commençait. On démarrait notre journée par le bruit strident de la taille, puis le tintement des bords en cristal qui tombaient ; à travers le toit de verre de l'atelier, on apercevait les hommes debout devant les tables de découpe, de vagues ombres dans la lumière jaune, ensuite le scintillement des petits éclats qui s'élevaient en formant des nuages, comme de la neige de verre. Une heure plus tard, on entendait, les rares jours ouvrés où l'on n'avait pas à aller à l'école, les charrettes arriver puis repartir un instant plus tard, le claquement des sabots des chevaux sur les pavés, le grondement des roues en bois, les cris du cocher, le chargement et le déchargement prudents des grandes plaques – l'une taillée, l'autre brute, toutes enveloppées dans des couvertures en feutre pour chevaux, comme des patients fragiles à transporter avec précaution.

Le bâtiment a été rasé vers le milieu des années quatre-vingt ; quand l'herbe et la mousse ont envahi les espaces à l'intérieur et que des fougères et des orties ont poussé entre les fragments de plâtre, la municipalité a décidé de démolir le biseautage pour construire à la place des appartements. À mesure que la date de la démolition approchait, j'en ai extrait de vieux registres, des carreaux en opaline blanche pour ma salle de bains, des livres de caisse, des petites réserves de débris enchanteurs de verre bariolé, quelques vieux coupe-verre avec leurs pointes en diamant. Dans un des livres, j'ai trouvé une lettre que je ne comprendrais que plus tard ; c'était une brève note de service concernant les horaires de travail, signée par un certain W. Verhulst, avec au-dessus, soigneusement tapé à la machine, « Heil Hitler ! ».

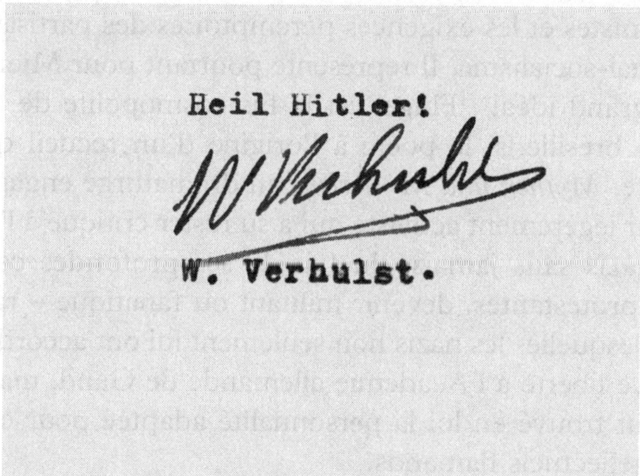
Heil Hitler!

W. Verhulst.

19

Heinz Flügel est en ville, Mien est enchantée et même un peu excitée. Elle déambule dans sa maison dans sa plus belle robe, elle a mis un collier de perles, on lui a permis de participer bientôt à la préparation de la conférence avec le pasteur Pichal. Intellectuel connu du public et poète allemand, Heinz Flügel est devenu lecteur à l'Académie allemande instituée par l'occupant à Gand. Investi de cette fonction culturelle, il lui faut louvoyer entre ses convictions humanistes et les exigences péremptoires des partisans du national-socialisme. Il représente pourtant pour Mientje le plus grand idéal : Flügel est le fils cosmopolite de diplomates brésiliens, le poète à l'origine d'un recueil qu'elle admire, *Mythen und Mysterien*, un dramaturge engagé, un lecteur légèrement activiste qui a su rester critique à l'égard des nazis sans jamais, du fait de ses profondes convictions protestantes, devenir militant ou fanatique – raisons pour lesquelles les nazis non seulement lui ont accordé une relative liberté à l'Académie allemande de Gand, mais ont surtout trouvé en lui la personnalité adaptée pour enjôler les intellectuels flamands.

Plus tard, en 1987, Flügel publiera ses mémoires sous le titre *Zwischen den Linien* (Entre les lignes). Il y fournit des informations passionnantes sur le temps qu'il a passé à Gand. Il décrit son amour de la ville, ses promenades estivales le long de la Lys ; il reconnaît une liaison avec une femme mariée qu'il appelait tendrement Pau-Pau et qui lui apprenait « *die Liebe auf französisch* », l'amour à la française, mais lui révélait aussi les secrets de « *die Seele Flanderns* », cette âme flamande, à l'abri des buissons en fleur ou dans un petit hôtel sur les rives du fleuve. Il aimait flâner dans les rues de Gand, appelle le château des comtes « *ein Geisterburg* », château fantôme, qui veille sur les négociants, les poissonniers et les illusionnistes ; il compare avec une naïveté mêlée de romantisme le fourmillement de ce petit peuple au monde de Till l'Espiègle. Il entendait beaucoup parler de Cyriel Verschaeve, louait son « âme mystique », mais lui reprochait ses poèmes pronazis ; il préférait le style plus raffiné d'Ernst Jünger. Les Flamands patriotiques se trouvaient dans une situation contradictoire, écrit-il. Flügel se montrait le plus diplomate possible avec les autorités allemandes, mais craignait la Gestapo : celle-ci se servait de « *flämischen Agenten und Spitzel* », d'agents et d'espions flamands, et des « *fanatischen DeVlag-Leute* », les fanatiques de la DeVlag, l'organisation à laquelle appartenait Willem Verhulst. Dès le début de sa mission, il s'était plaint auprès de l'Oberfeldkommandant General Bruhns que ces espions flamands surgissaient dans ses conférences et ouvraient ses lettres. Console-toi, lui avait répondu le cultivé Bruhns, ils me surveillent aussi. « *Jeder misstraute jedem* », tout le monde se méfiait de tout le monde.

Ce soir-là, Heinz Flügel doit parler devant un public choisi dans une petite salle de la ville : une poignée d'humanistes et de pacifistes qui ont encore le courage de reconnaître ouvertement leurs convictions, divers intellectuels silencieux, plusieurs Allemands piétistes qui se lisent à voix haute dans des cercles fermés des poèmes de Hölderlin, quelques officiers aux idées larges, ici et là des personnes cultivées qui aiment Goethe et Schiller. Le cœur de Mien vibre d'anticipation, elle se souvient des soirées passées chez le pasteur Wartena à Oud-Zevenaar – des lectures inspirantes pendant que la nuit tombe doucement dehors et que les psaumes et les poèmes se succèdent, du cœur qui semble de lui-même s'éclairer, de l'élévation qui résonne dans ces voix. Ses vieilles chaussures sont usées, mais c'est de règle en ces années de guerre ; son petit chapeau à voilette noir, elle ne l'a pas porté depuis des années ; Willem est encore au bureau, les enfants se débrouilleront comme des grands, elle leur a préparé à manger.

Elle passe à côté du Grand Canon, traverse la place déserte du Marché du vendredi, prend la rue du Serpent et la rue de la Maison des échevins en longeant le poste de contrôle devant l'hôtel de ville obscurci, le beffroi, la cathédrale et le château de Gérard le Diable puis en passant par la rue de Flandre. Elle a un sauf-conduit pour son retour après le coucher du soleil, la direction de l'Académie allemande y a veillé. Quand elle entre dans la petite salle, celle-ci est déjà bondée, de gens modestes, de personnes qui parlent bas, quelques hommes se tiennent encore à côté de l'entrée pour fumer leur mauvais tabac malodorant, ils essaient de ne pas prêter attention aux deux soldats postés en face. Voilà le pasteur Pichal qui arrive accompagné de Heinz Flügel, une élégante silhouette vêtue d'un long manteau, il a quelque chose de juvénile, il vient d'avoir trente-cinq ans, un homme aux airs d'adolescent qui aurait pris de l’âge, se dit Mientje attendrie. Elle se faufile entre les sièges, provoquant un léger remue-ménage, pour aller s’asseoir au troisième rang, c’est son emplacement favori, on peut y observer les réactions des personnalités aux premiers rangs, on est près de l’intervenant mais on n’est pas aussi visible que tout devant ; Flügel est à son aise, il a l’air très sûr de lui et pourtant compréhensif, d’un abord facile et détendu. Il regarde ses auditeurs droit dans les yeux, prend une profonde inspiration, laisse un silence d’une dizaine de secondes s’installer qui incite tout le monde à retenir son souffle et met aussitôt fin aux derniers marmonnements dans la salle ; il commence sa conférence par quelques vers du poète Hölderlin, à la demande du petit groupe de lecture ; *O komm,* déclame-t-il cérémonieusement, *Komm ! ins Offene, Freund ! zwar glänzt ein Weniges heute / Nur herunter und eng schließet der Himmel uns ein…* [Ô viens… Viens ! allons dehors, ami ! Aujourd’hui la lumière ne nous éclaire guère / Ici-bas, et le ciel oppressant se referme sur nous.]

Une partie de sa conférence échappe à Mien, dont les pensées vagabondent tant elle éprouve de la joie ; elle ne parvient presque pas à retenir ses larmes, qu’a-t-elle donc ? Parfois elle doit essuyer le coin de ses yeux avec la manche de son manteau. Les propos sur la paix et la culture européenne enchantent son cœur, elle se sent très jeune, insensée, ici dans cette salle au milieu de toutes ces personnes croyantes bienveillantes. Flügel parle depuis environ dix minutes quand elle entend la porte s’ouvrir au fond de la salle, quelques pas, des grommèlements ; elle se retourne, agacée, qui vient encore troubler la conférence de cette personne formidable, il a tout juste cité Rilke et Stefan George, c’est pourtant magnifique ! Mais quand elle tourne la tête, avec un peu trop de fureur, elle constate que deux silhouettes en manteau de cuir noir sont entrées, elle reconnaît l'uniforme honni en dessous, ils tiennent leur casquette à tête de mort sous le bras, ils ont eu la politesse de la retirer en entrant, peut-être viennent-ils simplement eux aussi… brusquement, elle reconnaît Willem, un peu dans l'ombre des deux SS, il a l'air légèrement mal à l'aise. Il tient prêt dans ses mains le Kodak Duex pour prendre des photos, certainement, de belles photos de ce monsieur là-bas devant en train de parler. Elle se met à transpirer à grosses gouttes, elle a le vertige ; il est ici, maintenant, en ce lieu, pour contrôler, pas pour écouter… elle est prise de nausée, un relent acide lui monte à la gorge, elle essaie de se ressaisir. Flügel a lui aussi remarqué les hommes. Il a le culot d'interrompre sa conférence. *Gnädige Herren,* dit-il avec une élégante ironie, *Hier vorne gibt's noch Platz, darf ich Sie einladen…* Chers messieurs… il y a encore de la place ici devant, puis-je vous inviter… À ces mots les trois silhouettes, comme des corbeaux dans un vieux livre d'enfants, font demi-tour et quittent la salle en silence. Dès lors, Mien n'a plus d'ouïe pour tout ce qu'elle avait si hâte d'entendre ; les images défilent à vive allure dans sa tête et tout semble être emporté dans un sombre tourbillon, comme si la vie pouvait disparaître dans un puits sombre et puant ; elle veut rester encore un peu après la conférence pour discuter, mais elle se sent comme un poulet sans tête ; de tout ce qu'elle aurait voulu demander avec tant d'enthousiasme à Flügel, il ne reste plus dans ses pensées qu'une sorte de glaise humide, une masse informe, lourde et bête, de la glaise humide et trois corbeaux en cuir noir qui se tournent vers le mur, cette absurde impossibilité de reprendre le fil de ses pensées, ce qu'un chagrin paniqué fait de nos capacités. Elle voulait poser une question subtile sur le petit livre que l'intervenant a publié une année auparavant, *Tragik und Christentum* (Le tragique et le christianisme), mais elle ne parvient qu'à fixer les yeux devant elle, muette et anesthésiée, même si l'affable Heinz la regarde à plusieurs reprises avec gentillesse et curiosité, car Pichal lui a dit d'elle le plus grand bien. Elle sent, autour de sa langue, une salive épaisse, comme de la colle. Elle éprouve pour elle-même une pitié qui la ronge, elle déteste ce sentiment humiliant.

Abattue, elle rentre chez elle dans la Drongenhof en traversant la ville obscure, les enfants sont dans leur chambre, elle entend Adri s'entraîner au violon et les filles chanter sagement ensemble ; les vieux murs se resserrent autour d'elle, dans sa chambre elle va se poster devant la fenêtre dans le noir. De l'autre côté, elle voit une vague lumière se déplacer, c'est le veilleur de nuit dans les vieilles serres de la verrerie ; elle allume sa lampe de chevet, ferme les rideaux, s'assoit au bord du lit, prend son livre de psaumes, le Seigneur est mon salut, le Seigneur est proche. Elle essaie de fredonner, et c'est justement ce qui la fait éclater tout de même en sanglots.

Willem ne m'embrasse plus jamais.

Elle s'empare de son journal et note, sans ratures et en sentant un soulagement dans son cœur, l'adaptation d'un psaume qu'elle lira plus tard à haute voix pendant le service au temple de la rue Digue de Brabant.

Elle s'étend pour dormir ; des heures plus tard, elle est réveillée par le bruit sourd de la porte d'entrée.

Après avoir fait un peu de bruit en bas, Willem monte, il s'allonge à côté d'elle en lui tournant le dos, il sent la sueur, les cigares et le vin. Elle est soulagée et infiniment affligée, elle pose la main sur son dos.

« Je dois aller à Bruxelles avec mes listes, à demain. »

« Je dois aller à une réunion de la Feldgendarmerie à Bruxelles, j'y passerai la nuit car cela va se terminer tard, à après-demain. »

« Je dois aller pour le Stadtkommandant au Messe à Hanovre, à la semaine prochaine. Vous serez sages, hein les enfants ? »

« Tu oublies tes sandwichs et ta gourde, papa. »

« Merci maman, c'est gentil de ta part. »

20

La nuit tombe, il fait froid en cette soirée de mars 1943, il rentre de son service, il passe devant le château des comtes de Flandre, emprunte les ruelles étroites du Patershol. Plusieurs hommes discutent ensemble au coin de la rue des Balles et de la ruelle du Hareng. Il ne les regarde pas, poursuit son chemin, il est fatigué et de mauvaise humeur ; il passe devant eux et, après quelques pas, il entend siffler : « Salaud. »

Il se retourne, comme piqué par une guêpe, demande aux hommes qui ils sont.

Ça ne te regarde pas, sale fasciste, dit le plus âgé, qui le fixe bien en face, obligeant Willem à baisser les yeux.

Il bouillonne, essaie de se calmer.

Où habites-tu, dit-il du ton le plus neutre possible. Ou alors tu me suis tout de suite.

Et tu vas t'y prendre comment, tout seul, pour nous emmener, ricane l'homme.

Il a un regard si dur que Willem se sent perdre son assurance ; c'est ce genre de voyous conspirateurs qu'il aimerait signaler, tous autant qu'ils sont, dans ses listes à la Sicherheitspolizei.

Je saurai te retrouver, grogne-t-il.

Je m'en bats les couilles, dit l'homme, et viens donc avec tes corbeaux noirs, je tiens prêt mon fusil.

Les autres hommes affichent un sourire provocant. L'un d'eux passe un doigt sur sa gorge.

Quelque part au-dessus d'une des maisonnettes délabrées, une fenêtre s'ouvre.

« *Salaud. Fasciste**. »

Une voix féminine. Une voix mélodieuse. La voix d'une femme jeune. Il lève la tête : c'est une belle femme séduisante, il l'a déjà aperçue dans la rue et l'a un jour lorgnée tandis qu'elle marchait devant lui. Elle serre le poing.

Willem voit tout noir ; soudain, le voilà de nouveau dans la cour de récréation de son enfance, après des années le souvenir de l'humiliation le mord comme un animal venimeux qui lui saute à la gorge. Il revoit les fils de petits-bourgeois qui l'humiliaient ; et maintenant il se fait interpeller par une jeune femme, en français par-dessus le marché, lui, l'ami personnel de Jungclaus, nom de nom… mon Dieu, la fille francophone de sa jeunesse qui avait cette douce foudre sous ses jupes, il sent une vilaine morsure, un accès de haine, mais une haine qui suscite du chagrin, un immense chagrin et par là même de la haine, il veut leur régler leur compte à tous, et sur-le-champ, les coffrer, ces maudites raclures.

Espèce de crapule belgiciste, grogne-t-il, et alors qu'il s'apprête à poursuivre sa route, un autre homme se dresse devant lui dans l'obscurité, un homme qu'il connaît, craint et déteste.

Tiens tiens, dit l'homme, quelle surprise, notre grand chasseur.

Mais c'est Omer De Ras, répond-il, que fais-tu ici dans

ce nid de vipères, tu viens sûrement monter la tête à tout le monde.

De Ras crache sur les pavés.

Alors comme ça, sale fasciste, c'est toi qui vas décider de ce que j'ai le droit de faire ou non ? On l'entend pas beaucoup, le son de ta voix, quand tu te promènes sans ta bande de rats, pas vrai ?

Willem fait un pas de côté pour contourner De Ras ; lui aussi fait un pas de côté.

Tu veux que je t'envoie passer une petite heure avec Gaston Delbeke, De Ras ?

Soudain il sent un poing d'acier lui serrer le col.

Écoute-moi bien, Verhulst : je ne sais pas si c'est aussi écrit dans tes journaux allemands, mais le vent est en train de tourner. Prépare tes valises sinon c'est nous qui te retrouverons après la guerre, tu as bien compris, bousier ?

Il relâche son étreinte, Willem s'écarte et poursuit son chemin, la main sur son larynx meurtri.

Quand il se retrouve chez lui dans la Drongenhof, il se dit : Et si jamais ils faisaient irruption ici alors que Mientje est seule avec les enfants… il est envahi par une tendre préoccupation pour sa famille. Il faut qu'il mette une chaîne à la porte d'entrée. Je vais en commander une demain, quelqu'un du service pourra venir l'installer. Il boit encore un verre d'eau dans la cuisine, avale un comprimé, va passer un petit instant dans la salle de lecture au premier étage, voit à sa gauche le toit de la chapelle, sombre et pentu dans la nuit. Apparemment, il y a des communistes là-bas aussi, c'est ce que j'ai entendu dire. Ils se cachent juste en dessous des chevrons du toit. Il faut que je fasse contrôler ça.

Le lendemain, en grinçant des dents, il ajoutera Omer De Ras à sa liste avec son crayon aiguisé ; moins d'un an plus tard, le 20 mai 1944, ce dernier sera arrêté dans un café par des membres de l'Außenstelle, dénoncé par une femme qui connaissait les noms sur la liste ; avec un certain nombre d'amis de la résistance, il sera soumis à un interrogatoire brutal, passé à tabac et envoyé à Buchenwald, d'où il reviendra vivant. Willem travaillait en haut dans son bureau pendant l'interrogatoire, il n'a que vaguement entendu les cris dans les caves, il n'en savait guère plus, ce n'étaient pas ses affaires, chacun son travail. Se sont-ils encore croisés dans les étroites ruelles du Patershol après la guerre ? Rien n'est moins sûr.

℘

À partir de ce moment-là, Willem Verhulst portera constamment une arme sous son manteau, dans un étui en cuir sous son aisselle ; quand il rentre chez lui et retire son uniforme, les enfants voient parfois qu'il porte ce sombre harnais sur sa chemise et en défait la courroie en cuir, avec autant de précaution que les juifs quand ils ôtent leur phylactère, il pose le pistolet dans un tiroir, qu'il ferme soigneusement à l'aide d'une clé qu'il a toujours dans sa poche et glisse, les enfants le savent, sous son oreiller avant de s'endormir. Il ne gare plus sa confortable voiture de fonction allemande près de la cour du Temple, au coin de la rue, il la laisse garée à côté de l'École des Hautes Études, qui a été réquisitionnée et abrite son Comité d'action thioise, et où des gardes armés surveillent le bâtiment jour et nuit. Parfois le soir, avant de rentrer chez lui à pied, il appelle Mientje au préalable, en lui demandant si un des enfants peut venir à sa rencontre jusqu'au château des comtes de Flandre. Un père avec ses enfants, se dit-il, on le laisse sûrement tranquille.

℘

Par une belle journée de septembre, Willem se rend à son travail, soudain de légers nuages grondent au-dessus de la ville, tout commence à trembler, un gigantesque mouvement approche, tout le monde lève la tête, effrayé, vers le ciel ; les premiers avions arrivent, tournoient, lâchent des pastilles noires qui deviennent vite plus grandes, on court paniqué de tous côtés, d'énormes impacts suivent, quelque part des faubourgs sont touchés : à toute vitesse,

Willem parcourt en sens inverse les quelques centaines de mètres qui le séparent de chez lui, Mientje a déjà fui avec les enfants dans la cave, il descend les marches en courant, voit en bas non seulement sa famille, mais aussi quelques voisins, les Vandermeulen qui vivent dans la rue de la Porte Grise, assis ensemble dans l'obscurité. Soudain la sonnette retentit, longtemps, avec insistance, quelqu'un tambourine à la porte, ils entendent une voix d'homme appeler hystériquement à l'aide. Mientje monte en courant, va jusqu'au bout du couloir, ouvre la petite lucarne de la porte d'entrée et voit un homme en uniforme SS qui pleure d'angoisse ; elle le laisse entrer, ils courent ensemble jusqu'à la cave.

Le bombardement des Alliés sur Ledeberg, ce 5 septembre, est le signal qui fait tout basculer. Dès lors, la résistance reçoit une puissante impulsion, et les *Deutschfreundlichen*, les sympathisants de l'Allemagne, sont de plus en plus souvent traqués. Letta s'en souvient comme si c'était hier : J'étais là, à côté de ce SS dans notre cave, dit-elle, il frissonnait et tremblait dans son uniforme nazi, nous, les enfants, nous trouvions ça juste palpitant. Je n'avais aucune idée que, ce jour-là, cent onze personnes mouraient dans les faubourgs.

21

Mientje est agenouillée à frotter les dalles du couloir, elle a encore une réserve de cette encaustique noire qui peut redonner aux dalles grisâtres un lustre ; pour les pourtours en marbre blanc de Carrare, elle utilise de l'encaustique transparente, qui sent un mélange de cire d'abeille et de térébenthine. Elle récure et fait briller, elle est rouge tant elle y met du sien, les dalles sont étincelantes, le couloir prend l'allure d'une maison bourgeoise distinguée. Willem lui a plus ou moins ordonné de faire en sorte que toute la demeure soit absolument impeccable, car il attend d'éminents visiteurs. Dans le couloir, le portrait de Kees Boeke a disparu, il est suspendu dans la chambre où dort Adri à l'arrière de la maison ; à présent sont accrochés à sa place les portraits d'August Borms et de Heinrich Himmler, les héros du moment, et maintenant, pour couronner le tout, le Symphonion est aussi fixé au mur dans le couloir.

Plus tard seulement, quand j'aurai obtenu l'accès aux archives de l'auditorat militaire à Bruxelles et aux archives de Gand, je me rendrai vraiment compte de ce que Willem avait à se reprocher. Mais ce jour-là, il est manifeste qu'il est vraiment monté en grade dans la hiérarchie de la collaboration. En fin d'après-midi, des voitures de fonction allemandes de plus en plus nombreuses s'engagent dans la Drongenhof ; elles s'arrêtent devant la maison et se garent de manière ostentatoire à moitié en travers du trottoir, des portières claquent devant l'entrée, aussitôt des corps se raidissent, au garde-à-vous, de véhéments *Heil Hitler* retentissent et des bras noirs se tendent devant la porte, qui s'ouvre lentement, presque cérémonieusement ; en face, dans la taillerie de verre, les ouvriers se sont rassemblés sous le porche ouvert pour assister bouche bée à ce spectacle intimidant ; les moteurs des grosses voitures de fonction noires tournent tandis que Willem, en grand apparat et rayonnant de fierté, accueille la compagnie. Le cortège entre au pas dans le couloir, les bottes couinent sur les dalles tout juste encaustiquées ; « il y avait de grands claquements de talons », se rappellera Letta bien plus tard, quand nous en parlerons ; les enfants sont aussitôt envoyés dans leurs chambres, Mientje disparaît dans l'extension derrière la maison, où elle restera pendant tout ce temps à essayer de se contenir, car elle refuse de venir servir des biscuits et du thé léger. La porte se referme, la chaîne est suspendue au crochet ; ces messieurs vont s'asseoir au salon où à présent, sur le beau manteau de cheminée en pierre de Comblanchien, trône un nouveau buste d'Hitler, car la Verwaltung les fournissait encore facilement aux membres des peuples frères flamands de bonne volonté. Au salon s'installent : le souffreteux Jef Vandewiele, Waffen-SS, rédacteur en chef du magazine de la DeVlag, également chef de cette organisation, antisémite notoire et auteur de pamphlets orduriers, surnommé Jef Cognac en raison de son alcoolisme ; Jef François, Obersturmführer de la 27e division SS Freiwilligen Grenadier Langemarck, dirigeant de la SS-Flandre ; Raf Van Hulse, excellent ami de Griet Latomme, correspondant de guerre nazi sur le front de l'Est, nommé comme futur inspecteur en chef des Jeunesses hitlériennes Flandre, l'homme qui connaît bien la maison ; ensuite encore un Obersturmführer dont le nom n'a pas été transmis, l'Oberfeldkommandant Bruhns et quelques hauts officiers de la Militärverwaltung. La compagnie prend place dans les fauteuils, il y a de l'excellente *Weinbrand*, Mientje a posé sur la table astiquée du salon les quatre bouteilles d'eau-de-vie qui ont été livrées et les verres qu'elle a empruntés ; il y a des cigares, bien entendu de la marque Willem II, Herr Verhülst les apprécie tant ; il y a du feu dans la cheminée, Adri a disposé les bûches comme l'a demandé papa, la haute porte à double battant vers la modeste deuxième pièce est fermée.

Par les larges fentes sous les vieilles portes se diffuse la fumée des cigares, une odeur se répand aussi de manteaux en cuir et de feu de cheminée accueillant ; les voix sont cordiales, de temps en temps des rires polis, étouffés, se font entendre, après quelques verres les voix deviennent plus perçantes, s'entremêlent en flamand et en allemand comme les ruisseaux musicaux dans la pastorale de Beethoven, lorsque les verres s'entrechoquent, on entend parfois un fringant *Heil !* ; Mientje monte lentement les escaliers, ses filles lisent gentiment en haut dans leur chambre, Adri se tient devant la fenêtre et regarde en bas dans la rue les voitures qui sont encore là, les moteurs en marche, les ouvriers de la taillerie sont retournés à l'intérieur, le crissement strident des meuleuses et le bris des chutes de verre retentissent de nouveau ; Mientje pose la main sur la tête de Suzy, qui ne demande rien, elle se contente de farfouiller dans son nez en lisant. Au loin, elle discerne le son grave de moteurs d'avions qui approchent, elle aperçoit à une certaine distance les banderoles au-dessus du château des comtes de Flandre, c'est un jour pendant la guerre et il n'y a rien d'autre à annoncer, atmosphère joviale dans le salon. Tout à l'heure, quand la compagnie sera partie et que Willem sera dans son bureau, elle jettera les journaux allemands dans le foyer de la cheminée.

ZEITUNG

Preis: In Belgien 1,25 Fr., in Frankreich 2 f. Frs., in Deutschland 20 Rpf.

Flamen an der Front im Osten

MG.-Posten in vorderster Linie

Konsilium beim Patienten

In Moskau findet grosse Botschafterkonferenz statt

Die konstante Grösse

Bedeutung der italienischen Mittelmeerflotte

22

Willem dresse des listes de noms, cela en devient une obsession. Il a rassemblé autour de lui toute une équipe d'employés, qui le craignent et ne cherchent qu'à dénoncer leurs concitoyens. Il reçoit des compliments de la Verwaltung, mais se fait parfois insulter pour des raisons qu'il ne comprend pas, cela l'incite d'autant plus à s'appliquer, comme s'il était devenu dépendant des petites tapes sur l'épaule de ses supérieurs – « Il recueillait vraiment tout, se souvient Letta, il éprouvait un immense plaisir à dresser ces listes et continuait à travailler tard le soir, à cette grande table dans sa bibliothèque au premier étage. » Plus la situation internationale devient préoccupante, plus il travaille avec acharnement, comme s'il devait puiser dans cette tâche tout son espoir. Il confie à son complice Frits Sabbe la tâche de traquer les œuvres d'art « d'inspiration juive ». Son collaborateur, Joannes De Boevé, l'aide à dresser une longue liste d'anglophiles gantois. Un certain nombre d'entre eux seront arrêtés et envoyés dans des camps. Il demande à De Boevé de lui procurer les noms d'éminents francs-maçons, alors que les loges gantoises ont suspendu leurs activités ; les plus riches industriels de la ville, souvent élevés en langue française, sont regroupés sur une liste. Mais les barons du textile sont pour la plupart épargnés ; ils livrent de grandes quantités de textile aux Allemands.

Quand un certain nombre de prisonniers de guerre anglais s'échappent de l'hôpital ambulant de la rue d'Ekkergem, Verhulst s'acharne contre les complices. Il fait former ce qu'on appelait des *Wachtmänner*, des gardiens, qui doivent d'abord signer une déclaration attestant qu'ils ne sont pas juifs – et entretient secrètement des contacts avec l'I-Netz, le redouté réseau de renseignement interne, et le contre-espionnage. Quand un attentat est commis contre un bâtiment de la Vlaamse Wacht, la Garde flamande, c'est encore une fois Verhulst qui est impliqué dans l'arrestation de cinquante otages. Sept accusés sont condamnés à mort au motif de *Gewalttaten gegen die Deutsche Wehrmacht* (actes de violence contre les forces armées allemandes).

Le 15 janvier 1943, un groupe d'« Israélites » quitte Gand, ils sont arrêtés quelques jours plus tard et envoyés dans le camp de transit de Malines. Une certaine Martha Geiringer est parmi eux ; cette femme bénéficiait de la protection de son médecin, mais un sbire de Verhulst la dénonce ; dans la lettre que classe Verhulst sous l'intitulé « Le rapport Martha », il est question de « *eine Jüdin, eine Kreatur von etwa 28, braunhäutig, schwarzhaarig, mit der unvermeidlichen Nase* », une juive, une créature d'environ 28 ans, à la peau mate, aux cheveux noirs, avec ce nez inévitable.

Dans son bureau de l'Action thioise, il est le grand patron, mais quand il rentre chez lui le soir, des incidents surviennent de plus en plus souvent : « Fumier, ce sera bientôt fini tu verras ! » ; « Hé, tas de merde en uniforme, tu ferais bien d'éviter que tes enfants descendent dans la rue, parce qu'on saura les trouver » ; « Ta baraque va brûler, mon gars, et c'est pas avec un pichet de vin allemand que tu arriveras à éteindre l'incendie. » Chaque fois il se raidit et poursuit son chemin, parfois il se retourne pour répondre, mais il ne voit personne dans la ruelle. Chez lui, il est plus crispé que jamais, une expression hargneuse apparaît autour de sa bouche ; il exige qu'on emploie le mot *Zeitung* pour journal – donne-moi donc le *Beobachter* (L'observateur) là-bas sur la table, Adri – il fait le salut hitlérien quand il sort et aussi quand il rentre chez lui.

Parfois Mientje se dit : il devient fou.

Wim, arrête un peu toute cette mise en scène, ici à la maison, tu te rends ridicule.

Maman, si je ne te connaissais pas, je serais persuadé que tu es une résistante.

Mais j'en suis une, et fière de l'être, Willem.

Ne m'asticote pas, j'ai déjà assez de problèmes comme ça.

Il avale aux moments les plus inattendus des comprimés, de la Pervitine, ça m'aide à me concentrer, dit-il. Quand il n'est pas à la maison, Mientje examine la boîte : méthamphétamine, contre les dépressions et la fatigue, lit-elle. Il porte de nouvelles lunettes, payées par son employeur, une monture effrayante, trouve-t-elle, bien trop épaisse, et puis ce verre opaque épais, horrible, si je ne le connaissais pas… ; et elle dit : Très jolies, Wim, ces lunettes te vont bien.

Un samedi vers midi, il rentre visiblement épuisé, ils ne savent pas d'où ; il va s'asseoir à une table, il semble tout le temps plongé dans une conversation silencieuse, furieuse, avec lui-même. Mientje sert la soupe maigre, il prend un morceau de pain, mord dedans, trop nerveux, trop inattentif, avale de travers, une énorme quinte de toux s'ensuit. Il se lève d'un bond, déglutit et halète, tousse si fort qu'il en a des haut-le-cœur. Mientje le rejoint en deux pas, elle lui tape dans le dos, mais enfin, détends-toi, respire tranquillement, assieds-toi papa, du calme. Il s'assoit, reprend son souffle, essuie ses larmes, regarde ses enfants stupéfaits et éclate en sanglots. Il se relève, se dirige vers Mientje près de la cuisinière, la prend dans ses bras, pleure et hoquette, un hurlement animal s'élève de sa gorge. Les enfants assistent à la scène abasourdis ; Mientje passe les bras autour de son cou, lui caresse la tête, lui parle d'un ton apaisant, allez papa, allez ; rien ne semble le soulager, il pleure encore plus fort. Les enfants, dit-elle, allez lire un petit livre dans vos chambres un moment. Ils partent au petit trot, montent l'escalier en trébuchant. Les pleurs se poursuivent pendant plusieurs minutes, il a le souffle entrecoupé, puis reprend une profonde inspiration ; Mientje le fait s'installer sur une chaise. Quand il retrouve ses esprits, et qu'on n'entend plus qu'un halètement inquiet dans la cuisine, elle va s'asseoir à côté de lui, une main sur son genou.

Puis il marmonne : Je ne vois plus rien.

Il reste ainsi assis ; dehors, des petites feuilles vert-jaune tremblotent sous une averse.

Mientje l'aide à monter les cinquante marches jusqu'au deuxième étage, il trébuche et sanglote à nouveau, épisodiquement ; Mien, dit-il, Mien vraiment, Mientje, il essaie de l'embrasser à l'aveuglette mais elle l'évite, arrête, ne fais pas ça, Wim, débrouille-toi d'abord pour arriver en haut ; elle l'aide à se coucher dans son lit, où il recommence à pleurer. Elle le recouvre. Elle ferme la porte, descend l'escalier, les enfants sortent de leurs chambres, qu'est-ce qu'il a papa ; rien mes chéris, papa est juste très fatigué.

Il reste aveugle jusqu'au lendemain. On est déjà dimanche soir, c'est le crépuscule, quand il lui dit de façon presque inaudible : Je te vois de nouveau. Il s'avance encore une fois vers elle, la scène se répète, mais maintenant doucement, silencieusement. Elle sent les sanglots dans la poitrine de son mari, contre son tablier épais, sale, et elle lui dit : Calme-toi, elle lui dit : Qu'est-ce que tu as ; elle finit par ne plus rien dire et se contente de le tenir dans ses bras, sans savoir si elle doit à présent se sentir heureuse ou au contraire très inquiète. Elle pense à Saül frappé de cécité par Dieu en route pour Damas, elle garde toujours espoir, mais elle ne dit rien.

℘

Willem ne sait pas non plus d'où vient ce démon qui le torture jour et nuit.

Rien n'est plus funeste pour la joie de vivre que le sentiment secret de devoir toujours se justifier devant un juge intime qu'on ne connaît pas. Il voit tout et condamne tout ; ce n'est jamais assez bien, on est toujours le perdant, quoi qu'on fasse ; il est insaisissable – il ressemble parfois à un ancien amour, puis à l'ami qui vous a trahi ou à la femme aux yeux perçants qui se moque de vous dans la pénombre ; tantôt le démon est rieur, ironique, se montre même patient face à vos imperfections, puis soudain vous parle, avec une immense condescendance, de ce que vous voulez éviter à tout prix, alors que c'est justement ce qui se passe, par votre faute en plus, votre grande faute, votre faute inepte, ineffaçable ; tantôt c'est un citoyen d'une élégance fatale qui vous tourne le dos parce que vous venez de faire quelque chose d'idiot qu'il est le seul à avoir vu ; il vous guette quand vous ouvrez les yeux le matin et vous laisse vous rendormir en haussant les épaules, parce que vous avez tout simplement fait ce que vous avez fait, sans savoir comment agir autrement.

Tu es bien trop gentil Wim, dit Griet en posant devant lui un café de glands de chêne torréfiés, tu ne dois pas vouloir toujours bien faire pour tout le monde. Il soupire. Ses supérieurs le contrarient, c'est comme si ce n'était jamais suffisant, ils deviennent au fil des jours de plus en plus nerveux et agressifs, hurlent que tous ces Flamands ne deviendront jamais de bons Allemands, qu'il est trop lent, qu'il y a trop peu de noms sur ses listes. Au-dessus des champs à Maria-Aalter, un soleil pâle, encore bas, perce à travers la brume du matin, on est en mars 1944 ; cette division Langemarck, dit-il, faut-il maintenant que je l'intègre ou non, je ne sais plus. Ah, Langemarck, dit Griet, si nous prenions la voiture pour y aller encore une fois, nous avons de si beaux souvenirs là-bas, pas vrai ? Elle lui fait un clin d'œil et l'embrasse sur sa joue pas rasée, en se penchant un peu au-dessus de la table étroite.

23

La *division Langemarck* ? Mon père ? Faut pas plaisanter, dit Letta en riant, il arrivait à peine à tenir son pistolet droit. Par contre je me rappelle, dit-elle, qu'il fermait la porte tous les soirs avec cette grosse chaîne, et quand quelqu'un sonnait dans la journée et qu'il était à la maison, il fallait d'abord qu'on entrouvre le judas pour demander « C'est à quel sujet, s'il vous plaît » ; on ne pouvait décrocher la chaîne que lorsqu'il avait donné son autorisation. Parfois des civils venaient timidement lui demander d'intervenir pour qu'ils obtiennent un passeport, ou un autre avantage ; mais c'était l'hostilité dans la rue qu'il redoutait le plus. Je me suis pourtant toujours battu pour la bonne cause, disait-il parfois, et ma mère reniflait avec mépris puis regardait par la fenêtre.

La « racaille », la « canaille », comme il avait l'habitude d'appeler ses compatriotes du quartier du Patershol, lui lance des regards de plus en plus effrayants. La situation se corse pour le chef de famille de la grande maison silencieuse sur la Drongenhof. Mientje dort de plus en plus souvent seule dans le lit conjugal, dans la vaste pièce à l'avant de la maison au deuxième étage, où elle voit à travers les fins rideaux le jour se lever, tandis que les pigeons roucoulent sur les tuiles de la taillerie de verre et qu'elle entend démarrer le très léger crissement de la découpe des plaques d'opaline aux heures matinales de la journée de travail.

Un jour, se souvient Suzy, on a vu soudain suspendue à droite de la porte une matraque noire à une ceinture de cuir – cela nous a fait frémir, nous les enfants. « C'est pour quoi faire, papa ? » « Allez vous coucher, les enfants. »

℘

Maman, tu peux venir m'aider ?

Une certaine panique transparaît dans sa question.

De très bonne heure, le mari et la femme se dirigent à pied vers les bâtiments de l'organisation DeVlag.

Ils viennent de rassembler les dernières pièces compromettantes dans un sac de jute, qu'ils ont emporté ; la photo du Führer, accrochée ces derniers mois dans le couloir, en fait aussi partie. Ils doivent faire attention, on les traque.

Les bâtiments sont surveillés par deux SS. Ils se mettent aussitôt au garde-à-vous devant Willem, tendent le bras, mais la fameuse formule ne vient pas ; à l'étage, deux militaires sont déjà occupés à débarrasser son bureau. Un des hommes déchire des boîtes entières de papiers, Mientje jette dans le lot la photo du Führer, ainsi que les livres, quelques documents et lettres que Willem avait encore gardés au premier étage. Elle ressent à la fois du soulagement et du dégoût ; elle aide son mari à éviter sa sanction méritée, mais c'est son mari ; elle participe pendant des heures au déblayage, voit des documents qui lui donnent le vertige, Willem a-t-il…

Elle lance ça dans le grand tonneau qui est vidé pour la énième fois ; quand ils commencent enfin à souffler dans les bâtiments presque vides, Willem sort une enveloppe marron de sous son manteau et la remet à Mientje.

Tiens Mien, tu pourrais en avoir besoin.

Une épaisse liasse de billets de banque.

Elle hoche la tête et glisse l'argent dans la poche de son manteau.

Que vas-tu faire maintenant, Willem ?

Je ne sais pas. Je vais m'occuper de nous. Tout va s'arranger.

Mientje renifle avec amertume en secouant la tête.

Ils rentrent à pied à la maison.

Quelque part, ils entendent des hommes chanter *La Brabançonne.*

Mais c'est une parodie qu'ils ne connaissent que trop bien.

Ô chère Belgique
L'âne peut plus chier
Car son trou
À la colle est bouché.

L'âne dit :
Si tu mordais dedans
Mon père le fait
Et l'âne
Lâche un pet.
Tararara, tara tara taráára

Willem est pris d'un fou rire qui lui secoue tout le corps ; il ne peut plus se maîtriser, son hilarité dégénère en un horrible ricanement, quel épouvantable spectacle, cet homme dans sa tenue SS qui se tape sur les cuisses de rire, Mientje le regarde horrifiée, elle le voit se tortiller et hoqueter, il vire au violet, une larme coule de son œil, ça alors, elle a la berlue ou quoi, on dirait qu'une larme sort aussi de son œil trouble sous ses verres de lunettes. Brusquement, Mientje prend ses jambes à son cou, elle court le plus vite qu'elle peut, arrive seule dans la maison sur la Drongenhof, ferme la porte derrière elle, met la chaîne, laisse Willem sonner plusieurs minutes avant de venir lui ouvrir.

24

Dans ses mémoires, Griet décrit dans quel état d'esprit étaient les collaborateurs ces jours-là. « Les soldats allemands se retiraient, les *Deutschfreundlichen* pouvaient s'attendre à de sévères représailles, alors que tout le monde avait accueilli ces soldats en poussant des cris de joie. La chance tourne ! » écrit-elle avec sarcasme.

Tandis que sa famille apeurée vit jour après jour dans l'attente de ce qui va se passer, Willem songe à s'enfuir. Il en discute avec Mientje, lui demande si elle veut partir avec lui en direction d'Arnhem pour ensuite passer en Allemagne. Mientje refuse ; elle veut rester avec ses enfants dans la maison sur la Drongenhof. On est en juillet 1944, les journaux annoncent à cor et à cri l'attentat contre Hitler, partout règnent la confusion et la panique, dans les sous-sols on torture à plein régime. De la caserne Dossin à Malines part un des derniers convois en direction d'Auschwitz. Parmi les déportés se trouve le peintre allemand Felix Nussbaum, qui a vécu caché à Bruxelles pendant des années. Les SS flamands rêvent encore d'un grand Empire germanique avec les peuples frères, tandis que les Américains libèrent Le Mans. Un peu plus tard, les Alliés délivrent aussi Alençon et Orléans. On ne le lit sans doute pas encore dans les chers *Zeitungen* de Willem, mais partout les filets se resserrent, les atrocités si longtemps camouflées remontent doucement à la surface. Sur le lieu d'exécution de Rieme-Oostakker, au nord de Gand, des membres de la résistance continuent d'être liquidés par les nazis et enterrés en secret. Étaient-ce des hommes dont les noms figuraient sur les listes de l'industrieux Verhulst ? Il commence à avoir des sueurs froides. Dans le haut couloir frais de la maison sur la Drongenhof, les conjoints sont à couteaux tirés.

Un dimanche matin, aux premières lueurs du jour, Adri constate que de la fumée s'élève en volutes devant la fenêtre de sa chambre à l'arrière de la maison. Quand il ouvre la fenêtre pour regarder en bas, il voit son père s'agiter dans la courette ; tout un tas de papiers, de journaux, de magazines et même plusieurs livres sont dispersés par terre autour de lui ; devant lui crépite un feu composé de quelques bûches, sur lequel il jette un à un les journaux et les magazines, il en déchire et en chiffonne certains pour qu'ils s'enflamment plus facilement, mais bientôt il jette des paquets entiers.

Papa, qu'est-ce que tu fais ? crie Adri.

Son père lève la tête et pose un doigt devant sa bouche.

Tais-toi Adri, bon sang.

Le garçon descend en pyjama, pourquoi tu fais ça, tu veux que je t'aide papa, non Adri, va t'en s'il te plaît, je… laisse-moi faire.

Le garçon retourne en haut, tape à la porte de la chambre parentale, demande à sa mère pourquoi papa brûle ses livres et ses journaux…

Laisse-le faire mon garçon, dit-elle, c'est à lui de se débarrasser de son fatras.

Le même jour, une énième dispute éclate, après le déjeuner. Une odeur de cendres flotte encore dans la courette, un enchevêtrement de *Zeitungen* y fume encore. Ils sont allés s'asseoir dans le salon. Mientje demande ce qu'il a l'intention de faire, maintenant qu'il n'ose presque plus sortir après le coucher du soleil.

ZATERDAG, 22 JULI 1944

DE GAZET

DE MOOIE KRISTINA

AANSLAG OP HITLER MISLUKT

De Voorzienigheid heeft den Führer andermaal gespaard

De dader, graaf von Stauffenberg, neergeschoten!

Een gedeelte der verraders pleegden zelfmoord

DE SOWJETS BIJ BREST-LITOWSK TERUGGEWORPEN

DE KLEURFILM

De reaktie in Duitschland en het buitenland

Dr Goebbels kondigt nog andere vergeldingswapens aan

JAN SMUTS

Divisies van Patton moeten komen helpen in Normandië

On va aller à Hanovre, dit-il, on y sera en sécurité. Mientje le regarde, stupéfaite.

Non mais ça va pas ? Tu n'as pas lu tes *Zeitungen* ? C'est l'enfer là-bas et ça ne va faire qu'empirer.

Non, il secoue obstinément la tête, non, la chance va tourner, tu vas voir. Nous allons au-devant d'un bel avenir…

Tais-toi, Willem. Ne parle surtout pas des enfants.

Viens avec moi, ma femme, insiste-t-il, nos enfants seront plus en sécurité en Allemagne.

« Papa » – Mientje a une lueur dans le regard qui lui fait peur – « Papa, je ne veux pas, dit-elle. Si toi tu veux partir, pars.

— Mais… tu ne seras plus protégée…, dit-il en balbutiant. Et les enfants… »

Mientje répète : « Willem : pars. »

Elle se lève, lui tourne le dos, s'engage dans le couloir pour se rendre dans la cuisine, et s'écrie, agacée : Bon Dieu, ça empeste dans toute la maison, ces cendres.

Et Willem part. Ou plutôt, il s'enfuit, à toutes jambes.

Un paragraphe dans les mémoires de Letta décrit avec précision ce moment.

« Papa s'est donc enfui au début du mois de septembre de l'année 1944. Je revois clairement la scène, il est parti, seul dans sa voiture, jusqu'au bout de la rue, en direction de la rue longue des Pierres, vers le lieu de rendez-vous de la DeVlag. Les employés se sont tous retrouvés là-bas, pour partir ensuite à deux voitures, dont une avec une remorque. »

D'après ce que Letta déclarera plus tard, il lance un regard par-dessus son épaule juste pour crier, en allemand à la consternation de sa fille, qu'« ils reviendront », *Wir kommen zurück !* Il se retourne à moitié dans sa voiture décapotée, essaie de tendre le bras pour le salut, manque alors de heurter le coin du biseautage, parvient de justesse à reprendre le contrôle de la voiture, et disparaît de son champ de vision en prenant maladroitement le tournant comme un personnage d'un film comique muet. Ahurie, la fillette remonte les trois marches, ferme la porte, va au bout du couloir, grimpe les soixante-douze marches jusqu'à sa chère petite chambre mansardée au grenier, où elle reprend son livre d'images et essaie de poursuivre sa lecture.

Le lendemain matin, quand Mientje se rend à l'École des Hautes Études sur le quai au Blé pour s'assurer que son mari s'est véritablement enfui, elle s'entend dire par monsieur De Pestel, le gardien des lieux, que c'est effectivement le cas ; Letta, alors une jeune fille de treize ans, demande impulsivement si une certaine Griet Latomme faisait aussi partie des fuyards. Le vieux concierge, qui les connaît bien de l'époque de la MEGA, regarde Letta et Mientje d'un air gêné puis répond doucement : Oui.

Cela fait l'effet d'une claque à Mientje, elle cligne des yeux et dit à Letta, à voix basse, comme si elle se parlait à elle-même : « C'était donc bien ça… »

Elles rentrent à la maison en silence. L'impact tragique du message dont elles viennent de prendre connaissance n'est pas encore vraiment clair pour l'enfant – elle ne le comprendra pleinement que des dizaines d'années plus tard, quand son père sur son lit de mort la chargera d'une mission particulière concernant Griet Latomme. Mais sa mère, qui a les joues gris de cendres et tient par la main l'enfant qu'elle semble vouloir entraîner jusqu'à la maison vide et sombre, s'immobilise brusquement devant la fenêtre d'un vieux fleuriste ; elle connaît le marchand, ils parlent parfois de fleurs et de plantes, il n'y a pas grand-chose à faire en temps de guerre, dit-il toujours, et elle : C'est justement à ce moment-là, dans les périodes sombres, qu'il faut beaucoup planter, cher monsieur. Mais à présent elle reste figée, hésitante, avec une boule dans la gorge, partagée entre la colère et la résignation, la peur aussi, la peur de ce qui va arriver. Une voiture passe en bringuebalant, en toussotant, dans la rue et klaxonne, Mientje sursaute et entre chez le fleuriste, et elle voit, au fond de la serre, une frêle plante volubile sortant d'un petit pot rongé par le temps, là-bas dans un recoin, envahi de toiles d'araignée et de fouillis, oh, dit-elle, oh, c'est une glycine, on en avait une à Oud-Zevenaar, elle poussait sur la façade sud, au printemps elle dégageait cette odeur aigre-douce… elle voit défiler les années où elle se promenait là-bas les matins d'été et où l'odeur l'enveloppait, telle une coupole de bonheur la protégeant du danger tandis que le bétail se bousculait en silence dans les étables… et comme elle a le regard fixe, absent, l'horticulteur, qui a appris ce qui s'est passé avec son époux et qu'elle est à présent seule à devoir faire face à la situation, lui dit avec son fort accent flamand : Elle est pour vous, ma petite dame, vous pouvez la prendre, et plantez-la dans un endroit où elle pourra fleurir. Elle ne sait pas quoi dire, refuse par politesse, et aussi un peu par fierté, mais l'homme a déjà emballé le pot et le lui remet dans les bras, tenez, voici, ça égayera un peu votre cour, dit-il, courage, madame Verhulst, puisse le bon Dieu vous assister, au revoir ma petite Letta, au revoir madame – et Mientje rentre chez elle en tanguant, la glycine dans les bras, trop fière pour ployer, trop vulnérable pour parler, et à l'aide d'une grande pelle à charbon, car elle n'a pas d'outils de jardinage, elle creuse la terre noire à l'arrière de la maison, juste derrière la grille qui sépare la courette de l'eau saumâtre de la Lieveke ; elle y plante la glycine, l'arrose soigneusement et dit : Le Seigneur la fera pousser encore longtemps après notre mort, amen, et les enfants, qui n'aiment pas entendre le mot « mort » parce que cela leur rappelle ces hommes noirs dans cette étrange chambre mortuaire, ne disent rien et regardent les rameaux souples, délicats, que Mientje a guidés jusque devant les barreaux de la grille, où elle les a attachés avec des restes de corde.

25

C'est là, au deuxième étage, après ma longue contemplation devant la fenêtre en compagnie du notaire, que le soleil a percé de nouveau à travers les nuages ; aussitôt la ville grise s'est transformée en une oasis de teintes pastel comme sur une peinture impressionniste. Tout s'est éclairé, le trou de lumière s'est rapidement élargi et des nuages blancs ont dérivé au loin, au-dessus du château des comtes de Flandre, au-dessus du toit pointu de la vieille chapelle ; les tuiles de Boom, et leurs profondes ondulations, un rang après l'autre, sur le toit du biseautage, se sont embrasées dans des teintes d'ocre-rouge et de sienne.

La maison, je le comprenais à présent, avait sa façade orientée vers le sud-ouest, de sorte que par beau temps, elle était éclairée l'après-midi par les rayons du soleil, qui se projetaient à l'oblique comme des parallélogrammes allongés glissant sur les lattes du plancher, s'élargissant à mesure qu'on montait dans les étages. Mais dans les pièces à l'arrière de la maison, orientées au nord-est, la lumière restait bleue et fraîche, couleurs complémentaires, air plus imprégné d'humidité, odeur de vieux plâtre et de papier peint, la chaleur du soleil parvenant à peine jusqu'à la courette ; il n'y avait que les jours de plein été, juste avant midi, que les rayons du soleil y pénétraient de biais depuis le sud-est, pendant une heure, avant de disparaître derrière le toit élevé. La maison se faisait littéralement de l'ombre.

Dans la cage d'escalier de la maison voisine sur notre gauche, on entendait un remue-ménage. Comme si quelqu'un frappait des marches creuses avec une canne… j'ai tendu l'oreille, monsieur le notaire a haussé les sourcils. Ah, hum, oui, c'est cela, a-t-il dit, vos voisins… écoutez, ces quatre maisons mitoyennes sont la propriété de ma famille, donc vos voisins sont aussi mes locataires… le bruit s'amplifiait, j'entendais une voix perçante crier des propos incompréhensibles, le cliquètement de la canne approchait, quelqu'un montait les escaliers en trébuchant jusqu'à la hauteur de l'étage où nous nous trouvions, de l'autre côté de la fine paroi qui séparait les deux maisons ; une voix d'homme s'est fait entendre, et encore plus de remue-ménage, comme si deux personnes se battaient, mais manifestement des personnes âgées, des voix âgées, comme des fantômes dans un film de série B ; des voix produisant un écho dans une chambre qui semblait vide, puis, vaguement compréhensibles, dans un dialecte de Flandre-Occidentale : *Arnold, vas-tu me laisser tranquille à la fin, Ar-no-old*, toc toc toc, la canne continuait de toquer contre les marches dans la montée, remue-ménage, grondements, puis un vague cri, *bas les pattes, gros dégueulasse, vieux vicelard…*

Je regardais le notaire De Potter avec une certaine stupéfaction.

Qui… que…

Oh, a dit ce spécialiste de l'immobilier, il ne faut pas y faire trop attention, vous apprendrez à les connaître, ils ne feraient pas de mal à une mouche, enfin, l'un à l'autre peut-être, mais bon…

En fait, comme je l'ai appris plus tard, à l'époque où Willem s'est enfui à toutes jambes en Allemagne, de nouveaux locataires sont venus s'installer dans la maison voisine. Ada, une infirmière aux fins cheveux roux et à la tête d'oiseau comme un vautour à aigrettes, marchait avec une canne, elle avait un pied bot, le gauche, chaussé d'un de ces épais et hauts souliers ; il s'est avéré que son mari n'était pas son mari, mais un pauvre type de l'établissement où elle travaillait, qu'elle avait accueilli chez elle, pour son plus grand malheur, après le bombardement du bâtiment. Les premiers mois, Arnold s'est tenu tranquille, mais ce simple d'esprit, qui n'était pas dénué de désir et d'attentes, a commencé à harceler la maigre Ada, d'abord seulement le soir, avant le coucher, puis il lui est arrivé de se poster la nuit en vociférant derrière la porte barricadée d'Ada, tambourinant à coups de poings, hurlant qu'il lui ferait du mal si elle ne le laissait pas entrer, qu'elle devait le laisser entrer crénom de nom, qu'il allait la…

J'ai entendu ces vociférations et ces tambourinements pendant des années, parfois on avait envie d'intervenir, on sonnait, un silence total s'ensuivait, le calme régnait alors pendant des heures, parfois des jours, comme s'ils se cachaient.

De temps en temps je la voyais dans la rue, bonjour môssieur, disait-elle dans son patois, son maigre cou tremblait quand elle hochait la tête, la canne toquait sur les pavés aux lueurs bleues. Ada restait toujours digne, elle montait en claudiquant, avec son cabas en tapisserie usée, les trois marches menant à sa porte d'entrée, ouvrait péniblement le battant et disparaissait dans la pénombre de sa maison, où son prédateur l'accueillait par des jurons et des cris. Voilà une chose que j'ai certainement dû partager avec Mientje et les enfants, du moins quelques années : vers onze heures, Ada et Arnold montaient les escaliers et on entendait résonner, contre les hauts murs de la cage d'escalier, leurs pas laborieux. La canne d'Ada toquait contre les marches creuses ; après le cliquètement sombre et les chocs répétés de sa lourde chaussure gauche suivaient les jurons essoufflés de l'homme, les malédictions de vieillards déjà très âgés à l'époque. Parfois j'entendais Ada déplacer une armoire ou une table qu'elle glissait sans doute contre la porte ; le jeu amoureux toujours refusé de deux moribonds qui se sont cramponnés l'un à l'autre pendant des années, et ce cliquètement de canne traversant les murs, produisant un écho comme un esprit frappeur qui ne parvient pas à quitter sa maison, une sorte de démon antique dans une demeure du Patershol – n'avais-je pas autrefois, dans mon enfance, lu quelque chose à ce sujet, un livre fantastique, une histoire d'horreur qui se serait déroulée quelque part ici, dans le vieux centre de la ville ?

Quoi qu'il en soit, j'ai côtoyé Ada et Arnold pendant des années, et quand je la croisais et lui posais des questions sur ses précédents voisins, elle répondait qu'elle n'en savait rien, *Moi je suis de Langemarck, vous savez*, disait-elle alors dans son patois, *je n'avais rien à voir avec eux, môssieur.*

26

6 septembre 1944. Griet a réussi à trouver un logement à Gand, pour qu'elle puisse être devant le bureau de l'Action thioise à six heures et demie du matin ; elle a apporté des provisions, un baluchon de vêtements et quelques affaires personnelles. Quand elle arrive sur place, tout le monde s'active déjà – certains dans la peur et la précipitation, d'autres en riant, « Tiens, tu es là toi aussi ? Allez, on part en excursion » –, les voitures sont garées devant la porte, les remorques sont attachées, un camion ouvert où quelques dizaines de personnes s'installent ferme le petit convoi. Tout le personnel de la Radiodiffusion a aussi été convoqué par l'Action thioise, Griet suppose que Willem leur tient un discours là-haut, à l'étage ; on accroche à présent à la voiture de Willem une grande remorque, dans laquelle sont entreposées des dizaines de bidons d'essence. On tend au-dessus une grande bâche. Quand le convoi se met en marche, un grand tumulte s'élève ; tout au long de la route des civils furieux les interpellent, les poings serrés, un homme jette une pierre contre un des véhicules, un SS bondit sur la chaussée, sort un pistolet, tire plusieurs coups de feu juste au-dessus de la foule en fuite.

Ils sortent de Gand. Griet, sous le choc, est assise à côté de Willem, il ne dit pas un mot, regarde droit devant lui d'un air maussade. Il a belle allure. Il porte un manteau en *feldgrau*, ses gants noirs, sa casquette noire. La voiture émet un ronronnement rassurant. Elle pose la main sur son genou.

℘

La situation se radicalise sur tous les fronts. Partout des heurts ont lieu entre patriotes et collaborateurs, des attentats sont commis de part et d'autre, on tire les gens de leur lit pour les abattre d'une balle sur une route de campagne isolée ou dans une ruelle. L'esprit de vengeance empoisonne le discernement de personnes qui se côtoyaient sans animosité avant la guerre. Des membres de la résistance ont vu déraper leurs compatriotes flamingants vers la trahison de leur pays, l'enrichissement personnel, l'espionnage et la dénonciation d'habitants de leur propre village ou ville, de leurs voisins ou de leurs proches parents, invoquant de plus en plus fanatiquement leur idéalisme flamand ; de l'autre côté aussi, des familles sont plongées dans le deuil parce que leur oncle sympathisant de l'Allemagne s'est fait rouer de coups par un membre de la résistance, a reçu un couteau entre les côtes ou a été retrouvé étranglé. La rancune enfle, la société se déchire en deux partis irréconciliables. Les collaborateurs adoptent ces années-là une attitude qui perdure aujourd'hui encore chez certains de leurs enfants et petits-enfants : les coupables, ce n'étaient pas les traîtres à leur pays, selon eux, mais les patriotes belges restés fidèles à leur pays. Ils estiment en effet que c'est justement la patrie qui est responsable de tous les maux. Dans ces cercles, on pointe du doigt les membres de la résistance et les patriotes comme autant de vipères, de rebuts, de gens de la populace, de racailles étrangères au vrai peuple... on y qualifie donc le drapeau belge de « torchon »... les collaborateurs, les gardiens de camp et les SS se posent en victimes, eux qui fuient à toutes jambes en direction de l'Allemagne promise et doivent quitter au plus vite la Belgique détestée – en laissant derrière eux tout ce qui leur a été cher.

De tous côtés des hordes de réfugiés se mettent en mouvement, ils se rencontrent au bord des routes, dans des hangars reculés, sous un auvent pour s'abriter de la pluie, dans une petite école de village à moitié bombardée, ils veulent aller quelque part sans trop savoir où, les nouvelles sont si contradictoires, ils doivent veiller en route à ce qu'on ne les reconnaisse pas. Tout bascule ; on aiguise les couteaux ; celui qui avait peur devient audacieux, celui qui intimidait son voisin est maintenant lui-même en fuite ; personne n'a oublié qui a crevé de faim et qui s'en est mis plein la lampe, et qui était de tel ou tel bord ou avait telle ou telle affinité. Les routes sont bondées, encombrées, et presque chaque jour, à un endroit ou à un autre, des actes d'une extrême violence surviennent entre civils.

Willem conduit en tête du petit convoi ; dans les véhicules derrière eux, plusieurs personnes tiennent leur fusil en joue. En voulant vérifier les papiers de quelques fuyards assis dans le camion lors d'un bref arrêt juste avant la frontière néerlandaise, il se retrouve nez à nez avec Heinz Flügel, apeuré, nerveux, qui a fui sa spacieuse maison sur le Grote Huidevettershoek à Gand : les premiers jours, il a trouvé refuge chez Edmond Vandermeulen, le « président de la chambre de commerce », juste à côté de la Drongenhof. Willem sait qu'il doit traiter cet homme avec égards. À côté de Flügel, sur le banc, il remarque un exemplaire du *Faust* de Goethe. Ils échangent un regard en silence. Willem baisse les yeux et rend à l'homme tremblant sa carte d'identité. Durant les heures qui suivent, il est bourru et cassant envers Griet.

Ils évitent autant que possible le centre des villages et des petites villes, ils tombent parfois sur une barricade, la contournent. Griet suit la route sur une carte d'état-major ; Willem lui dit parfois en grognant d'impatience qu'elle doit faire plus attention. Après Eindhoven, quelque part entre Veghel et Uden, ils prennent le mauvais tournant et sont contraints de s'immobiliser ; le convoi entier n'a plus qu'à faire un demi-tour délicat sur une étroite route de campagne, le camion se retrouve une roue dans le fossé et manque de basculer, tout le monde doit en descendre. Willem crie d'une voix étranglée que les fuyards doivent rester groupés ; les deux voitures de fonction sont attachées à l'aide de cordes au camion, les moteurs mugissent pendant plusieurs minutes avant que le véhicule soit hissé sur la route. En fin d'après-midi, passant par Nimègue, le convoi prend enfin la direction d'Arnhem. Il n'y arrive que vers le soir. Le groupe est logé dans une auberge de campagne, il n'y a pas assez de chambres, plusieurs hommes se déclarent prêts à dormir dans le jardin ; un membre local du NSB les aide à trouver un gîte dans une ferme un peu plus loin. Willem a une grande chambre pour deux, installe-toi, dit-il à Griet, je vais juste faire un saut à Oud-Zevenaar.

Il est sept heures du soir quand il gare sa voiture là-bas. Il voit la ferme, calme et paisible, il entend les animaux dans les étables et pense à autrefois, s'arrête un instant à côté de la meule où étaient déposées ses lettres d'amour à Mientje. Il attend un moment devant la porte, perçoit la voix de basse du frère cadet de Mientje, Gerbrand. Quand il frappe à la porte, sa belle-mère vient ouvrir ; elle ne le reconnaît pas tout de suite, coiffé de cette tête de mort. Puis elle dit doucement : Entre, Willem. Devant le poêle, son beau-frère le regarde sans dire un mot, sort, claque la porte derrière lui.

La femme prend la parole ; son mari, le vieux Wijers, vient de mourir.

Que viens-tu chercher ici, Willem.

Comment va ma fille.

Les enfants sont-ils en sécurité là-bas.

Tu en es sûr.

Qu'as-tu à te reprocher, mon gars.

Que vas-tu faire maintenant.

Où est ton sens des responsabilités.

Les voisins ne doivent pas te voir ici dans ces horribles frusques.

J'aurais terriblement honte à ta place.

Maintenant tu ferais mieux de partir.

Dehors, le frère de Mientje est debout à côté de la grange.

La tête penchée, il lance à Willem quand il passe un regard torve.

Willem marmonne un bonsoir, monte dans sa voiture.

Il fait un signe de la main au moment de partir.

L'agriculteur lève le poing et crie des propos que Willem ne comprend pas.

Plus tard, Letta s'emporte lors d'une de nos conversations : « Dans son uniforme à Oud-Zevenaar ! Il faut tout de même avoir du *culot** ! »

À l'auberge, sa maîtresse l'attend sur le lit ; elle a enfilé un négligé noir et rayonne.

C'est tout de même exaltant aussi, mon petit Wim, nous allons enfin en Allemagne, non ? Allez, retire ton uniforme et viens t'allonger tout près de moi, pour me laisser te gâter.

Les fuyards arrivent près d'Arnhem au moment où les Alliés sont déjà en pleine préparation de ce qui s'appelle l'opération Market Garden, une des plus grandes erreurs de calcul de la guerre, qui vaut à la ville entière et à ses environs d'être réduits en cendres ; mais Griet se contente de signaler dans ses mémoires que, là-bas, les fuyards parviennent « heureusement à dénicher dans tout un tas de vêtements quelques uniformes des Jeunesses hitlériennes – les pantalons et les vestes arrivaient à point nommé ».

Grâce aux papiers allemands de Willem, ils passent rapidement la frontière allemande. « Je ne sais pas quels documents Wim a montrés, mais les agents nous ont accordé la priorité. C'était pour nous comme une libération. La population allemande, pleine de compassion pour notre fuite tragique, nous saluait et nous apportait des gâteaux et toutes sortes de vivres… Wim prenait des initiatives et se montrait très ingénieux. »

Letta a d'autres souvenirs : ses deux voitures de fonction ont vite été confisquées et Willem en a réchappé de justesse, il a « détalé comme un lapin », et il était, comme elle l'a répété avec insistance par la suite, après avoir elle-même pris connaissance de ce qu'il leur avait tu sa vie entière, « en fait un héros de pacotille, un vrai froussard ».

27

Deux jours plus tard, le 10 septembre, vers onze heures du matin, sur la Drongenhof.

Ce jour-là la populace tant redoutée, pour reprendre les mots d'Adri et de Letta, vient tambouriner à la porte d'entrée ; ils entendent un brouhaha, des cris, c'est ici que vit ce salaud, il est ici, le lâche, nous allons casser ses fenêtres, je vais lui trancher la gorge – ce qui incite Mientje, comme un animal décidé à protéger son nid, tandis que retentit sans interruption la sonnette stridente comme si une gigantesque alarme s'était déclenchée aux quatre coins de la maison, à s'élancer, en s'essuyant les mains sur son tablier, de la cuisine à l'arrière vers la large porte d'entrée à présent fortement ébranlée, à décrocher la chaîne, à ouvrir grand la porte et à demander d'un ton tranchant : Et c'est à quel sujet, si je puis me permettre ?

Les deux hommes à l'avant reculent, prennent le temps de se ressaisir ; des bâtons dans les mains, ils portent les brassards du Front de l'indépendance. Leurs visages crasseux, grimaçants, cherchent à prendre l'expression de circonstance, l'un d'eux finit par dire : Alors belle salope, il est où môssieur, le gros malin qui te sert de mari, la fête est finie, dis-lui de sortir, il sait ce qui l'attend ; et Mientje répond : Il n'est pas là. Sur ce, elle sent avec effroi qu'Adri est venu se tenir derrière elle. Elle le pousse d'une main derrière son dos, essaie de fermer la porte, mais c'est trop tard. Un des hommes à l'arrière relève sa casquette et dit : Dans ce cas, on va s'en prendre au petit gars de cet infâme salaud. Quelqu'un lève un bâton pour chasser Mientje de l'ouverture de la porte ; un autre s'avance vers les fenêtres ; et là, comme par miracle, monsieur Wellens, un ancien employé de Willem Verhulst, passe dans la ruelle, un homme qui travaillait avec lui quand il était à la MEGA dans la rue du Vieux Bourg et qui plus tard est entré dans la résistance. Mientje craint le pire, mais Wellens approche, observe la scène, vient se placer à côté d'elle dans l'entrée et dit aux résistants : Laissez Madame tranquille, elle et les enfants n'ont rien à faire avec ça. Verhulst s'est déjà enfui.

Déconcertés, les hommes restent groupés, ils n'osent pas contredire le résistant ; soudain, on entend un coup de feu quelque part dans les ruelles, le groupe se disperse, les hommes regardent autour d'eux, reviennent et se bousculent de nouveau devant la porte. Adri reconnaît dans l'attroupement un jeune qui était à côté de lui quand ils ont plongé, à peine une semaine auparavant, dans un canal pendant un bombardement, Adri a livré à sa demande une enveloppe fermée à une adresse à Gand, rue de Belgrade, soudain il s'en souvient, et maintenant le garçon est là devant lui. Une pensée lui traverse l'esprit : sans le faire exprès, j'ai aidé quelqu'un de la résistance. Rotsaert, dit-il, tu t'appelles Rotsaert, la semaine dernière on s'est retrouvés l'un à côté de l'autre dans un fossé et tu m'as donné une lettre… toi aussi… le garçon le regarde, affolé, il baisse les yeux. Un homme s'avance, il porte un fusil et a visiblement autorité sur le petit groupe. Il s'est déjà fait une réputation à Gand, ce Jean Daskalidès, originaire de Grèce, charmeur mondain, trompettiste de jazz, anglophile. Plus tard, il sera aussi gynécologue et cinéaste, et de surcroît le fabricant de chocolats de renommée mondiale Leonidas ; mais pour l'instant Jean le résistant est simplement un jeune homme de vingt-deux ans, furieux, farouche, qui rugit : On va s'en assurer nous-mêmes, allez. Il écarte Mientje, bondit à l'intérieur de la maison, attrape aussitôt par la gorge Adri, pétrifié, et lui dit : Toi tu viens avec nous, morveux, tu vas nous faire visiter les lieux, et t'as intérêt à rien oublier sinon ces bâtons, ils te donneront un mal de tête dont tu te souviendras ; et Adri, avec son pauvre pied, clopine à travers les pièces avec trois hommes sur ses talons, il sent la sueur et la graisse et la limaille de fer qui imprègnent leurs bleus de travail, les hommes ouvrent brutalement les placards, écartent la vaisselle, sans rien casser, par miracle, pas même une *sous-tasse** en porcelaine, ils laissent tout intact, comme si Mientje, qui les observe fixement, dans un digne silence, les incitait à être sur leurs gardes, car elle ne montre aucune peur, elle a juste le regard vif, attentif. Tu as intérêt à ne rien faire à mon garçon sinon je t'arrache les yeux, grogne-t-elle ; et Adri, qui sent les griffes de Daskalidès se resserrer sur sa nuque, marche ployé comme un animal sous le joug, chancelle, monte l'escalier en trébuchant, et c'est là, en chemin pour le deuxième étage, qu'un des hommes voit suspendu au mur un portrait noir et jaune du collabo August Borms ; il le jette par terre, le verre se brise, ce qui provoque une certaine confusion car tout le monde est nerveux, et comme Adri a du mal à marcher avec son pauvre pied, qu'on le pousse avec force encore une fois en avant et que les hommes sont de plus en plus hargneux parce qu'ils ne trouvent rien, le garçon glisse et tombe, l'homme derrière lui avance et tombe avec lui, une panique s'ensuit, derrière lui le fusil de Daskalidès produit un déclic, car Jean est tendu et prêt à tirer. Adri crie : Non ! Sa mère essaie de calmer les hommes, les fillettes en haut de l'escalier se mettent à hurler, les hommes sont inquiets, agacés, bon sang, c'est quoi ce bazar ici, dit l'un d'eux. Adri se redresse tant bien que mal, il cligne des yeux, se ressaisit, précède les hommes. Dans la pièce à l'arrière de la maison au deuxième étage, ils tombent sur la petite pile de poèmes du barde flamand Richard De Cneudt, le poète populaire pendant les années où Adri a connu la guerre, mais de toute évidence, quand leur père a parcouru la maison en transportant toutes sortes de sacs en toile de jute, les derniers jours avant son départ, il a éliminé soigneusement tous les documents compromettants ; soulagé, Adri se rappelle le jour où son père a passé une journée entière à brûler des montagnes de papiers dans la petite cour à l'arrière de la maison, *Brüsseler Zeitung*, *Arbeit und Freude*, *De SS-Man*, *Völkischer Beobachter*, *Volk en Staat*, et bien d'autres charmantes lectures, son visage brûlant s'éclairant devant le feu ; les hommes continuent de fouiller, ils sont à présent dans l'humble mansarde tout en haut, meublée avec le petit bureau de Letta à côté d'un lit d'enfant et d'un berceau hors d'usage, des jouets en bois de la petite Suzy traînent ici et là, une poupée avec un seul œil ; dans le grenier haut et sombre, on aperçoit le ciel blafard à travers des fentes créées par des tuiles écartées. Une fine poussière argentée tombe du faîte du toit, quelques pigeons roucoulent dans la gouttière, le buste d'Hitler caché sous un tas de chiffons, mon Dieu, pourquoi ne l'a-t-il pas détruit, a-t-il oublié ou n'en a-t-il pas eu le courage, ce fou, ce fou furieux – le cœur de Mientje s'arrête le temps d'un battement, c'est foutu, se dit-elle ; mais les hommes ne s'intéressent pas au tas de chiffons poussiéreux sous lequel le Führer en plâtre sommeille dans un coin. Les résistants se retournent vers Adri et disent : On va finir par le trouver, ton papa, ce salaud, tu peux lui dire, à ce poltron qui a détalé, qu'on tient la corde prête pour la passer autour de son cou. Ils quittent la maison à pas lourds, claquent la porte derrière eux, Mientje suspend la chaîne au crochet. Les fillettes pleurent en silence. Venez, dit leur mère, il y a de la soupe de navet et de betterave, ça va aller, nous allons louer et vénérer le Seigneur, car Il nous a protégés.

Le lendemain matin, ils voient une grande croix gammée noire barbouillée sur leur façade ; oui, nous avons dû évidemment nous débrouiller pour la faire disparaître le plus vite possible, m'a raconté des années plus tard le notaire De Potter, alors très âgé, quand je l'ai rencontré par hasard en ville, nous qui étions une famille belge comme il faut, tout de même, c'était une honte sur une de nos maisons, en plus, tout cela à cause de ce joli monsieur, vous comprenez, la vie n'est jamais aussi simple qu'on le dit, *n'est-ce pas**.

Mientje monte les escaliers jusqu'au grenier. Elle sort le buste d'Hitler de sous les chiffons, elle regarde longtemps la tête maladroitement modelée, puis la frappe, avec le marteau qu'elle a apporté, pour la réduire en morceaux jusqu'à ce qu'il ne reste plus que de la poussière et du plâtre. Elle balaie les résidus blancs, les rassemble en un tas, les ramasse à la pelle pour les déverser dans le seau à charbon, les emporte dans la petite cour en bas, ouvre la grille et les fait glisser dans la vase noire de la Lieveke, où ils se transforment aussitôt en bouillie avant de sombrer.

28

Et nous montons dans les hauteurs ; nous avons à présent une vue dégagée sur les jardinets à l'arrière des maisons, sur les pavés bosselés de la rue longue des Pierres et de la rue de la Porte Grise, sur le misérable petit parc de la place de l'Écluse et la façade grêlée de l'estaminet Petite Rose, devant lequel on lessive le trottoir avec un peu de savon vert de ménage mélangé à de l'eau ; les bouleaux élancés effleurent de leurs rameaux les gouttières des toits des vieilles maisons ; les merles et les pies picorent les crottes de chien, cherchent des vers dans le sol noir, là où on a comblé les canaux et où, en définitive, il n'y a jamais eu de bateau allemand coulé, contrairement à ce que dit la rumeur que font courir les vieux ivrognes du café Petite Rose ; il est près de midi, quelques secondes de silence entre le grondement de deux camions qui passent dans la rue de la Porte Grise, et en contrebas, sur l'herbe rare du petit parc souillée par les chiens, une femme souffreteuse avance en s'aidant d'une canne, suivie par un homme ronchonnant, et cette petite bonne femme d'Ada, dans son manteau d'astrakan élimé, se retourne, s'immobilise, lève sa canne d'un air menaçant en direction de ce petit bonhomme ricanant et crie dans son patois : *Arnold, encore un seul mot et je te ferme ton caquet à coups de canne, tu m'as bien comprise ?*

℘

Griet Latomme et Willem Verhulst sont maintenant en route vers Hanovre. Griet porte une petite veste des Jeunesses hitlériennes, elle lui va à ravir, elle met la casquette de Wim. Il rit, tu ressembles à une star de cinéma, dit-il. Pour économiser de l'essence, la deuxième voiture est attachée à la première ; on jure et on rit de la progression par à-coups de ce convoi primitif à travers l'Allemagne. Quelque part à la lisière d'une forêt, ils s'arrêtent. Ils voient le long de la route de grandes pierres de grès calcaire. Comme dans les deux voitures il y a toutes sortes d'outils – marteaux, burins de tous formats –, quelqu'un a l'idée de graver des mots sur une des pierres. Ils choisissent d'inscrire la première phrase de la chanson « Vers l'Est nous voulons aller » – le texte est inspiré d'une vieille mélodie issue d'un ouvrage du seizième siècle, le *Antwerps Liedboek*, le livre de chants d'Anvers, mais nos fuyards préfèrent bien sûr l'adaptation qui en a été faite pour les combattants du front de l'Est, par le collaborateur néerlandais Piet Heins… : Au combat ! Au combat ! Aidons à libérer la Germanie !

« Wim grava le premier mot », écrit Griet dans ses mémoires, puis c'est au tour d'un certain Fons ; elle vient pour sa part en troisième, et comme Wim a inscrit « Vers », et Fons « l'Est », et qu'elle doit ajouter « nous devons », elle hésite ; les hommes fument debout un peu plus loin, tandis qu'elle manie le burin. Elle taille dans la pierre « nous voulons » parce qu'elle a maintenant, selon ses propres dires, « un point de vue très pessimiste sur la situation ». Le nom de la personne qui a gravé le mot suivant, « aller », n'a pas été transmis, mais on apprend en revanche que le groupe a uni ses forces pour transporter la pierre et sa phrase sculptée en flamand jusqu'au bord de l'autoroute et la laisser là, les Flamands fidèles à l'Allemagne, *Heil*.

Plus tard, j'ai scruté les cartes, mais il est bien sûr impossible de retrouver la route qu'ils ont suivie. D'Arnhem, ils sont peut-être passés par Hengelo et Osnabrück – Osnabrück, qui était inscrit sur les plaques d'égout à Gand –, il faudrait que je recherche les autoroutes que le Führer avait déjà fait construire à l'époque, mais bon, tout était bombardé à ce moment-là, il est donc fort possible qu'ils aient emprunté des petites routes via Bocholt, Münster et Minden – et je me demande, bien que cela puisse paraître absurde, si quelque part le long de leur trajet, car les pierres ne se décomposent pas vite, si quelque part dans les forêts allemandes, je ne sais où, près d'un sentier pédestre ou d'un *Imbiss*, un snack-bar, il n'y a pas encore une pierre derrière quelques sapins ou hêtres, une pierre sur laquelle ces mots sont gravés maladroitement, peut-être complètement de travers, peut-être recouverts de mousse ou de ronces et d'orties, mais tout de même bien là, car des mots dans la pierre peuvent, comme nous le savons, traverser les siècles, tandis que le squelette de leur messager se pulvérise dans le sol.

℘

Les collaborateurs belges affluent massivement vers l'Allemagne – selon les estimations, ils étaient quelque 15 000 *Deutschfreundlichen* flamands et 6 000 partisans wallons du parti rexiste de Léon Degrelle. La majorité de ces fuyards arrive quelque part au nord de Hanovre, dans des petites villes rurales comme Verden an der Aller et Soltau. Le Volkswohlfahrt, le Secours populaire national-socialiste, qui plusieurs années auparavant a aussi organisé l'accueil des enfants flamands pour le Kinderlandverschickung, parvient à peine à faire face à ces arrivées. Malgré les récits qui circulent sur les atrocités se déroulant à l'Est, un certain nombre de collaborateurs qui se sont enfuis rejoignent presque aussitôt la légendaire division SS Langemarck.

Jef Van de Wiele, alias Jef Cognac, le grand ami de la maison sur la Drongenhof, se rend indispensable à l'accueil des fuyards. Jef est un ami de Hartmann Lauterbacher, un nazi et antisémite fanatique, qui intervient personnellement auprès de Himmler pour fournir un abri à environ 8 000 Flamands séjournant près de Hanovre et débloquer les fonds nécessaires. Lauterbacher, ami des Flamands, reste connu dans les annales pour avoir déclaré qu'après l'extermination des juifs, il fallait aussi en détruire le souvenir. Plus tard, à l'approche des Alliés, ce sympathique personnage fait circuler des tracts où il est écrit que les femmes allemandes seront emmenées par les soldats américains pour être envoyées dans des « bordels à nègres ».

Willem et Griet – qui à présent en Allemagne se fait parfois appeler Titi, Titi Latomme, un nom de chanteuse, ce qu'elle voulait devenir autrefois –, Titi et Wim se mêlent au flot humain de fuyards, des proscrits effrayés, des civils dépités, des déserteurs, des travailleurs forcés, des veuves avec des enfants en bas âge, des jeunes exaltés, des personnes âgées qui, au désespoir, ont fui leur pays en laissant toutes leurs possessions derrière eux par peur des représailles. Tantôt les Flamands sont accueillis comme des frères allemands, tantôt on leur ferme la porte au nez car ils sont belges. Il est question de panique et de rancune contre la patrie belge qui « rejette son propre peuple », d'abris improvisés chez de lointains parents ou de vagues connaissances, d'espoir, d'angoisse, de trahison et de bassesses, et parfois aussi de phénomènes purement et simplement absurdes : certains Flamands continueront d'affirmer plus tard, par exemple au fil des nombreux interrogatoires devant les auditorats militaires, que, dans le Grand Reich germanique, ils attendaient simplement de rentrer dans leur patrie flamande, qui serait en quelques jours triomphalement intégrée dans le noble Empire germanique. Et ils affirmaient tout cela alors que la marche des Alliés s'avérait inexorable et que les Allemands subissaient des pertes massives sur tous les fronts, la SS paniquait et improvisait, les milices qui se repliaient en toute hâte s'épuisaient à des actes de représailles sadiques, les fours des camps de concentration étaient vidés dans la panique et les infernales marches de la mort commençaient, les massacres à l'Est se poursuivaient sans discontinuer, l'économie en Allemagne s'était totalement effondrée et les villes bombardées en ruine étaient confrontées à la faim, au chaos et à la violence. Bientôt, la 27e division SS Langemarck serait aussi décimée lors de combats sur le front de l'Est.

Cela a dû leur faire une curieuse impression, de se rendre dans cette terre pleine de promesses, avec des conceptions naïves comme en avait encore Griet, et d'assister sur place à des scènes apocalyptiques de chaos et de destruction. Le 9 octobre 1943, Hanovre est pratiquement rayée de la carte par les bombardements britanniques. Bien qu'elle ait été aux premières loges, Griet dans ses mémoires ne consacre pas un mot à ce qui se déroule sur place ces mois-là ; le contraste entre la réalité crue et sa sclérose idéologique était trop douloureux.

℘

Dans la ville rurale de Soltau, à quatre-vingts kilomètres au nord de Hanovre, Griet et Willem sont logés dans des salles de classe. Sur place, ils entrent apparemment en violent conflit avec des « Néerlandais qui se sont conduits de manière très déplaisante » : une ancienne amoureuse d'un officier allemand de haut rang, une fille originaire d'Eeklo, constate qu'on l'a volée : son maillot de bain et ses bijoux ont disparu. Willem est chargé par l'officier de mener une enquête : « Totalement indigné, il n'y est pas allé par quatre chemins. Tout le monde a été fouillé, même sous leur maillot de corps (quand ils en portaient un). » On découvre la voleuse – Griet ne précise pas de quelle manière Willem a procédé à ses recherches, pas plus que la sanction appliquée à la criminelle, mais le groupe de fuyards éclate. La Verwaltung leur donne l'ordre de se rendre au centre de Hanovre. Là-bas, Willem prend contact avec les autorités militaires ; il peut poursuivre son travail d'espion parmi ses semblables, et recommence à dresser des listes de noms et à rendre compte des « éléments suspects » au Sicherheitsdienst. Griet l'aide, en secrétaire zélée, elle annonce fièrement qu'elle corrige ses fautes de langue, qu'elle travaille *ehrenamtlich* (bénévolement) et reçoit des compliments de la Militärverwaltung.

Le V-Mann Verhulst obtient un magnifique appartement meublé. « Les habitants avaient déménagé vers des lieux plus sûrs », note Griet. Je m'arrête à cette phrase en apparence anodine : il est en fait écrit qu'elle a emménagé chez des gens qui ont fui, ont été déportés ou peut-être déjà tués. Mais il peut tout aussi bien s'agir d'une maison de civils allemands qui cherchent à échapper aux *Bomber Jacks*.

Ils vivent de nombreux bombardements – cinquante-trois à en croire le témoignage de Griet Latomme. Ils entendent la nuit le survol des redoutés *RAF Bombers* qui enflamment les villes allemandes ; ils font pourtant des petites excursions à Hildesheim, à Dresde et à Berlin. Après un bombardement à Hanovre, qui frappe le bâtiment où ils séjournent, ils obtiennent une fois encore un confortable logement dans une spacieuse maison de campagne des environs ; le récit de Griet est quasi idyllique : « Nous apprenons à chercher les *Butter- und Steinpilze* (les bolets jaunes et les cèpes) dans les bois... sous un saule pleureur nous avons fait un délicieux repas. » Elle parle de l'addiction de Wim au tabac, qu'il cherche sans cesse à se procurer ; il est parfois obligé de fumer des feuilles de saule. Ils se méfient de leurs compatriotes et les tiennent à distance comme s'ils étaient contagieux – car « selon Wim ce sont de vrais Belges ». Pas un mot des atrocités, pas la moindre scène de guerre, pas d'annonce de victimes, de combats, pas un mot des rues pillées et saccagées où des cadavres sont laissés sur place, pas un mot de ce qui devait être omniprésent ; non, Titi dégustait des bolets jaunes avec Wim dans un environnement bucolique, après son compte rendu d'espionnage ponctuel à la Sicherheitspolizei. Elle semble évoquer de joyeuses vacances.

Dans la salle de lecture paisible du centre de documentation à Anvers, penché au-dessus des mémoires de Griet, je regarde, un peu perplexe, la cour intérieure silencieuse.

À l'automne 1945, tôt le matin, un commando de la Brigade blanche se présente à la porte ; il demande à voir le Sturmbannführer Raf Van Hulse. L'Allemande n'entend pas bien le nom : Absolument, il y a un certain Hülst ici, il est au premier étage à droite.

C'est ainsi que Willem, pendant que sa famille sur la Drongenhof essaie de traverser les mois qui suivent la libération sans aucune nouvelle de lui, finit par se faire arrêter et emmener au Polizeipräsidium à Hanovre. Griet reste fidèlement à ses côtés, même dans les circonstances les plus difficiles – elle cherche à savoir où il est emprisonné, parle aux gardiens, parcourt des kilomètres à la ronde pour essayer de lui dénicher du tabac, achète des œufs et du pain, des colis alimentaires qu'elle lui fait livrer par un geôlier qu'elle corrompt par de belles paroles, des sourires et des cigarettes.

Elle finit elle aussi par être interrogée et emprisonnée. Un « Belge en uniforme » est prêt à la libérer si elle couche avec lui ; elle refuse fièrement, affirme ne connaître aucun des noms mentionnés. En prison, elle se trouve confrontée à un autre genre de personnes : « *Hast du auch Syph ?* » (Toi aussi t'as la vérole ?) entend-elle demander, puis suit la réponse : « *Ich habe 'nen Tripper* » (Non, j'ai la chtouille)... Dégoûtée, elle raconte que ces jeunes Allemandes « forniquaient avec les occupants anglais » – alors qu'elle ne supporte pas la moindre critique concernant les amourettes flamandes des officiers allemands.

Le froid, les privations, la fierté, l'obstination, les plaies infectées, les éruptions cutanées, la faim, le désespoir, le manque d'hygiène : récalcitrante, Titi reste debout, provocatrice et bravache. Elle appelle le très mauvais café, un breuvage gris, de la « sueur de juifs ». On finit par les transférer tous les deux à Bruxelles dans des convois séparés ; juste avant le départ, sur un quai agité et bondé, elle parvient à attirer l'attention de son amant par des « gentils clins d'œil et gestes de la main », tandis qu'on l'emmène, menottes aux poignets, avec d'autres hommes. Elle est emprisonnée à Forest, près de Bruxelles, puis rue des Béguines à Anvers, et atterrit finalement dans l'usine transformée en centre d'internement, rue de la Laine à Gand ; quant à lui, il est d'abord mis sous les verrous à Saint-Gilles à Bruxelles, puis atterrit lui aussi à Gand, parfois rue de la Laine, puis de nouveau dans la maison d'arrêt appelée la Nouvelle Promenade, ou encore dans le camp de Lokeren – des lieux où ses enfants le trouveront très amaigri et désemparé, lors de leurs visites sporadiques.

Amère, Griet n'hésite pas à appeler la prison de la rue de la Laine, où elle est détenue, un « camp de concentration ».

Fin de l'aventure à l'Est.

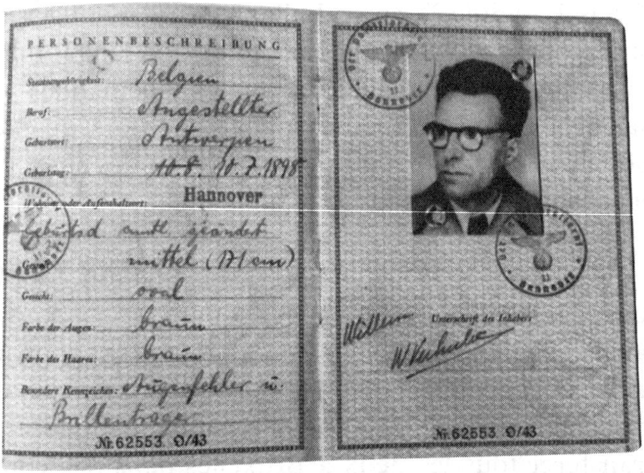

29

Griet Latomme devait trouver étonnant que Langemarck, qu'elle connaissait si bien et où elle avait acquis une conscience politique nationaliste flamande, acquière une signification symbolique importante pour les collaborateurs qui s'étaient enfuis en Allemagne ; cette commune, située sur la ligne de front pendant la Première Guerre mondiale, est catapultée dans l'histoire quand les Allemands, dans leurs bulletins de propagande, situent délibérément à Langemarck la lourde défaite qu'ils ont subie près des communes voisines de Bikschote et de Noordschote, car Langemarck est bien plus évocatrice du Grand Reich germanique que les deux autres lieux, moins connus des Allemands. La Sturmbrigade Langemarck est érigée en mythe dans les annales, en symbole de la bravoure héroïque de l'armée allemande, indépendamment du village ; pour le soldat Adolf Hitler aussi, qui à Wervicq, vingt kilomètres plus loin, s'est trouvé sur le front flamand, le nom a acquis une consonance presque sacrée, associée aux innombrables soldats allemands morts ici au combat. Pour son cinquante-troisième anniversaire, le 20 avril 1942, il décide de donner à la 4e division SS-Totenkopf le nom de Langemarck, et d'y ajouter l'ancienne SS-Freiwilligen Legion Flandern, la légion flamande composée de volontaires de la SS. Le Reichsführer-SS Himmler dit à propos de cette singulière armée qu'elle restera un hommage au sacrifice de sang que la tribu germanique a apporté au sol flamand. Il en sera autrement : la division sera décimée durant la dernière phase de la guerre, lors des combats contre les armées soviétiques.

En mai 1944, alors que les probabilités d'une victoire militaire de l'Allemagne nazie sont presque réduites à néant, les volontaires de la division SS de grenadiers Langemarck sont majoritairement postés dans la lande de Lunebourg, « car dans la province du Hanovre oriental sont hébergés la plupart des réfugiés flamands ». Griet et Wim ont été témoins là-bas, dans la petite ville rurale de Soltau, de ce mouvement de troupes aux couleurs flamandes, ils ont pris contact avec des compatriotes actifs dans la division SS. Comme nous le savons maintenant, certains de ces volontaires sur le front de l'Est ont même travaillé en tant que gardiens dans des camps de concentration à l'Est, ou participé aux infernales marches de la mort, ce qui ne se faisait pas sans commettre des atrocités contre ceux qui s'étaient enfuis et agonisaient dans la neige. Langemarck ! – premier nid d'amour du couple romantique immortalisé dans une saga héroïque, qui s'effondra tout aussi vite que leur rêve pangermanique et leur existence de réfugiés dans le pays de leurs rêves, rasé par les bombardements et exténué.

Soudain un souvenir pénible me traverse l'esprit.

J'avais à peine dix-sept ans, j'étais le meneur de la classe, on était en mai 1968, nous étions surexcités par toutes les rumeurs autour de nous ; à la télévision, j'avais vu la veille au soir les scènes dans les rues de Paris, mais aussi dans celles de Louvain et de Gand, on aurait dit une grande fête où avaient libre cours la rébellion et l'énergie, une joie effervescente, l'esprit d'aventure, et nous, qui vivions entourés des chuchotements geignards de prêtres enseignants et étions pleins d'une vitalité mal canalisée que nous parvenions à peine à maîtriser, nous avions passé la pause à spéculer sur notre participation aux grandes manifestations prévues le lendemain à Gand et à Louvain. Nous nous étions monté la tête entre nous ; les journaux, la radio et la télévision ne parlaient de rien de moins que d'une révolution dans la rue, il était question d'une nouvelle jeunesse, on condamnait et on encourageait, la société était divisée, notre cerveau de dix-sept ans semblait sous l'emprise d'une drogue qui nous donnait le vertige ; les étudiants descendaient dans la rue, les lycéens ne pouvaient pas être en reste, nous devions aussi agir, participer, peu importe comment, sortir des classes confinées.

Les rues de Gand étaient pleines d'étudiants tapageurs, des flots de jeunes brandissaient des pancartes et des banderoles, les uns criaient qu'il fallait faire front commun avec les travailleurs, les autres hurlaient pour défendre le Lion flamand, *Walen Buiten*, les Wallons dehors, et autres jolis propos de ce genre ; était-ce ce combat de libération dont il était question à Paris, pour les prolétaires de tous les pays ? Il s'agissait pourtant bien d'étudiants qui témoignaient leur solidarité vis-à-vis des ouvriers, ou n'avions-nous pas été suffisamment attentifs, dans notre enthousiasme ? Oh, quelle importance, le Lion de Flandre ! En tout état de cause, j'ai réussi, avec plusieurs autres agitateurs, à faire prendre le mors aux dents à tous mes camarades de classe, et le lendemain matin, nous sommes sortis de la cour du lycée à vélo avec tout un escadron d'élèves, fiers, la tête haute tels des chevaliers du Moyen Âge, nous allions faire grève, voilà, en ce matin de printemps nous étions enivrés d'énergie, filant à travers les rues en direction du centre, où nous avons jeté nos vélos en tas à côté de l'entrée du Café Schippershuis, une cave malfamée empestant la bière éventée le long d'un des canaux de la ville, et nous avons commencé à lever un verre après l'autre pour fêter avec exubérance notre liberté tout juste conquise, qui allait nous coûter cher, nous le savions. Dans l'après-midi, déjà ronds comme des queues de pelle, nous avons vu passer un groupe d'étudiants chaotique, eux manifestaient vraiment ; nous sommes sortis en trombe du café et nous nous sommes joints à eux, ils vociféraient, hurlaient des slogans, c'était la fête, non ? C'était la révolution. Il se passait enfin quelque chose, pour une fois, bon c'est sûr, nous n'avions pas fait bien attention aux casquettes des étudiants et à leurs signes distinctifs, et avant de nous en rendre compte, nous marchions parmi les hommes qui portaient des casquettes estudiantines d'aspect médiéval et tenaient des bâtons à clous, et nous étions là à nous égosiller, avec nos têtes d'ivrognes apprentis révolutionnaires, car la Flandre aux Flamands et les Wallons dehors et vermine de gauche, déguerpis, c'était ça, la révolution à Paris, non ? L'un d'eux a même crié *Sieg Heil*, ça ne paraissait pas très français non plus, mais de toute évidence c'était amusant, car tout le monde a éclaté de rire, et là, pendant que nous marchions dans la rue longue de la Monnaie, une fenêtre s'est ouverte, quelque part au premier étage, la tête d'une femme est apparue, une belle tête, une femme élégante d'une soixantaine d'années, et elle a lancé, elle a hurlé : *Fascistes ! Bande de nazis ! Allez à Langemarck, bande d'idiots** *!* Oui mon gars, Langemarck, voilà ce qu'elle criait, allez savoir pourquoi, c'était pourtant évident, mais nous n'avons rien compris, nous étions des révolutionnaires et l'énergie ambiante nous faisait un bien fou. Un peu plus tard, alors que nous étions un certain nombre à traverser en vociférant le quartier du Patershol, en empruntant la Drongenhof, une vieille femme sur le pas de sa porte nous a regardés, il y avait dans ses yeux de l'angoisse et de la mélancolie, et bien évidemment, cela va de soi, peut-être ai-je eu seulement plus tard cette vision, mais c'est justement cette vision qui est une véritable torture : n'est-ce pas là, dans l'ouverture de la porte de la maison dans laquelle j'habiterais plus tard, que j'ai eu l'occasion pour la seule fois de ma vie d'apercevoir Mientje, alors âgée, qui a dû penser que tous ses cauchemars d'autrefois ressurgissaient et marchaient de nouveau au pas dans la rue, le long de la vieille chapelle, de la taillerie de verre et devant sa porte, la vieille Mientje solitaire quelques mois avant sa mort silencieuse dans la pièce intermédiaire plongée dans la pénombre de la maison où plus tard je festoierais en compagnie de mes amis et petites amies branchés ? Oui, elle était debout dans l'encadrement de cette porte, cette grande porte que je peindrais en noir une quinzaine d'années plus tard, et avec ma maladresse, je ferais dégringoler le pot de peinture de l'escabeau, projetant des éclaboussures de tous côtés, recouvrant le trottoir et la moitié de la rue de cette laque anthracite, une gigantesque flaque noire, t'as pigé, grand rebelle ?

Le soir même, tu as demandé à ton père ce que signifiait Langemarck, et le brave homme a incliné la tête en disant que tu ferais mieux de poser ce genre de question à ton grand-père, mais celui-ci s'est levé, a secoué la tête puis est sorti prendre l'air dans le jardin. Le lendemain, ton père a été convoqué par le chef de ton établissement scolaire et on lui a annoncé que tu n'étais plus le bienvenu – une pomme pourrie dans le panier, votre fils, a dit le prêtre directeur, il finira en prison, et je pèse mes mots. Et ton père, cet homme travailleur, est rentré à la maison, le visage rouge, et il a voulu te parler mais n'y est pas arrivé, parce que quelque chose lui restait en travers de la gorge, et il avait les larmes aux yeux et tu as ri, tu t'en souviens, toi qui voulais jouer les durs ? Tu as ri.

℘

Cela n'a pas beaucoup aidé non plus que tu sois venu, des décennies plus tard, dans les prés printaniers de Langemarck, une des rares journées clémentes de février, et que tu aies vu s'étendre à l'infini les pierres gravées d'innombrables noms allemands, plaquées contre le sol humide du polder, et plus loin la stèle commémorative sur laquelle était inscrit « Flandern », et les trois croix noires sinistres de granit brut, espacées à intervalles réguliers ; cela n'a pas aidé non plus que tu aies vu le monument aux enfants, avec sa multitude de coquelicots noirs de métal, plus rien n'aide. Tu t'es dirigé en voiture vers le centre de cette commune autrefois violemment éprouvée, il y avait des travaux sur la route, tu as dû faire un détour. Des immeubles modernes, austères, ont surgi, équipés de la domotique que requièrent les résidents exigeants d'aujourd'hui, un tout nouveau revêtement d'asphalte couvrirait bientôt la chaussée retournée, où a bien pu vivre Griet, où a-t-elle fait des roulés-boulés avec son Wim chéri, aucune idée. Dans l'église qui sentait le savon vert de ménage, on diffusait des chansons pop en flamand, des vers de mirliton sur la paix et l'amour ; et partout autour du bâtiment gisaient des canalisations en béton, de grandes palettes de briques, des treillis à béton en acier, des matériaux de construction, de la toile de plastique déchirée et du fourbi – la municipalité ne regardait pas à la dépense.

Tu as traversé le paysage plat, un fond marin qui à présent, sous le soleil printanier, sentait le lisier et la terre ; un peu en dehors de Langemarck, tu t'es arrêté devant une pancarte au bord de la route et tu l'as photographiée ; c'était apparemment le nom d'un hameau.

La pancarte annonçait : *Le Nouveau Monde – d'après une ancienne auberge qui portait ce nom.*

30

Totalement perturbé par l'irruption dans la maison sur la Drongenhof, Adri décide de ne pas rester dans les parages. « Mon père m'avait fait très peur, écrit-il dans ses mémoires, il affirmait qu'ils me prendraient en otage à sa place. » Il n'a pas assisté en personne à la fuite de son père, mais les images se bousculent dans son esprit : Daskalidès qui le pousse avec le canon de son fusil, la chute malheureuse dans l'escalier qui lui a presque coûté la vie, il sent à nouveau une douleur au pied en appuyant énergiquement sur les pédales ; le spectacle des hommes dévisageant avec méfiance sa mère lui revient à l'esprit, et Mientje, digne et silencieuse, qui caresse les cheveux de ses sœurs, la peur dans les yeux de la petite Suzy ; la veille encore, il est passé à vélo par le marché aux grains où de violentes bagarres ont de nouveau eu lieu dans la nuit, il a vu des taches sombres sur les pavés, il en a eu des haut-le-cœur ; il a acheté à un vendeur ambulant le journal résistant clandestin *Bevrijding*, Libération, et l'a donné à lire à sa mère.

Il se rend à Deurle, où il peut loger chez son ami Willy Welvaert. Il transpire, s'essouffle, pédale, voit apparaître les bois paisibles, sent l'odeur de l'herbe et de l'humus forestier et songe au bel été prolongé dans le paisible Neuenstein, auprès de la famille Scheuermann, comment vont Fritz et Ernst et Walter ; il est hors d'haleine, il a parcouru les douze kilomètres entre le quartier du Patershol et Deurle en une demi-heure, il a repéré à divers endroits une façade criblée d'impacts de balles, une remise en ruine, une porte d'entrée maculée d'une croix gammée, des traces d'incendie et du fer tordu, une maison sans fenêtre et aux murs couverts de suie. Ici, dans les bois, il faut qu'il s'apaise, attende de voir ce qui se passe, la guerre semble finie mais il se méfie de tout ce qu'il voit. Ici et là des hommes armés entrent et sortent d'habitations à moitié démolies par des tirs. Voilà le grand jardin de son ami, et tiens, là-bas, son voisin Oswald et sa petite sœur Lieve, Lieve de la rue de la Porte Grise, dont il est secrètement amoureux depuis si longtemps, Lieve et ses nattes. Il faut qu'il garde son calme maintenant, personne ne doit remarquer ses sentiments pour elle, des senteurs de pin et de fougère humides lui parviennent aux narines, sa chemise trempée de sueur est plaquée contre son dos. Willy vient à sa rencontre, Adri descend de vélo, son ami lui dit *bienvenue Adrien**, il le prend dans ses bras. Adri éclate en sanglots.

Les Welvaert, une famille aisée qui vivait dans un vaste domaine de la commune rurale de Deurle, étaient caractéristiques de l'époque : ils étaient flamingants et cultivés, mais s'accommodaient très bien, culturellement, de la logique bilingue de la haute bourgeoisie. Ils étaient favorables, cependant, aux exigences culturelles des Flamands et organisaient dans leur agréable jardin des rencontres de poètes flamands. Anton van Wilderode, le poète qui serait ordonné prêtre durant la dernière année de la guerre, venait lui aussi souvent leur rendre visite. En partie par son ami Willy, Adri prend peu à peu connaissance de ce que son père a fait ; il est sous le choc et se sent déchiré, il apprend à se distancier en silence de tout ce que défend son père, sans pouvoir pour autant l'éliminer de son esprit. Comment va papa en ce moment est une pensée qui le hante pendant les heures où il ne trouve pas le sommeil. Il a en même temps des réserves quant aux convictions religieuses de ses amis – sa mère le met en garde contre leur conservatisme et leur dogme catholique.

Dans ses mémoires, il note : « D'ailleurs, à la maison, il y avait ma mère, qui surveillait avec discrétion et inquiétude mon développement intellectuel. Elle s'est assurée que je ne me retrouve pas dans des courants catholiques de droite sous l'influence de fréquentations comme mes amis Willy et Oswald… même s'ils sont restés mes meilleurs amis. Leur fréquentation, les longues promenades dans les bois et surtout les excursions, à Laethem-Saint-Martin et Deurle, font partie de mes meilleurs souvenirs des années de guerre… »

Il apprend avec Oswald à monter un émetteur radio ; il reste suffisamment de matériel de l'ancienne MEGA à portée de main chez lui pour bricoler. Les deux garçons lancent leur propre programme, *Radio Dietsland* (Radio du pays thiois), dans lequel ils commentent l'actualité sous l'occupation allemande. « Je ne me souviens plus précisément, écrit Adri, de ce que nous annoncions, mais je me rappelle en revanche que nos séances assez courtes commençaient et se terminaient toujours par le *Wilhelmus* (l'hymne national néerlandais), dont je possédais un disque que nous mettions sur mon gramophone, qu'on actionnait en le remontant à la main. »

Une semaine auparavant, juste avant l'irruption des résistants, les deux amis se sont vus. Adri est paniqué. Son père ne vient plus dormir à la maison, il a fait une apparition la veille juste avant midi, a rassemblé précipitamment quelques affaires, dit aux enfants « Dieu vous bénisse et vous garde », et à Adri : Prends soin de mes livres, et il est reparti comme une flèche. Car oui, une partie de la bibliothèque dans la pièce à l'avant, au premier étage, est encore là ; où faut-il mettre les livres français volés à l'École des Hautes Études ? Les Alliés approchent de la ville, les résistants font preuve de plus en plus d'audace, ils peuvent à tout moment incendier leur maison, il faut agir vite. Mientje a déjà caché ses rares objets précieux sous des bûches et des chiffons, dans les petits combles au-dessus de la remise à charbon au fond de la courette : un beau chandelier ancien de ses parents, un peu de dentelle et une vieille horloge de son grand-père, quelques marmites et casseroles en cuivre.

Ils demandent à plusieurs voisins au-dessus de tout soupçon qui habitent rue du Vieux Bourg de leur garder le plus de livres possible. Adri fait des allers-retours à vélo pour transporter les boîtes en carton ; il en profite pour emporter un autre tas de livres à Deurle, chez les Welvaert. Une fois qu'il a vidé toutes les étagères de livres dans la pièce à l'avant, il reste la grande collection de disques de son père – de la musique classique populaire que lui et Oswald ont souvent fait passer dans leur émission ; il ne sait pas quoi en faire, cette gomme-laque est extrêmement lourde, impossible de la transporter à vélo ; c'est alors que Willy lui rappelle qu'un canot est encore amarré derrière le garage de la Radiodiffusion, une embarcation que son père a fait construire quelques années auparavant – ils s'en sont souvent servis pour naviguer sur la Lys les jours de beau temps.

Les garçons entassent les cartons de disques dans le canot, jettent par-dessus quelques couvertures, Adri y dépose aussi sa belle collection de timbres. Ils naviguent sur la Lys jusqu'à Laethem, ils rament, en sueur, pendant des heures, ils doivent aller chercher une nouvelle cargaison le lendemain – une entreprise risquée qui aurait pu leur être fatale.

Un seul disque a atterri dans l'eau de la Lys : le Chant de Horst Wessel. Son ami Willy avait regardé le disque, et dit : Adri, non quand même, il faut se débarrasser tout de suite de ça. Il l'a lancé d'un grand geste loin de lui, le disque a ricoché sur l'eau, basculé sous une vaguelette et sombré.

Adri est donc en sécurité maintenant chez les Welvaert à Deurle, les jeunes passent leurs journées tour à tour angoissés ou soulagés ; parfois ils entendent des coups de feu, des bruits confus, des cris et le transport de lourdes charges, ou encore le grondement du moteur d'un véhicule tout-terrain qui fonce sur un sentier forestier. Sur les troncs d'arbre le long de la route, des mises en garde sont placardées en anglais, Adri ne comprend pas, il n'a appris que l'allemand à l'école, Willy doit lui traduire les inscriptions. Ils marchent dans les bois et font de longues promenades le long de la Lys. Lieve Vandermeulen, qui a aussi consigné ses souvenirs de ces années-là, se rappelle encore qu'Adri, avec son pied difforme, avait du mal à suivre, qu'ils devaient toujours l'attendre et qu'il était peu loquace.

Quand je vais rendre visite à Lieve plus tard et qu'au fil de notre conversation je lui révèle qu'Adri a été amoureux d'elle pendant des années, la vieille dame est prise au dépourvu ; je ne l'ai jamais su, dit-elle, qui te l'a dit. Je lui réponds : C'est Letta, oui c'est Letta qui me l'a dit. Je revois les bois de Laethem et Deurle après ce que tu viens de me raconter, me dit-elle, et son regard vagabonde vers l'extérieur, qu'elle aperçoit de sa fenêtre. Il y avait là-bas une ancienne glacière… une voûte souterraine obscure, dans le jardin du château… on ne pouvait la trouver qu'en empruntant un étroit passage sous une colline… certains garçons emmenaient les filles là-bas, pour… enfin tu vois ce que je veux dire… j'étais encore une enfant à l'époque, une fille aux tresses blondes enroulées et fixées par des épingles à cheveux en macaron près de mes oreilles… cette glacière, cette odeur de terre fraîche dans le noir, je ne peux pas l'oublier… il y avait aussi quelque part une grotte de Marie, comme on en trouvait encore partout dans la campagne en Flandre… une brume flotte au-dessus de ces années-là… la peur permanente de tout ce qui avait un rapport avec la sexualité a traversé ma jeunesse comme une horde de chauves-souris…

31

À peine deux semaines après la fuite de Willem, de violentes attaques se déclenchent autour d'Arnhem. Mientje n'a pas eu de nouvelles de sa mère depuis des semaines, la ligne téléphonique est coupée depuis la disparition de Willem. C'est le début de Market Garden, gigantesque invasion aérienne et terrestre destinée à chasser les Allemands aux alentours du Rhin entre Nimègue et Arnhem, une des plus impressionnantes actions coordonnées des Alliés. Les équipements militaires mobilisés pour cette offensive apocalyptique sont sans précédent. Dans son livre sur la bataille d'Arnhem, Antony Beevor parle de 84 chasseurs-bombardiers Mosquito, de bombardiers moyens Boston et Mitchell, de 872 Forteresses volantes chargées de bombes à fragmentation et de 147 Mustang P-51. L'opération échoue, avec des conséquences fatales, d'autant que le général britannique Bernard Montgomery a considérablement sous-estimé l'ardeur des Allemands ; d'innombrables parachutistes sont abattus par des tirs avant de toucher le sol. C'est une tragique débâcle pour les Alliés, un enfer total pour les habitants de la région qui sont soumis à d'atroces représailles allemandes, et la dernière grande victoire d'Hitler.

Mientje, suspendue à la radio, sentant des pulsations dans ses tempes, écoute les nouvelles jusque tard dans la nuit. Elle n'a pas la moindre possibilité de prendre contact avec sa famille là-bas, en pleine zone sinistrée, elle ne peut que prier et attendre. En compagnie d'Oswald et de Willy, Adri écoute la radio anglaise à Deurle, il entend avec angoisse les discours de Churchill, puis de nouveau par bribes les cris hystériques du Führer écumant de rage, tandis que Mientje regarde fixement devant elle dans la pénombre de la pièce intermédiaire. Les chasseurs-bombardiers britanniques et polonais foncent parfois à basse altitude au-dessus de Gand ; de temps en temps, on entend le crépitement de tirs. Pendant la journée, elle voit des soldats misérables, traqués, tirer sauvagement autour d'eux avant de voler un vélo quelque part et de détaler comme des chiens enragés. Elle pense à son mari à présent Dieu sait où en Allemagne, peut-être est-il déjà mort pendant des combats ou un bombardement. Elle restera dans l'incertitude sur son sort même après la capitulation de l'Allemagne ; elle vit quotidiennement dans l'angoisse. Souvent, elle se rend l'après-midi au temple de la rue Digue de Brabant, elle s'occupe de tâches simples, elle écoute les plaintes des gens qui viennent chercher refuge en ce lieu paisible. Elle se dépêche de rentrer chez elle avant le soir, elle sait qu'elle se met en danger si elle n'est pas de retour dans sa maison de la Drongenhof avant le crépuscule.

Ce sont des mois difficiles. On ne trouve pratiquement pas de charbon, et les agriculteurs chez qui Mientje passe régulièrement pour s'approvisionner en denrées alimentaires se montrent de plus en plus parcimonieux. Son vélo est cassé, la roue avant est complètement tordue car elle est restée coincée dans un rail de tramway par un matin brumeux, le réparateur aux cheveux longs du quartier du Patershol est parti sans tambour ni trompette ; les transports publics sont imprévisibles, et quand elle prend tout de même le tramway, il y a encore des gens qui sifflent entre leurs dents qu'elle est une putain à Boches, la femme du détesté Verhulst. Les nouvelles commencent à affluer sur l'hiver de la faim aux Pays-Bas, elle espère que son frère a fait le plein de réserves dans la cave, qu'il s'occupe bien de leur mère âgée – elle brûle d'envie de les revoir, mais tenter un tel voyage serait une folie, avec tous ces Allemands aux postes de contrôle qui ne demandent qu'à tirer ; elle lit dans le journal que de violents combats ont lieu autour d'Arnhem. Letta et Suzy peuvent retourner à l'école en toute sécurité, Adri est revenu de Deurle une fois que la situation s'est un peu calmée en ville, mais il n'osera se montrer de nouveau dans la rue qu'à partir de janvier 1945, en prenant soin toutefois de mettre un bonnet et de s'emmitoufler dans une grosse écharpe pour se camoufler. Au printemps, ils voient à leur étonnement réapparaître en ville plusieurs vieilles connaissances, qui reviennent d'Allemagne : des personnes réquisitionnées pour le travail forcé, les volontaires, et même quelques collaborateurs moins notoires. Mientje les implore chaque fois de lui donner des nouvelles : Que savez-vous à propos de mon mari ? Elle obtient toujours pour réponse un silence accompagné d'un haussement d'épaules.

« Un jour du mois de mai 1945, écrit Adri, le frère d'Aurélie Willaert, une institutrice d'Ertvelde que connaissaient bien mes parents, a sonné à la porte. Il avait été boulanger en Allemagne et avait rencontré mon père dans les environs de Hanovre ou de Hildesheim. Mon père lui avait dicté quelques nouvelles oralement : il allait bien et nous n'avions pas à nous faire de souci sur son sort. » Après ces paroles, l'homme sort de la poche de sa veste une enveloppe marron contenant une épaisse liasse de billets de banque de mille francs, qu'il remet à Mientje. Interloquée, elle garde les billets dans ses mains ; comment Willem a-t-il obtenu cet argent, que peut-elle en faire ; pour faire face au chaos financier survenu après l'occupation, Camille Gutt, ministre des Finances, a mis en œuvre une vaste opération d'assainissement monétaire afin de lutter contre l'inflation, l'ancienne monnaie étant amenée à disparaître. En échange de monceaux de cette monnaie inflationniste désormais sans valeur, chaque citoyen se voit attribuer quelques billets de la nouvelle monnaie ; quand il s'agit de sommes importantes, celles-ci sont portées sur un compte contrôlé par les autorités. L'opération Gutt fait place nette. Tout l'argent accumulé au noir par des transactions illégitimes ou réalisées dans des circonstances de guerre apparaît ainsi au grand jour, ou il est jeté et brûlé. Des avoirs sont bloqués, des dépôts et des obligations apportés pour être réévalués. Mientje n'a aucun moyen d'écouler les billets de banque de Willem. La seule manière de récupérer un peu d'argent est de donner à plusieurs personnes de confiance moins fortunées quelques billets, qu'elles peuvent mettre sur leur propre compte pour ensuite rembourser Mientje – ce qui lui fait profondément honte. Quant au reste de l'argent, elle n'a plus qu'à s'en débarrasser ; Mientje, qui n'aura jamais sous les yeux les pièces du procès, ne saura pas qu'il a volé cet argent à sa propre administration, celle du Comité d'action thioise, la veille de son départ. Sinon, elle aurait aussitôt jeté toute la liasse dans le poêle.

℘

Comme elle n'a plus de revenus à présent, Mientje décide de louer les chambres vides et les combles. Les filles déménagent dans la pièce à l'arrière, au premier étage, elle reste pour sa part dans la pièce à l'avant, au deuxième étage, sa chambre à coucher, mais elle y installe aussi un petit bureau, car elle louera pendant des années la pièce intermédiaire au rez-de-chaussée, tout comme la grande pièce à l'avant, au premier étage. Dans la mansarde, il reste encore un vieux lit en fer, sur lequel elle met un matelas simple qu'elle emprunte à des voisins et quelques coussins. Elle demande à Adri de faire savoir à ses amis et ses connaissances qu'elle propose des chambres à louer. Elle n'aura pas à attendre longtemps que des personnes intéressées se manifestent : toujours plus nombreuses, elles se présentent spontanément pour la supplier de leur louer une chambre, car la pénurie de logements est considérable après les bombardements de la ville. Et bien sûr, quelques collaborateurs, amis de Willem, lui demandent de pouvoir se cacher dans la maison. Bientôt, un certain nombre d'hôtes remarquables viennent s'installer chez elle. Pendant ce temps, Willem attend dans sa cellule son procès ; apparemment, il lui est impossible durant ces mois de donner le moindre signe de vie à sa famille au désespoir.

32

Les journaux que Mientje a tenus pendant ces années seront plus tard soigneusement photocopiés par Letta et mis à la disposition des chercheurs. Le premier cahier que j'ai eu sous les yeux va du 29 août 1944 au 26 juin 1946. Ces témoignages vivants et détaillés nous permettent de suivre aussi en détail la période au cours de laquelle Willem s'est enfui, mais Mientje ne consacre pas un mot à la fuite en soi, à la scène que décrit Letta. En revanche, elle évoque l'angoisse des derniers violents combats à Gand, la destruction des maisons le long du fossé d'Otton, de la porte de Damme et de la rue longue des Pierres, les affrontements intenses près du pont du Péage et de la rue des Rémouleurs : « L'enfer est proche, mais il fait un temps magnifique, nous sommes assis dans la pièce en haut, au soleil. » La nuit, elle entend de nouveau « les sifflements épouvantables et les explosions d'obus ». Chaque fois elle annonce qu'elle et ses enfants ont été épargnés, que son sort est fermement entre les mains de Dieu. Elle recopie intégralement le psaume 91 pour se donner du courage. « Aucun malheur ne t'arrivera, aucune maladie ne s'introduira dans ta maison, car Il ordonnera à Ses anges de te protéger, où que tu ailles. »

Elle témoigne des difficultés constantes pour s'approvisionner du fait du rationnement en vigueur, mais aussi de ses tentatives presque quotidiennes d'atténuer les souffrances des réfugiés et des blessés ; il y a aussi parmi eux de vieilles connaissances. Elle fait l'inventaire de tout un cortège d'amis et de relations, elle va parfois prêter main-forte à l'infirmerie de l'hôpital de la Bijloke. À un moment donné, des blessés néerlandais de Hoofdplaat, Biervliet et Breskens y sont accueillis ; les villes sur la côte sont essentiellement détruites, nombre de familles n'ont plus rien, certains réfugiés ont de vilaines blessures, quelques-uns ont dû sous la menace aider les Allemands en fuite et se sont fait prendre à partie à tort par les Anglais. Elle se rend chaque jour à l'hôpital, écoute les victimes, les réconforte par ses paroles. Elle encourage les alités, tient parfois pendant une heure les mains d'une femme en pleurs dans les siennes. Les « Hollandais » se font voler par des Gantois sans cœur, écrit-elle, on les dépouille du peu de nourriture qu'il leur reste, et après on les injurie : « On s'est bien régalés, le Batave. » Elle ne devient jamais amère. Elle ne prend pas parti non plus ; quand elle entend parler de collaborateurs en fuite dont les familles ont subi des mesures de rétorsion, elle est aussi profondément touchée que lorsqu'elle assiste à un service chrétien où l'on célèbre la libération et où l'on rappelle les atrocités commises par les Allemands dans la ville. Un jour, en se rendant à l'adresse où elle espère trouver des denrées alimentaires, Mientje tombe brusquement sur une batterie d'artillerie lourde ; il pleut et il vente, de sombres nuages filent au-dessus des maisons à moitié détruites. Les machines de guerre, soudain éclairées par la lumière du soir, prennent des couleurs criardes sur fond de ciel gris, il lui semble assister à une scène de l'Apocalypse :

« Les chars d'assaut avec leurs bouches de feu, qui bientôt donneront encore une fois la mort à des milliers de personnes. Tout a la même brutalité, cette tempête cadre bien avec tout le reste, et je pense au prophète Élie, de la plus haute Antiquité, à sa solitude, d'abord un vent de tempête passe devant lui, et il entend la Parole, et le Seigneur n'est pas dans la tempête. Et après la tempête le murmure d'un doux silence ; et il advint qu'Élie l'entendit, qu'il retrouva le visage et s'écria : Seigneur, éloigne-Toi de moi, car je suis un pécheur... »

Le tramway finit par arriver, continue-t-elle dans son récit, il est encore en retard de trois quarts d'heure ; elle trimballe ses provisions, court ensuite avec Letta à l'hôpital pour aider une jeune Néerlandaise gravement blessée par des éclats d'obus. Ainsi se poursuit sa vie. Pas un mot à propos de son mari en prison – mais elle dit éprouver de la gratitude car Adri peut aller étudier à l'université. Elle décrit les incursions répétées des hommes de la résistance, tantôt ils viennent tout fouiller, tantôt ils demandent ce qu'est devenu le récepteur de la Radiodiffusion. À une occasion, plusieurs hommes sont surpris de trouver en entrant Adri en train de jouer du violon, ils se montrent soudain très gentils envers elle ; mais il y a aussi des perquisitions officielles, ordonnées par le « commissaire-inspecteur à la Sûreté de l'État », comme celle du 11 février 1946. D'après le document, il convient de rechercher « l'ensemble des écrits, documents, photos et objets de toutes sortes pouvant contribuer à établir l'inculpation pour appartenance à une association pro-allemande ou pour atteinte, d'une manière ou d'une autre, à la sûreté de l'État » ; il faut en outre, « le cas échéant », passer à un « interrogatoire concernant ce qui a été découvert ». À l'occasion d'une de ces perquisitions, apparemment guère fructueuses, les agents de police se contentent d'emporter quelques photos d'August Borms et de Kees Boeke. Mientje annonce fièrement dans son journal qu'elle reste chaque fois impassible « car elle a la conscience tranquille ».

« Pendant ce temps, le nombre de martyrs de la cause flamande ne cesse de croître ; Watervliet est en ruine, des atrocités sont perpétrées à Ertvelde. » De violents combats éclatent de nouveau près du pont du Péage ; des maisons dans la rue du Fossé courbe et dans la rue de l'Épingle sont sévèrement touchées par les bombardements, les obus sifflent dans la rue des Rémouleurs. Nous dormons bien, dit-elle, Adri n'a même pas entendu le déchaînement de violence, nous nous sommes seulement rendu compte le lendemain de la grande proximité de la mort et de la destruction, tous les voisins ont passé la nuit dans les abris antiaériens. « Ô prodigieuse miséricorde de notre Seigneur, nous Le remercions ensemble pour Sa protection… » Une scène digne d'un tableau dans une des pièces, les enfants les mains jointes et les yeux baissés, la mère les précédant dans la prière.

En plein tumulte de la guerre, elle pense à Luther, « qui placarde sur la porte de l'église du château de Wittenberg ses 95 thèses contre le commerce des indulgences et nous a appris que, par notre seule foi, sans devoir nous acquitter de quoi que ce soit, nous compterons parmi les justes… Tandis que des nuées de bombardiers survolent la ville, nous prenons tranquillement notre déjeuner, éclairés par un soleil éblouissant et les fenêtres ouvertes, nous lisons des extraits de Jean 17 et chantons des psaumes, "*Daar ruischt langs de wolken*", entendez bruire dans les nuages, et "*Veilig in Jezus' armen*", en sécurité dans les bras de Jésus ».

Elle transporte des paniers pleins de linge jusqu'à la blanchisserie du quartier et va s'asseoir, à son retour, un petit moment au soleil dans la pièce à l'avant, au deuxième étage – la chambre à coucher conjugale – pour reprendre son souffle, puis à l'approche du soir elle part aider quelques voisins nécessiteux. Plus tard, elle longe le fossé d'Otton, horriblement endommagé : « C'est ça la guerre ? Des ravages épouvantables… On a l'impression de s'éveiller d'un cauchemar, d'aller voir dehors après un violent tremblement de terre ; on ne s'est pas rendu compte, finalement, de l'ampleur de la catastrophe… »

20 septembre : « Nous entendons énormément d'avions, et les troupes aéroportées sont près d'Arnhem – de Nimègue… »

23 septembre : « Les combats sont épouvantables au voisinage d'Arnhem… »

Je suis dans la main du Seigneur, écrit-elle, et elle relit, pour se donner du courage, un texte du pasteur Wartena si cher à son cœur : *L'apôtre de la religion triomphante* – « Quelles richesses de l'Esprit s'offrent à moi, quelle bénédiction, de pouvoir mener une vie habitée par la Foi… »

La Drongenhof est notre refuge, écrit-elle, tant que nous nous cachons ici, il ne peut rien nous arriver.

℘

Adri commence ses études à l'université, Letta a une otite cinglante, c'est l'anniversaire de Suzy. Mientje voit des petits vieux avancer dans la rue en clopinant, des blessés s'appuyant sur des béquilles, des personnes fouillant désespérément les décombres de leurs mains abîmées parce qu'elles ont tout perdu. En Zélande, écrit-elle, les combats font rage, la digue maritime a été détruite par les bombardements et tout Walcheren est sous l'eau ; les cheminots se mettent en grève, il devient chaque jour plus difficile de se déplacer. On se bat avec acharnement à Maldegem et à Ecklo ; à Breskens aussi, les combats sont horribles, ensuite les conflits se déplacent vers Breda, Venray, Nimègue ; « mais à ma grande joie, j'ai réussi aujourd'hui à me procurer du sucre pour les enfants, et une quantité de fruits, puisse la paix venir vite ».

Elle apprend que des inculpés sont incarcérés à Lokeren, mais ne mentionne pas qu'elle craint que son mari doive s'attendre au même sort. La souffrance des *collaborateurs* est terrible, écrit-elle, mais « le Père reste tout de même le Père, qui prend soin de son Fils perdu… la glycine dans notre jardin a une magnifique floraison ».

Adri et Letta sont soumis à des pressions à l'école ; Letta, qui a dû brièvement faire partie des Jeunesses hitlériennes, sûrement du fait de son père – il y a dans le dossier une lettre qu'elle a signée « *Heil Hitler* » –, est convoquée au

« bureau de l'Enseignement » ; Mientje s'y oppose, elle confie à Letta une lettre où elle déclare qu'on ne doit pas mêler les enfants à la politique. Son intervention ferme est dissuasive et on laisse Letta tranquille.

« C'est dimanche aujourd'hui, j'aspire tant à ce jour de repos, où règne le calme, pour mettre pendant un moment les tracas de ce monde à l'arrière-plan par rapport aux choses de l'Esprit… Au fil du temps, je sens grandir en moi l'envie de me tourner vers le Seigneur, le Sauveur – mais ce seigneur est terrestre à présent, seul Jésus-Christ est la Libération du cœur humain… et en sortant de mon lit, avant le lever du soleil, j'ai vu l'Étoile du matin, et j'ai pensé aux Mots de la Révélation : "Je suis l'Étoile brillante du matin, qui précède l'arrivée de la Lumière du Soleil." »

24 juin 1945 : « L'été est d'une fertilité foisonnante, les fruits abondent, mais sont encore chers – nous entendons toutes sortes d'échos sur ce qui se passe pour les Flamands en Allemagne ; Cyriel Verschaeve a été emmené avec l'ensemble de ses biens, quand un prêtre-pasteur recrute pour le front de l'Est, il y a forcément des conséquences… Je me rends compte chaque jour davantage à quel point le pauvre peuple flamand s'est fourvoyé… les mystificateurs du peuple sont ainsi – à présent tout s'envenime et se transforme en chaos politique, et peu à peu on en arrive à de fortes oppositions… Des nouvelles affolantes continuent de nous parvenir, on dit aussi que les SS portent la marque, et j'ai pensé quand je l'ai entendu : la marque de la Bête de l'Apocalypse… ET LA BÊTE FUT CAPTURÉE AINSI QUE LE FAUX PROPHÈTE QUI AVAIT FAIT LES SIGNES DEVANT ELLE POUR ÉGARER CEUX QUI

AVAIENT REÇU LA MARQUE DE LA BÊTE ET ADORÉ SON IMAGE. TOUS DEUX FURENT JETÉS VIVANTS DANS L'ÉTANG ARDENT DE FEU ET DE SOUFRE... Souvent les besoins terrestres m'oppressent, j'ai dépensé mes derniers francs et je dois maintenant emprunter – mais Il est fidèle celui qui m'a appelée. »

Elle prie, en proie au désespoir, et apprend précisément ce jour-là que la voiture privée laissée par Willem quand il a fui peut enfin être vendue. Elle pourra tenir encore quelques mois. « Loue le Seigneur, mon âme, et n'oublie pas Ses bienfaits. »

10 juillet 1945 : « Aujourd'hui c'est l'anniversaire de papa. Nous pensons à lui et nous nous en remettons entièrement et religieusement à Lui qui exécutera Son plan concernant notre vie. »

Le soir même, elle assiste à une conférence dans une maison sur la Kasteellaan, où un prêtre, qui a été interné à Dachau, parle de son expérience des camps. « Il rend compte de la vie de prisonnier, du grand nombre de morts vaincus, décidant de se tenir aux barbelés pour se laisser mourir électrifiés, il découvrait le matin des rangées entières de morts... Qu'est-ce que le national-socialisme, qu'est-ce qu'un SS ? » écrit elle ensuite, sous le choc.

Le lendemain, le 11 juillet, à l'occasion de la commémoration de la bataille des Éperons d'or de 1302, elle assiste de nouveau à une conférence, où il est demandé de « rétablir l'honneur du Lion flamand si malmené » ; le 21 juillet, elle note quelques phrases à propos de la question royale, qui divise les politiciens belges : les catholiques exigent le retour de Léopold III, fait prisonnier en Allemagne pendant la guerre, alors que les socialistes, les libéraux et les communistes y sont violemment opposés ; le 22 juillet, elle célèbre le jour de son mariage « en silence, seule avec les enfants – les colocataires ont tout de même veillé à apporter des fleurs ».

Un autre colocataire s'installe dans la maison. Elle n'en mentionne pas le nom, mais elle est heureuse qu'il puisse aider les enfants à apprendre leurs leçons. « Je suis débordée, écrit-elle, il y a toujours tant de personnes autour de moi, cela m'épuise, j'étais sur le point d'être surmenée, j'ai l'impression que, si je fais attention aux remous, je suis perdue… mes enfants, vous qui lirez ceci plus tard, sachez que votre mère n'avait qu'une seule prière : Seigneur Dieu, protège-les du Mal. »

L'argent vient encore à manquer, elle doit vendre une chaîne en or. « Libère-moi de mes possessions, Seigneur, pourvu que je puisse Te suivre, et que Ta lumière m'éclaire sur le chemin. »

Elle ne reçoit que le 23 janvier 1946 une lettre de l'avocat Henri De Potter, son propriétaire, qui lui annonce que son mari a été arrêté il y a un an déjà en Allemagne et qu'on l'a d'abord incarcéré dans la prison de Saint-Gilles à Bruxelles. Le 26 janvier, elle reçoit une lettre de Willem lui-même. Quelques jours plus tard, il est apparemment à la prison située boulevard de la Nouvelle Promenade à Gand, puis il est transféré à celle de Lokeren. Ils se parlent derrière des barreaux et des grillages ; il a bonne mine, constate Mientje, alors qu'il a souffert de la faim en Allemagne ; elle lui a apporté à manger – « Un prisonnier, eh bien, maintenant je sais aussi ce que c'est ».

En avril, elle se rend dans sa maison parentale à Oud-Zevenaar. Elle voyage à travers le pays ravagé, dévasté par les bombardements, et elle qui d'habitude fait preuve de réserve et de résignation laisse libre cours dans son journal à sa profonde émotion : « Le pont de Westervoort est détruit et, de Nimègue à Arnhem, tout n'est que dévastation… mais que la Veluwe est belle ! Le voyage de Beekbergen à Silvolde est magnifique !… J'ai vu la même chose hier soir dans le noir, mais on aurait cru un dédale, car il n'y avait pas de lumière, et j'avais, comment est-ce possible, complètement perdu mon chemin… mais ce dédale nous amène aussi directement dans la Main du Seigneur… »

Pendant les violents affrontements autour d'Arnhem, Mientje a dû souvent éprouver de la nostalgie pour les paysages de sa jeunesse, les grands espaces, les champs et les prés à perte de vue, la vie paysanne paisible qu'elle avait interrompue avec tant d'audace en partant avec ce nigaud de Flamand, en Belgique par-dessus le marché, pour passer ses années là-bas, dans une rue ombragée qui ne recevait pratiquement pas les rayons du soleil, au milieu d'une bande turbulente de colocataires dont elle n'aurait jamais imaginé être entourée un jour, et même plus : dont elle s'occupait, qu'elle nourrissait quotidiennement, dont elle lavait les dessous, repassait les chemises, toute cette vie cavalant dans les escaliers et mangeant à sa table dans ses assiettes, pendant que son mari se rongeait les sangs dans la solitude d'une cellule de prison désolante.

Pour ses filles, elle coud des robes fleuries dans des morceaux de tissu venant des Pays-Bas, qu'elle a réussi à se procurer avec beaucoup de difficultés.

33

Soudain je décide de tout de même tenter le coup.

Je fais une demande auprès des Archives de l'État à Bruxelles, où sont conservés les dossiers judiciaires de l'auditorat militaire. Letta me donne une autorisation écrite pour me permettre de consulter les pièces, plusieurs universitaires particulièrement serviables appuient ma demande. Quelques semaines plus tard, l'accord du Collège des procureurs généraux tombe dans ma boîte aux lettres.

Je me dirige vers la ruelle à l'écart où se situent les archives, dans un immeuble au creux de la voie dont les hautes fenêtres évoquent un bâtiment industriel et la porte d'entrée est agrémentée d'une vitre en verre taillé à l'ancienne. Quelques marches en pierre de taille, une porte à double battant, une salle de lecture, le silence sous de grandes lampes jaunes. On pousse vers moi un chariot métallique à roulettes préparé à mon intention, sept grands cartons archipleins : papiers presque décomposés, écritures effilées, copies carbone ultrafines, annotations au crayon, listes marquées au stylo, requêtes, témoignages, aveux, déclarations, procès-verbaux, demandes de consultation des pièces rejetées, demandes de grâce refusées, comptes rendus de bons ou moins bons comportements en prison, et une fois encore une demande de libération anticipée. Non, dit l'administration. Pièces de dossier, coups de tampon, paraphes, signatures, griffonnages, ratures, réécritures, papiers reliés les uns aux autres par une ficelle sur lesquels est imprimé en gros caractères SECRET ; la ficelle est en fils noirs, jaunes et rouges, le drapeau tricolore de la Belgique.

Le présent s'évanouit, les bruits de la rue bruxelloise s'atténuent, les papiers font entendre un bruissement, devant moi s'ouvre un éventail en langue administrative alambiquée et derrière, comme à travers la poussière de l'Histoire qui s'envole, un homme vient à ma rencontre, il porte des lunettes avec un verre dépoli devant son œil gauche, on ne le voit pas très bien dans l'obscurité mais on le sait, et il porte aussi un uniforme noir avec, par-dessus, le long manteau en cuir noir, il est deux heures et demie du matin et, suivi d'une dizaine de militaires tenant leur arme en joue, il tambourine à la porte d'un grand bâtiment sur le quai au Blé, un institut francophone, une enclave pour une caste en voie de disparition, mais c'est la nuit, personne ne le voit, de la brume s'élève de l'eau du canal le long du bâtiment. D'ailleurs tout le monde dort et le concierge est allé dormir depuis longtemps, n'est-ce pas ? Un jeune homme, le fils du concierge, est réveillé par les coups sur la porte et le cri strident « *Mach sofort auf* », coups et cris répétés, il règne une grande agitation sur ce quai, des projecteurs balaient la façade, le jeune homme déverrouille en toute hâte tandis que, quelque part dans une pièce à l'étage, son père se réveille et enfile ses vêtements. La porte s'ouvre, l'homme est ébloui par la lumière agressive, qu'y a-t-il donc de si urgent en pleine nuit ? Il voit planté devant lui, menaçant, le petit groupe de SS, qui l'écartent brutalement et, chaussés de leurs bottes noires luisantes, se précipitent vers le bureau du directeur ; un homme appelé Verhulst vomit un langage menaçant, il ricane et dit : Tu ne t'y attendais pas, hein ? Un petit cadeau pour ce que tu nous as fait après 14-18.

Eh bien oui. On a bien du mal à reconnaître dans ce personnage le gentil papa sans lequel Mientje, ne se doutant de rien et les épaules glacées, dort dans son lit solitaire de la grande pièce à l'avant sur la Drongenhof, nom de Dieu, nom de ce Dieu hollandais protestant qui est le sien, mais c'est pourtant bien lui ; il irradie la hargne, la lumière artificielle rend spectrales et menaçantes les silhouettes militaires qui hantent ce bâtiment sans défense, sorti de son sommeil.

Ici s'emboîtent devant moi toutes les pièces du puzzle et les récits dispersés, la preuve écrite noir sur blanc. C'est donc effectivement par la force que les nazis se sont emparés de l'École des Hautes Études. L'homme de confiance Verhulst, pour cet acte de bravoure, a été effectivement affecté comme tout nouveau directeur, en plus de son poste de direction à la Radiodiffusion. Il s'avère qu'il a dirigé l'institut pendant quatre ans ; à un moment donné, en 1943, il inscrira tous les membres de son personnel sans le leur demander à l'organisation SS DeVlag, mais comme plusieurs d'entre eux protestent, il retire cette mesure le lendemain, en leur reprochant d'être des imbéciles ingrats qui ne comprennent pas ce qu'ils doivent à la grande organisation germano-flamande, notamment leur emploi ; quand il sentira venir l'orage à la fin de 1944, il promettra à son personnel de leur verser plus tard deux mois de salaire (certains témoins parlent dans les procès-verbaux de trois mois ; d'autres disent que c'est de fait ce qu'on leur a promis mais qu'ils n'ont jamais rien reçu, qu'il s'agit précisément du million et demi de francs belges qu'il a dérobés quand il a fui). Il exigera de surcroît l'équivalent de 36 000 francs d'essence avant de prendre la poudre d'escampette. L'essence n'était pas pour son usage personnel, déclara-t-il plus tard pendant son interrogatoire, d'ailleurs on lui a pris, et il avait l'intention de payer ces salaires à son retour…

J'apprends par d'autres témoignages de collaborateurs que mentir pour minimiser son rôle était fréquent et systématique. Verhulst ne fait pas exception à la règle ; il a réponse à tout, mais les témoins le contredisent. Il était certain, dit-il, qu'il reviendrait d'une manière ou d'une autre pour « remettre les affaires en ordre », il en était même convaincu lui-même jusqu'à son arrestation en 1945. Un témoin déclare ne pas se rappeler que Verhulst ait brandi son pistolet en direction du personnel, il avait simplement un ton menaçant ; il faut dire que c'est un vieux compagnon qui le couvre. Dans des témoignages maladroitement rédigés, toutes ces voix se contredisent, se complètent, chuchotent, argumentent, hurlent ou nient obstinément : voilà un chœur bien étrange qui se met à vociférer là-bas, dans cette salle des archives silencieuse.

À présent j'ouvre le dossier sur la descente dans la fabrique de textile de monsieur Raymond Goethals à Eeklo. De toute évidence, l'assaut de ce lieu est tout aussi brutal, inattendu et impitoyable, une sorte de mini-Blitzkrieg, mais cette fois, d'après des témoins, il est mené par un véritable escadron d'hommes chaussés de bottes noires, là-bas, dans cette petite ville du polder, à un jet de pierre de la paisible commune de Kaprijke, où une certaine Griet Latomme a passé son enfance, la femme qui éprouve une grande admiration pour le dynamisme de son amant, même si ce jour-là elle se tient devant sa classe ailleurs dans le pays ; mais bon, pour l'instant on est ici, à Eeklo, Eiken-Lo, qui signifie littéralement en néerlandais le bois où poussent les chênes, l'arbre préféré du Führer, l'arbre allemand sacré, mais sous sa forme bien plus douce flamande, Eeklo – la petite ville où est implanté un vaste terrain militaire qui se verra attribuer plus tard un nouvel usage, celui de paisible parc naturel ; ce jour-là cependant, en pleine guerre, le directeur Raymond Goethals se fait menacer, rabrouer, l'homme grelottant de peur avoue qu'il cache effectivement de grandes quantités de savon, mais oui, les gens manquent de tout, il faut bien que quelqu'un constitue des réserves, monsieur Verhulst, vous comprenez. Inutile que le délicat grelottant cherche à susciter de l'empathie. On s'en donne à cœur joie : à grands coups de bottes, des piles de marchandises sous des sacs en toile de jute et des auvents sont renversées, toutes sortes d'autres produits non déclarés sont dissimulées en dessous : des sacs de farine, des pommes de terre, du lard salé de contrebande, et même du café et des aliments en boîte. Eh bien, vous voilà pris la main dans le sac, le délit est de taille, mon bon monsieur, un militaire allemand sourit d'une oreille à l'autre : C'est vous qui l'aurez cherché. Mais oui, il le sait. Pardon ! Pardon ! Il bégaie, balbutie, et *jawohl, Herr Verhülst* est apparemment parfaitement informé des moindres faits et gestes du petit directeur, grâce à ses services qui ne dorment jamais ; il est entouré d'Allemands vêtus de manteaux de cuir, chaussés de bottes noires et coiffés de casquettes à tête de mort, monsieur Goethals frémit et reconnaît, dans ces circonstances intimidantes, qu'il a effectivement tenu une double comptabilité. Eh bien, c'est de la haute trahison, tu seras *abtransportiert nach Deutschland*, tu dois te montrer coopératif si tu veux éviter d'être immédiatement déporté, et, et, et... mon Dieu, tous ces SS qui vont et viennent avec cet air inquiétant et le sourire aux lèvres dans sa chère fabrique et tous ses ouvriers qui ôtent leur casquette et marmonnent pour toute salutation en néerlandais un *goedendag*, un ouvrier wallon adresse même à ces SS un *bonjour**, imaginez un peu, en français, quelle provocation, déjà des sourcils se lèvent, menaçants, n'allez tout de même pas mettre votre vie en jeu, les gars... Goethals est au bord des larmes, il doit aller chercher chez lui, séance tenante, le livre de caisse de ses activités au noir. Le zélé Verhulst ne lui fait pas confiance et lui dit d'un ton rude qu'il va l'accompagner ; ils marchent ainsi dans les rues d'Eeklo, plusieurs personnes font un signe de croix en voyant passer monsieur Goethals avec Verhulst l'arme en joue derrière lui. Lorsque Goethals, tantôt poussé, tantôt tiré, arrive dans sa belle demeure de directeur, il bredouille qu'il doit se rendre dans la cave car c'est là que se trouve le coffre-fort, et qu'il veut y aller seul ; l'excellent agent de renseignement de la SS flamande lui aboie qu'il n'ira certainement pas seul dans la cave, et quand Goethals ose lui dire qu'il a bien le dr... le dr... le droit de descendre seul, monsieur Verhulst de la Drongenhof voit rouge et se met à rugir : Quel droit ? Il n'y a plus de droit ! Ouvre ! Tout de suite !

Willem se charge lui-même des interrogatoires du brave Goethals. Cela n'a rien d'une aimable conversation. Eh oui, on en découvre des détails navrants en lisant les comptes rendus tapés à la machine, ce réquisitoire où Verhulst est qualifié de « véritable gangster »... ce témoignage où sont évoquées « des méthodes de gangster »... au fond je peux concevoir qu'Adri n'ait jamais voulu lire ces documents... Et ce qui est encore plus difficile à lire, c'est la connivence de la presse avec l'occupant pendant les années de guerre – la presse nazie flamande se réjouit littéralement de ce haut fait. Ce Goethals se révèle une belle canaille, écrit un gratte-papier au service de l'occupant, un effronté, une crapule belgiciste, prêt à cacher de l'essence et du savon sous du charbon, « ces riches ventripotents glissent tous les jours leurs pantoufles brodées ou leurs chaussures en cuir glacé sous une table bien servie sans se soucier de la faim de leurs ouvriers », et quel bonheur que cette fabrique dans la commune rurale d'Eeklo soit à présent devenue la première usine national-socialiste de cette région de race pure du Meetjesland, nous avons de quoi être fiers, nous Flamands, que le peuple frère germanique accepte de nous faire cet honneur, qu'allait-il donc s'imaginer, notre petit baron du savon ? Les traîtres au peuple flamand, cette clique élitiste, ils n'ont que ce qu'ils méritent, vive l'État autonome flamand. « On va donc enfin pouvoir nettoyer les écuries d'Augias. Encore une fois, grâce à l'armée allemande. » L'enthousiasme de la presse collaborationniste est sans bornes ces années-là.

À la hauteur de ce qu'il mérite, l'héroïque Verhulst est nommé après cet exploit nouveau directeur de la fabrique, une fonction qu'il devra céder une semaine plus tard à un SS vraiment allemand, car *ein Flame*, un Flamand, reste, même s'il s'échine à faire de son mieux, un ersatz germanique ou germanique occidental, la division Langemarck vous savez…

De nombreux témoins sont convoqués dans cette affaire. Les documents semblent interminables, je fouille et farfouille dans les feuilles de papier carbone rendus à moitié illisibles par le système primitif qui les relie ensemble, parfois les ficelles rouges-jaunes-noires transpercent le milieu de la page au lieu d'être soigneusement au bord, il faut alors les défaire quand j'ai besoin d'une copie, mais je n'y parviens pas, les nœuds sont trop petits, tout est bien trop solidement attaché par la main sévère de la Loi, les documents risquent de se déchirer et se détruire, pâlir et disparaître tels des hiéroglyphes dans une tombe tout juste ouverte où pénètre l'éblouissante lumière du jour ; je lis donc tant bien que mal les liasses de papier carbone ultrafin qui présentent ici et là de minuscules trous produits par les impacts énergiques de la machine à écrire. Ouvriers, ingénieurs, techniciens, le petit monsieur Goethals lui-même, tous ont dû comparaître devant le juge dans cette affaire et donnent des précisions qui, tout bien considéré, dressent un portrait particulièrement effrayant. Tandis que je prends sur le chariot la boîte en carton au énième numéro, là-bas dans la paisible salle de lecture dont les lampes diffusent une accueillante lumière jaune, je me demande comment un tel homme peut s'asseoir chez lui le soir devant sa soupe et ses pommes de terre dans sa cuisine à l'arrière de sa maison sur la Drongenhof, peut-être même de très bonne humeur, après tout il gagne ce salaire généreux de 15 000 francs par mois, tandis que ses concitoyens patriotes en bavent, que leur estomac crie famine et que l'allocation de chômage moyenne pour une famille de trois enfants ces années-là se situe aux alentours de 400 francs. Il se sentait certes menacé – des objections étaient régulièrement exprimées au sein des autorités allemandes, car la rémunération et les défraiements confortables de Verhulst représentaient pour le Dienststelle une lourde charge financière, un problème remis sur le tapis d'autant plus souvent, d'après les dossiers judiciaires, que les pertes allemandes s'accentuaient. La pieuse Mientje remarque que papa est un peu tendu, ce n'est rien, ma femme, dit-il, tout va très bien, il reprend un comprimé de Pervitine, demande aux enfants de bien apprendre à l'école, et c'est agréable que ce gentil Adri joue déjà si joliment du violon, pas vrai maman, il est vraiment doué et que c'est beau quand tu chantes avec lui, vous voulez bien refaire le *Largo* de Haendel pour papa, j'en ai la gorge nouée.

Sur la photo, prise devant la porte de la Radiodiffusion, Verhulst est le troisième en partant de la droite.

34

Accusé Willem Verhulst, levez-vous.

Oui, monsieur le juge.

Vous connaissez les accusations portées contre vous.

Oui, tout à fait, monsieur le juge.

Nous allons à présent lire le réquisitoire.

Oui mais, monsieur le j…

Taisez-vous, Verhulst, ce n'est pas encore votre tour de prendre la parole. Asseyez-vous.

Monsieur le procureur Beyer. Vous avez la parole.

Je vous remercie, monsieur le juge.

Nous allons à présent exposer l'affaire.

Verhulst n'écoute que d'une oreille.

Membre du Frontpartij, plus tard du Vlaamsch Nationaal Verbond proche des nazis… espion pour le Sicherheitsdienst, « exécuteur des hautes œuvres » du Comité d'action thioise… prise d'assaut de la Radiodiffusion gantoise, de l'École des Hautes Études et des fabriques Goethals & Goethals à

Eeklo... dirigeant-fondateur du Comité d'action thioise... espion pour le Propagandastaffel et toutes les Kommandanturen possibles... chef et responsable de la propagande du corps de sécurité de la DeVlag... recruté par l'Abteilung VI der Sicherheitspolizei... membre de l'Allgemeine SS, fondateur de la Vlaamsche Filmactie... vol de plus d'un million à la Radiodiffusion gantoise... dénonciations d'innombrables compatriotes...

Willem s'agite sur sa chaise ; tantôt il lève les yeux au ciel, soupire avec mépris, tantôt il secoue la tête ; à une occasion, il se tapote le front avec l'index.

Poursuite du réquisitoire.

Respecté Président,
Je voudrais en l'occurrence lire devant vous un document hautement accablant : le procès-verbal dressé à l'occasion de la fondation du Comité d'action thioise, également appelé l'action Verhulst, tel que l'a rédigé l'accusé.

... éradication radicale de tous les centres de dégénérescence et d'altération en Flandre... lutte sans merci contre toutes les institutions contre-révolutionnaires... le régime ploutocratique belge... « Renverser et écraser »... Heil Hitler !

Respecté Président, nous citons pour conclure ces mots extraits d'une note adressée à ses collègues.

Nous sommes d'avis que les pays néerlandophones rétablis en tant qu'entité autonome doivent être intégrés au sein de la Grande communauté national-socialiste des peuples germa-

niques, sous la direction du pays germanique fondamental, l'Empire allemand, Das Deutsche Reich.

Bien.
Accusé Willem Verhulst.
Levez-vous quand le juge vous adresse la parole.
Reconnaissez-vous avoir écrit qu'il fallait « renverser » votre patrie et que vous alliez l'« écraser » avec la SS ?

Monsieur le juge, je veux demander à mon avocat de faire incriminer le procureur Beyer pour ses propos mensongers. C'est un belgic…

Verhulst, ce n'est pas à vous d'exiger quoi que ce soit.

Il s'affale à nouveau sur le banc.

Reconnaissez-vous, accusé Verhulst, avoir occupé illégalement la Radiodiffusion gantoise, en recourant à la force et avec l'aide de six SS armés, à trois heures du matin ?

Willem transpire et secoue énergiquement la tête.
Il se lève d'un bond.

Monsieur le juge, j'ai fait mon devoir pour la Flandre ! Ce n'était que par humanité ! J'ai simplement servi mon peuple, par idéalisme. Avec pour tout remerciement de l'ingratitude. C'est quoi ce cirque ici !

Verhulst, épargnez-nous vos commentaires, répondez aux questions posées.

Reconnaissez-vous, accusé Willem Verhulst, avoir menacé Monsieur Vinck, directeur de la Radiodiffusion gantoise, juste avant son départ forcé et l'avoir démis de ses fonctions légitimes ?

Mais monsieur le juge, je n'ai jamais vu cet oiseau-là[1]... Tout pour la Flandre ! Je ne reconnais pas le procureur Beyer comme un représentant lég...

Surveillez votre comportement, Verhulst.

Reconnaissez-vous être responsable de la déportation d'un nombre indéfini d'habitants de Gand ?

Belgikske Nikske ! (La Belgique, c'est merdique !) Vive le Lion de Flandre !

Rires et chuchotements dans la salle.

Verhulst, si vous recommencez une seule fois, je vous fais raccompagner dans votre cellule.

Les témoins sont appelés à la barre un par un.

Certaines de ses anciennes connaissances évitent de le regarder ; lors de la déclaration de l'un d'eux, Willem siffle à un moment donné « traître à ton peuple ». D'autres, en particulier les résistants, le toisent, triomphants, tandis qu'ils portent leurs témoignages accablants.

Témoin N, concierge de l'École des Hautes Études.

1. *Vink* en néerlandais signifie « pinson ».

C'est vrai, monsieur le juge, avec son pistolet contre ma poitrine et il a crié : Abrutis de fransquillons, ça c'est le compte à régler pour Versailles !

Témoin X, secrétaire.

Je le jure, le 6 septembre, avec son arme pointée sur nous, il a crié qu'il reviendrait avec la SIPO dans quelques semaines pour se venger de tous ceux qui voudraient le dénoncer…

Témoin Y, ouvrier.

… il tenait cette arme à feu tout contre la tête de monsieur Goethals, et il criait qu'il allait le faire embarquer et mettre sous les verrous et monsieur le directeur tremblait et pleurait…

Témoin Z, gardien.

Oui, absolument, j'ai dû pomper toute cette essence pour la reverser dans ces grands bidons, ils les ont chargés sur une grande remorque et sont partis avec en Allemagne…

Verhulst ?

Mais monsieur le juge, pourquoi remuer le passé, ils ont fini par me la reprendre, cette essence… et ce brigand juif, ce Gutt, économiquement il a arraché une couille à notre peuple, mais ça tu ne le dis pas, hein ? Les juifs francophones continuent d'avoir voix au chapitre en Belgique.

Dire que j'ai eu la bêtise de sauver un juif hongrois et sa dame. J'aurais pu le payer de ma tête. Et pour tout remerciement, je n'ai que des emmerdements !

Votre opinion sur les citoyens juifs de notre pays est bien connue du tribunal, Verhulst.

Willem est soudain en proie à une grande agitation. Il ouvre sa chemise grise et se sert du tissu pour essuyer les verres de ses lunettes.

La séance est levée momentanément.

Willem se sent mal, ses intestins se convulsent et gargouillent. La nourriture de la prison le détraque complètement. Il s'apprête à protester, tout devient flou devant son œil, il a la nausée, on l'emmène aux toilettes où un épais liquide gicle de ses entrailles. Est-ce que ce n'est pas assez dur comme ça, bande de sadiques ? Il se torche avec un morceau de gazette belge et remonte son pantalon gris.

On le conduit à sa place et on le pousse sur le banc.

Aïe, pas besoin d'être si brutal, monsieur l'agent, je ne suis pas un animal tout de même.

Reconnaissez-vous, Willem Verhulst, avoir participé à l'occupation par la force des locaux du Palais des fêtes Vooruit, pour y installer ce qui portait le nom de *Wehrmachtskino*, dont vous avez supervisé la programmation de films de propagande pour le Troisième Reich ?

Des films extrêmement beaux, monsieur le juge, ces films étaient sublimes et les gens étaient contents.

Ah bon. C'est aussi votre avis sur une production comme… *Jud Süß* ?

Il ne faut pas essayer de nous faire prendre des vessies pour des lanternes, monsieur le juge, il n'y a franchement pas de quoi en faire une histoire.

La parole est à la défense.
Maître De Potter ?

Je remercie Monsieur l'auditeur militaire.
Je reconnais une part des faits commis par l'accusé, nous y reviendrons plus tard, mais je tiens à faire remarquer que, en l'occurrence, l'accusé a commis bon nombre de ces faits pour assurer la subsistance de sa famille dans des circonstances difficiles. Nous voulons souligner que l'accusé a agi en se laissant égarer en partie par son idéalisme, et que son épouse, Madame Harmina Wijers, originaire de Hollande, connue au greffe comme madame Verhulst, domiciliée sur la Drongenhof numéro tant et mère de trois enfants issus du mariage, nous a donné des précisions sur ce père de famille attentionné, qui a voulu en toutes circonstances s'occuper de ladite famille et a ce faisant perdu de vue la contradiction idéologique entre sa sollicitude et la dépendance administrative vis-à-vis de la nation ennemie. Nous voulons également souligner le naturel pacifique de son épouse, connue pour sa mobilisation au service de la communauté, fidèle à la patrie, du temple protestant de la rue Digue de Brabant à Gand, où elle s'est efforcée de promouvoir l'entente entre les peuples en général et l'entente grand-néerlandaise en particulier… (toussotement).

Étant donné le comportement de l'accusé, qui en détention provisoire fait preuve de bonne volonté, d'une conception raisonnable de ses responsabilités…

Étant donné la bonne éducation que les enfants ont reçue de leur père…

Il fait une chaleur torride, étouffante, dans la salle.

Verhulst s'assoupit, c'est plus fort que lui, il vient de passer une nuit blanche. Soudain, sa tête heurte sa poitrine, un profond ronflement lui échappe, il en sursaute lui-même. Maître De Potter vient tout juste de terminer sa plaidoirie.

Nous remercions maître De Potter.

Verhulst, avez-vous quelque chose à ajouter ?

Willem se lève d'un bond.

Monsieur le juge. J'ai simplement défendu mon pays, ma patrie la Flandre, notre peuple qui depuis la création de la Belgique criminelle est constamment harcelé par cette élite francophone révoltante…

Verhulst, assez ! Vous démontrez ici tout ce qui a amené votre avocat bienveillant à plaider pour un allègement de peine. De toute évidence, vous n'êtes guère disposé à vous améliorer.

Brouhaha dans la salle. Coup de marteau du président d'audience.

Du calme ! Silence !

L'auditeur militaire et ses avocats se retirent pour délibérer. Lecture de la sentence cette après-midi à trois heures.

15 h 12

Silence dans la salle s'il vous plaît. Nous allons à présent lire la sentence.

Attendu que… ayant pris connaissance de… après corroboration des témoignages de X, Y, Z et N… à la suite de considérations suffisantes et dûment approfondies comme le requiert la procédure, nous condamnons l'accusé Willem Verhulst, en tant que fondateur et dirigeant du CDA, membre de la Waffen-SS, V-Mann et espion, participant actif et de premier plan à des activités inciviques ayant fragilisé la patrie en temps de guerre, compte tenu de son recours répété à la violence, de sa grande responsabilité dans des interrogatoires brutaux infligés à des patriotes et à d'autres citoyens, ainsi que de la preuve qu'il a donnée ici même de la persévérance de sa malveillance, à la peine de mort.

Le chef d'accusation officiel résumé succinctement est le suivant : *Port d'armes contre la Belgique et ses alliés, collaboration politique, dénonciation et vol.*

La peine de mort est, sur l'insistance de la défense, commuée en emprisonnement à vie et en déchéance des droits civiques, à vie également.

Le président ferme l'audience d'un coup de marteau.
Rumeurs et raclements de chaises dans la salle.
Willem Verhulst est emmené menottes aux poignets.
Il semble ne rien voir et chancelle dans le couloir, les

agents qui l'accompagnent doivent le traîner un peu pour le faire avancer.

De retour dans sa cellule, il a tellement le vertige que tout tourne.

Il doit aller aux toilettes.

Vomit tout ce qu'il a dans le ventre.

Appelle ensuite plaintivement : « Maman, Adri, Lettie, Suzy… »

Tombe à la renverse sur son lit rudimentaire.

Adriaan Verhulst, professeur émérite, se rappelle dans son livre *Zoon van een »foute« Vlaming* de la « très douloureuse épreuve » qu'a représentée pour la famille l'été 1947, durant lequel le procès de Willem a eu lieu. Willem est souvent déplacé d'un bâtiment à l'autre pour divers interrogatoires ; apparemment, l'auditeur militaire Beyer s'acharne sur ce dossier – selon Adri parce qu'il a lui-même été flamingant autrefois et veut se venger sur ceux qui empruntent la mauvaise voie : « Selon mon père, Beyer cherchait aussi à faire de ce procès une affaire retentissante. Cela explique pourquoi le procès de mon père a été celui, non pas d'un seul individu, mais d'un prétendu groupe, que l'auditeur militaire Beyer comptait pouvoir démasquer en lui associant plusieurs autres personnes avec lesquelles mon père avait parfois eu très peu à faire… C'est en partie pour cette raison que nous n'avons pas assisté au procès. » Voilà de curieux propos de la part d'un historien par ailleurs très méticuleux ; le Comité d'action thioise correspond d'un point de vue juridique parfaitement à la définition de la constitution d'un groupe nazi. Dans quelle mesure un être humain est-il prêt à être confronté à la vérité, quand il s'agit de son propre père ?

Le procès a lieu le 11 juillet 1947, le lendemain du quarante-neuvième anniversaire de Willem. Mientje reste à la maison avec les enfants, elle prépare des crêpes. Ses mains tremblent et elle ne parvient pas à mélanger la pâte ; Adri doit lui prendre des mains le récipient et le fouet. Ils mangent en silence, Letta et Suzy font la vaisselle. Pas un mot n'est prononcé sur ce qui se déroule ce jour-là, mais le soir, quand elle s'effondre dans son lit, Mientje se sent proche du désespoir, elle reste éveillée presque toute la nuit et se sent brisée le lendemain matin. L'avocat De Potter lui rend visite avant midi, tandis que les enfants jouent dehors, pour la mettre au courant du verdict. Cela se produit dans le salon, près du foyer. Elle éclate en sanglots, paraît sur le point de s'évanouir ; l'avocat doit la soutenir.

35

Mientje a semble-t-il entretenu des contacts intenses, après le procès, avec leur propriétaire et avocat, espérant au début un recours en grâce. De Potter a apparemment fait tout ce qui était en son pouvoir pour atténuer les malheurs de Mientje. Il jouissait d'une grande autorité, était bâtonnier du barreau de Gand et, selon Adri, « un homme qui sous des apparences sévères dissimulait une nature chaleureuse, se montrait compréhensif et avait les idées larges ». Mientje l'avait convaincu que Willem n'était motivé ni par l'appât du gain, ni par un quelconque autre motif indigne ; en fait, c'est d'elle que venait la version de l'idéaliste égaré. Malgré tout – alors qu'elle s'était querellée avec lui pendant tant d'années. Elle choisit de protéger inconditionnellement le père de ses enfants. Quand il s'avère que Willem doit en plus s'acquitter d'une grosse amende, maître De Potter juge plus prudent d'obtenir une séparation de corps entre Mientje et Willem. « Cela permettait d'éviter, écrit Adri, que nos meubles soient mis sous séquestre, ce qui nous aurait empêchés de continuer à louer des chambres, notre moyen de subsistance. »

Soudain surgit une aide inattendue : pendant les années que Willem passera en prison, la famille Verhulst d'Anvers versera à Mientje une modeste somme mensuelle, qui lui permettra ainsi qu'à ses enfants de garder la tête hors de l'eau. « Nous en sommes reconnaissants à la famille encore aujourd'hui », m'écrit Letta, à quatre-vingt-sept ans, dans un de ses messages.

℘

Mientje, qui ne saura jamais dans les détails ce que Willem a manigancé, même si elle a quelques amers soupçons, rendra loyalement visite à son mari les premiers mois. Elle vient chargée d'un sac rempli de légumes, de fruits, de lait et de pain. Il se plaint d'une douleur persistante à l'estomac, affirme qu'il a un ulcère et demande des quantités toujours plus grandes de lait. Pendant la visite, assis à une table sous l'éclairage d'une ampoule nue, il lui lance derrière les barreaux un regard désemparé à travers ses verres de lunettes épais. À côté d'elle sont disposées des tables comme la sienne devant des barreaux, tout le monde parle fort car les visiteurs et les détenus se font face à plus d'un mètre et demi de distance, si bien qu'ils ne peuvent à aucun moment échanger quelques mots en privé. Elle lui demande : Papa, tu vas bien, et il dit : C'est difficile à supporter Mien, j'ai toujours mal à l'estomac. Et elle de répondre : Tiens bon, mon homme, à bientôt. Elle entasse le contenu du sac de son côté de la table devant laquelle on vient de conduire Willem, sachant que les gardiens en prélèveront d'abord une bonne partie avant qu'il ne reçoive quoi que ce soit ; un jour en 1948, alors qu'elle inscrit son nom sur le registre des visiteurs, elle aperçoit le nom de la personne venue voir

Willem juste avant elle : *Greta Latomme* – mais qu'est-ce que c'est que cette histoire ? On l'a libérée ? Comment est-ce possible ? – quelque chose se brise de nouveau en elle, une fine petite fiole se casse et un poison remonte de son estomac pour se répandre dans sa gorge, sa bouche ; sentant ce goût âcre dans son corps, elle fait demi-tour, laisse le sac contenant les produits alimentaires et les dessous propres dans le couloir et sort. Le Seigneur me prêtera assistance, marmonne-t-elle, telle est la volonté de Dieu et Il me met à l'épreuve, je dois rentrer auprès des enfants, et elle longe le plus vite possible le boulevard de la Nouvelle Promenade en direction de la ville, passant devant les maisons de maître de la Coupure pour rejoindre les quartiers populaires, où elle se sent chez elle, le Patershol, « le trou puant des moines » comme disait Willem avec mépris, car *hol* signifie « repaire », et aussi « trou du cul ». Mais d'abord elle entre dans une église, une église catholique en plus, où a-t-elle la tête ! Et c'est seulement là, au moment où elle sent l'osier du prie-Dieu appuyer contre ses genoux, que la peinture écaillée représentant l'Enfant Jésus la met au désespoir, elle pleure un instant, se ressaisit, renifle et se dit : Je n'y retournerai plus, elle n'a qu'à s'occuper de lui celle-là, puisse le Seigneur nous pardonner tous les deux, amen.

Elle part retrouver la maison sur la Drongenhof, son refuge et sa seule planche de salut, ses enfants, ses locataires, ses problèmes d'argent, ses besognes et ses prières d'action de grâce au Seigneur, faute de mieux. Dans son journal, la seule trace de sa découverte traumatisante à la prison est cette unique petite phrase poignante :

« Papa a aussi reçu une autre visite. »

36

Vers l'Est

Vers l'Est nous devions partir
Vers l'Est nous voulions aller
Deux Ford et une remorque suffirent
Une caravane était née

À travers la lande nous avons roulé
À Soltau nous nous sommes arrêtés
Les voitures furent confisquées
À pied, nous avons continué.

Nos bagages nous devions porter
Pour aller nous mettre en lieu sûr
Les bombes nous en voyions tomber
L'Est n'était pas une sinécure.

Puis de l'Ouest arrivèrent les armées
À l'Est ils vinrent nous chercher
Les Belges finirent par nous trouver
Et en Flandre nous ont emmenés.

Il fallait désormais cesser de chercher
Où pouvait bien se trouver notre patrie
Dans leurs registres nous étions consignés
Et en prison nous avons fini.

Nous voilà donc ici bien contrits
Qui donc a raison, Jef ou Rik
Dans le royaume de Germanie
Ou dans le Grand Empire germanique

Ces laborieux vers de mirliton, Willem Verhulst les a écrits en prison, mais on peut dire à sa décharge qu'il fait preuve d'une certaine ironie en adaptant ce vieux chant flamand pour en faire le récit de sa fuite, qui s'est terminée en pétard mouillé. En écrivant le poème qui précède, peut-être a-t-il songé à la pierre et à la malheureuse inscription laissées au bord de l'autoroute en Allemagne…

Ses « lettres de cellule », comme il les appelle, forment un curieux méli-mélo. Elles se composent de philippiques, griffonnées presque rageusement avec un bout de crayon, contre l'État belge, d'« Aphorismes sur le nationalisme », de complaintes à propos de la condition du Flamand qui est un « nègre » dans son propre pays de coloniaux francophones exécrables, de brouillons couverts de ratures, de corrections illisibles et de réécritures, de grands traits et de traces de gommages énergiques, de la proclamation d'une future conquête de la Belgique par les Flamands et d'une colonisation des Wallons pour créer l'espace vital flamand ; de poèmes plaintifs, de vers d'inspiration religieuse, d'une élégie pour l'anniversaire de Suzy, sa petite dernière, d'un poème d'amour pour sa « Petite rose » qui laisse planer l'ambiguïté sur l'identité de la personne en question ; plus tard, il a soigneusement recopié à l'encre certains vers.

Dans un poème, il prend la défense de Léopold III, roi bafoué. Pour Willem et les siens, Léopold reste le monarque héroïque bien disposé envers le peuple frère allemand, qui s'opposait aux pays alliés. Dans ses rimailleries, Willem ne manque pas de lancer une pique aux Anglais. De toute évidence, alors qu'il avait lui-même bafoué la Belgique, Willem n'hésite pas à honorer son roi, sans que cela ne le déconcerte.

Assez échoué, assez erré,
Le Roi voyait bien
L'intérêt du pays menacé
Par John le Londonien.

Quelque part dans ses « aphorismes », il qualifie le nationalisme d'évidence biologique, et les prêtres qui prêchent la réconciliation de « prédateurs hypocrites ». Il écrit un grand nombre de poèmes polémiques. Tel un François Villon flamand, il essaie de puiser du courage dans ses élucubrations, en partie pour tuer le temps monotone, en partie pour se justifier lui-même. Frustrations réprimées, idées floues, éructations parfois puériles, elles donnent un aperçu douloureux de l'âme d'un homme qui continue de se considérer comme une victime d'un régime criminel. Aveuglement, slogans pour la liberté, parfois quelques ballades écrites la gorge nouée pour sa femme et ses enfants. Mais ce qui prédomine est l'amertume que suscite en lui sa peine de prison.

Mon Dieu, faites que Votre lumière
Éclaire notre sombre univers carcéral
Pour que le rusé compère
Ne vienne pas nous saper le moral…

Plus loin, le couplet de la fin semble adresser une pique à sa femme :

C'en est fini de la belge patrie,
Elle creuse son propre tombeau.
Comme jadis le Flamand se ressaisit
et secoue le joug étranger, ce fardeau.

Assez mendié et supplié
Égalité de droits et de fait
À bas les poltrons et leur idée
De magnanime compréhension…

Non, dans sa cellule, Willem ne parvient guère à une prise de conscience. Le mariage symbolique entre les Pays-Bas et la Flandre est un thème récurrent, il constitue, et c'en est presque freudien, une allégorie de son propre mariage empreint de culpabilité, qui semble parfois intensément lui manquer. Sa haine pour l'État qui l'a condamné s'amplifie dans la solitude de sa cellule pour se transformer en obsession. Comme cela arrive souvent, ce n'est qu'une fois sous les verrous que le condamné se radicalise vraiment. Le démagogue August Borms – qui était allé plein d'admiration, en 1943, visiter Auschwitz et en était revenu enthousiaste – devient pour lui une sorte de messie :

Homme de souffrance, ô Grand Martyr…
Homme de douleur, ô Grand homme de deuil…

Puis suivent, comme dans une section à part, ses véritables « lettres de prison », qu'il numérote en chiffres romains et a manifestement recopiées au propre à partir de brouillons antérieurs, peut-être perdus. Ces documents sont sans doute les plus singuliers. Au début, ils évoquent surtout des situations qui suscitent en lui de la nostalgie, des rencontres rêvées avec une bien-aimée « qui n'est pas ma femme », de l'angoisse parce que sa relation avec Griet va être dévoilée par un jeu de mots, en compagnie de quelques personnages oniriques breughéliens qui échangent des plaisanteries équivoques de souris se faufilant dans des petits trous. Ses écrits deviennent plus brutaux : dans le centre d'Anvers, au cours d'une promenade, il se fait arrêter et rouer de coups de pied dans un camion par son ancien geôlier qui le reconnaît comme étant le « numéro 430 » ; bagarres entre les « voleurs et les assassins de la résistance » et lui, « fièrement incivique », puis il se fait encore rosser par les « grosses pattes de seize assaillants » – mais chaque fois il se rend compte que ce ne sont que des rêves et il conclut, avec une pointe de sarcasme, que pendant tout ce temps il est simplement allongé sur son lit. Il a une vision de sa cellule en caverne préhistorique où un énorme rat le regarde fixement depuis la rigole ; la violence de ces scènes oniriques augmente au fil des ans. La honte contenue, le regret et le repentir s'expriment par des cauchemars vindicatifs, mais les descriptions de ses nombreux déplacements d'une prison à l'autre, de son humiliation, de sa frustration et de sa douleur sont clairement le reflet de la réalité : « En scrutant à travers les fentes du panier à salade, j'ai observé le monde en fête avec ses éclairages de Noël, tandis que les chaînes me meurtrissaient les poignets et que tout en moi était souffrance – mon Dieu, mon Dieu, sommes-nous vraiment de si grands criminels dans cette société ? »

En 1948, pendant la période des fêtes de fin d'année, il est vraiment pris de vague à l'âme : « Ma quatrième nuit de Noël en prison ! » Il se souvient de l'avoir célébré en 1944 : « Jamais nous ne l'oublierons, nous les Flamands prisonniers de Hanovre, nous en sommes éternellement reconnaissants aux Allemands… Je me suis allongé en silence sur la paille de mon petit lit et j'ai senti des larmes perler comme des étoiles dans la nuit, des larmes de reconnaissance pour cette belle nuit dans ma cellule dépouillée… Soudain, j'entends le *Largo* de Haendel que mon fils jouait pour moi si souvent – avant ma fuite, et tout devient douleur en moi et je sanglote comme un enfant et ne peux que marmonner : Adri, Lettie, Suzy, maman… »

℘

La cinquième année de sa détention, la solitude commence à lui jouer psychologiquement des tours ; il décrit un rêve où il essaie d'apprendre à voler dans sa cellule, en sautant rythmiquement sur sa couche, il agite les bras, de plus en plus énergiquement et rapidement, il bondit, allez on y va, plus vite, plus vite, oui, oui, c'est parti, le ciel, la liberté ! la liberté ! Il se cogne la tête contre le plafond, atterrit les deux pieds dans son seau hygiénique et se fait mal aux genoux et aux fesses. Ah bon, il se réveille, ce n'était qu'un rêve de plus, il aperçoit le visage du gardien qui l'observe d'un air étonné à travers le regard, il éclate de rire et se met à chanter comme un coq. Cocorico !

« Vous êtes devenu complètement fou ou quoi, m'a crié le gardien. J'étais secoué de rire sous mes couvertures, car j'étais couché sur ma paillasse, on était en plein milieu de la nuit et en poussant mon cri j'avais réveillé les poules dans le poulailler. »

On lui donne la possibilité de devenir *fatik* – terme flamand utilisé dans les prisons pour un aide, homme à tout faire, agent d'entretien, messager, nettoyeur de cuvettes de toilettes. Il a donc apparemment fait preuve d'un comportement accommodant et convenable. Quand je m'enquiers aux Archives de l'État de Gand du dossier pénitentiaire de Willem Verhulst, un employé m'apprend qu'il n'y en a plus aucune trace. Peut-être, ajoute le fonctionnaire, est-ce un des nombreux dossiers grignotés par les rats et les souris dans les sous-sols humides de la prison de Saint-Gilles à Bruxelles.

℘

Dans la maison sur la Drongenhof, Letta entend sa mère parler la nuit dans son lit ; elle descend les escaliers à pas de loup pour écouter à la porte. Ô Toi qui sais et comprends tout, entend-elle, protège papa dans sa cellule, amen.

Letta est très émue quand elle me le raconte.

37

Sur la Drongenhof, la vie se poursuit dans l'inquiétude. De plus en plus souvent, des personnes affolées viennent sonner à la porte : « Il paraît que vous louez des chambres, madame ? » Parfois ce sont des membres de la famille de collaborateurs arrêtés dont la maison a été bombardée ou saisie, des gens qui ont été chassés de chez eux par leur propriétaire ou qui se sont enfuis de leur quartier par peur de représailles. Mientje choisit avec prudence ; elle fait entrer les demandeurs pour un petit entretien, tâte le terrain, prend sa décision en fonction de l'impression qu'elle a pu se faire. Dans la chambre où Adri a dormi pendant toutes ces années vient habiter un jeune Néerlandais, qui affiche aussitôt une photo de Staline au mur. Adri en reste bouche bée, puis déménage dans la chambre de sa mère ; celle-ci cherche à son tour un autre endroit où dormir, dans la bibliothèque vide à présent, au premier étage.

Mientje fait la cuisine pour ses pensionnaires, elle s'occupe de leur linge, nettoie les chambres, discute avec eux de leurs études, elle leur lit à haute voix des passages de sa bible couverte de traces de doigts. Elle continue de se rendre utile dans la communauté protestante, veille à ce que ses enfants soient présentables pour aller chaque jour en cours. Elle n'a guère le temps de se lamenter sur le sort de son époux détenu.

Une des nombreuses personnes qui cherchent refuge dans les chambres sur la Drongenhof est un musicologue connu à l'époque, André Pols. Mientje voit devant sa porte un homme ébouriffé aux airs de professeur, le chapeau à la main. Il lui demande si elle a pour lui une *kamerke*, une petite chambre. Il semble apeuré, timide, maladroit et pressé. Entrez, dit-elle en soupirant, car il est le quatrième à se présenter ce jour-là, les précédents candidats ne lui disaient rien qui vaille.

Debout dans le couloir, elle écoute son récit : une préférence pour Beethoven et Bach, des publications à son nom, un idéaliste flamand, *ô Goethe, ô Von Platen !* Une si belle musique, une si belle poésie allemande, madame !… Il a beaucoup voyagé dans de magnifiques villes allemandes, ô Heidelberg ô Dresde ô Tubingue, maintenant tout est détruit, quelle tragédie, ces Alliés et leurs massacres dans le pays des grands génies, j'ai réalisé une étude approfondie sur *Tristan et Iseult* de Wagner, j'ai donné des conférences en allemand sur le sublime *Parsifal*, celui qui était pur dans sa folie, et comme j'ai aussi dirigé pendant la guerre de beaux concerts, on m'accuse de collaboration culturelle, pouvez-vous le concevoir, et oh je vois qu'il y a aussi un piano ici dans le salon, si bien que je… il tend déjà avidement les mains vers l'instrument.

Mientje trouve l'homme un peu émotif, il a en plus mauvaise haleine, ce n'est pas par franche sympathie qu'elle accepte, mais bon… la musique.

Il ne me reste plus qu'une petite chambre pour l'instant, dit-elle, c'est la mansarde sous les tuiles ; elle n'est meublée que d'un lit en fer et d'un petit bureau, je vais prendre une chaise dans la cuisine pour l'installer là-haut, je n'ai rien d'autre pour le moment. Quand quelqu'un partira, je pourrai vous donner une meilleure chambre.

Pols lui prend les mains, il bredouille un merci, merci madame. Ce n'est rien, dit Mientje en détournant un peu la tête, vous avez un bagage ?

Non, rien, dit Pols, il faudrait que j'aille le chercher, mais j'ai peur de retourner là-bas.

Au fait..., dit-il soudain en la regardant droit dans les yeux. Vous pourriez m'appeler « monsieur Verschuren » s'il vous plaît ? Parce que je me cache, ici...

Mientje comprend seulement à ce moment-là qu'il est risqué d'accorder à cet homme un abri.

Ces derniers mois, sa maison a fait régulièrement l'objet de perquisitions : comme maître De Potter travaille à un dossier de recours en grâce, on vient sans cesse lui poser des questions investigatrices et lui rendre visite. Si l'on trouve cet homme chez elle, elle peut renoncer à son recours en grâce pour Willem.

Mais bon, la musique...

D'accord, enchantée monsieur Verschuren, lui dit Mientje.

Et aux enfants, plus tard dans l'après-midi : Nous avons un nouveau pensionnaire. Monsieur Verschuren. Il joue très bien du piano.

Et Pols s'installe comme il est venu : sans rien, en dehors des vêtements qu'il porte et d'un peu d'économies dans sa poche intérieure.

Quand monsieur Verschuren était profondément ému, m'a raconté Letta – et cela arrivait chaque fois qu'il faisait un exposé, assis au piano, devant tous les étudiants pensionnaires dans le salon –, il grattait son crâne presque chauve, et même si fort parfois qu'il s'égratignait. Il lui arrivait de temps en temps de saigner, un petit filet rouge coulait sur son front, alors nous les enfants, nous nous mettions à crier en riant : Monsieur Verschuren ! *O Haupt voll Blut und Wunden !* (Ô tête pleine de sang et de blessures !) Mientje devait ensuite s'occuper de sa petite plaie. Mais enfin, monsieur Verschuren, comment est-ce possible, grand Dieu, venez que je vous désinfecte, parce que vos ongles ne sont pas toujours très soignés… Oui je sais, madame, mais bon, j'oublie mon propre… Pour la remercier, il jouait et chantait encore ce beau lied de Schubert, *Ungeduld*, et Mientje se joignait à lui : « *Dein ist mein Herz / Und soll es ewig bleiben* »…

Maman, dit Adri, tu devrais faire attention avec monsieur Verschuren, si ça continue il va tomber amoureux de toi.

Eh bien il faudra qu'il apprenne d'abord à se rincer la bouche, répond sa mère.

Pols était un érudit inspiré. Jeune homme, il avait publié un essai sur Modest Moussorgski ; il avait plus tard traduit un grand nombre de libretti, écrit une « trilogie de la passion » sur *Don Giovanni*, *Tristan et Iseult* et *Pelléas et Mélisande*, un livre sur la fabrication d'instruments à clavier en Flandre, des monographies sur des compositeurs tels que Haydn, Mozart et Beethoven dans une collection en dix volumes « *Meesters der Toonkunst* » (Les maîtres de l'art musical), et le livre qui a fait sa notoriété, *Het raadsel van de muziek* (L'énigme de la musique), une étude désuète en raison de ses exaltations romantiques et donc facile à se procurer d'occasion pour une bouchée de pain chez les bouquinistes derrière l'église Saint-Jacques à Gand, à trois minutes à pied de la Drongenhof.

℘

Oui, je les ai bien connus, m'a dit plus tard le notaire De Potter, quand je l'ai croisé un jour dans la célèbre rue du Notaire à Gand où, pressé, la main tenant son chapeau face au vent automnal, son cartable en cuir de crocodile serré sous la manche de son manteau en loden, il s'est arrêté un instant pour me saluer. Il y avait beaucoup d'allées et venues là-bas, monsieur, une grande agitation, C'était un vrai pigeonnier, une maison ouverte, un lieu de rencontres intellectuelles. Mon père s'y rendait régulièrement parce qu'il s'efforçait de déposer ce recours en grâce. Parfois, j'avais le droit de l'accompagner, j'étais encore étudiant et mon père trouvait que je pouvais tirer beaucoup d'enseignements d'affaires aussi délicates.

J'ai invité le notaire vieillissant à boire une tasse de café. Oui, avec plaisir, avec ce temps de chien, m'a-t-il dit, mon client attendra bien cinq minutes. Nous sommes passés devant la cathédrale, nous nous sommes assis derrière la vitre de la brasserie Het Vosken. Monsieur le notaire aurait volontiers pris, si vous n'y voyez pas d'inconvénient monsieur, une petite goutte avec son café, cela facilite la discussion.

Les jeunes qui se sont succédé chez Mientje en tant que pensionnaires forment une liste impressionnante, a aussitôt commencé à me raconter De Potter. Ce sont des noms que la génération actuelle connaît à peine aujourd'hui : Léon De Meyer, qui deviendra plus tard recteur de l'université de Gand, étudiait à l'époque la philologie classique. Il tenait de longs discours aux étudiants présents dans la maison... parfois en français quand les sujets étaient érotiques, inspirés de la poésie française, ou parce qu'il parlait d'opéras osés comme *Don Giovanni*, pour que les fillettes n'entendent pas. Celui qui plus tard est devenu inspecteur principal de l'enseignement municipal, Marcel Bots, a travaillé dans la maison de la Drongenhof à sa thèse sur le poète juif du dix-neuvième siècle Isaäc da Costa, un choix sans aucun doute inspiré par Mientje – plus tard, il a réalisé une édition de *Max Havelaar* pour l'enseignement secondaire flamand... Le jeune poète Lieven Rens a logé pendant un petit moment dans la chambre à l'arrière, au deuxième étage... Je me souviens aussi de Piet Van Brabant, qui allait devenir un journaliste politique connu plaidant tout au long de sa vie en faveur de la tolérance... et juste après la Première Guerre mondiale, le philosophe de la culture Max Lamberty a aussi vécu là-bas...

Quand elle n'était pas entièrement mobilisée par son travail épuisant de logeuse, Mientje faisait régulièrement de la musique avec Adri, André Pols – *o holde Kunst !* (Ô toi, cher Art !) – les accompagnant alors au piano. En 1949, le tout jeune Jaap Kruithof, fils de protestants néerlandais, est aussi venu à plusieurs occasions chez eux : celui qui allait devenir plus tard en Flandre le philosophe écologiste très apprécié de Mai 68 avait apparemment, quand il était jeune, une grande admiration pour Mientje et l'avait interrogée sur sa relation avec le pasteur Wartena. La maison, qui peu de temps auparavant avait été maculée d'une croix gammée, bourdonnait à présent d'amitiés, de discussions, de rencontres. La sonnerie de la porte d'entrée retentissait plusieurs fois par jour et on n'avait plus jamais besoin de mettre la chaîne de sécurité.

Brusquement, mon moulin à paroles s'est souvenu de son rendez-vous. De Potter s'est levé d'un bond, a saisi son cartable et son fédora, présenté ses excuses, *tot-ziens-au-revoir**, a-t-il dit, il s'est incliné devant la serveuse, s'est presque heurté à la porte car une personne voulait entrer juste à ce moment-là, s'est précipité dehors tout en s'excusant encore une fois avec effusion, envers les choses, les gens, les nuages de pluie qui filaient à toute allure, le dragon du beffroi et le tramway qui passait, il a traversé à la hâte la place Saint-Bavon, où il a disparu dans la foule de promeneurs, un petit homme d'un tableau de René Magritte.

Je ne l'ai plus jamais revu.

℘

Par une journée de printemps, monsieur Verschuren en a assez de rester toujours à l'intérieur ; le soleil l'attire, il entrouvre la petite lucarne de la mansarde, il entend les pigeons roucouler dans la gouttière, le cliquètement de leurs fines pattes. Il voit de légers nuages blancs dériver, l'air frais l'invite dehors. Il enfile son manteau, met son chapeau, dit à Mientje étonnée qu'il va faire un petit tour. Il prend une profonde inspiration, marche avec un léger sentiment d'euphorie dans les ruelles étroites du Patershol. Il pense au *Frühlingslied* de Schubert et s'empresse d'essuyer une larme :

Die Luft ist Blau, das Tal ist grün,
Die kleinen Maienglocken blühn,
Und Schlüsselblumen drunter…

Le ciel est bleu, la vallée est verte,
Le muguet fleurit
Et les primevères en dessous…

Il arrive dans la rue de la Monnaie, oh comme Gand est belle, il passe devant le château des comtes de Flandre, une jeune femme marche quelques pas devant lui, une jolie demoiselle en vérité, comme elle a le pas léger en ce printemps, quels mollets bien faits, voyez comme elle se meut, il en a le vertige ; là-bas, en face, il y a une brasserie, il a tant envie d'une bière fraîche, cela fait si longtemps…

Pols traverse la rue, va s'asseoir à côté de la vitre et commande une gueuse. Il savoure son verre en le buvant à petites gorgées quand un homme se dirige vers lui et dit : André Pols ? Le compositeur ? On vous tient. Suivez-moi.

Je peux d'abord finir mon verre…

L'homme montre son insigne de police.

Suivez-moi Pols. Vous avez assez chanté comme ça. Vous êtes arrêté pour collaboration.

Sous les regards étonnés des autres personnes présentes, on passe les menottes au musicologue distrait ; l'agent le pousse vers la sortie.

38

Lieve Vandermeulen, la petite voisine de la rue de la Porte Grise, vit maintenant dans un quartier vert et paisible de Brasschaat, près d'Anvers. Je lui rends visite par une belle fin de journée en mai 2018. Elle me fait entrer dans son sobre logement, où des rangées de vieux livres couvrent les murs. Novalis, Von Kleist, Von Platen, Grillparzer. J'ai lu ses mémoires et je veux parler avec elle de deux femmes : Aimée Jacobs et Margarethe Fürth.

Lieve se souvient encore à un âge avancé de la glycine sur la grille à côté du canal boueux ; des sauts de joie des enfants quand on a crié dans les rues : « C'est la guerre, c'est la guerre » ; d'un soldat allemand qui montait la garde l'appelant *Liebe* : « *Ich habe zu Hause ein Mädchen wie du* », j'ai aussi à la maison une fillette comme toi ; du pain noir dans lequel on intégrait des épluchures de pommes de terre, des cuillerées d'huile de foie de morue écœurantes qu'il fallait avaler, des rares aliments glanés au marché noir, des jours où d'un instant à l'autre tout était sens dessus dessous, des hurlements des sirènes à travers la ville, des enfants qu'on appelait pour les faire vite rentrer et qui, excités, pouffant de rire, se cachaient dans la cave sous de vieux porte-bouteilles, en attendant que passent les bombardiers volant au-dessus d'eux tout en entendant au loin les bombardements des banlieues : Merelbeke, Melle, Ledeberg, Gentbrugge. Durant ces années de privation et d'incertitude, Lieve savait qu'elle était la bienvenue tout près, dans la maison sur la Drongenhof. La maison était un palais des glaces, dit-elle, il y avait de quoi se perdre dans cette grande bâtisse obscure avec tous ces curieux pensionnaires qui entraient et sortaient des pièces…

Par son entremise, sa tante Aimée Jacobs vient habiter dans la sombre pièce intermédiaire, quelques semaines seulement après la fuite de Willem. « Tante Mée » est une femme à l'esprit libre. Elle a fait ses études dans une des premières écoles de hautes études sociales de l'époque, a eu pendant des années une relation secrète avec un communiste allemand réfugié, et entretient des liens avec la résistance. Elle a travaillé comme rédactrice de l'édition d'avant-guerre du quotidien de langue néerlandaise et d'orientation socialiste *Vooruit* ; en 1940, quand la rédaction s'enfuit à Londres et que le journal est pris en main par les nazis, elle reste sans travail. Mais peu après, elle se consacre à une organisation qui aide les juifs à se procurer des produits alimentaires et à trouver des adresses pour se cacher. Elle se sent un peu perdue durant les premières années après la guerre et se retrouve ainsi dans la maison sur la Drongenhof. Quand le journal revient entre les mains des socialistes, elle croise souvent Richard Minne et Louis Paul Boon[1] à la rédaction. Tante Mée a une relation secrète avec le directeur administratif du journal. Quand il lui rend visite, Mientje s'arrange pour que les enfants ne

1. Auteur flamand majeur de gauche (1912-1979).

viennent déranger sous aucun prétexte la pensionnaire de la deuxième chambre. Aimée est maîtresse, suffragette, journaliste et femme célibataire dans une sombre chambre de location… Quand le dossier de recours en grâce de Willem est accepté et qu'il se retrouve soudain en 1953 devant la porte, Tante Mée quitte le jour même la maison sur la Drongenhof, pour ne pas être confrontée à un ancien SS.

Tante Mée a réussi à soustraire une juive aux griffes des nazis, presque sous le nez de Willem. Margarethe Fürth, qui s'était enfuie de l'Autriche occupée, avait atterri par hasard à Gand. Pendant son enfance, elle s'était liée d'amitié avec Gustav Klimt ; Lieve me raconte que Klimt avait même proposé de la peindre, mais que l'éducation stricte de cette jeune femme juive l'avait empêchée de poser pour ce séducteur notoire. Elle avait réussi d'une manière ou d'une autre à emporter avec elle, dans son errance à travers le continent européen de l'époque, un certain nombre d'armoires provenant de son grand logement à Vienne. Elle avait pour tout souvenir ces armoires, dit Lieve, elle se confinait de plus en plus dans la solitude à Gand, espérant recevoir un signe de vie des membres de sa famille qui s'étaient enfuis en Amérique. Aimée l'avait aidée à se cacher dans une maison de repos gantoise appelée Avondster, l'Étoile du soir. Mais étant juive, elle n'y était pas en sécurité non plus. Tante Mée vient lui annoncer qu'elle doit changer de nom d'urgence parce qu'il est de plus en plus probable que le Sicherheitsdienst vienne réclamer les listes de noms – Willem adorait dresser des listes, et la SIPO avait renforcé sa collaboration avec la Centrale anti-juive, elle-même liée à l'Institut zur Erforschung der Judenfrage, instance nazie de recherche sur la question juive. La vieille dame se plaint d'être trop âgée pour toute cette agitation, elle est encore par la pensée dans la Vienne d'avant-guerre, avec ses souvenirs des artistes qu'elle a connus et de la vie dans la maison animée sur la Lange Gasse dans le quartier de Josefstadt. Le thé est servi dans des tasses en porcelaine ; des friandises sont posées sur un plateau ; on ne parle qu'*en sourdine** ; la silhouette de Margarethe Fürth se reflète sur la laque des armoires viennoises. À partir de maintenant, elle s'appellera Marie Fallaert, Tante Mée le lui ordonne car au début elle s'y oppose ; elle ne doit se tromper sous aucun prétexte quand elle répond, stressée et à brûle-pourpoint, à un SS qui passe par là et lui demande de décliner son identité. Cette Viennoise distinguée, chaussée d'élégantes bottines à lacets et les cheveux rassemblés en un magnifique chignon, fait donc les cent pas dans sa chambre en scandant dans un flamand hésitant : je m'appelle Marie Fallaert, je m'appelle Marie Fallaert… Lieve, à l'époque une fillette, la décrit comme « une dame droite comme un I, toujours bien habillée, avec des cols de dentelle blanche, au milieu de ses magnifiques meubles viennois art nouveau ».

J'ai vraiment du mal à croire, dis-je à Lieve, que les racines de la mémoire se prolongent de la maison sur la Drongenhof jusqu'à la demeure viennoise de Gustav Klimt… et que Margarethe, pendant les années de Willem en prison, venait volontiers boire du thé dans un lieu où, peu de temps auparavant, des sommités de la SS flamande s'étaient réunies…

Après la guerre, Margarethe a déménagé à New York pour retrouver les membres de sa famille qui avaient échappé à l'Holocauste. À l'occasion de Noël ou du Nouvel An, elle a continué d'envoyer des cartes et des lettres. Lieve a gardé pour sa part deux belles chaises – elle me les montre avec émotion, « sur lesquelles madame Fürth s'asseyait très souvent », du véritable Jugendstil viennois, en pommier ; tu peux en avoir une si tu réussis à écrire ton livre, dit-elle. Sur un site généalogique, je retrouve Margarethe Fürth, née en 1866. Elle était originaire de Strakonice, en Bohême méridionale ; en 1899 elle est arrivée avec sa famille à Vienne, où son mari avait une usine de confection de fez. Un juif de Bohême qui produit comme marchandise le célèbre fez des Turcs tant redoutés autrefois à Vienne. *Alla Turca*, *Mozartkugeln*, le Wienerwald et Gustav Klimt : *die Welt von gestern*, le monde d'hier.

Margarethe avait un fils, Otto Fürth, qui avait déjà émigré aux États-Unis. Pendant la guerre, il a écrit un livre, qu'il a fait publier sous le pseudonyme Owen Elford dans sa traduction anglaise : *Men in Black*. Il a pour sous-titre : *Fighting the Nazi Secret Police*. L'ouvrage décrit le sort de la résistance tchèque face aux nazis et à la Gestapo. Il y est aussi question de la liquidation de Reinhard Heydrich ; la tête glaciale de ce sadique de triste réputation enlaidit la couverture. Le récit est précédé de la dédicace « *to the victims of Nazism all over the world* ».

« Pendant des années, dit Lieve, j'ai continué de recevoir des lettres que Margarethe Fürth m'envoyait d'Amérique, parce que Tante Mée, qui à l'époque était déjà malade et dépressive, ne lui écrivait plus… Elle est restée éternellement reconnaissante à Aimée de lui avoir sauvé la vie ; elle lui a légué ses meubles, mais comme Tante Mée est allée vivre dans un petit appartement à la périphérie de la ville, ils ont fini chez nous… »

Les armoires, où Margarethe conservait ses divers objets juifs, sont à présent chez la fille de Lieve, dans une maison à Maarn, à quelques kilomètres à peine d'Austerlitz, où Willem dormit autrefois avec son Elsa si malade. Les circonvolutions de l'Histoire.

℘

Quelques mois après notre conversation, j'ai reçu un petit paquet de lettres entourées d'un ruban de soie blanche : Lieve avait retrouvé des courriers envoyés par Margarethe à sa « *liebe Freundin Liebe* », sa chère amie chérie. Une odeur éventée de violette se dégageait des fines enveloppes de la correspondance par avion de l'époque. Madame Fürth avait alors son propre papier à lettres, avec un en-tête joliment imprimé : elle a apparemment vécu d'abord sur

Knollwood Road à Norwalk, dans le Connecticut, puis dans la Big Apple, comme tant de réfugiés juifs : 5400 Fieldston Road, Riverdale, dans le Bronx.

Mais elle a continué d'écrire en allemand, la langue de ses racines habsbourgeoises.

« *Meine kleine Freundin Liebe ! Ich fand heute im Briefkasten eine wunderschöne Karte mit lieben Weihnachts- und Neujahrsgrüßen in deutscher Sprache…* »

« *Ma jeune amie Liebe ! J'ai trouvé aujourd'hui dans la boîte aux lettres une magnifique carte avec de gentils vœux de Noël et de Nouvel An en langue allemande…* »

39

On est en mars 1951, le dimanche des Rameaux. Le printemps est déjà dans l'air, et bien que les enfants Verhulst soient élevés dans l'idée que l'on doit ce jour-là manifester ouvertement sa foi, au besoin en tenant une petite branche à la main, ils se tiennent à distance de l'idolâtrie catholique avec ses saints et toutes ces histoires de Dieu sur terre. Des enfants naissent, des gens meurent, le soleil brille dans les rues du Patershol. Letta est à présent une jeune femme de bientôt vingt ans, elle a décidé ce jour-là d'aller à Bruxelles pour rendre visite à leur père, qu'elle n'a pas vu depuis longtemps.

Elle descend du train à Bruxelles-Midi, prend la direction de Saint-Gilles en passant par la porte de Hal, voit surgir l'imposant bâtiment, on dirait un château de l'époque des croisés, se dit-elle. Elle arrive à l'entrée, on contrôle son identité et son sac, elle a apporté quelque chose de bon pour papa, ça lui fera plaisir en ce dimanche festif, elle se sent un peu coupable parce que ça fait si longtemps. Son père est conduit au parloir. Il porte une blouse marron, et contrairement à ce qu'elle avait anticipé, il n'est pas maigre, mais plutôt enveloppé, un peu bouffi, et son visage est devenu rougeaud. Ses cheveux sont plaqués en arrière par de la brillantine. Il s'assoit, voit sa fille entrer, mais ma petite fille, ma petite fille, soupire-t-il, il est essoufflé car on l'a fait venir vite, sa respiration de fumeur émet des couinements ; Letta dit qu'elle a apporté une part de tarte aux prunes, il aime tant en manger, et ça fait un peu de fruit, parce qu'il faut que tu manges beaucoup de fruits, papa.

Oh, j'ai si mal à l'estomac, Lettie, tu n'y penses pas.

Ils se taisent.

Comment ça va au lycée, ma petite.

Mais papa, je suis déjà à l'université.

Oui, bon, c'est ce que je voulais dire, c'est un genre d'école aussi.

Et toi, comment tu vas, papa.

Je ne me plains pas, je suis *fatik*, ça me donne un peu plus de liberté. Et comment va maman. Est-ce qu'elle est en bonne santé, elle ne vient plus.

Maman va bien, elle finira par revenir un jour. Mais il faut la comprendre, si Griet vient ici aussi…

Ça va, dit-il, si tu es venue pour me faire des reproches…

Papa, je suis venue pour te faire plaisir. As-tu des nouvelles de ton recours en grâce.

Ben non, De Potter s'en occupe.

Il allume une cigarette.

Ils sont assis ensemble en silence.

Au bout de quelques minutes, Letta dit : Bon ben je vais y aller, papa.

Au revoir, petite. Applique-toi bien dans tes études, hein.

Empruntant le long couloir à l'éclairage glacial, elle retourne au contrôle. Tandis qu'elle attend qu'on lui restitue sa carte d'identité, quelqu'un entre derrière elle.

Bonjour madame Latomme, dit l'homme derrière le guichet. Déjà dimanche. Willem va être content.

Letta se retourne brutalement et se retrouve nez à nez avec Griet.

Bonjour ma petite Letta, dit-elle, quelle coïncidence.

Letta déglutit et cligne des yeux : Bonjour Griet.

Ce n'est qu'une fois dans le train qu'elle sent surgir sa colère.

Je n'y retournerai jamais, grogne-t-elle, je ne veux plus jamais le voir.

À la maison, quand Mientje lui demande si papa était content de la tarte aux prunes, elle répond : Mais oui, très content. Il rayonnait, tellement il était content.

Elle jette son sac dans un coin en poussant un juron.

Mientje ne pose pas d'autres questions.

℘

Je n'en apprends guère plus sur ces années-là ; ma principale source, ce sont les journaux intimes de Mientje, qui témoignent de sa foi inébranlable et de sa grande empathie sociale. Elle suit l'actualité de près et la commente avec inquiétude. L'année 1951 s'annonce préoccupante ; la famille De Potter augmente le loyer de 10 % à compter du 1er janvier, « de l'eau goutte du toit et je vais devoir payer la moitié de la facture ». Le 28 mars 1951 elle se rend à Zevenaar, elle se plaint de la pluie qui ne cesse de tomber. Elle a entretenu une correspondance avec le pasteur Wartena jusqu'à peu de temps avant sa mort en 1948, à présent elle l'évoque dans ses prières. Apparemment, Willem a été de nouveau transféré ; il est maintenant à la prison de Merksplas, où il travaille comme jardinier et peut s'occuper des plantes.

Letta et Suzy me disent chacune séparément, en se remémorant des anecdotes différentes, que leur mère a préparé dans les années cinquante des examens pour pouvoir donner des cours de religion. D'après Suzy, c'est même Adri qui lui a fait passer les examens et elle lui a demandé d'être sévère ; d'après Letta, l'examinateur était en fait un pasteur, mais ce qui est certain, c'est que Mientje a donné pendant des années des cours de religion, à une époque où elle lisait avec autant d'avidité *Spiritualistisch existentialisme* (L'existentialisme spirituel) de Bernard Delfgaauw, et les œuvres de Teilhard de Chardin ou encore de Pieter van der Meer de Walcheren ; elle qualifie ce dernier de « personnage magnifique » dans ses journaux, parfois elle écrit des poèmes religieux inspirés.

Letta dit à Mientje qu'Adri, sous l'influence d'une étudiante dont il est amoureux, envisage de devenir catholique. « Je tremble à cette seule pensée, écrit-elle, car je me souviens du mariage catholique du poète Lieven Rens : horrible à voir, les parents du marié qui embrassaient l'hostie. » Le journal s'interrompt brusquement à la fin de 1951, après des notes à propos de la question royale en Belgique et du couronnement de Baudouin à vingt ans : « Malheur au pays dont le roi est un enfant. »

L'engouement d'Adri pour le catholicisme est éphémère ; peu de temps après, il s'avère jouer un rôle important dans la conversion au protestantisme d'un certain nombre de libéraux flamands. Ils se retrouvent au temple protestant de la rue Digue de Brabant, où Mientje vient aussi écouter chaque semaine les sermons du pasteur Van Stipriaan-Luïscius. Elle mentionne ses sermons dans ses journaux. « Aujourd'hui on a eu droit à un merveilleux sermon sur le besoin, chez l'être humain, de Communauté – qui ne doit pas se limiter au romantisme parce que cela tourne toujours à la déception. » Le romantisme qui tourne à la déception. Parfois les euphémismes de Mientje sont poignants.

Elle semble avoir à présent des idées politiques tranchées. Elle était devenue par son mari flamingante, elle comprenait les exigences légitimes d'un enseignement et d'une administration dans sa propre langue, « tout démocrate qui se respecte doit défendre ce principe », mais elle était fermement opposée à toute forme de militarisme. « Aucun idéalisme ne peut justifier la violence, chaque combat est un combat culturel », affirmait-elle. Sa détestation des uniformes était si forte qu'elle refusait l'accès à tous ceux qui osaient se présenter en tenue militaire à sa porte.

À propos de ce pacifisme, Letta a d'ailleurs donné un autre détail éloquent : Mientje allait à heures fixes se poster au stand de jouets du Grand Bazar et de l'Innovation dans la Veldstraat pour empêcher les pères et les mères qui passaient devant d'acheter pour leurs fils de fausses armes, des soldats de plomb et autres objets guerriers miniatures. Mientje essayait d'engager la discussion, parfois le ton montait : De quoi vous mêlez-vous, espèce de harpie, retournez en Hollande si ça ne vous plaît pas ici, poussez-vous de là nom de Dieu… Elle a continué de mener ses actions jusqu'au début des années soixante – plus d'une fois, la direction du grand magasin a mis à la porte cette militante pacifiste pour sa contestation civile solitaire.

40

Lettre de prison XVI
Déportation des inciviques

Une nuit, nous avons été réveillés par un grand bruit, des pas lourds et des voix fortes. Il fallait faire aussitôt nos valises et nous rassembler deux par deux : pour être déportés !

On nous a enchaînés les uns aux autres et entassés dans de grands camions, cernés par des soldats, mitraillette à la main. La Troisième Guerre mondiale vient d'éclater, chuchotait-on – les Russes marchent sur l'Ouest avec les troupes du général Paulus.

Sous une importante escorte de motos, on nous a emmenés de Saint-Gilles dans des véhicules blindés. Nous entendions la panique dans les rues. Devant la gare de Bruxelles-Midi, nous nous sommes arrêtés ; nous avons dû monter dans des wagons à bestiaux. Une fois qu'ils étaient pleins à craquer, on les a fermés. Nous étions assis là – jurons, cris et imprécations. Notre train ne s'est mis en mouvement que le soir. Tous les dix kilomètres nous nous immobilisions, parfois dix minutes, parfois quelques heures.

À l'aube, on a ouvert les portes ; nous étions à Gand. Nous avons reçu chacun un demi-pain et pu puiser de l'eau dans un seau.

Parmi les soldats j'aperçois une vieille connaissance, je lui fais signe d'approcher, il me chuchote à l'oreille : Les Russes et le général Paulus sont déjà en Belgique… la moitié de l'armée ne veut plus se battre, il y a des arrestations de masse et on emmène de force les meilleurs éléments de notre peuple en les traitant comme des bêtes. Vous allez sans doute au Havre, et de là en Angleterre…

Je lui ai demandé : Préviens-les, chez moi, de ne pas s'enfuir… et donne surtout des nouvelles à Greta, dis-lui où ils m'emmènent !

Nous avons dû retourner dans les wagons, après quelques cahotements et secousses, nous avons poursuivi notre chemin.

Après un long trajet et d'indescriptibles malheurs dans notre wagon de marchandises, nous sommes arrivés le soir dans une grande ville, avec un quai et de grands bateaux dans le port. Nous sommes restés sur place toute la nuit. Dans notre wagon, les malades nous posaient le plus de problèmes – certains s'étaient évanouis, une personne était devenue à moitié folle. Nous vivions dans la puanteur âcre de l'urine qui avait giclé contre la fente de la porte et coulait à l'intérieur, et l'odeur de ceux qui par la force des choses avaient fait leurs besoins sur un bout de papier, la puanteur flottait dans le wagon fermé.

Finalement, à l'aube le lendemain, on a ouvert les portes. Nous avons dû nous mettre en rang, enchaînés. Sous une importante escorte française, il nous a fallu traverser une partie de la ville, sous les huées de la population française. On nous jetait des pierres, du crottin et autres saletés. Nous avons été soulagés quand on nous a amenés dans une sorte de camp de concentration, bordé de barbelés. Nous avons pu alors enfin nous rafraîchir. J'ai aussi rencontré parmi les déportés mon vieux camarade Fons. Il a affirmé que nous allions pouvoir nous échapper et que, si on nous attrapait, nous devions dire le mot de ralliement : Skorzeny.

Cette déclaration m'a rendu très nerveux, je craignais que quelqu'un me tape sur l'épaule, j'étais prêt à crier à pleins poumons, pour ne pas oublier : Skorzeny !

Vers le soir, les autorités belges représentées par un grand nombre d'hommes et de femmes ont fait leur apparition ; nous pouvions renoncer à notre espoir de nous échapper. Mais soudain j'ai entendu de tous côtés le cri Skorzeny, une agente de la sécurité s'est emparée de moi, j'ai voulu me dégager, mais elle ne lâchait pas son emprise, j'ai voulu la gifler, mais elle s'est suspendue à mon cou, embrasse-moi ! a-t-elle crié, embrasse-moi, dis le mot de ralliement, Wim ! C'est Griet, hé Wim, c'est moi ! Alors je l'ai reconnue et je me suis mis à hurler à pleins poumons : Skorzeny !

Et là nous avons été soulevés du sol, nous sommes montés ensemble dans les hauteurs et Griet a dit : Serre tes bras autour de mon cou et tes jambes autour des miennes et appuie-toi fort contre moi. Elle n'a pas eu à me le dire deux fois, nous nous emboîtions parfaitement, nous filions à toute allure dans le ciel, avec des centaines d'autres qui criaient : Skorzeny ! Les balles sifflaient autour de nous, les avions de combat mitraillaient, nous avons réussi à leur échapper en zigzaguant rapidement. Tandis que nous foncions à travers le ciel, Griet m'a raconté qu'elle avait conçu le plan d'évasion avec d'autres collaborateurs, et que Skorzeny s'était porté garant pour la réussite de l'opéra-

tion, qui devait rester strictement secrète. C'est pour cette raison que je ne dois rien en dire ici non plus.

Tels que nous étions collés ainsi l'un contre l'autre, j'ai pris peur, sentant que mon moteur, si près de la petite machine de Greta, était sous haute tension… Nous avons vu éclater les petits nuages blancs des tirs de la défense antiaérienne, nous avons amorcé notre descente peu après avoir survolé Gand et, en zigzaguant, nous nous sommes posés doucement sur le sol. Fons avait atterri aussi, avec son amie Mady, nous avons traversé la ville sous les acclamations des partisans du général Paulus. Mais le centre était occupé par les atlantistes. Mes enfants étaient en pleine zone occupée.

Je me suis alors souvenu d'un vieux passage souterrain qui allait de l'abbaye Saint-Pierre au château des comtes de Flandre, près de mon quartier. Quelque part dans une cave, j'ai réussi à en trouver l'accès, j'avais sur moi une lampe de la MEGA et tenais une matraque. Les rats s'écartaient devant mes pieds en bondissant de tous côtés, je devais ici et là frapper un animal agressif pour le chasser. Le couloir s'enfonçait dans les profondeurs, je marchais dans la boue et l'eau qui suintait à l'intérieur. Je suis arrivé dans un espace fermé dans lequel une porte vermoulue était rongée en bas par les rats. Je l'ai enfoncée d'un coup d'épaule et je suis entré dans un tombeau, où il y avait deux cercueils. J'ai entendu une sorte de musique, de la poudre blanche tombait. Les cercueils contenaient les cadavres de deux vieux Belges, parfois j'entendais couiner un rat, on aurait dit qu'il sortait de ces cercueils en plomb, j'en avais des sueurs froides.

J'ai attendu jusqu'au soir, descellé une pierre au-dessus de ma tête et me suis retrouvé dans une vieille chapelle.

Je me suis faufilé dehors, partout il y avait des atlantistes armés. J'ai vu des maisons démolies par les tirs, la ville paraissait déserte. J'ai tiré mon chapeau sur mes oreilles et j'ai retiré mes lunettes pour ne pas être reconnu, je suis arrivé par la rue longue des Pierres près de la Drongenhof. Quand la porte s'est ouverte, il y a eu un trouble et une grande joie. J'ai fait passer toute la famille le long du vieux tombeau. Au bout du couloir, j'ai crié le mot de ralliement : Paulus !

Nous étions libérés ! Quelques jours plus tard, la ville entière était libérée.

Et Greta m'a montré sa petite machine Skorzeny – que j'ai embrassée avec une réelle gratitude, et dont j'ai fait usage de nombreuses fois avec gratitude. (...) Heil le Wim qui n'est rien de plus que l'Espiègle et qui continuera de jouer son rôle, en dépit de tous ceux qui l'envient !

41

Quand mes yeux ont parcouru pour la première fois cette « lettre de prison » insensée, j'ai regardé fixement devant moi pendant un long moment. Je l'ai relue à plusieurs reprises – le rêve freudien dans ce texte « naïf » est presque choquant. On a là un chef-d'œuvre d'*ars combinatoria* et de *tongue in cheek* – la politique et l'aventure, une femme en tant que robot sexuel, voler et jouir, le conte pernicieux de la « libération » par le général Friedrich Paulus – le commandant qui participa à l'opération Barbarossa contre les Russes et qui, après la défaite catastrophique à Stalingrad, non seulement capitula, mais se mit aussi à diriger le mouvement de résistance antifasciste –, mais il y a surtout la description exacte, déplacée, de ce qui est arrivé aux juifs pendant les déportations par les nazis dans les wagons de marchandises, la puanteur et la misère, l'évocation des barbelés et du camp de concentration, le tout se reflétant cyniquement dans les « collaborateurs » héroïques emmenés par les Alliés (les « atlantistes »). Un concentré du syndrome de Calimero chez des collaborateurs flamands.

Cette inversion a quelque chose de si obscène qu'elle en devient fascinante. Elle amène à se demander à quel moment et comment Willem a appris de telles précisions sur les déportations des juifs. En tant que SS, il devait être au courant dès 1942 des déportations, des rafles d'Anvers et de ce qui arrivait aux juifs inscrits sur ses listes. Il est en effet écrit ouvertement dans le journal de la VNV, *Volk en Staat*, du 13 août 1942 :

« Les mesures d'épuration à l'encontre des juifs s'intensifient et sont chaque jour plus sévères. Il semble que nous allons pouvoir peu à peu mieux respirer autour des bureaux de notre rédaction, et maintenant que des maisons et des appartements se vident de semaine en semaine dans le quartier, nous pouvons au moins marcher de nouveau en toute tranquillité de notre domicile au bureau et du bureau à notre domicile. » Il devait aussi être au courant de la caserne Dossin, où les juifs étaient rassemblés pour être déportés en Allemagne ; peut-être était-il lui-même directement en contact avec la section anversoise de la SS qui était radicalement antisémite. En ce qui concerne l'épouvantable camp de Breendonk, on ne peut l'établir, mais il semble improbable qu'un SS de son envergure n'ait pas su ce qui se passait là-bas : la SIPO y avait sa propre prison. L'angoisse refoulée de devoir subir soi-même le traitement imposé à d'autres par son fait est flagrante dans ce conte gênant. Il connaît manifestement tous les tristes détails sur les convois dans les wagons à bestiaux pleins à craquer – et il se « trahit » ici par un rêve sensuel à propos de sa maîtresse qui partage le même savoir et la même conviction que lui – l'héroïne qui durant ces mêmes années comparait la prison pour femmes belge à un camp de concentration et le mauvais café à de la sueur juive, et qui jusqu'à son dernier soupir garderait précieusement une photo du Führer sur le manteau de sa cheminée. Mais leurs aventures oniriques sont frivoles et insouciantes – ils s'élèvent vers leur libération orgasmique, jouissant d'euphorie pour ainsi dire, parce qu'ils ont pu échapper aux « atlantistes ».

℘

L'obligation de garder le silence sur l'atroce réalité des pogroms et des déportations était inhérente à l'éthique du SS. Himmler, qui était en contact direct avec le Sicherheitsdienst pour laquelle Willem travaillait, avait été très clair à ce sujet : dans les cercles de la SIPO-SD, on savait ce qui *devait* se produire, ce que recouvrait l'*Endlösung*, la solution finale, la tâche « difficile » qui attendait le Reich s'il voulait se purifier du « virus juif », on savait par conséquent les horreurs que l'on faisait vraiment subir aux juifs et combien de soldats s'étaient effondrés psychologiquement après l'accomplissement obligatoire d'exécutions massives. Mais il en allait du « grand honneur » du SS de ne pas en parler. Il avait pour mission d'être « sans empathie », comme on l'avait aussi exigé de Willem dans la pièce à l'avant de sa maison sur la Drongenhof. Tel était le « sacrifice » qu'on attendait du SS ; il devait assumer en silence cette lourde obligation morale, comme l'appelait Hitler avec sa perversité habituelle. Voilà pourquoi ils *ont dû*, après la guerre, toujours et encore affirmer n'avoir eu connaissance de rien, c'était une question d'*Ehre* et de *Treue*, d'honneur et de fidélité – Willem aussi s'en est tenu à cette omerta pendant son procès. « Je n'en ai jamais entendu parler, monsieur le juge. » L'ironie veut qu'il se soit tout bêtement trahi dans son rêve… Les « vieux Belges » morts dans le tombeau, qui couinent comme des rats et le terrifient, en constituent sans doute la composante la plus significative.

Reste l'apparition mystérieuse du nom de code Skorzeny. Otto Skorzeny, né à Vienne en 1908 et mort à Madrid en 1975, était un héros mythique dans les milieux SS. Après une carrière fulgurante, il est promu pendant la guerre au grade de SS-Standartenführer. Il peut se prévaloir d'un curriculum étoffé d'exploits spectaculaires, son nom est associé à toutes sortes de machinations dont on ne peut toujours pas déterminer si elles relèvent du mythe ou de la réalité. Il participe à la libération sensationnelle de Mussolini en 1943 ; il aurait été mêlé à un complot pour assassiner Staline, Roosevelt et Churchill ; il coopère à un plan secret pour éliminer Tito ; il fait apprendre l'anglais aux soldats allemands, pendant l'offensive dans les Ardennes, pour infiltrer les lignes américaines. C'est lui qui insiste auprès d'Hitler pour qu'il fabrique un nouveau supermédicament pour insensibiliser les soldats quand la drogue euphorisante Pervitine, que Willem posait sur sa table de nuit, ne suffit plus. Il est activement impliqué dans la dernière ligne de défense autour du Berghof d'Hitler à Berchtesgaden et il est considéré comme le fondateur de la tristement célèbre ODESSA – Organisation der ehemaligen SS-Angehörigen, qui s'est occupée de mettre à l'abri les SS les plus importants après la guerre, entre autres en les faisant entrer dans la clandestinité en Argentine. Skorzeny a quant à lui trouvé refuge dans l'Espagne du dictateur Franco et il est devenu là-bas un puissant et riche industriel ; il a travaillé plus tard pour le président égyptien Nasser et pour le président argentin Juan Perón.

L'apparition du nom Skorzeny sous forme de code dans le « conte » de Willem a de quoi donner le vertige. Il faut se rappeler que ce dernier était isolé en prison, qu'il avait peu de contacts avec le monde extérieur et que, par conséquent, il se raccrochait à ses souvenirs de l'époque de la guerre. Le héros Skorzeny devait surgir régulièrement dans ses journaux allemands et dans les lectures destinées aux collaborateurs. Il a dû idolâtrer Skorzeny en silence. Que Skorzeny devienne le gage d'une libération spectaculaire dans son rêve montre clairement que notre SS de la Drongenhof devait être très bien informé pendant ses années actives. Un aveu de culpabilité dans un rêve : une paillasse en prison en guise de sofa chez le psychanalyste.

Comme il n'a jamais montré ces lettres à qui que ce soit, et que ses enfants ne les ont découvertes qu'après sa mort, le destinataire est imaginaire ; Willem lui écrit pour se disculper à ses propres yeux – c'est sa version navrée d'un procès absurde. C'est aussi une des dernières lettres de prison qu'il a écrites. Mientje n'a peut-être jamais eu sous les yeux les lettres et les poèmes ; il a dû les cacher quelque part au fond d'un tiroir, dans le dossier où Letta les conserve encore. Mientje est totalement neutralisée dans la scène du rêve, elle fait simplement partie de « toute la famille », lui-même devient un héros salvateur qui par la suite est récompensé par l'utilisation de *la petite machine* de Griet. L'invisible épouse et mère forme un contraste criant avec sa maîtresse prête à des rapports sexuels en plein vol, qui prend des proportions mythiques. Ce qu'il y a de douloureux, en l'occurrence, c'est que Willem se présente comme tout le contraire d'un héros : un enfant de chœur frivole, un vaurien banal, un persiflage de petite canaille qui a eu la malchance de se trouver confronté à des ennemis méprisables. Un petit homme poltron qui rêvait d'être le Skorzeny flamand, mais a pris conscience qu'il n'était pas destiné à tenir un rôle de héros, l'homme qui plus tard sur la page de garde de ses mémoires notera :

Selon que vous serez puissant ou misérable,
*Les jugements de Cour vous rendront blanc ou noir**.

Cette citation mérite qu'on s'y attarde ; elle est extraite d'une fable de La Fontaine. Dans cette fable, les animaux doivent se justifier pendant une épidémie de peste devant le roi Lion, parce qu'il cherche à savoir qui a attiré sur eux cette infortune. L'un après l'autre, les animaux reconnaissent leur crime. Le renard avoue qu'il a certes tué et mangé des moutons, mais que cela ne mérite en rien le nom de crime ; le roi en mange aussi, c'est même un honneur pour les humbles de servir de nourriture aux animaux plus nobles. Même le tigre et l'ours n'ont en ce sens rien fait de répréhensible. L'âne, que ces sophismes finissent par mettre à l'aise, reconnaît qu'il a récemment mangé une bouchée d'herbe dans le pré d'un monastère, alors que c'est interdit. Tous les animaux s'écrient que la transgression est grave et que c'est donc sûrement lui le responsable de l'épidémie de peste ; il est condamné à la peine de mort. D'où la morale de l'histoire, que Willem cite en exergue.

On pourrait aussi la paraphraser ainsi : quand on est rusé et beau parleur, on échappe à la sanction méritée du tribunal ; seul un âne est capable de tenir un discours qui le mène à la potence. Je regarde de nouveau la citation écrite dans les pattes de mouche de Willem, d'ailleurs en français, la langue de ceux qu'il exécrait. Avec tout ce que je sais sur lui, soit il a choisi cette citation pour s'apitoyer sur sa condamnation, et c'est un acte de pure folie, soit il a perçu la morale de la fable, et c'est un acte de pur cynisme. Willem se compare-t-il au rusé renard ? Pense-t-il aux petits moutons sur ses listes ?

Entre inconscience totale et ruse avisée : la fable de la vie.

Lettre de prison XVII
Solitude

Plus que quelques jours avant que ne commence ma cinquième année de prison. Cela fait déjà trois ans que je suis enfermé seul, dans une solitude silencieuse, sans perspective de voir évoluer rapidement la situation. C'est oppressant d'être seul dans une cellule de 2,80 m sur 4 m plongée dans la pénombre, derrière d'épais et solides barreaux. Ces quelques mètres carrés sont tout mon monde, les besoins et le nécessaire sont réduits à la forme la plus primitive de ce qu'il faut à un être humain : de la paille, deux seaux, une sorte de chaise et une table qui doit être appuyée contre le mur pour ne pas tomber… dans ce genre de réduit, on ne peut pas devenir des personnes meilleures, au contraire, on se transforme en animal quand notre esprit n'a pas l'ascendant sur nous… non, nous ne sommes pas encore des chiens, nous avons encore des manières et nous nous sentons encore trop humains en tant que créatures de Dieu… en dehors de notre propre vie, tout est mort… les gens que nous voyons encore ici sont le reflet de nous-mêmes et les gardiens sont eux aussi prisonniers, mais de nous, les détenus, bien qu'ils soient en uniforme… mes pensées vont vers les miens, femme, enfants, maison, moments agréables partagés, bonheur et travail ! Un bon repas et un bon lit et tout ce qui m'est cher. Liberté ! Liberté !… À plus tard. Il faut que je me présente au rapport.

42

Willem n'a aucune idée du temps qu'il fait dehors ; mais il entend le vent qui s'infiltre par les interstices de la fenêtre et sait que c'est un vent de printemps. Une flûte de Pan à travers une fente, un dieu mauvais et moqueur, produisant un son aigu qui donne mal à la tête. Un remue-ménage résonne dans le couloir, il vient de retourner dans sa cellule, les tâches qu'il doit exécuter en tant que *fatik* le répugnent. Il est en proie à la mélancolie, hier il est allé voir pour la énième fois le médecin de la prison pour sa douleur persistante à l'estomac. Les poudres amères n'aident pas, aujourd'hui il se sent de nouveau terriblement déprimé, peut-être a-t-il fait un rêve douloureux, oublié dès le réveil – qui lui vaut une journée entière d'abattement apathique, une impression qui continue de le ronger parce qu'il n'en retrouve pas l'origine.

Voilà maintenant le gardien qui revient l'embêter, alors qu'il s'est tout juste allongé sur son lit rudimentaire pour souffler, il a froid, son seau à merde empeste, il entend les cliquetis de la clé dans la serrure de sa cellule, si seulement on pouvait le laisser tranquille, ils peuvent tous aller se faire foutre, il n'a pas envie de se retourner, de sa voix nasale le gardien rugit à nouveau, Verhulst par-ci et Verhulst par-là, il entend aussi le nom de De Potter, maître De Potter ! Votre avocat est là, monsieur Verhulst, il a de bonnes nouvelles.

Comment ça de bonnes nouvelles ?

Willem pivote avec difficulté, il s'appuie sur son coude, effectivement, maître De Potter est bien là, dans son éternel costume bleu nuit.

*Et voilà bonjour**, ça fait un moment, pas vrai, dit l'homme, et comment allez-vous aujourd'hui, monsieur Verhulst, vous avez le bonjour de votre dame et de vos enfants.

Ah, Maître, soupire Willem et il se lève. Assis au bord de son lit, il cherche à l'aide de ses pieds, sans regarder, ses chaussons usés, on dirait un enfant qui trépigne de nervosité avec ses petites jambes, quelles nouvelles, Maître, avez-vous déjà…

Verhulst, dit De Potter, monsieur Willem Verhulst, vous avez de la chance, vous faites partie de ceux qui vont être graciés le mois prochain, qu'en pensez-vous. Votre bonne conduite en tant que *fatik* et votre volonté de participer activement, en tant que jardinier, au défrichement des forêts des Ardennes ont plaidé en votre faveur.

C'est sûrement une erreur Maître, dit Willem, je suis certainement en train de rêver, je me pince le bras, regardez. Comme s'il était un pantin du théâtre de marionnettes de Pierke Pierlala, ce plaisantin.

Pourtant c'est bien vrai, dit De Potter, vous êtes sur la liste pour une « mise en liberté conditionnelle » dans le cadre de la fameuse loi Lejeune. Vous pouvez remercier votre dame, elle m'a aidé à peaufiner et à ciseler votre dossier pendant des mois, vous allez vous en sortir à bon compte.

M'en sortir à bon compte, dit Willem, vénérable Maître, je suis ici depuis des années comme un animal en cage, prenez le temps de me regarder, c'est tout juste si je tiens encore debout tellement je suis accablé par la douleur, le malheur, l'abattement.

Bon eh bien, dit maître De Potter, si vous ne bondissez pas de joie, libre à vous, ce résultat, nous ne pouvions pas l'obtenir en un jour, vous le comprendrez.

C'est juste que je dois encore m'habituer à cette idée, dit Willem. Au même moment, un rictus, un sourire, une grimace mi-béate, mi-douloureuse, commence à se dessiner sur sa trogne harassée, il met ses lunettes tordues dont une branche est cassée, essuie les verres avec le bas de sa blouse grise sale, ça ne peut pas être vrai tout de même, Maître, il a un ton presque suppliant à présent, craignant d'être dans un de ses rêves où l'on se paie sa tête, mais voilà, il peut presque sentir le vent printanier, qui gémit et siffle à travers l'interstice de la petite fenêtre à barreaux en hauteur.

Et je dois ajouter, monsieur, dit De Potter, que votre fils a beaucoup contribué à ce bonheur inattendu. Adri a maintenant terminé ses études à l'université de Gand, et il est en excellent rapport avec l'association étudiante des Flamands libéraux, comme vous le savez peut-être il envisage aussi de devenir un frère…

Un quoi… il veut entrer au monastère, Maître ?

Non Verhulst, votre fils va entrer dans une des loges des francs-maçons de Gand, un des ateliers du Grand Orient de Belgique, comme moi, mais il sera dans l'atelier du Taciturne, vous savez qu'il a toujours adoré Guillaume le Taciturne, certainement à cause de l'éducation de votre épouse hollandaise, donc votre fils…

Comment ?! Mon fils chez ces salauds de la loge ? Et comment le savez-vous ?

Je vous conseille de vous calmer, monsieur Verhulst, c'est votre fils qui, par l'intermédiaire de ses amis politiques, bien qu'il soit encore jeune, a obtenu une médiation auprès d'Albert Lilar, le ministre libéral, qui a lu personnellement votre dossier et a insisté pour que vous soyez gracié, vous pouvez être reconnaissant envers votre fils.

Mais Maître, que voulez-vous que je fasse avec ça…

Mais strictement rien, monsieur Verhulst, je viens seulement vous annoncer la bonne nouvelle et vous réagissez comme si j'allais vous amputer d'une jambe. Je vous tiendrai *à la hauteur** des avancées, dit-il dans son flamando-français, même si en ce qui vous concerne ce sera surtout une sortie, comme vous pouvez l'imaginer. Allez, réjouissez-vous de la bonne nouvelle, je vous apporterai au début de la semaine prochaine le papier définitif.

Du papier, ce ne sera pas du luxe, Maître, comme vous pouvez vous en rendre compte à la puanteur de ma cellule.

Secouant la tête, maître De Potter frappe à la porte, le gardien la déverrouille, l'avocat sort dans le couloir, la porte se referme, encore le grincement de cette clé. Willem reste planté là, bouche bée, il a les pieds gonflés, comment se fait-il que ce soit la première chose qu'il ressente à ce moment précis, il est encore bien trop tôt pour tout le reste. Mon ventre, se dit-il, mon ventre, est-ce que je vais me rétablir quand je serai sorti, mon ventre me fait encore horriblement mal.

Le 13 novembre 1953, il signe le document pour sa *mise en liberté conditionnelle sous stricte tutelle du Werk van Wederaanpassing* [un organisme de réinsertion] *situé à*

Anvers. Le jugement est de nouveau mentionné : *Détention à vie ramenée à vingt ans de détention sur décision en date du 22/05/1950.*

Quelques semaines plus tard, une fois le verdict lu et signé, et ses affaires emballées – enfin, ce rien qu'il possédait et qui, depuis le temps, s'est presque décomposé dans le dépôt humide de la prison, le peu qu'il possédait quand il a été arrêté là-bas dans la région de Hanovre –, il a dans sa petite valise : quelques slips déformés et un nécessaire pour se raser, une ou deux chemises usées, ses tas de papiers entièrement griffonnés, ses deux crayons et un stylo ; la bague de feu son père incrustée de ce beau brillant qu'il portait à l'auriculaire, il ne parvient plus à l'enfiler sur ses doigts gonflés, il la glisse donc dans la poche de son vieux gilet en laine.

Un instant plus tard, il peut sortir.

Il a compris que sa libération anticipée est conditionnelle ; ainsi, il lui est interdit d'aller à Gand pendant cinq ans. Ne pas aller à Gand ! Sont-ils devenus totalement fous ? Ma femme et mes enfants !

Monsieur Verhulst, vous avez peut-être oublié que vous êtes séparé de corps et de biens de votre épouse pour la sauver de la ruine du fait des sommes qui vous ont été réclamées en dédommagement de biens volés ? Et visiblement, vos enfants se débrouillent bien sans vous, comme nous le savons ici au greffe.

Grommelant, marmonnant, et avec le sentiment d'un enfant qui s'apprête au milieu de la journée à faire l'école buissonnière, il sort dans la rue ; la semaine dernière, on l'a encore transféré, de Saint-Gilles à la Nouvelle Promenade, dans cette ville qui est la sienne, mais rendez-vous compte, il doit aussitôt repartir, c'est quoi cette mauvaise plaisanterie ?

Bon, il passe devant la Coupure, prend l'avenue du Béguinage et Le Rabot, mais regardez, la pluie rend les branches des platanes luisantes ! Il en chialerait tellement c'est beau. Il marche devant la caserne des pompiers et l'Académie des beaux-arts, il est bientôt chez lui ! Près de la Drongenhof, il est tellement perdu dans le fil de ses pensées qu'il est à bout de souffle, les contours de sa bouche sont un peu bleus, il a l'impression que son œil est une caméra avec un angle mort, il tourne et s'engage dans la rue, longe le biseautage, voilà, il est chez lui ! Il sonne d'un doigt tremblant, c'est Suzy qui ouvre la porte, ma fillette, ma petite Suzy dit-il, mais au lieu d'une petite Suzy, devant lui, il a une jeune femme de dix-neuf ans, bon sang, fait-il, et la fillette dit : Papa ? et oui, il reste planté là, la lèvre tremblante, toi aussi tu es déjà en train de devenir une belle femme, je peux peut-être entrer un instant.

Suzy appelle : Maman… ! Maaaaman… !

Mientje sort de la pièce intermédiaire, elle le voit debout dans l'entrebâillement de la porte, son pleurnicheur, et elle aussi se laisse envahir par l'émotion.

Mais Willem…

Mien… il n'arrive à rien dire de plus, c'est toute une histoire, un grand déballage de reniflements et de déglutitions.

Je n'ai pas le droit de venir ici, Mien, il faut que je reparte…

Il n'en a jamais été autrement, Wim, dit Mien avec un sourire douloureux, tu dois toujours repartir, mais elle serre tout de même ses bras autour des épaules de son mari.

III

> Quand il eut commis encore un tour pendable,
> Il ne resta plus longtemps à Nuremberg et repartit plus loin,
> Car il n'avait pas envie que l'on ébruite ce qu'il avait fait.
>
> *Till l'Espiègle*

1

Oui, a dit encore le notaire, ce premier jour pendant la visite à travers la maison vide, en venant se poster devant la fenêtre fragile de la pièce du fond où un peu de paille et de grains d'orge indiquaient autrefois la présence de hamsters à cet endroit : regardez en bas, sur le toit plat au rez-de-chaussée, vous pourriez aménager sans problème une belle terrasse, mon cher monsieur, ce serait très confortable, non ? De pouvoir s'installer dehors sur un promontoire où observer le monde d'un peu plus haut ?

Oui, observer d'un peu plus haut, le grand Dante savait de quoi il retournait.

Nous avons quitté la pièce, le notaire a fermé derrière lui la porte branlante en l'inspectant du regard, et nous nous sommes préparés à monter la troisième volée de marches, celles qui menaient au sommet, vers les secrets de tout ce qu'il y avait encore à venir et m'attendait, tel un terrain en friche dans le grenier à l'abandon, moi le perturbateur et futur tyran domestique.

Cela vous dérange si je fume ? ai-je demandé au notaire

qui, montrant son étui à cigares et son Corona en main, m'a fait comprendre l'ineptie de ma question. J'ai alors extrait une cigarette de la poche de poitrine de ma veste militaire, j'ai d'abord laissé le notaire tirer sur son cigare pour en rougir l'extrémité, puis aspiré moi-même à pleins poumons la fumée de ma cigarette ; la fumée bleutée s'est élevée dans les escaliers, formant des volutes dans la lumière grise, puis a disparu en longeant des marches qui semblaient grimper au-delà de ce que nous pouvions apercevoir à ce moment-là.

Et témoin de la détermination avec laquelle l'ancien propriétaire attaquait une fois encore la montée du pied droit, le posant lourdement sur la première marche menant au grenier, j'ai soudain vu en lui une sorte de sage, un chaman à usage domestique. J'ai même ressenti une réelle sympathie à son égard. Il a posé son pied droit sur la première marche de l'escalier, déjà moins solide à cet endroit, mais a-t-il eu un vertige dû à un plaisir excessif provoqué par les premières bouffées du cigare qu'il venait d'allumer ? Toujours est-il que notre maître notaire a fait un faux pas, s'est même tordu la cheville, a perdu l'équilibre, cherché à s'agripper, pivoté d'un demi-tour puis est retombé à grand fracas dans la cage d'escalier ; ayant réagi trop tard, j'ai eu juste le temps de soutenir son corps dégringolant sur les marches et d'éviter que mon guide se heurte de surcroît douloureusement la tête contre les barreaux ; si bien que le vénérable Serviteur de la Loi en charge des Formalités administratives afférant à l'Expertise d'un Bien immobilier, affolé, haletant, proférant en guise d'incantations des « nom d'un chien de nom d'un chien de nom d'un chien », a accepté que je l'aide à se remettre sur ses pieds, même si ses jambes tremblaient un peu. Il a d'abord fait signe d'une main molle que tout allait bien se passer, m'a tendu son dossier et l'état des lieux assorti de ses annotations, a extrait un mouchoir couleur lilas de la poche gauche de son pantalon et essuyé la sueur qui perlait sur son front impressionnant. J'ai remarqué seulement à ce moment-là le cigare puant qui fumait sur le plancher, je l'ai ramassé avec un certain dégoût car le bout était trempé, je l'ai tenu entre le pouce et l'index jusqu'à ce que le notaire se soit un peu remis du choc, et le lui ai alors tendu ; et le serviteur des transactions d'achat de biens immobiliers a reçu avec gratitude le Corona de ma part, il a posé le dossier qu'il m'avait repris sur la cinquième marche de l'escalier qu'il fallait encore monter pour arriver au grenier, il a poussé un profond soupir, il a fermé puis rouvert les yeux, il s'est efforcé de sourire avec indulgence, il a pris ses petites lunettes, les a essuyées à l'aide d'une pointe encore propre du mouchoir dans sa poche, et il m'a dit : Prenez donc seul l'escalier qui mène tout en haut, mon ami, je ne peux plus vous accompagner, vous trouverez certainement le chemin, vous êtes déjà arrivé jusqu'ici, vous parviendrez à faire le reste en comptant sur vos propres forces. Un peu ému par le raffinement à l'ancienne de ce notaire qui me paraissait si fiable, j'ai hoché la tête afin de lui signifier que je comprenais, que je trouverais effectivement le chemin, et j'ai monté ainsi, un peu à l'improviste, l'escalier seul jusqu'au grenier.

Quand j'ai atteint le palier suivant, je me suis retrouvé sous une lucarne terne, j'ai entendu à travers un interstice le bruissement des arbres et le grondement des voitures au carrefour de la place de l'Écluse. J'ai poursuivi mon ascension, les marches craquaient, les murs légèrement attaqués par la mérule dégageaient des émanations toxiques et offraient à une légion d'acariens toujours industrieux un terrain de jeux quasi infini ; et les bleuets, pâles et à peine visibles sur le papier peint, pendaient dans un silence total en attendant le passant, lui qui devait apprendre à devenir le passant, comme le dit le Christ dans l'Évangile apocryphe de Thomas : *Soyez passants !* – moi qui à présent atteignais le sommet, légèrement essoufflé, et qui laissais dans les profondeurs le notaire à présent inaudible et invisible, dont les effluves de cigare m'accompagnaient jusqu'en haut. Je me suis retourné et j'ai regardé en bas. J'ai vu les spirales et les stries de la cage d'escalier disparaître dans l'abîme crépusculaire qui descendait jusqu'aux dalles noires du couloir. Je me suis senti oppressé par la vieille poussière ; à ma droite une petite porte déglinguée était entrebâillée, elle donnait accès à une mansarde meublée d'un lit métallique avec un sommier dont dépassaient quelques ressorts et un matelas taché posé en travers, et d'un petit bureau dans un coin, installé sous une lucarne qui gouttait. C'est là que, durant la dernière année de la guerre, pendant que Willem occupait une cellule encore plus petite que cette mansarde, « monsieur Verschuren » avait logé. Un jour, lors d'une manifestation d'extrême enthousiasme pendant un de ses dithyrambes, le pauvre homme était passé à travers une planche vermoulue. Il était en train de donner un de ses cours de musique secrets, vous savez, à cette jeune pianiste pleine de fraîcheur à la queue-de-cheval blonde… *O holde Kunst ! O Sacra Halitosis !* (Ô toi, cher Art ! Ô halitose sacrée)… mais à présent le calme régnait, à travers la petite fenêtre pénétrait la lumière grise tamisée caractéristique de cette région maussade, des nuages flottaient bas au-dessus du toit, j'ai entendu une rafale de vent autour de la vieille carcasse. J'ai senti une odeur de souris morte, des touffes de crin auxquelles étaient accrochés des morceaux de plâtre sortaient du plafond bas et, dans la gouttière, juste à côté, j'entendais des moineaux pépier et des pigeons picoter, les anges de la gouttière.

La poussière perturbait ma respiration d'asthmatique. Je me suis immobilisé, hésitant, observant autour de moi un tapis usé, quelques vieux livres dans un coin, une ampoule à l'extrémité d'un fil poussiéreux pendant du plafond dégradé. J'ai poussé la porte vers le grenier qui s'est ouverte avec réticence. J'ai eu l'impression d'entrer dans une église ; la grande tête vide de la maison, me suis-je dit, pas étonnant que les gens soient toujours aussi curieux des greniers, on espère y trouver les secrets qui expliqueront tout ce qui s'est produit dans une maison, toutes les pensées cachées, les liaisons, les lettres et les boîtes remplies de cartes postales et d'aveux passionnés. Mais il n'y avait rien d'autre que la pénombre, l'air raréfié et l'espace. Très haut au-dessus de moi, un pigeon roucoulait en remuant son derrière dans le creux d'une tuile cassée.

2

Willem a mal dormi, le lit était bien trop mou, il s'est donc allongé sur la descente de lit par terre ; en plus, Carlo se lève beaucoup trop tôt, pourquoi toutes ces femmes ont-elles toujours tant d'énergie dont elles ne savent pas quoi faire. Mais quand l'odeur de café tout juste préparé passe sous la fente de la porte et vient lui chatouiller les narines, il se hâte vers la cuisine, dans la mesure où ses jambes chancelantes le lui permettent, pour s'en verser une tasse. Ah mon frère, dit Carlo, dire que tu es ici à côté de moi en *pyzama*, c'est incroyable tout de même, j'étais convaincue que je ne te verrais plus jamais en liberté. Finalement, dans l'ensemble, ça s'est bien terminé… Willem sourit, hoche la tête et soupire. Et tu vas t'installer ici longtemps, demande-t-elle, c'est juste pour savoir, ce n'est pas que tu es dans mes pattes, mais c'est tout de même une bouche de plus à nourrir, tant que tu n'as pas de travail, si du moins tu réussis à en trouver un.

Holà, dit Wim, du calme hein, demain j'irai voir l'oncle Schamp, tu vas voir, tout va bien se passer.

Le soir, Carlo a mis une assiette de plus à table, Willem ne rentre pas.

Elle vient de préparer des haricots à la sauce tomate, son frère aime ça, bon, elle lui met une portion de côté près du plan de travail, il se débrouillera, pourvu qu'il ne soit pas resté traîner comme feu notre père à la Taverne de la Main. Elle se couche vers dix heures, en se faisant tout de même un peu de souci.

Le lendemain matin, Willem n'est pas encore rentré, faut-il qu'elle appelle la police, à peine sorti de taule il s'est déjà volatilisé, il faut dire qu'avec notre Wim il y a toujours des histoires.

Vers midi, il débarque de fort belle humeur, il a bien meilleure mine que la veille, il porte même une nouvelle chemise. Eh ben Wim, dit-elle, où étais-tu passé ?

J'étais chez une bonne connaissance, quelques rues plus loin, dit Willem, et j'ai vraiment une faim de loup.

Il va faire une petite sieste dans l'après-midi, une habitude de la prison, il fallait bien s'occuper pendant les longues heures de la journée, Willem ronfle jusqu'à cinq heures.

Puis il redescend, Carlo est encore occupée dans la salle de danse, il entend la musique et les pieds qui glissent, il va jeter un coup d'œil, il se souvient de son enfance. La piste de danse a changé, tout a changé et pourtant le lieu est encore précisément comme autrefois. Mambo, valse et chachacha, un deux trois et hop, on tourne, Carlo est toujours aussi énergique.

Si on allait manger un plat à la Taverne de la Main, demande-t-il après les cours, et Carlo dit : Pourquoi pas, de toute façon je n'ai rien à la maison.

Détendus et enjoués, ils partent dîner vers six heures et demie.

Et tiens, quelle coïncidence, ils aperçoivent Griet Latomme, là-bas à la petite table près de la fenêtre, bonsoir madame Latomme, comment allez-vous ?

Griet éclate de rire. Imbécile, dit-elle, et à Carlo : Tout va bien ?

Carlo lève les yeux au ciel, c'est toujours la même chose avec toi, dit-elle à Willem, est-ce que Mientje est au courant ? Bah, Mientje vit sa propre vie, répond-il, nous sommes séparés de corps et de biens, tu le sais pourtant, et en plus je vais pouvoir recommencer à travailler la semaine prochaine chez l'oncle Schamp.

Griet se joint à eux. Carlo n'est pas très loquace, en plat du jour il y a des limandes-soles avec des frites, Willem boit une bière allemande, pourquoi pas.

Ils rient, ils se font visiblement du genou sous la table tous les deux.

Tu dors où tu veux, déclare Carlo, ça m'est complètement égal, mais de là à te servir de bonne à tout faire, non, ça va trop loin pour moi.

Je peux te payer si tu veux, dit-il.

Le regard alangui de Griet retourne l'estomac de Carlo.

Willem reprend donc le travail, comme s'il ne s'était rien passé, en tant que commis voyageur pour les filiales anversoises de la MEGA : il a droit à une voiture de fonction, il ne tarde pas à venir parader devant Griet dans une luxueuse Mercedes. Il va acheter en sa compagnie un nouveau costume, il choisit plusieurs élégantes chemises et deux cravates assorties, il lui manque maintenant deux paires de chaussures, mais non Wim, je vais t'avancer l'argent, prends ces mocassins-là, ils seront plus confortables pour tes pieds gonflés.

Pour faire court, me raconte Letta, là-bas à Anvers, on ne savait rien de ses excès à Gand, Monsieur recommence à charmer tout le monde avec son rire communicatif, ses agréables discours et ses boutades absurdes, son apparence sympathique – tout cela avec un œil trouble aveugle et un solide embonpoint à présent. Il fume trop de cigares, il boit trop de vin blanc ; le médecin le met en garde contre « *la maladie des rois français** » et, quand Willem demande ce que veut dire par là monsieur le docteur, le médecin lui répond : Avec tout ce vin blanc du Rhin, vous aurez des cristaux dans la vessie, vous devez déjà avoir à l'intérieur presque une pierre précieuse. Alors bientôt, dit Willem, je pourrai pisser des diamants, il aurait fallu que mon père entende ça.

Il a parfois des accès de colère, puis de mélancolie, il se met au bout de quelques mois à faire des cauchemars, chaque fois Griet a une peur bleue, à l'entendre hurler à côté d'elle en pleine nuit, c'est à vous glacer le sang, puis Willem recommence à couiner, juste ciel, à couiner comme un rat que l'on noie, Wim, écoute, réveille-toi, qu'est-ce que tu as…

Elle, ils – *nicht… einsperren…*

Calme-toi mon gars, calme-toi, tu fais un mauvais rêve.

Eh ben mon vieux, je croyais que nous étions à Soltau et qu'un pilote descendait très bas et fonçait sur nous et que je devais aller dans la cave où il y avait ces deux…

Il se lève, en nage et haletant, se passe de l'eau sur le visage, va s'asseoir dans la cuisine jusqu'à ce qu'il voie l'aube se lever, puis retourne dormir une fois rassuré par la lumière du jour.

Il serre alors Griet dans ses bras et ricane, qu'est-ce que je ferais sans toi, ma chérie… joueuse, elle tape sur les mains baladeuses de Willem sous sa chemise de nuit.

3

Il faut que tu mènes une vie régulière, hein Wim, dit Schamp, tu ne dois pas oublier de te réveiller, il faut que je puisse compter sur toi.

Par moments il se montre sentimental, à d'autres il est révolté.

Il essaie de plaire à tout le monde mais se déplaît à lui-même.

Puis il reprend du poil de la bête. Il a droit, ô jubilation, à une pension de guerre allemande, versée par l'État allemand aux anciens collaborateurs pour services rendus à l'Allemagne d'Hitler, tu te rends compte, maintenant ton bandit va en plus recevoir de l'argent pour ses singeries, dit Carlo à Griet, et pourquoi les Allemands font une chose pareille ? Ils n'ont encore rien appris ?

C'est une récompense pour tout ce que j'ai dû endurer, dit Willem, en prenant l'air d'un petit garçon qui a fait dans sa culotte. Il lui reste en plus une partie des 50 000 francs reçus pendant la guerre par la commission Borms : un « dédommagement » versé par l'occupant aux activistes et aux collaborateurs pour la souffrance que leur a infligée l'État belge. Son « ami » August Borms était l'initiateur et le président de l'organisation.

Comment se fait-il que tu aies encore de l'argent de cette commission, lui demande Carlo étonnée. Comment t'es-tu débrouillé pour qu'il passe inaperçu au moment de l'opération Gutt ?

Je l'ai converti en marks en Allemagne en 1944 et je l'ai donné à Griet, qui l'a caché dans ses dessous quand on l'a arrêtée et l'a donné à son amie, qui l'a changé sans le renifler, ha ha. Je ne suis pas aussi attardé qu'il y paraît, tu vois ?

Il essaie de faire son travail convenablement, mais brusquement tant de choses lui déplaisent qu'il en est écœuré. Ces accès d'amertume et d'abattement ne lui font du bien ni physiquement, ni mentalement. Il boit plus que de raison, mais tant qu'il est un peu éméché, il ne sent pas ses maux d'estomac lancinants.

Toutes les deux semaines, le dimanche, il prend sa belle Mercedes pour se rendre dans la maison sur la Drongenhof, de toute façon on n'est plus contrôlé nulle part, les quelques flics au bord de la route sont toujours assoupis. Un jour il apporte des bonbons, pour constater que ses filles ont déjà une relation amoureuse et s'intéressent à de tout autres friandises. Il est assis avec Mientje dans le salon, quelle belle pierre tout de même, cette cheminée en marbre rose, pas vrai, de Com… de Combleu…

Oui, de Comblanchien, dit Mientje, tu sais où ça se trouve, Comblanchien ? Et tu sais quelle tragédie s'est déroulée là-bas pendant la guerre ?

La guerre, ne m'en parle pas, *Schwamm drüber*, tournons

la page, répond Willem, tu me raconteras ça la prochaine fois, il faut que je retourne dans la maison toute sombre de Carlo.

Mais il ne rentre pas à la maison, bien sûr que non. Il va retrouver ses vieux copains à la Vlaams Huis Roeland, c'est là que se réunissent les amis sympathisants du nazisme, les *zwarten* (noirs, en français), comme on appelle toujours en Flandre les anciens collaborateurs, pour boire une pinte et évoquer des souvenirs, ce sont de bons gars, un peu baraqués, mais des hommes solides, le genre d'hommes que Willem a toujours admirés. Tu ne voudrais pas entendre le type de plaisanteries qui amusent ces hommes-là, dit-il à Griet en riant, là-bas tu peux encore dire sans détour ce que tu penses, ce qui n'est plus possible ailleurs avec tous les moralistes d'aujourd'hui. J'y rencontre des vieux potes de l'époque où je traînais à l'École d'horticulture de Gand. On chante le Blauwvoet et, quand la porte est bien verrouillée, *Die Fahne hoch ! Die Reihen fest geschlossen !*, on s'en paie souvent une bonne tranche là-bas.

La police y fait régulièrement des descentes, elle y a déjà arrêté des gars qu'elle cherchait depuis la fin de la guerre, tu imagines, après tout on est déjà à la fin des années cinquante, et les flics continuent d'insister et de remuer le passé.

Par cette chaude soirée au début du mois de juin 1959, au café Roeland, des disputes éclatent à propos de la question scolaire, que le gouvernement a fini par régler par un compromis bancal, mais on ne peut pas faire confiance à ces catholiques, c'est comme pour les Wallons ; on devrait leur casser la gueule une bonne fois pour toutes. Et au

Congo, ce n'était pas beaucoup mieux – ces Noirs se sont cru tout permis, et les fransquillons, ils se sont contentés là-bas d'entourlouper les Flamands qui travaillaient dur, si on nous laissait faire, ce serait vite réglé.

Ils feraient mieux de trancher les mains à ce connard de Lumumba, dit l'un, déclenchant une salve de rires retentissant à travers tout le café.

Si tu détestes à ce point les Noirs au Congo, dit un homme au bar qui a suivi leur conversation, pourquoi t'as un animal africain noir sur ton drapeau ?

Non mais dis donc, lance Willem, il se prend pour qui ce type ?

Un de ses potes baraqués va se planter juste devant l'homme.

Il se balance un peu d'une jambe sur l'autre.

On est communiste ou quoi ?

L'homme renifle avec mépris.

Si on laisse faire les gens de ton espèce, on aura vite droit encore une fois à *eins-zwei-drei einsteigen.*

Il reçoit un gnon qui le fait basculer en arrière parmi les tables. Son assaillant crache sur son poing.

Bon, tu m'en sers une autre.

Mais l'homme se lève, s'essuie la bouche à l'aide de sa manche et revient dix minutes plus tard. Cette fois ils sont cinq.

Il s'en faut de quelques minutes : le patron a beau crier à tout le monde de se calmer, le café tout entier se lance dans la mêlée. La meute bagarreuse finit par atterrir dans la rue, ici et là une fenêtre s'ouvre, la police arrive et contrôle les passeports. Sept hommes sont arrêtés, dont Willem, qui ne se laisse pas embarquer comme ça, éméché comme il est.

Va te faire foutre, crapule belgiciste.

On le pousse manu militari dans la camionnette de police

L'agent Van Belle lui passe les menottes et examine son passeport de plus près.

Ah bon, Verhulst, votre nom me dit quelque chose… Mais vous avez le droit de revenir à Gand ?… On vous avait pourtant dit de vous tenir à carreau… !

On l'emmène avec trois autres et on le met sous les verrous.

Dans le dossier de détention conservé aux Archives générales de l'État à Gand, je lis l'information suivante :

« *L'agent Robert Van Belle, commandant de la brigade de gendarmerie de Gand, déclare par la présente avoir arrêté la personne précitée.*

L'intéressé, Willem Verhulst, a passé la nuit du 5 au 6 juin 1959 à la prison municipale. Dont acte. »

Dans le dossier médical établi sur le détenu, je lis des précisions qui parlent à mon imagination :

Verhulst, Willem, profession : représentant de commerce.
Religion : protestant.
Âge : soixante ans.
Caractéristiques physiques : 1,84 m, 83 kg.
Caractéristiques spécifiques :
Aveugle d'un œil.
Fausses dents.
Souffre d'obésité et d'un léger eczéma.
Murmure bronchique dans les poumons.
Légères varicosités.

Du fait d'une intervention pour un ulcère à l'estomac, incurvation visible.
Tension 14/9.
Pouls : 80.
Autorisé : prendre du repos, activités partielles.

Obésité ? Mais il pèse moins que son indice de masse corporelle… cela ne peut signifier qu'une seule chose : Willem avait le ventre très gonflé.

Il occupe la cellule numéro 51 et il a été recommandé de donner au détenu, du fait de son affection à l'estomac, un litre de lait frais par jour et un kilo de fruits frais par semaine. Lors de son arrestation, il dépose « quelques livres d'études, sa montre, un rasoir et 15 lames, des sacs de photos et du papier, un étui contenant quatre clés, un canif, une lime à ongles, un étui à cigares contenant des cigares, ses médicaments et quelques lettres ». Le tout dans un cartable qu'il doit aussi remettre.

Il demande le lendemain la restitution de son rasoir de la « marque Gillette », ses trois livres d'études et l'hebdomadaire *Elseviers Weekblad* – cette dernière précision indique une fois encore qu'il aimait se tenir au courant des usages culturels néerlandais. On l'autorise à recevoir des livres une fois qu'ils ont été examinés par une commission de censure ; il est signalé plus tard qu'il a des slips, un pyjama, deux chemises, un mouchoir, un pantalon et un gilet, trois paires de chaussettes et une paire de chaussures supplémentaires – Mientje est visiblement accourue, pleine d'amour, pour pourvoir aux besoins de son bagarreur sexagénaire.

Le dossier contient aussi une déclaration manuscrite précisant qu'une demande de grâce a été initialement rejetée.

Le fils Adri, qui a brillamment obtenu deux ans plus tôt son doctorat portant sur l'abbaye Saint-Bavon de Gand et a commencé une honorable carrière à l'université, doit de nouveau user de son influence pour obtenir la libération de son hooligan de père – une fois encore grâce à ses relations au sein du parti libéral et de la loge.

« *Le condamné précité a été libéré à titre provisoire le 11/6/1959 sur ordre téléphonique du 11/6/1959, (des services) de Monsieur le Directeur D'Ours.* »

Manifestement, un ordre de libération immédiate quoique conditionnelle, émanant directement du ministère, selon une note manuscrite, a été donné – permettant à Willem, qui ne s'est guère bonifié, restant convaincu que l'État belge n'est composé que d'une bande de requins, de retourner à son existence civile, après avoir promis de ne plus offenser qui que ce soit.

Dans la liste des francs-maçons de Belgique, je trouve la confirmation qu'Adri faisait partie de l'atelier gantois Le Taciturne, du Grand Orient de Belgique, connu comme l'obédience « adogmatique et libérale » de la franc-maçonnerie. Apparemment, il n'y était pas vraiment actif. Cependant, Willem Verhulst, qui en tant qu'espion pour les SS surveillait aussi les frères de la loge pour éventuellement les dénoncer à la Sicherheitspolizei, afin qu'ils soient persécutés par le Sicherheitsdienst et peut-être envoyés dans un camp disciplinaire, a dû trouver particulièrement douloureux, et même purement et simplement humiliant, de devoir sa libération pour la deuxième fois aux relations détestées de son fils. Mais il se peut tout aussi bien que Verhulst, capable avec son évidente frivolité de minimiser par un éclat de rire les circonstances les plus paradoxales, ne se soit pas même attardé sur cette pensée. *Schwamm drüber ! Belgikske Nikske !* Tournons la page ! La Belgique, c'est merdique !

Une fois encore, il est tenu de ne pas aller à Gand pendant une certaine durée ; pour l'instant, il n'ose pas passer en cachette chez Mientje, qui de toute façon l'aurait traité de tous les noms. Il faut qu'il appelle son fils pour le remercier, bien sûr, il le fera la semaine prochaine, il doit d'abord reprendre son souffle. À la fin de sa semaine de détention, quand il refait surface chez Griet, il se contente de dire que la soupe en taule était bien trop salée et qu'il saura retrouver l'agent Van Belle. Dommage qu'il n'existe plus de listes.

4

Peu de temps après, Mientje apprend dans le journal qu'on a signalé quelque part dans le pays une apparition de la Vierge Marie. En tant que protestante, elle a toujours considéré d'un regard un peu compatissant toutes ces superstitions catholiques, mais elle n'en est pas moins fascinée, donc elle demande à Willem de l'emmener en voiture à l'adresse où une réunion est prévue au cours de laquelle la femme ayant vu l'apparition apportera son témoignage. Willem gare sa voiture non loin de là. Tu n'as qu'à y aller seule, dit-il, toujours assez réticent à l'idée de se retrouver parmi une foule d'inconnus. Mientje sonne à la porte, on la fait entrer, un groupe d'une trentaine de personnes est rassemblé dans la petite pièce donnant sur la rue. L'atmosphère est électrique, on parle peu et, quand la mystique commence à témoigner, on pourrait entendre une épingle tomber.

J'ai discerné la Très Sainte Vierge là-bas à contre-jour, marmonne-t-elle… il devait être trois heures de l'après-midi… tout d'un coup le soleil a percé entre les nuages et dans la clarté surnaturelle j'ai vu la Sainte Mère marcher lentement à tâtons le long du mur… oui, ce mur là-bas à ma gauche, là où grimpe le lierre, vous pouvez le voir par la fenêtre… Elle portait un jupon blanc et un manteau bleu ciel cousu d'étoiles d'or, Elle portait une fine couronne de diamants comme des étoiles, ô Elle m'a lancé un regard perçant et oui… Elle a hoché lentement, lentement la tête dans ma direction… mon cœur battait très fort, j'avais le souffle coupé… J'ai chuchoté une courte prière et je voulais Lui demander quelque chose, je suis tombée à genoux, je Lui ai crié ô Vierge Marie, que veux-Tu me dire ?… mais Elle avait déjà disparu…

La femme s'adosse, haletante, elle pose une main sur sa poitrine. Pendant tout ce temps elle garde les yeux fermés.

Plusieurs personnes la regardent bouche bée.

Mientje lève la main : Madame, je peux vous poser une question ? Qu'avez-vous vu réellement ? Comment devons-nous nous imaginer l'apparition physique d'un corps divin ?

Sa question n'a rien d'hostile, Mientje les trouve fascinants, ces catholiques et toute leur ribambelle de saints, mais la femme la dévisage, stupéfaite.

De quel droit cette Batave vient ici semer le doute sur mes visions ?…

Pointant le doigt vers Mientje, elle balbutie, dans un état de consternation croissante… C'est une hérétique… une mécréante… envoyée pour nous fourvoyer… envoyée par le diable ! Cette dernière accusation, elle la crie, elle pose ses mains devant ses yeux, un tumulte se crée, un homme se lève d'un bond et pousse Mientje, dehors la sorcière, dit-il, allez ouste, une femme s'exclame : Jetez-la dehors, cette teigne hollandaise, qu'est-ce qu'elle vient faire ici.

On la bouscule, l'entoure, la chasse dans le couloir puis en direction de la porte d'entrée, quelqu'un l'agrippe par le col et la propulse dans la rue, au point qu'elle manque de perdre l'équilibre.

La porte claque ; Mientje marche jusqu'à la voiture garée plus loin, où Willem est en train de fumer. Il remarque son émoi, elle lui raconte ce qui s'est passé et, oh mais attends, dit-elle, j'ai laissé mon sac à main là-bas à l'intérieur, tu veux bien aller le chercher, je n'ose plus y retourner. Non, répond Willem d'un ton sec, il n'en est pas question, tu n'as qu'à y aller toi-même.

Elle le fixe, bouche bée, sent l'air lui manquer, regarde derrière elle, semble vouloir s'agripper au ciel, revient sur ses pas, sonne, s'apprête à demander son sac mais on le lui jette déjà à la figure.

Sur la route du retour, elle ne prononce pas un mot ; Willem la dépose chez elle sur la Drongenhof, lui dit qu'il doit partir, elle sait où il va, toujours cette Griet, pourquoi reste-t-il si rarement ici, ce soir je serai encore seule, pense-t-elle, je vais dormir sur le canapé dans la pièce intermédiaire, tous ces escaliers, ça devient pénible. Mais au fond tout va bien, les enfants sont en bonne santé, au revoir Willem, à la prochaine fois, les voies du Seigneur sont impénétrables. Il met à l'épreuve ceux qu'Il aime.

À cette époque, elle lit régulièrement *L'Imitation de Jésus-Christ* de Thomas a Kempis. Ce sont les réflexions et les arguments du troisième livre, sur les formes de paix que l'on peut apprendre à trouver en soi, qui lui sont chers. Parfois, elle en lit à mi-voix des passages, qui la calment et la consolent. Ce soir-là, elle ne parvient pas à trouver le sommeil sur le canapé-lit, dans la pièce intermédiaire. Elle reste allongée un certain temps, à se tourner et à se retourner, elle se relève, enfile sa robe de chambre, va s'asseoir à la table aux pattes de lion et écrit cette nuit-là une prière. Elle la tape le lendemain matin à deux doigts sur sa petite machine à écrire et donnera la feuille peu de temps avant sa mort à Letta.

PRIÈRE

Seigneur, Tu sais que je prends de l'âge et que je serai vieille un jour.
Fais que je ne devienne pas bavarde, et que je ne prenne pas l'habitude fatale de me sentir obligée de dire quelque chose à chaque occasion et sur chaque sujet.
Garde mon esprit libre de la tentation de raconter d'infinis détails, donne-moi la joie d'arriver rapidement à l'essentiel de la question.
Accorde-moi assez de courtoisie pour écouter les maux des autres.
Scelle mes lèvres concernant mes propres maux, la satisfaction de les énumérer devient de plus en plus grande.
Fais que je reste aimable, une vieille femme aigrie est un des chefs-d'œuvre du Malin.
Fais que je sois réfléchie, serviable mais pas autoritaire.
Quand je pense à la sagesse que j'ai accumulée, il me semble dommage de ne pas l'appliquer pleinement.
Tu sais, Seigneur, qu'au bout du chemin, j'aurai encore besoin de beaucoup d'amis.

Ah, notre mère, soupire Letta. Toujours idéaliste et prête à s'effacer…

Elle me remet la fine feuille de papier pelure ; apparemment, Mientje avait réalisé plusieurs exemplaires de sa prière, qu'elle avait lue au temple de la rue Digue de Brabant. Plus tard, dans les années soixante, elle a aussi distribué des exemplaires de *L'Imitation de Jésus-Christ* à l'entrée de l'église Saint-Étienne dans le quartier du Patershol ; peut-être avait-elle acheté ces petits livres avec son propre argent.

Maintenant, dit Letta, tu comprends peut-être pourquoi, après la publication par mon frère de son livre *Zoon van een »foute« Vlaming*, j'ai écrit mon propre petit livre, *Dochters van een fantastische moeder*, Filles d'une mère fantastique. Tiens, j'en ai encore un exemplaire pour toi.

Quelques mois plus tard, Suzy me remettra le porte-monnaie de sa mère. Je l'ouvre et vois à l'intérieur une petite édition du Discours sur la montagne.

5

Les années soixante arrivent, Willem secoue souvent la tête, le monde tourne à l'envers, ils devraient tous…

Il faudrait qu'il y ait…

Et cette musique américaine, éteins-moi ce boucan ! On dirait les nègres en Afrique !

Si seulement l'Allemagne avait…

Et c'est quoi ce tintouin ? Les Rolling quoi ?

Oh, ça va, Willem, ne t'énerve pas comme ça, ce n'est pas bon pour ton cœur.

Sa santé ne va pas très fort ; pourtant, il est souvent en vadrouille, ce qui épuise son énergie. Fine gueule, il mange trop gras et trop copieusement – « Nous avons connu trop de privations », dit-il en plantant avidement son couteau dans une *côte à l'os** –, il boit souvent plus de vin du Rhin qu'il ne le faudrait, il s'essouffle dès qu'il monte quelques marches ; il fume ses cigares Willem II, ses voies respiratoires s'encrassent, sa respiration sifflante le garde éveillé la nuit. Il est régulièrement hargneux, mais se montre parfois brusquement enthousiaste ou sentimental. Il se plaint de plus en plus souvent d'une « extrême douleur abdominale ».

Il finit, mais il aura fallu insister longtemps, par consulter un médecin qui le pense atteint de la maladie de Crohn, ou même pire. On lui fait subir des examens pénibles, la gastroscopie en particulier est un cauchemar. On lui insère dans la gorge un tube qui lui donne des haut-le-cœur, le fait vomir, plus tard on lui fait une coloscopie, allongé sur la table métallique du médecin, son pitoyable trou à l'air, il sent l'endoscope glisser tant bien que mal dans ses intestins, ah, au bout du compte, on n'est rien qu'un sac de merde et d'os, vieillir, il faut voir comment ça se passe. Il s'en plaint auprès de Mientje, m'en parle pas, boire du plâtre liquide pour qu'on puisse « prendre des images », ah, tu veux dire des radios de ton estomac, Willem ? Des brûlures d'estomac, qui lui remontent dans la gorge la nuit, l'empêchent de dormir, il a des crampes, verse-moi encore un peu d'élixir d'Anvers, on en donne aussi aux chevaux contre les coliques. Il faut prendre vos comprimés, monsieur Verhulst, lui ordonne le médecin, ne constatant aucune amélioration, et éviter l'alcool, vous m'avez bien entendu, oh mais vous savez, une petite pinte ou un petit verre de vin, on n'en meurt tout de même pas, monsieur le docteur ? Finalement, on n'a le droit de pratiquement rien faire, alors sers-m'en un autre, de toute façon on finira tous dans le trou. Maintenant son ventre ressemble à un tonneau, qu'il transporte à grand-peine. Certains jours, quand il marche, on a l'impression qu'il a fait dans son froc.

À présent les enfants voient beaucoup moins souvent leur père, qui vit la plupart du temps chez Griet, alors qu'officiellement il est toujours censé vivre avec sa famille. Il vient à Gand plus souvent ; en raison d'un désaccord sur la direction commerciale de la MEGA, il quitte son emploi pour travailler dans une entreprise qu'il a fondée avec un associé et auprès de laquelle je me suis moi-même procuré, à la fin de 1968, mon premier kit de construction d'un ampli ; je me souviens d'un homme silencieux portant des lunettes, au fond du magasin, je peux me tromper, mais qui sait, je me suis peut-être servi, lors de mes pitoyables tentatives d'imiter Jimi Hendrix, Jimmy Page et Eric Clapton, d'une chaîne stéréo dont j'ai reçu les éléments des mains de Willem Verhulst.

Adri s'est désormais fait un nom. On le connaît partout comme le professeur Adriaan Verhulst, de l'université d'État de Gand, spécialiste du développement historique des villes, de la géographie historique et de la diplomatique ; il publie des articles importants sur l'agriculture carolingienne, l'archéologie agraire du Moyen Âge, l'histoire des débuts de Bruges. Il est le premier à donner en Flandre un cours sur le passé commun des Pays-Bas méridionaux et septentrionaux, rassemblant ainsi l'héritage culturel de ses deux parents. Il œuvre en faveur des droits des libéraux progressistes dans un paysage politique encore essentiellement catholique. Il est marié et, en compagnie de sa femme, rend régulièrement visite à Mientje qui à présent vit seule sur la Drongenhof.

Suzy épouse un juriste originaire d'Anvers. Le couple fait construire une grande maison moderne et va vivre à la campagne. Suzy, qui se considère comme l'héritière du féminisme de sa tante Suzanne, est une femme affranchie ; elle juge le rôle de son père pendant la guerre en des termes plus tranchants que son frère et sa sœur. Elle ressemble à s'y méprendre à Mientje, mais hérite des yeux fragiles de son père. Elle est combative, lucide et a un solide sens de l'ironie. Lorsque sa vue se détériore gravement, elle commande des livres audio à la bibliothèque. Elle achète un vieux jukebox et, à quatre-vingt-cinq ans, fait retentir à travers sa grande maison des tubes des années soixante. Elle boit son petit verre de vin blanc et fume comme si elle avait des poumons d'acier. Elle a un rire aussi communicatif et rauque que celui d'une chanteuse de blues d'un âge avancé.

Letta a commencé dès le début des années cinquante sa relation avec Rudi, un descendant de la famille Mahy, bien connue à Gand. Rudi, un camarade de classe d'Adri à l'époque où ils fréquentaient encore l'Athénée Royal de Gand, venait souvent à la maison sur la Drongenhof ; Letta est tombée folle amoureuse, au grand déplaisir d'Adri, mais elle et Rudi se sont fiancés. Suite à leur mariage à la fin du mois de juillet 1955, ils sont partis vivre provisoirement dans un petit appartement à l'intérieur du célèbre Cirque d'Hiver, une tout autre histoire en soi. Après la guerre, le grand-oncle de Rudi, Ghislain Mahy, avait racheté le spectaculaire Cirque d'Hiver et y avait aménagé un vaste garage automobile. Rudi travaillait dans l'entreprise en tant que mécanicien. Le Cirque d'Hiver initial, qui datait de 1894, avait pris feu en 1920 ; la gigantesque coupole du bâtiment s'était totalement effondrée, « on aurait cru voir l'église Notre-Dame de Dresde quand elle s'est écroulée », ai-je lu quelque part. Le bâtiment fut reconstruit, avec une capacité de plus de trois mille places. Même pendant les années de guerre, on y assistait à des représentations ; la dernière eut lieu au printemps de 1944.

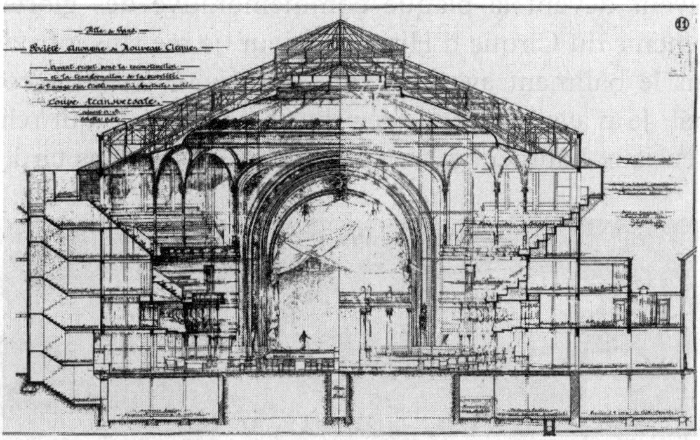

Ghislain fit démolir toute l'infrastructure, mais à l'époque où Letta se fiança avec Rudi, il avait aménagé un appartement dans ce gigantesque espace, qui servait aussi à exposer une collection de voitures anciennes rares. Il agrandit méthodiquement la collection, qui devint si célèbre qu'on donna au Cirque d'Hiver le nom de Cirque Mahy ; les Gantois parlaient, pour abréger, du Cirque. Letta et son mari Rudi occupèrent donc pendant un petit moment l'appartement de ce bâtiment fabuleux. La prodigieuse collection de vieilles voitures fut plus tard en grande partie transmise à un musée quelque part dans le Hainaut wallon, appelé Mahymobiles ; le téléaste flamand Paul Jambers réalisa deux sympathiques reportages sur la famille et leur passion exotique pour les voitures légendaires. Aujourd'hui encore, les Mahy possèdent un grand garage automobile à la périphérie de la ville, dans le quartier d'Ekkergem. Le Cirque d'Hiver était pour ainsi dire vide, les années où je suivais les cours du sévère professeur Adriaan Verhulst. Dans la rue des Agneaux, qui montait à pic, je passais souvent devant la plaque commémorative des glorieux moments du Cirque d'Hiver. Un jour, je me suis introduit dans le bâtiment avec un ami, juste pour jeter un coup d'œil. Je n'avais aucune idée du fil symbolique qui reliait ce curieux bâtiment à la maison où je vivrais plus tard.

6

On est en février 1963, l'hiver est particulièrement froid, le pire depuis le début des observations météorologiques, en 1815 ; janvier a apporté des quantités inhabituelles de neige, il a gelé sans discontinuer. La mer du Nord s'est recouverte de glace, la grève a gelé et des icebergs flottaient dans la mer des Wadden ; le gel rigoureux a persisté le mois suivant, les températures matinales plongeaient parfois à moins vingt ; entre cinq et six heures du matin, Mientje claquait des dents dans son lit, les orteils contre la bouillotte devenue tiède. Elle évitait d'aller dans l'extension à l'arrière de la maison, où des stalactites pendaient devant les fenêtres, elle transportait journaux, bûchettes et anthracite. La voilà à présent dans le bus pour Anvers, elle va rendre visite à Letta et son mari. Pendant le voyage, elle a cru à plusieurs reprises faire un malaise, ce qui lui a donné une sensation de vertige. Elle parcourt les quelques centaines de mètres jusqu'à la maison de Letta, elle manque de glisser sur une plaque de glace, elle pense chanceler, l'air glacial lui coupe la respiration. Je vieillis, se dit-elle, je ne me sens pas bien. Elle s'arrête un instant, doit s'appuyer contre une façade ; elle pose la main sur la plaque froide du numéro de la maison. Elle se souvient d'un dicton gantois, qu'on lui rappelait souvent durant les années où Willem était en prison : « Il faut s'accrocher aux numéros des maisons », et elle rit, malgré la douleur dans sa poitrine.

Elle s'immobilise, le temps de reprendre son souffle, marche jusque chez Letta ; à l'intérieur, dans la chaleur du salon, elle se sent terriblement oppressée, la pièce tourne, elle titube jusqu'aux toilettes, vomit, puis s'écroule sur le sol.

Le mari de Letta entend le choc, le couple l'aide à se redresser. Mientje reprend conscience en poussant un cri de douleur. Elle manque d'air. C'est son cœur, dit Letta, vite, vite. Ils la conduisent vers le canapé en la soutenant.

Tandis que l'ambulance l'emporte aux urgences, elle reprend ses esprits. Dans la clinique de Mortsel, elle entend dire que sa convalescence, après une attaque cardiaque aussi sévère, durera un mois. Elle dort et a des rêves agités, jour après jour, elle est incommodée par de sérieux problèmes d'apnée qui la font se réveiller en sursaut comme une naufragée ; elle voit à travers la fenêtre les grues des chantiers et les cimes des arbres. À la mi-mars elle rentre chez elle dans une maison tel un palais des glaces ; la lumière hivernale se reflète, impitoyable et claire, dans les vitres cassées de la taillerie.

À présent, elle est seule la plupart du temps dans la grande maison sombre, qui est peu à peu abandonnée à son sort. Les nombreuses chambres qu'elle avait louées semblent en quelque sorte orphelines avec tous ces meubles, ce bric-à-brac et ces souvenirs laissés sur place ; le papier goudronné du toit plat présente des fissures et des lézardes, par fortes pluies de l'eau goutte dans la véranda, Mientje entend pleuvoir à verse dans la bassine en zinc quand, dans la pièce intermédiaire obscure, elle lit sa bible devant son poêle ; de la mousse pousse sur le cadre de la lucarne terne et la cuisine souffre d'une condensation glaciale. Le quartier du Patershol est déserté et négligé. Le grand monastère est abandonné, la chapelle est en ruine, les pigeons endommagent le toit ; le biseautage s'effondre lentement. Dans les cafés, on boit et on se bat avec vigueur. Dans les ruelles étroites, les maisons se vident les unes après les autres, le quartier populaire a acquis une mauvaise réputation. Pendant les semaines où Willem disparaît à Anvers ou à l'étranger « pour affaires » – ah inutile de le dire, elle sait parfaitement avec qui –, elle erre parfois à travers les pièces, elle entend ses pas lourds de fatigue résonner dans la cage d'escalier ; elle regarde autour d'elle, prend un objet ici et là – un recueil de Richard De Cneudt, ah Richard, mon gars, où est passé le temps, qu'elle était belle la fête, là-bas, dans la Cour Saint-Georges… Elle repose le livre là où elle l'a trouvé, lance encore un regard autour d'elle, ouvre la penderie dans sa chambre, sent l'odeur des boules de naphtaline ; elle inspecte ses vêtements, sort une tenue, l'examine, secoue la tête, la suspend à nouveau. Y a-t-il parmi ses affaires un costume que papa aurait oublié ? Elle regarde le lit conjugal où personne ne dort. Bien trop grand quand on est seule. Comment peut bien aller papa ?… Telle est la volonté de Dieu, le Seigneur la met à l'épreuve et la bonifie. Elle dort pourtant confortablement dans la pièce intermédiaire, on n'a même pas besoin d'y mettre des rideaux, et parfois, dans le salon, il lui arrive de somnoler dans l'après-midi, quand le soleil pénètre quelques heures par les hautes fenêtres. Dans la journée, elle fait des courses près de l'église Saint-Jacques et sur la place du Marché du vendredi, on y trouve de tout, il y a même maintenant un marchand de légumes turc dans la rue du Vieux Bourg, où va-t-on, mais bon, les êtres humains sont tous des créatures du Tout-Puissant, un boucher de Flandre-Occidentale s'est installé place de l'Écluse et un boulanger le long de la Lys. Parfois on la voit, coiffée d'un foulard, enveloppée d'un manteau gris et chaussée de solides souliers, encore la digne fille d'un riche fermier néerlandais, marcher dans le petit parc avec un grand cabas à la main. Bientôt Adri viendra lui rendre visite en compagnie de sa femme, cela lui fera plaisir, ils parleront de musique et de l'université. Elle est fière de lui ; à présent il est aussi secrétaire général du Willemsfonds, l'organisation culturelle des libéraux flamingants. Il est membre de l'Académie royale flamande de Belgique pour les sciences et les arts, elle trouve cela formidable, et à l'université il fait figure de nouvelle autorité, posant un regard critique et remettant en cause les théories antérieures du célèbre historien Henri Pirenne dans le cadre de ses recherches sur l'archéologie urbaine. Il a désormais à son actif une impressionnante bibliographie ; Adri est un travailleur acharné et diligent.

℘

On est dimanche après-midi, Adri et sa femme sont en visite, ils ont apporté une *bombe au chocolat** achetée chez le boulanger juif Bloch, tous trois sont installés au salon ; sur la cheminée trônent les photos des enfants et des parents de Mientje. Adri lui demande si elle se souvient du moment où ils chantaient le *Largo* et où l'Hitler en plâtre a explosé en mille morceaux ; ils rient avec mélancolie en buvant leur café léger.

Comment vas-tu maman, avec cette douleur dans tes jambes et le reste.

Ça va mon garçon, ça va. Mais parle, toi, c'est mieux.

Dans la rue aussi, on lui pose chaque fois la question, on la plaint : Comment allez-vous, madame Verhulst, et les enfants ? Tant qu'on a la santé, pas vrai ?

C'est bien vrai, monsieur De Pestel.

Pendant les heures solitaires de la soirée – elle ne regarde pas la télévision – elle entend du remue-ménage chez les voisins, dans leur maison tout aussi grande et vide ; et ces paroles, avec un fort accent flamand : Arnold, où t'as mis la brosse, c'est toujours la même chose avec toi, bon sang !

Elle lit un passage des Proverbes dans sa bible, l'éloge de la femme vertueuse, 31 :

Elle met la main à la quenouille, Et ses doigts tiennent le fuseau. Elle tend la main au malheureux, Elle tend la main à l'indigent. Elle ne craint pas la neige pour sa maison, Car toute sa maison est vêtue de cramoisi[1].

℘

Elle fait un deuxième infarctus en 1965, tandis qu'elle loge chez sa fille Letta. Son petit-fils Jan, qui a six ans à ce moment-là, est réveillé par sa respiration rocailleuse. Ses parents appellent une ambulance. Mientje s'en remet, mais son cœur est très affaibli. Elle est toujours capable de se

1. Traduction de ce passage de la Bible empruntée à Louis Segond.

mettre dans tous ses états selon l'actualité politique et sociale.

Au printemps 1966, elle recommence à écrire son journal. Elle y commente l'échec des négociations entre Flamands et Wallons, notant que « le pays est maintenant définitivement divisé ». En octobre 1966, elle signale que l'étudiant qui logeait autrefois chez elle, Marcel Bots, est parti à Élisabethville au Congo, et que le pasteur Van Stipriaan a été transféré à Eindhoven. Elle donne un « bref aperçu » de ce qui s'est passé pendant les années intermédiaires ; il s'avère que Van Stipriaan a aussi joué un rôle décisif dans la levée de l'interdiction de venir à Gand à laquelle était tenu Willem.

Décembre 1966 : « Des inondations épouvantables ravagent la Belgique – des milliers d'hectares de terres arables sont sous l'eau. La Lys est très haute – même notre cave s'est remplie d'eau, c'est encore pire que l'année dernière vers Noël. Notre voisin a l'obligeance de venir écoper. »

Mars 1968 : « Voilà où en est la situation politique, élections le 31 mars. Chaque parti fait naturellement de son mieux pour imposer son propre point de vue. Dommage que tant de jeunes n'aient pas encore d'opinion, ne soient pas encore au courant des questions politiques : cela empêche de prévoir le scrutin, l'issue. Avant que le gouvernement ne tombe, il a sûrement acheté des chars, des avions et toutes sortes d'équipements infernaux – pour ça, il y a toujours de l'argent – pour des terrains de sport, et des écoles, entre autres, il n'y en a pas. Beaucoup de hausses d'impôts, peu de soins aux personnes âgées. Maintenant que les États-Unis dépensent des fortunes pour la guerre au Vietnam, il y a bien entendu ce qu'on appelle une ruée vers l'or. La livre britannique a déjà décroché et le dollar est bas. Par conséquent, quand on a des capitaux, on achète de l'or en échange de ses livres et de ses dollars. Samedi et dimanche, les directeurs des banques des pays de l'étalon-or se sont réunis à Washington – il y a maintenant deux marchés de l'or – un à 35 dollars l'once et un libre – la spéculation va bien sûr aller bon train. Quelles en seront les conséquences ? »

Durant ses dernières années, Mientje est venue régulièrement à Edegem chez Letta, pour voir ses petits-enfants, Jan et Lina. Surtout pendant les périodes où Willem était « en vadrouille » et restait chez Griet, la famille voulant éviter que Mientje ne reste trop longtemps seule dans la maison sur la Drongenhof. Elle souffrait d'arthrose, ses errances solitaires dans cette demeure vide devenaient tout simplement risquées. Elle prenait la ligne de bus allant de Gand jusqu'à la place Astrid à Anvers, où elle attendait en prenant une tasse de thé à la brasserie Le Paon Royal que Letta vienne la chercher en voiture. Le long d'une allée du parc se dressaient de vieux charmes magnifiques, les racines de l'un d'eux se prolongeaient jusqu'à une petite mare où s'accumulaient l'eau de pluie et des feuilles pourries. Lina demande à sa grand-mère de touiller l'eau sombre à l'aide de sa canne et Mientje obéit puis, un peu plus loin, jette devant elle les baies blanches du buisson de symphorine pour que les enfants puissent produire en les piétinant d'agréables crépitements. « Mamie avait une canne spéciale qui soutenait aussi son coude, elle claudiquait un peu de gauche à droite », écrit Lina.

℘

Atteinte d'une mutation génétique héréditaire responsable de son taux de cholestérol toujours trop élevé, Mientje subit une rapide détérioration de sa santé. Elle souffre d'un rétrécissement de l'artère coronaire, d'artériosclérose et d'une accumulation de liquides dans ses poumons ; elle respire difficilement tout au long de la journée. Pendant ces mois solitaires, elle tricote pour ses petits-enfants, le cliquetis des aiguilles dans la maison silencieuse la calme ; quand on lui demande le dimanche soir, à l'occasion d'une visite, si cela avance, elle dit avec un sourire mélancolique : Je ne suis pas encore arrivée à la fin.

Elle ne verra pas Adri devenir président du conseil d'administration de la chaîne néerlandophone de la Radio Télévision belge, la BRT, mais elle aura la grande consolation d'assister à sa brillante carrière en tant que champion d'une politique culturelle flamande ; la situation politique la préoccupait tellement qu'elle en a presque fait un autre infarctus, elle s'est donc repliée dans la prière et la lecture de la Bible. C'était en 1968, durant ce printemps d'agitation politique. Un jour de mai, elle s'était tenue dans l'encadrement de sa porte tandis qu'une meute d'étudiants passaient en vociférant, ils scandaient des slogans inquiétants et certains avaient un bâton à la main. Elle s'était sentie oppressée, son cœur s'était emballé, elle avait fermé la porte et était retournée lire dans l'obscurité de la pièce intermédiaire.

Le 11 novembre 1968, deux jours avant sa mort, elle écrit encore à propos de la commémoration de la fin de la Première Guerre mondiale, précisément cinquante ans plus tôt. Même la guerre au Vietnam l'occupe jusqu'à la fin, elle continue d'être abasourdie par les malheurs que déclenche la violence. « Cela continue de m'émouvoir profondément, écrit Jan, je sais que ma mère, Letta, a encore du mal à en parler ou à écrire à ce sujet. »

Extrait d'une lettre de Jan, le petit-fils :

« Je n'ai pas été témoin de la mort de Mientje. Quelques semaines auparavant, elle était venue loger chez nous. Son état se détériorait rapidement… Elle a dû faire encore un infarctus tôt le mercredi matin du 13 novembre 1968. Elle dormait à l'époque seule depuis plusieurs années sur un canapé-lit dans la pièce intermédiaire obscure au rez-de-chaussée, tandis que grand-père, quand il était à la maison, dormait dans la chambre à coucher au deuxième étage. Willem avait posé une sonnette à côté du canapé-lit de Mientje pour qu'elle puisse l'avertir si quelque chose n'allait pas. Bien qu'elle ait essayé de l'appeler ou de le réveiller, elle n'y est pas parvenue, ce qui lui a été fatal. Tu sais toi-même à quel point la maison est grande et comment on peut être éloignés les uns des autres… »

Letta se rappelle que Mientje a encore vécu quelques heures ; Adri est arrivé en toute hâte et il est resté à son chevet jusqu'à son dernier soupir. La « famille hollandaise » de Zevenaar a été informée, Mientje était « joliment exposée dans la pièce intermédiaire, la veille elle était allée chez le coiffeur, ce n'était pas un spectacle désagréable, nous en étions reconnaissants ». Le samedi 16 novembre, une cérémonie a lieu pour l'enterrement de Mientje au temple de la rue Digue de Brabant, sous la direction de son très cher pasteur Van Stipriaan, venu spécialement des Pays-Bas pour diriger le service et le chœur du temple. Griet est absente. Willem a organisé pour l'occasion une collation dans le légendaire Restaurant du Progrès sur la place du Marché aux grains, « on ne peut tout de même pas laisser sa famille repartir en Hollande avec l'estomac vide », dit-il, mais le repas ne produit pas un effet réellement conciliateur.

Ah oui, me dit encore Letta, pendant la cérémonie de l'enterrement, je n'ai pas pu m'empêcher de penser à cette histoire sur leurs premières années de mariage. Tu sais, mes parents étaient tout juste mariés, c'était avant 1930, donc avant la naissance d'Adri, quand Willem a loué un appartement à Berchem sur le Grote Steenweg, en face de la brasserie, et il y logeait Mientje pendant qu'il était à Gand, ou « en voyage » pour son travail, qui sait avec qui… Quand il m'en a parlé, c'était à peine un an avant sa mort, j'ai dit à mon père : T'es vraiment un salaud, d'avoir traité de cette manière une femme pieuse de la campagne hollandaise… et il a répliqué : Comme ça, elle a tout de suite su ce que ça voulait dire de vivre en ville. J'étais *bouche bée**, reprend Letta, ma mère disait toujours à chaque coup dur ou quand elle avait du chagrin : J'espère que ça ne t'arrivera jamais, ma fille. Elle m'a montré un jour l'appartement où il l'avait bannie. Elle m'a dit : Tiens regarde, c'est là que j'ai vécu plusieurs mois… Et maintenant je me rappelle tout d'un coup, dit Letta, qu'il y avait là-bas un violon dans une vitrine, et que j'ai pensé au *Largo* de Haendel, curieux comme je revois le tout avec précision. Elle se tait, le temps de se remettre de ses émotions.

℘

Le 25 mai 1984, presque seize ans après la mort de Mientje, une réception est donnée en l'honneur du départ d'Adriaan en tant que président du Willemsfonds ; il a dirigé pendant vingt ans l'organisation libérale indépendante. Le discours en son hommage est prononcé par Michel Oukhow, personnalité culturelle connue à Anvers, excellent ami du poète Maurice Gilliams. Russe blanc d'origine, Oukhow, qui a grandi dans un milieu protestant, est devenu plus tard un défenseur des idées libérales en Flandre. Dans son discours, il voit, dans le vaste intérêt culturel d'Adriaan et son engagement de toute une vie, l'influence de Mientje :

> *Cet intérêt intellectuel a aussi sa source : c'était une maison sur la Drongenhof à Gand, et c'était ta maison. Je ne connais pas de maison où sont venus autant d'étudiants, pas pour les sœurs – qui étaient certes nos amies – mais pour la mère, cette femme tout à fait adorable qu'était ta mère. Des générations d'étudiants à l'université, à présent professeurs ou savants, ou politiciens, qui ont plus ou moins réussi dans la vie, se remémorent son hospitalité et sa bienveillance, sa tranquillité et ses calmes convictions… Dans les moments difficiles, elle était prête à accorder son aide, bien plus qu'à prodiguer des conseils. Elle savait écouter. Il émanait d'elle une joie que l'on res-*

sentait d'autant plus intensément que la vie ne l'avait pas épargnée non plus… Derrière les discussions animées, il y avait cette femme résolue et forte… nous n'avions pas de questions à poser, car elle savait déjà les réponses dont nous avions besoin…

7

On est en juin 1971 ; avec plusieurs étudiants de mon année, j'attends dans le couloir de passer un examen dans la matière « Introduction à l'histoire des Pays-Bas ». Chaque fois qu'un candidat sort du bureau du professeur et que nous bondissons tous pour lui demander : « Il t'a interrogé sur quoi ? » et « Est-ce qu'il est de bonne humeur ? », la réaction est un froncement de sourcils hésitant, un marmonnement discret, « Je ne sais pas vraiment, c'est difficile de se faire une idée ».

Je feuillette encore rapidement mon cours, je n'ai pas l'esprit clair, je suis pris de doutes.

Mon tour arrive enfin ; j'ai rassemblé mes cheveux longs en une queue-de-cheval, j'ai mis une chemise dans laquelle je me sens ridicule, je trébuche un peu sur l'épais paillasson en fibres de coco avant d'entrer.

Asseyez-vous, mon ami. Votre nom ? Bon.

Que pouvez-vous me dire à propos de…

Le professeur moustachu me lance un regard perçant. Il pose sa question d'un ton légèrement crispé, comme pour dire : j'espère que je vais enfin être en face de quelqu'un capable de me donner une réponse convenable. Je constate seulement à ce moment-là, pour la première fois si près de lui, que ses cheveux toujours peignés de la même manière sont en fait faux. Le postiche semble avoir été plaqué un peu maladroitement sur sa tête.

Il croise les mains et attend, en me regardant droit dans les yeux.

Je déglutis, j'ai les oreilles qui sifflent, je ne parviens à penser à rien d'autre qu'à cette petite perruque, dans mon imagination je la vois glisser vers l'arrière de son crâne, je réprime un ricanement idiot. Un black-out m'enveloppe comme une chaude couverture ; je m'y dissimule, m'y occulte, m'y verhulste... Je suis incapable de réfléchir. Apparemment je parle, en pilotage automatique.

Quand je me tais et que j'ai l'impression de revenir à la surface, je remarque l'expression stupéfaite du professeur.

Non monsieur, dit-il d'une voix un peu pincée, vous vous trompez, c'était cent ans plus tôt.

Revenez me voir en septembre, quand vous aurez un meilleur aperçu de votre calendrier.

Au suivant.

Je sors en trébuchant.

Alors ?

Je balbutie : Verhulst m'a recalé.

Bien des années plus tard, je me souviens de lui debout devant son pupitre ; il y était déjà quand le flot d'étudiants se déversait dans l'amphithéâtre avec le chahut habituel. Et curieusement, il restait là aussi après le cours, jusqu'à ce que le dernier soit parti. Aucun de nous ne se posait de questions ; Verhulst était ainsi, un point c'est tout.

Jusqu'au jour où j'ai laissé mon cours sur la tablette escamotable et que j'ai dû retourner le chercher.

Dans l'amphithéâtre désert éclairé au néon, j'ai eu le

temps de voir le professeur Verhulst quitter son pupitre et marcher jusqu'à la petite porte capitonnée à côté des grands tableaux. Il boitait, de ce pied qui lui donnait tant de mal. Ce fil à la patte.

En septembre, j'ai passé sans difficulté mon examen de rattrapage, pour lequel j'ai obtenu, si je me souviens bien, un sobre douze. Le sentiment d'avoir une dette envers lui est cependant resté.

Ces années-là, au demeurant, l'ambitieux professeur avait d'autres choses en tête que les bredouillements de ses étudiants : il se battait sur bien des points qui faisaient descendre les contestataires dans la rue. À cette époque, il était devenu une telle sommité que Godfried Bomans vint l'interviewer pour sa légendaire série d'entretiens télévisés *Een Hollander ontdekt Vlaanderen*, Un Hollandais découvre la Flandre. Bomans s'y entretenait d'ailleurs aussi avec le philosophe Jaap Kruithof – l'esprit qui régnait dans la maison sur la Drongenhof était aussi présent dans la série télévisée, mais Bomans ne pouvait s'en douter. Adri, qui n'aimait pas vraiment le ton badin employé par Bomans pour l'interroger sur ses innombrables fonctions, lui répondit d'un air compassé. Il n'avait pas la tête à des conversations légères et n'avait pas apprécié que le catholique Bomans, dans le livre publié par la suite, le qualifie, lui qui était le fils protestant d'une mère hollandaise, de bourguignon flamand qui n'aurait pas déparé dans un tableau de Bruegel ; il ne se sentait pas pris au sérieux. Il avait œuvré pour un pacte général sur la culture flamande devant garantir le libéralisme et le pluralisme. Il était l'architecte d'une modernisation radicale du fonds culturel libéral, il défendait le droit à l'avortement, la tolérance entre les différentes conceptions de vie, il estimait que les médias publics devaient être garants d'un idéal, celui de l'élévation du peuple. Il était contre le cloisonnement politico-idéologique au sein des chaînes publiques, la scission de l'université de Bruxelles en deux composantes linguistiques – la VUB pour les Flamands et l'ULB pour la communauté francophone – et pour l'égalité des droits culturels de la minorité flamande dans la capitale. Et il chapitrait le mouvement flamand pour ses liens avec le régime de l'apartheid en Afrique du Sud. Du fait de son éducation protestante, il était pour ainsi dire au-dessus des partis, mais avait des principes. Il avait par exemple interdit à un groupuscule dissident d'extrême droite de participer à une manifestation en défilant avec une pelle sur l'épaule ; ce spectacle lui évoquait de tristes réminiscences. Il était un opposant à la fois craint et respecté dans tous les débats publics sur l'égalité des droits des Flamands et la culture flamande. La pensée néolibérale en faveur du libre marché allait bientôt s'emparer des médias publics ; cette évolution fut pour lui, en tant qu'humaniste, une grande désillusion.

Titre de l'épisode de la série :
Godfried Bomans s'entretient avec Adriaan Verhulst.

Adri fait entendre parler de lui publiquement une dernière fois en septembre 1999, lorsqu'un amendement législatif visant à accorder une indemnisation financière aux collaborateurs encore en vie est annulé par la Cour d'arbitrage. Le décret dit Suykerbuyk – nom flamand qui, ironiquement, signifie « ventre à sucre » – avait pour but d'amoindrir les difficultés financières des collaborateurs et de leurs proches, du moins ceux qui sont encore en vie car ils sont à présent âgés. Beaucoup de Flamands ressentent cette annulation de la proposition de compromis comme un énième acte de vengeance de la part des milieux francophones. Il se trouve que cette proposition d'atténuer les conséquences de la répression a été approuvée unilatéralement, par le Conseil flamand, avec l'appui du Vlaams Blok, profondément enraciné dans les milieux de la collaboration, ce qui remet en cause cette politique. La lettre ouverte dont Adri est cosignataire et qui appelle instamment à une clémence politique est éloquente. Elle reconnaît tout d'abord que la Question flamande a été profondément discréditée par la collaboration à grande échelle avec le nazisme, mais conclut qu'il y a eu aussi des sanctions injustes, par esprit de vengeance, « dans le cadre de la répression motivée par le nationalisme belge ». La lettre se lit comme le credo personnel d'Adri concernant son père qui, en 1999, est mort depuis près d'un quart de siècle ; elle montre également que le chagrin ne s'efface pas. Cela n'empêche pas Adri Verhulst d'écrire à ce moment-là son livre *Zoon van een »foute« Vlaming*, qui paraît quelques mois plus tard et où il fait savoir en passant qu'un ancien étudiant, Hertmans, vit à présent dans la maison sur la Drongenhof où il a lui-même passé sa jeunesse difficile pendant la guerre.

8

Maintenant que Mientje n'est plus là et qu'il retourne régulièrement après son travail dans la maison quasi vide sur la Drongenhof, Willem est assailli par les souvenirs. Il a garé sa Mercedes devant la porte et a d'abord fait un petit tour à travers les ruelles étroites du Patershol. Omer De Ras est-il encore en vie ?… Il lève les yeux vers la fenêtre où, il y a longtemps, une belle tête de jeune femme est apparue pour le traiter de « Salaud ! ». La fenêtre est fêlée et poussiéreuse. Il rentre en longeant la vieille chapelle. Tandis qu'il cherche sa clé, il tombe sur Ada, Ada avec son éternelle canne, son pied bot, et son fort accent de Flandre-Occidentale. Soir môssieur Verhulst, ça va comme vous voulez. Bien madame Ada, et Arnold ? Toujours le même vaurien, môssieur.

Il ouvre la porte, sent l'odeur humide familière dans le couloir haut de plafond, se dirige vers l'extension laissée à l'abandon au fond de la maison. Dans la courette, il voit la glycine qui semble étreindre la grille de ses maigres branches noires. Il ferme la porte à l'arrière avec la clé rouillée, monte péniblement les marches jusqu'au deuxième étage, reste un petit moment à regarder par la fenêtre ; un fragment de mastic s'est détaché, il toque contre la vitre, bringuebalé par le vent, *toc toc toc, j'veux entrer dans ta bicoque.* Sur le faîte du toit en partie effondré de la taillerie, des pigeons se promènent en hochant furieusement la tête, on dirait qu'ils marchent sur l'horizon, se dit-il. Il trouve la photo de Kees Boeke, la tient un petit moment dans ses mains, la repose sur le manteau poussiéreux de la cheminée. Comme ses lourdes chaussures sonnent creux sur le plancher de la grande pièce vide ! Il prend sa voiture pour retourner à Anvers, en chemin il ressent des aigreurs d'estomac et une certaine mélancolie. Il va tout droit à l'appartement de Griet, arrive chez elle et dit : Tu veux m'épouser, Titi ? Une étrange toux sèche lui échappe.

Un jour que Letta prend son petit déjeuner avec son mari, elle ouvre le journal, le feuillette et lit les gros titres d'un œil distrait. À la dernière page, elle regarde les faire-part de mariage : son père s'est marié en toute discrétion avec Greta Latomme. Rudi, s'écrie-t-elle, tu sais pas quoi ? Il n'est pas question d'une cérémonie de mariage et encore moins d'une fête, peut-être que l'affaire a été vite bouclée à l'hôtel de ville et qu'ils sont allés manger ensemble des moules et des frites dans leur restaurant favori, juste de l'autre côté de la frontière néerlandaise à Philippine.

Il envisage de retourner vivre sur la Drongenhof, mais Griet n'est pas enthousiaste. Il continue de payer le loyer un certain temps après la mort de Mientje ; il ne sait pas non plus pourquoi il ne parvient pas à se détacher de cette maison, maintenant que Mientje n'est plus là. Bon Wim, si tu y tiens tellement, d'accord. Ils partent vivre avec armes et bagages sur la Drongenhof. Griet n'aime pas les souvenirs : elle vit, comme elle le répète tout le temps, seulement dans le présent. Au bout de quelques mois, elle en a déjà assez, ces éternels escaliers à monter et à descendre, ces meubles déglingués, tout ce bric-à-brac comme elle dit – ce n'est pas du tout son style. Elle retourne dans son appartement, ils font encore la navette pendant plus d'un an entre les deux adresses ; parfois il reste seul une journée entière dans le salon, devant le foyer avec le beau manteau de cheminée en Comblanchien, à fumer et à rêvasser. Où a pu donc passer cette belle tête du Führer, qu'est-ce qu'elle a bien pu fabriquer derrière son dos quand il était en taule. Il est tard à présent, il lève le nez de son livre, il y glisse un marque-page, referme l'ouvrage et bâille. Au-delà du port lui parvient, porté par le puissant vent d'est, le bruit de roulement des trains de marchandises, une succession interminable de conteneurs et de citernes, de wagons plats et de wagons fermés, allez savoir ce qu'ils contiennent, ils mettent plusieurs minutes à défiler, des trains qui n'en finissent pas, un gigantesque écho qui traverse la nuit comme un nuage ; le bruit lui rappelle, juste avant de s'endormir, de grandes gares de triage, des trains de nuit, les années de guerre, des quais vides. Le train passe à grand fracas puis s'éloigne et le calme revient enfin, la nuit se replie autour de la maison et laisse entendre les grincements de sa vie minime, de la plus petite latte de plancher à la poussière sableuse glissant derrière le vieux papier peint.

Une photo de Willem dans la courette de la maison sur la Drongenhof a été préservée, peut-être date-t-elle de la dernière année où il y habitait ; on y voit suspendue au mur blanchi à la chaux la statuette d'une Vierge Marie flamande entre deux sabots hollandais à usage décoratif. À gauche du champ, un feston de la glycine de Mientje semble tâtonner en direction de Willem. Willem sourit un peu, mais peut-être est-ce dû à la fumée de son bout de cigarette. *Smoke gets in your eyes.* Cet œil trouble était-il aussi sensible au picotement de la fumée ?

℘

C'est l'automne 1970. Griet gèle dans la maison sur la Drongenhof. Le froid dans la grande cage d'escalier la déprime. Tout le quartier aussi, les sans-le-sou avec leurs visages grimaçants et leurs frusques miteuses. Il règne dans la rue une odeur de puisard qui l'écœure. Le biseautage juste devant leur porte est une ruine d'où entrent et sortent des rats au crépuscule. Elle ne se plaît pas du tout ici, elle regrette sa ville impériale.

Soudain il se passe quelque chose qui la stupéfie ; alors qu'elle revient à pied de ses courses au Marché du vendredi, elle croise, là dans une des petites ruelles, un homme dont elle reconnaît le visage, mais d'où le connaît-elle, d'où ? C'est… c'est ? Attends que je réfléchisse… au moment où elle arrive sur la Drongenhof, elle en est sûre, elle entre précipitamment dans le couloir et crie : Wim ! Wim ! Cet acteur dans *Citizen Kane*, comment il s'appelle déjà, Orson… Orson Welles se balade ici dans le Patershol ! Wim la regarde d'un air un peu moqueur et lui demande si elle n'a pas pris un petit verre de sherry. Mais non, dit-elle, viens avec moi, tu vas voir. Et comme il est près de midi et qu'il a finalement lui-même envie d'un petit verre, il enfile son manteau – une petite goutte sur la place du Marché du vendredi, ça ne peut pas faire de mal. Ils ont à peine dépassé la chapelle de la Drongenhof que Willem s'écrie : Là ! Là ! Ce gosse français ! Johnny Hallyday ! Le jeune chanteur de rock passe effectivement devant eux, en costume blanc, suivi de toute une équipe de tournage, caméras et micros en main. Une ruelle plus loin, ils voient bel et bien la très jeune vedette Sylvie Vartan, frigorifiée dans un manteau de fourrure, avec en dessous une mini-jupe à paillettes. Tremblotante, elle tire désespérément sur une cigarette. Mais que se passe-t-il ici au nom du ciel ? Un homme se dirige vers eux et leur dit qu'ils sont en train de fermer la ruelle et qu'ils doivent faire un détour en passant par la rue du Vieux Bourg.

Quand ils sont enfin devant leur petit verre, ils apprennent ce qui se passe : on tourne un film, inspiré de ce livre sur une maison des horreurs ici à Gand, comment s'appelle-t-il déjà, allez, je l'ai sur le bout de la langue… la maison qui doit son nom à cette renardière… ah oui, *Malpertuis*… ! Willem trouve que c'est une grande nouvelle ; il vient de terminer le livre, traduit du français par Hubert Lampo, explique-t-il à Griet, l'auteur est Raymond de Kremer, un écrivain gantois qui publie sous le pseudonyme John Flanders, il écrit aussi en français, les fransquillons l'appellent Jean Ray…

Il est fort probable que Willem ait entendu parler de ce livre étrange bien plus tôt, avant la parution de la traduction en néerlandais de *Malpertuis* ; son attention a dû être aussitôt attirée par ce nom. Malpertuis est la renardière dans le célèbre conte médiéval *Le Roman de Renart* – comme nous le savons, Willem a toujours adoré les fabliaux – mais c'est aussi le nom du quartier général de la section anversoise de la VNV, l'organisation pronazie dont il a été un membre très actif pendant la guerre.

Jean Ray, alias John Flanders, avait initialement publié le livre pendant la guerre. Le récit est imprégné d'une atmosphère sombre, magico-réaliste. Un vieux monsieur, Cassave, a trouvé sur une île grecque, lors de ses lointains voyages en mer, un groupe de vieilles créatures déclinantes qu'il fait monter à bord de son bateau ; arrivé à Gand, dans sa grande et sombre demeure, il cache ces êtres étranges et effrayants au grenier. Il demande à un taxidermiste tout aussi effrayant de confectionner sur mesure, pour ces tas de chair et d'os informes, une nouvelle peau humaine, puis ce groupe de tourmenteurs, qui ne cessent de se chercher des noises, met régulièrement la demeure sens dessus dessous.

Peu à peu, le lecteur apprend ce qui se passe dans le grenier cauchemardesque de la maison habitée par d'étranges fous ; chuchotements et frémissements nocturnes, tumulte, personnages surnaturels, une découverte fantastique se fait jour, sous l'éclairage épouvantable du soupçon : on a là, dans cette maison hantée gantoise, de vieux vestiges décatis de dieux grecs. Cassave a voulu sauver les dieux mourants de l'Olympe, comme des naufragés rejetés sur les rives d'une île. Mais ils ne sont plus que l'ombre d'eux-mêmes – ils sont humains, bien trop humains, transformés en chamailleurs grincheux qui ont perdu la majeure partie de leur mémoire. Ils farfouillent et se lamentent et haïssent et désirent et vivent leur existence crépusculaire dans les limbes surréalistes d'une maison bourgeoise, tenus en bride par Lampernisse, un curieux spectre qui s'avère être le vestige de Prométhée…

« *Les heures et les puissances sont soumises ici à d'étranges volontés, qui tour à tour imposent l'oubli et le souvenir*[1]. »

Malpertuis a été porté à l'écran par le scénariste belge Harry Kümel. Il a choisi pour le tournage entre autres le quartier délabré du Patershol, l'ancien monastère, les ruelles, la vieille chapelle sur la Drongenhof… Le générique est impressionnant – avec dans les rôles principaux Orson Welles, Mathieu Carrière et Susan Hampshire, la nymphe française Sylvie Vartan y fait une brève apparition en tant que chanteuse dans un bordel, et on aperçoit effectivement Johnny Hallyday en matelot qui a le droit de l'embrasser ; à la fin de la bande-annonce qu'on trouve sur YouTube, les lettres sanguinolentes du titre *Malpertuis* apparaissent après une succession de scènes d'horreur de mauvais goût, et là, c'est pourtant vrai, vous me croirez si vous le voulez, Mathieu Carrière traverse la petite Kaatsplein à Gand et longe la chapelle de la

1. *Malpertuis*, Jean Ray, Les Auteurs Associés, 1943, Éditions du groupe « Ebooks libres et gratuits », p. 83.

Drongenhof… il tourne au coin en direction du biseautage de Gand…

J'ai regardé encore une fois le film en entier, plus tard, les lieux ont fait l'objet d'un montage pour épicer la scène de poursuite dans le Patershol de belles images d'ambiance tournées ailleurs, mais on constate indéniablement l'abandon et le délabrement du quartier en 1970. Les scènes d'intérieur ont été tournées en partie dans l'ancien monastère en ruine, le Pand que des années plus tard nous occuperions, nous étudiants ignorants, avec nos guitares et nos joints ; le quartier pittoresque était alors menacé de démolition totale car le conseil communal de l'époque avait conçu le plan dément d'y faire construire un gigantesque parking, un plan qui fut déjoué par la contestation étudiante.

Mais à présent le corpulent Willem essoufflé, avec à son bras Titi Latomme coiffée d'un joli petit chapeau tout neuf orné d'une plume d'oie qui couvre ses cheveux teints en blond cendré, regarde ébahi ce qui se passe à l'intérieur des quatre barrières de sécurité ; Susan Hampshire porte une robe magnifique, trouve Griet, et oh, ce regard d'Orson Welles, dis donc, ça vous pénètre jusqu'à la moelle quand il vous fixe…

La nuit, Griet rêve que les créatures effrayantes de l'Olympe dans *Malpertuis* hantent la maison sur la Drongenhof, elle se réveille en sursaut, Wim, je crois que j'ai mangé trop de vol-au-vent, dit-elle. Elle se lève, écarte un peu le rideau et voit le pâle ciel nocturne, et le haut toit pointu de la vieille chapelle, non, tout compte fait elle ne se sent pas à son aise ici. Elle éructe une ou deux fois, ce qui la soulage, se glisse à nouveau dans le lit, enlace l'homme qui ronfle, le réveille et dit mon petit Wim, si on retournait vivre à Anvers, finalement ?

9

Finalement, comme Griet ne se sent pas dans son assiette, Willem décide de renoncer à la maison. Il va restituer la clé au fils de l'avocat Henri De Potter, l'homme à qui il doit tant. Le notaire la lui prend. Au revoir monsieur Verhulst, bonne chance pour la suite. Nous allons peut-être vendre la maison, nous verrons, ajoute-t-il, et Willem pense : auprès de quel crétin naïf crois-tu pouvoir te débarrasser de ce taudis humide ? Mais il se tait.

Peu après, Adri, Letta et Suzy vont chercher sur place les quelques objets anciens que Willem y a laissés. Un beau banc d'église atterrit chez Suzy et son mari ; Letta emporte le Symphonion chez elle à Edegem. Elle le suspend dans le hall d'entrée, remonte pour ses enfants le ressort de la vieille boîte magique, lève un doigt en l'air et dit : Maintenant, vous entendez la musique d'un monde disparu.

Willem et sa Titi vivent à présent à Hove, pas trop loin de chez Letta, qui vient s'occuper d'eux. Les petits-enfants les invitent, lui et Griet, durant l'été de 1972, à passer des vacances à Anhausen, petit village bavarois idyllique dans les environs d'Augsbourg. Willem a fait l'acquisition d'une nouvelle Mercedes luxueuse, couleur bleu glacier, il tient absolument à venir en voiture, à faire tout le voyage d'une traite. Il file sur les routes, le paysage allemand le réjouit, il chante au volant. En plus, à son étonnement, il rencontre là-bas, à Anhausen, plusieurs âmes sœurs, un ancien Obersturmführer avec lequel il s'entend extrêmement bien, et un Silésien *Volksdeutscher*, allemand par le peuple, qui a fait partie de la SIPO. Beaux souvenirs, journées agréables, on en jodlerait de contentement. Ils admirent la coupole ovoïde de l'église locale, une œuvre d'un *Urgroßonkel* de Mozart. Ils font une courte promenade en montagne et sont surpris par une violente averse glaciale, avec ses lunettes embuées Willem ne voit plus rien devant lui, il s'essouffle, les deux amis invitent cet homme corpulent à s'asseoir sur leurs mains entrelacées ; ils le transportent ainsi jusqu'à une proche *Berghütte*, où dès son arrivée Willem allume un cigare et avale d'un coup quelques petits verres de schnaps. Bon, dit-il d'un ton guilleret en haletant, le soleil refait son apparition.

Cependant, désormais, tout va aller de mal en pis ; à partir de 1974, il garde souvent le lit et sa santé se dégrade. Il a des maux d'estomac de plus en plus fréquents, est parfois pris d'intenses vomissements, reste alors couché pendant une journée entière, épuisé, sur le canapé chez Griet ; elle l'aide à monter en voiture, le médecin diagnostique un cancer de l'estomac avancé. Ses rêves sont inquiétants, tourmentés, il se réveille en haletant, mais quand Griet lui demande des précisions, il sourit : Dès que j'ouvre les yeux, j'ai tout oublié. Il refuse d'adapter son régime, le médecin lui a demandé de se limiter à un seul verre de vin rouge par jour, il boit toujours près d'une bouteille de vin blanc au repas du soir et parfois aussi une petite goutte en plus ; il est souvent irascible, fulmine contre la politique belge et le laxisme des traîtres flamands à la bonne cause, appelle Bruxelles un cancer, le drapeau belge un torchon et sa patrie l'homme malade de l'Europe, il déclare d'un ton pontifiant qu'ils auraient dû agir plus radicalement pendant la guerre, que les Allemands auraient fait place nette en éliminant ces fransquillons bruxellois arrogants, qu'ils feraient mieux d'être rattachés aux Pays-Bas, mais là-bas aussi tout va de travers, à Amsterdam des bolcheviques aux cheveux longs quasi sauvages circulent dans les rues, ils fument de la drogue et baisent tous entre eux, l'Europe tout entière est un grand matelas, ose écrire un de ces beatniks d'Amsterdam, où va le monde.

Début mars 1975, Letta est au chevet de son père et lui tient la main. Il a le souffle entrecoupé, ne cesse de s'assoupir, se réveille en sursaut et la regarde d'un air effaré ; à un moment donné, il tente tant bien que mal de se redresser, marmonne des propos incompréhensibles. Qu'est-ce qu'il y a, papa, dit-elle, et lui : Tit... Titi... Tu dois t'occuper de Griet après ma mort, tu veux bien me le promettre ? Letta, interloquée, n'en a aucune envie, elle sait que le sujet provoquera des disputes avec sa sœur Suzy et son mari ; mais elle accepte – comme elle me l'a dit plus tard : Tu ne peux pas refuser une chose pareille à ton père mourant, même si c'est complètement fou.

Mais il n'en a pas encore fini. Deux jours plus tard – le teint d'un gris jaunâtre, le corps décharné en dehors de son ventre gonflé qui enfle à vue d'œil sous le drap blanc de l'hôpital – il lui demande de lui verser encore un petit verre de vin. Mais papa, il n'y a pas de vin ici, lui répond Letta, qu'est-ce que tu crois. Il se met à pleurnicher et rétorque : Tu veux me refuser ça pour mon dernier jour ? Letta se rend alors à l'épicerie du coin, achète une bouteille de vin blanc, se garde bien de lui dire que c'est du sauvignon français, tiens, regarde, papa, voilà un bon petit verre de riesling pour toi et, comme un vieil oiseau, Willem prend une petite gorgée, son cou est si maigre qu'on pourrait presque l'entourer d'une seule main ; il avale, s'affaisse à nouveau sur son oreiller et dit, en la regardant fixement d'un seul œil : Ma dernière volonté, Letta. Écoute bien. Il agrippe d'une main tremblante son autre main et fait pivoter ses deux bagues de mariage à son annulaire droit. Je veux être inhumé dans la tombe d'Elsa. Tu ne dois pas en parler à Griet.

Comment ça, papa, qu'est-ce que tu veux dire ?

Eh bien, c'est comme je viens de te le dire, tu dois me… tu dois me… au-dessus d'Elsa. Je veux être étendu au-dessus d'Elsa. Avec des violettes sur mon ventre.

Il est agité d'une secousse, son petit rire n'atteint plus la surface.

Il ferme les yeux ; perplexe, Letta fixe cet homme à la respiration rauque. Il reprend conscience encore une fois ce soir-là, mais pas longtemps. Griet vient le veiller. Cette nuit-là, le 11 mars 1975, Willem Verhulst meurt. On l'enterre comme il l'a demandé ; le SS est étendu au-dessus de son amour juive, on pose des violettes sur la tombe.

Pour annoncer sa mort, bien entendu par un faire-part jaune vif aux lettres noires avec un lion griffu sur l'enveloppe, il a prévu quelques lignes provocatrices que ses enfants sont contraints de relayer, avec un certain fatalisme. Il déclare qu'il est resté franchement « incorrigible et fier » et exprime encore une fois son souhait que la Belgique disparaisse.

La carte en question entre ses mains, Letta secoue la tête : « Il n'a donc rien appris. »

La tombe, dans le cimetière de Berchem, près du parc de Middelheim, a été vidée dès 1986, « quand la santé de Griet commençait à se détériorer » – sans doute ne voulait-on pas renouveler les frais de concession pour ménager Griet. Elle aussi se sentait trompée : il l'avait épousée, mais « Monsieur était étendu sur cette dame juive ». Moi-même, je me suis promené dans ce cimetière, alors que je n'avais plus aucune raison de m'y rendre. Je me suis demandé si Adri était venu ici avec ses enfants ; ou si Letta venait saluer son père ; ou si l'on déposait des fleurs sur sa tombe. Jan et Lina m'ont fait savoir qu'au fil des ans ils s'y étaient rendus plusieurs fois.

Voilà les fossoyeurs qui arrivent, ils ont toute une rangée de vieilles tombes à déblayer ; le sol est retourné, les pelles renvoient le reflet du soleil matinal, une odeur de bois vermoulu s'élève du sol froid ; ce sont des tombes simples, le nom Meissner s'est déjà estompé quand les ouvriers jettent dans un trou une croix ravagée par les intempéries ; ils secouent les restes et les versent dans le vieil ossuaire, une fosse commune où les os anonymes attendent leur résurrection. « Là, on n'est pas à l'étroit », comme l'a écrit le poète de la « Fugue de la mort ».

10

Une dernière anecdote sur la vie de Willem en dit long sur lui, elle est même très révélatrice. Quand il se réfugie aux Pays-Bas après la Première Guerre mondiale, il écrit, lors de sa recherche d'emploi, une lettre à l'empereur allemand Wilhelm II, Guillaume en français, qui à l'époque est déjà installé à Doorn aux Pays-Bas. Ce doit être dans les années vingt. Willem sollicite, aussi vrai que je suis assis ici, le poste de jardinier de l'empereur. Mais il ne l'obtient pas ; l'empereur a déjà un jardinier. J'ai essayé de me représenter la situation. Willem est encore jeune, il n'a pas plus de vingt-trois ans ; il vit avec Elsa, séjourne à La Haye en tant que réfugié politique et parle ouvertement de l'injustice faite aux Flamands après la guerre parce qu'ils ont été activistes ; il se décrit ces années-là comme « un anarchiste crypto-communiste-chrétien » et se prévaut de son amitié avec Kees Boeke – il est visiblement en pleine quête, déconcerté par la situation politique complexe et les nombreuses opinions qu'il entend bourdonner partout autour de lui ; déraciné, il cherche un appui et une explication. Donc il fait tout simplement ce qu'il peut imaginer de plus fou : demander du travail à l'empereur qui s'est enfui. Après tout, n'a-t-il pas suivi une formation à l'école horticole de Vilvorde, près de Bruxelles – là où il a séduit et enlevé Elsa ? Il juge par conséquent le moment propice pour se rendre utile au monarque qui s'est tragiquement exilé et réside non loin de là, dans la Huis Doorn – en fait, le lieu est tout de même sacrément éloigné, pas de doute, on met probablement plus de deux heures en train depuis La Haye, avec une correspondance à Utrecht ; mais Willem est jeune et plein d'entrain. Il reçoit en réponse une carte postale polie de la main du grand maréchal de la Cour de Son Altesse impériale et royale, qui lui annonce dans une élégante écriture gothique :

> *Amerongen, den 26. November 1919. Auf Ihr an Seine Majestät den Kaiser und König gerichtetes Gesuch bin ich Allerhöchst beauftragt, Ihnen mitzuteilen, daß bereits sämtliche in Frage kommende Stellen besetzt sind und Ihrer Bitte somit leider nicht entsprochen werden kann.*

(Amerongen, le 26 novembre 1919. En réponse à votre demande adressée à Son Altesse impériale et royale, je suis chargé de vous informer que le poste que

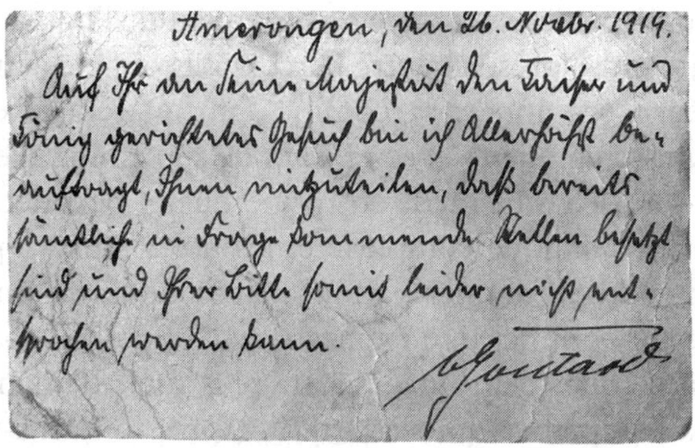
Amerongen, den 26. Novbr. 1919.
Auf Ihr an Seine Majestät den Kaiser und König gerichtetes Gesuch bin ich Allerhöchst beauftragt, Ihnen mitzuteilen, dass bereits sämtliche in Frage kommende Stellen besetzt sind und Ihrer Bitte somit leider nicht entsprochen werden kann.
v Gontard

vous demandez est déjà occupé et que votre demande ne peut donc être satisfaite.)

La carte postale originale, avec la signature et le cachet de l'Oberhofmarschall de l'empereur, est encore en possession de Jan Mahy. Jan a obtenu ce joyau en 1972, à l'âge de treize ans. Grand-père Willem lui a remis à l'époque – « de manière si cérémonieuse que je me souviens encore précisément du moment et du lieu » – le livre *Ereignisse und Gestalten 1878-1918*, un livre que Willem a chéri toute sa vie. « Cela s'est passé dans la pièce intermédiaire de la maison sur la Drongenhof. » Dans ce livre, il y avait la carte du grand maréchal de la Cour de l'empereur Guillaume II.

Sur l'enveloppe est en plus écrite l'adresse à La Haye où Willem habitait à l'époque avec Elsa : Weimarstraat 348.

Je cligne des yeux.

Weimar. Goethe et Schiller.

La république que les nazis ont contribué à liquider.

Buchenwald.

Je cherche aussitôt le lieu : c'est une grande maison d'angle, avec un bel oriel au premier étage et un petit balcon au deuxième. Aujourd'hui elle est occupée par une boutique qui réalise des travaux de broderie ; le nom du commerce est *Personality*. À côté, il y a un salon de coiffure.

℘

Je ne parviens pas à m'ôter cette image de l'esprit : dans le contexte des catastrophes survenues dans le monde au cours du vingtième siècle, en contradiction avec la confusion générale et les tournants imprévisibles dans la vie chaotique de Willem, cet interlude improbable a failli se produire : cet homme aux idéaux incohérents, le futur SS qui occupera *manu militari* les instituts de sa propre ville avec l'aide de membres armés de la Gestapo et contribuera à envoyer à la mort d'innombrables personnes, ratissant paisiblement les sentiers de la Huis Doorn, sous le regard bienveillant de l'empereur allemand. Il a de temps à autre une petite conversation avec le vieux monarque quand celui-ci, les mains dans le dos et les yeux couvant les buissons ornementaux bien taillés aux alentours, furète à travers son parc. Dans la brume matinale qui se dissipe, tandis que la rosée s'évapore des roses, l'empereur l'interpelle, « *Ha der Wilhelm* », s'égayant de voir cet homonyme flamand borgne un peu maladroit étalant ici ou là un peu de compost à l'aide d'une fourche d'un autre âge. Wilhelm l'empereur et Willem Verhulst – une curieuse pensée, un instantané mental. *Herr Kaiser*, dit Willem, puis-je vous proposer *eine gute Zigarre* ? C'est un Willem *Zwei*. Un excellent tabac du pays de la Meuse et du Waal, *Majestät*. Le monarque rit chaleureusement. Le jardinier et l'empereur – ç'aurait pu être le titre accrocheur de ce livre, me suis-je dit, mais je vais m'en tenir à la maison, à la famille sur la Drongenhof, c'est déjà largement suffisant, là-bas dans les pièces où toutes ces histoires s'étaient décantées et s'exhalaient pour ainsi dire des murs, à travers les festons de fleurs pâles du papier peint à l'odeur de moisi qui parlait tant à mon imagination, ce premier jour où j'ai commencé avec le notaire De Potter l'ascension dans le bâtiment.

℘

Von Gimborn, le fabricant d'encre de Zevenaar chez qui Willem avait travaillé un certain temps, a fait planter un parc botanique à Doorn. Le Musée national des arbres, également connu comme l'Arboretum Von Gimborn, existe encore ; la collection s'avère unique au monde. Le parc Gimbornhof à Zevenaar existe toujours aussi. L'entrée se situe sur l'avenue Guido Gezelle – eh oui, là-bas, en pleine *Hollande profonde** : dans la région de l'IJssel, on a appelé une avenue du nom du vieux barde flamand, Willem y a-t-il été pour quelque chose ? Sa femme Elsa était malade à l'époque ; certains jours, il lui arrivait déjà de voir sa future épouse, Harmina, fille de fermier, au chevet d'Elsa, sans se douter de ce que l'avenir allait leur réserver à tous les deux ; il pense à l'empereur allemand vénéré, qu'il a voulu servir, il porte des fagots de bois vers une remise là-bas, sous les cimes feuillues, elles gouttent encore après une petite averse. Au revoir Willem. Soudain je suis envahi par le sentiment que j'aurais voulu te connaître pour un peu mieux comprendre ce qui s'est passé en toi. Fumer un petit cigare et regarder les arbres en ta compagnie. Et, qui sait, balbutier le début d'une tentative d'explication.

11

À l'ADVN, le Centre de documentation et d'archives du nationalisme flamand à Anvers, j'ai trouvé dans les journaux de Griet des précisions sur ses dernières années ; elle notait scrupuleusement quand Letta l'avait appelée, quand elle était invitée chez elle pour le déjeuner ou le dîner, quand elles allaient faire des courses ensemble. Lorsqu'elle est devenue âgée, elle a vécu seule dans une maison de retraite ; des sommités de l'extrême droite flamande et comptant parmi les anciens collaborateurs venaient régulièrement lui rendre visite. Oui, me dira Letta plus tard, que veux-tu, j'avais promis à mon père que je m'occuperais de Griet, j'ai tenu parole, c'était parfois sympathique, à d'autres moments j'en avais moins envie.

À l'occasion des quatre-vingt-dix ans de Griet, le 16 novembre 1997, une grande fête a été organisée à Wijnegem, près d'Anvers. Le petit-fils Jan s'en souvient encore très bien, il a refusé d'être présent à cette festivité à laquelle tout le Vlaams Blok et un certain nombre de collaborateurs et de leurs proches venaient présenter leurs hommages. Dans le dossier, je trouve aussi un petit livret en souvenir de la fête, imprimé pour l'occasion. L'éloge de Griet est écrit, et je dois le lire à deux reprises avant d'y croire, par Bart De Wever, l'actuel bourgmestre flamingant d'Anvers, président du plus grand parti national flamand, lui-même originaire d'un milieu d'extrême droite et à ce moment-là membre du conseil de district pour la Volksunie, parti flamingant démocrate d'après-guerre. La deuxième « madame Verhulst » était bien entendu plus populaire dans ces milieux que ne l'avait jamais été la Hollandaise l'ayant précédée.

Le jeune politicien qualifie Griet de « dame énergique qui a mis sa vie au service de l'émancipation flamande », il mentionne sans la moindre gêne l'affiliation de Griet à la DeVlag. Un certain nombre d'anciens SS sont passés en revue en tant qu'excellents amis et connaissances, le mariage de Griet avec « Wim » Verhulst, sa fuite avec lui à Hanovre et son arrestation sont signalés, tout comme son refus de réclamer, après sa libération, la restitution de ses droits civiques ; il évoque ensuite l'engagement incessant de Griet pour la vie nationale flamingantiste, il rappelle à la mémoire un certain nombre d'amis qui sont des sommités le plus à l'extrême droite du mouvement flamingant ; il parle de la mobilisation politique de Griet dans la section de la Volksunie de la commune de Hove et, détail évocateur, de la voiture de Willem qui, arborant un drapeau avec le lion flamand, était toujours garée devant la porte de leur logement. « La vie en prison n'a pas été une partie de plaisir, mais Griet n'a jamais perdu courage, écrit De Wever avec l'enthousiasme de la jeunesse. Elle a tant représenté pour tellement de gens, nous espérons pouvoir profiter encore longtemps de son amitié. »

Je regarde fixement par la fenêtre la cour intérieure du paisible bâtiment des archives à Anvers, où je feuillette les mémoires de Griet ; tout est calme et apaisant ici, on parle bas et les gens sont aimables et serviables. Au demeurant, dans le livret publié dans les couleurs jaune et noir de rigueur en souvenir de la fête donnée pour les quatre-vingt-dix ans de Griet, il est décrit à grand renfort de diminutifs les mets qu'on y a savourés : crevettes de la mer du Nord, tartelette de saumon aux herbes, mignonnette de porc à la sauce cognac, et mini-croquants aux amandes et gâteau de circonstance. Il n'est malheureusement pas précisé pour la postérité si le vin servi était allemand ou français.

Griet avait participé fidèlement au pèlerinage de l'Yser chaque année, même quand les néonazis étaient de plus en plus nombreux à venir perturber cette cérémonie autrefois conçue comme manifestation humaniste. Elle admirait Leni Riefenstahl, décédée la même année qu'elle ; elle était capable de pester longtemps contre la « gifle donnée aux Flamands » lors de la conclusion du fameux pacte d'Egmont, la « lâcheté des politiciens belges » qui permettait aux habitants francophones d'obtenir des facilités linguistiques dans les communes flamandes autour de Bruxelles ; elle trouvait que c'était une honte d'avoir donné au lion sur le drapeau flamand des griffes et une langue rouges après la guerre, une concession symbolique au drapeau tricolore belge honni. Mais elle gardait surtout une détestation des bigots, qui lui restait de ses années chez les sœurs de Notre-Dame aux Épines à Eeklo ; même si elle était restée membre du syndicat chrétien de l'enseignement, elle a continué jusqu'à ses derniers mois de harceler et de provoquer les crédules et les dévots. Dans sa maison de retraite, elle avait toujours la photo encadrée du Führer posée sur sa commode. Elle pouvait parfois fixer le portrait comme si elle voyait une apparition – de même que la Félicité de Flaubert, une simple femme du peuple, prenait son perroquet pour le Saint-Esprit. Pendant les chaudes journées de juillet, elle fit un malaise, perdit conscience, tomba dans le coma et glissa hors de la vie sans s'en rendre compte. *Some girls have all the luck.*

12

Il m'a fallu un certain temps avant d'apprendre qui avait fabriqué le buste d'Hitler trônant autrefois dans le salon de la maison sur la Drongenhof, et quand je l'ai su, j'ai été étonné de me retrouver chez un de mes propres amis. Koenraad Tinel est en Flandre l'un des sculpteurs contemporains les plus connus ; je lui rends visite dans la chaleureuse maison de maître où il a son atelier. Je traverse la cour intérieure, un jardin potager et un enclos de fleurs explosent de toute la profusion du début de l'été. Je sais que l'entrée de l'atelier est à ma gauche. Je reste le plus silencieusement possible dans l'encadrement de la porte ; il me tourne le dos et donne de grands coups de marteau. Dans le local se dressent d'étranges sculptures surnaturelles faites de matériaux mixtes – acier rouillé, bois brut, boulettes de tissus indéfinissables trempés dans du plâtre et entourant de curieuses formes. En plein milieu, l'octogénaire chauve, musclé, trapu, martèle avec acharnement, tel Héphaïstos dans son atelier volcanique. Comme son intuition ne le trahit jamais, il se retourne brusquement et me voit.

Ah, mon ami, dit-il, il pose le marteau de forge, s'essuie les mains dans son tablier de cuir, se dirige vers moi et me serre dans ses bras. Il sourit, avec ce regard inégalable d'un bleu éclatant, en m'observant d'un air approbateur et en hochant légèrement la tête ; sa chemise sans col sous son tablier grossier est d'un blanc immaculé, ses mains déformées par le travail me saisissent encore une fois par les épaules.

Tu veux boire un verre ? dit-il en riant. On va s'asseoir au frais dans la grande maison pour savourer un verre de vin blanc.

Cet homme puissant, râblé, qui enfant, alors qu'il avait à peine cinq ans, reproduisait dans ses dessins les ardoises éclatées sur le sol de l'église d'Ekkergem à moitié effondrée à la suite d'un tremblement de terre, porte en lui une profonde cicatrice. Son père et ses frères furent de fanatiques nazis durant la Seconde Guerre mondiale. Il en parle avec rage, me montre les photos de ses frères en uniforme gris, de la famille avec le père au regard glacial à l'arrière-plan, ses frères adultes à l'expression stupidement arrogante. Lui-même, tout jeune garçon, est assis sur le banc à côté de sa mère, son bras posé sur les épaules de sa petite sœur. Pour finir, il me montre la nécrologie pleine de rancœur publiée dans un journal flamingant de droite après la mort de son père – je lis sur le papier jauni et friable les mots qui sautent aussitôt aux yeux : « fils des éperons d'or, humiliation, idéaliste, sanctionné, lien avec le peuple flamand, injustice scandaleuse »... les clichés connus avec lesquels, pendant des décennies, toute une génération de flamingants a écarté d'un revers de main toute responsabilité morale pour sa collaboration avec le nazisme.

Koen, lui dis-je, que sais-tu de ce buste d'Hitler sur la Drongenhof, cette statue qui devait être posée sur le manteau de la cheminée ? Il soupire. Mon père, Frans Tinel, était aussi sculpteur, comme tu le sais. Il avait un atelier à Ekkergem, près de l'hôpital ambulant allemand ; il se rendait aussi souvent à la Verwaltung. Ce lieu faisait trembler tout citoyen bien-pensant qu'on convoquait là-bas, mais mon père s'y donnait des airs d'artiste sympathique. Il a fabriqué des bustes en plâtre du Führer et en a laissé quelques-uns au siège. Il en a fait des dizaines, en utilisant toujours le même moule, ça a dû lui rapporter gros ; je l'ai entendu dire qu'il y avait partout à Gand ces bustes de sa fabrication. Un jour, il a taillé une énorme tête d'Hitler en bois, il voulait la faire livrer à son grand Führer, cet idiot.

Son visage se crispe.

Mon père était ravi de tout ce bazar que fabriquaient les nazis pour leur propagande – *Jud Süß* et ce genre d'absurdité... il avait été l'ami de Joris Van Severen, cet élégant et distingué fasciste qui aimait tant parler français. Il venait souvent chez nous et il flirtait avec ma ravissante mère... il faut que tu saches que nous avions une maison gigantesque, de vingt-sept chambres... des photos de Van Severen étaient accrochées partout aux murs, à côté d'affiches sur lesquelles on pouvait lire : *Juden Raus !*... oui, August Borms venait aussi chez nous, mon père disait de lui qu'il était un saint... et le jeune poète Lieven Rens, célèbre à l'époque, tu le connais ?... ce morveux à la grande bouche venait avec ton Verhulst, parce que ces deux-là se connaissaient aussi personnellement. Ah. Notre famille faisait partie de l'élite culturelle – mon père Frans était le neveu d'Edgar Tinel, le célèbre compositeur flamand qui avait été maître de chapelle de la famille royale et qui vivait dans l'élégant quartier du Sablon à Bruxelles... mais tout a été souillé... mon frère ne valait pas mieux : il était dans la SIPO, le genre d'organisation dont les membres, dans la caserne Dossin à Malines, faisaient entrer en hurlant les familles juives dans le train, en poussant du pied sur la paille des gens terrorisés et en balançant un seau derrière eux à coups de botte avant de refermer brutalement les portes avec ce rictus de cinglé sur leur tronche... un cas d'école de cruauté, et ils étaient fiers de leurs slogans allemands et de leur croix gammée, en rangs serrés et le bras tendu... mon frère admirait tout ça, ce gros bêta, mon père a même été commandant d'un camp quelque part... mon autre frère est rentré gravement blessé du front de l'Est, mutilé pour le restant de ses jours... il était dans la SS-Panzer-Division Wiking, il a aidé à défendre le bunker d'Hitler jusqu'à la fin... après la guerre, les gens crachaient dans la rue quand ils voyaient passer un Tinel...

Le vieux sculpteur jure entre ses dents et s'enfouit dans ses souvenirs.

Je ne les déteste pas, ils font tout de même partie de ma famille, mais je suis encore furieux quand j'y pense, dit-il après un long silence. Pas un jour ne passe sans que je discute dans mes pensées avec mon père... mais il n'y a pas eu de réconciliation, sa rancune a survécu à tout... si mon père avait manifesté, ne serait-ce qu'un instant, de la lucidité ou du regret, je l'aurais pris dans mes bras, bon sang, je lui aurais dit : Viens ici, tu es mon père à moi... Mais non, il est resté amer jusqu'à son dernier soupir, gris de haine et de fierté mal placée...

Il se tait de nouveau, nous nous levons et retournons jusqu'à la grande porte ouverte, dans la campagne environnante le bétail broute. Il me montre encore le vieux tracteur qu'il conserve comme un précieux bijou dans une remise près de l'entrée. Il caresse le capot de ses mains usées. Tu sais maintenant d'où venait le buste d'Hitler dans ta maison, dit-il. Puis suit une étreinte dans le silence du début de soirée. Ensuite il se retourne brusquement et traverse la cour vers sa maison.

13

Un vendredi, juin 2019.

C'est le jour du marché à Gand – un marché qui depuis quelques années est tout aussi multiculturel et bigarré que partout ailleurs en Europe occidentale. La statue du héros gantois Jacques d'Artevelde, le bras tendu, le regard courageux vers le lointain, domine les stands. Le geste est censé être héroïque et il est bien antérieur aux douze années sombres du Reich, mais quand on est de mauvaise volonté, on peut imaginer que cet « Homme sage de Gand », un dirigeant du peuple au quatorzième siècle, fait presque le célèbre salut allemand, l'Histoire est un enfant joueur qui n'a pas bon goût. Quand nous étions étudiants, en passant devant la statue, nous criions *Gestapo*, ce qui était devenu à l'époque une abréviation provocatrice pour la Gentse Stadspolitie, la police communale de Gand – que nous aimions aiguillonner en arrachant la casquette des agents en uniforme et en détalant avec ; des actes d'héroïsme mémorables au nom de la révolution mondiale totale.

J'ai rendez-vous avec Roger, le vieux doyen du Patershol. Je connais Roger depuis des décennies, on ne pouvait pas marcher dans les étroites ruelles du Patershol sans le croiser. Cet homme énergique, qui a fait une longue carrière dans les chemins de fer, a maintenant quatre-vingt-quinze ans. Il est venu vivre sur la Drongenhof en 1949 – durant les années où Mientje élevait seule ses enfants et où sa maison bourdonnait de locataires.

Quand je l'interroge à propos du SS qui a vécu dans sa rue, il ne se souvient pas de lui tout de suite, mais raconte une histoire incroyable à propos de la chapelle de la Drongenhof, où apparemment un groupe de résistants s'est caché pendant la guerre. Dans les combles ! dit-il en écarquillant les yeux et en pointant doctement le doigt vers le haut, en dessous de cette énorme lucarne, ils y avaient construit un abri, avec des armes et tout le bazar. Je le regarde stupéfait. Donc à vol d'oiseau, à une cinquantaine de mètres de la chambre à coucher de Willem, sous le haut toit pentu qu'il pouvait même voir lorsqu'il était allongé dans son lit... ?

Absolument, dit Roger, et quand un jour le bruit a commencé à courir qu'il s'y passait des choses, on y a envoyé deux SS ; à l'époque cela faisait des années que la chapelle était vide, elle était couverte de fiente de pigeons, le plancher était cassé, ils n'ont donc rien trouvé, ils ont monté les escaliers en pierre jusqu'au jubé, puis ils ont emprunté l'étroit escalier en bois, ils ont grimpé prudemment jusqu'en haut, croyant entendre des pieds glisser sur le plancher au-dessus d'eux, et ils s'apprêtaient à ouvrir la porte à coups de pied quand on les a tirés à l'intérieur et on leur a tranché la gorge. Les résistants ne savaient pas quoi faire de ces deux SS à moitié décapités ; si on les retrouvait, il y aurait des représailles, presque tout le quartier serait pilonné et la moitié de ses habitants tués. Qu'est-ce qu'ils ont fait de ces hommes ? Ils ont jeté les cadavres en bas, ils ont descellé plusieurs vieilles pierres tombales du sol de l'église, comme tu le sais plusieurs abbés du dix-septième siècle y étaient enterrés, et même un organiste et sa femme. Ils ont balancé les deux SS dans une vieille tombe et reposé la pierre tombale par-dessus. On n'est toujours pas sûr de l'endroit exact, on ne va tout de même pas se mettre à creuser tout le sol de la chapelle pour retrouver deux nazis. La SS a dû penser qu'ils avaient déserté, il n'y a jamais eu d'enquête. Maintenant, la chapelle est totalement laissée à l'abandon ; tout a été démoli, même les vieilles tombes ont disparu sous le sable.

Je le regarde perplexe ; il est impensable que quelqu'un d'autre que Willem ait envoyé ces SS dans la chapelle ; qui aurait pu avoir l'idée improbable que des résistants se cachaient là sous le faîte du toit en dehors de l'homme qui fixait la chapelle depuis son lit ?… En avait-il pris pour son grade quand les deux SS avaient disparu, la fois où il avait pleuré devant Mientje ?

Ce n'est pas la seule histoire que Roger a en réserve. « Un jour, raconte ce vieillard fringant dans le dialecte gantois le plus savoureux qu'il m'a été donné d'entendre depuis des années, un jour j'ai rencontré à Menton, dans le sud de la France, un homme qui m'a adressé la parole parce qu'il m'avait entendu parler le gantois ; il s'est avéré qu'il avait fait fortune juste après la guerre en se chargeant du ramassage des ordures et des travaux de comblement, par exemple pour le remblayage de la Lieveke. Ah oui, j'ai dit, le canal qu'on a comblé derrière la Drongenhof, c'est là où j'habite ; il n'y a sûrement pas à creuser bien loin pour tomber sur des décombres, les rues en étaient encore pleines à l'époque. Mais pas du tout, a répondu l'homme, pas des décombres, j'ai rempli la Lieveke de cendres volantes. Comment ça des cendres volantes ? Absolument, il m'a dit en hochant la tête, après la guerre, on a agrandi la centrale électrique de Gand en y ajoutant deux grands nouveaux fours de Cockerill, et je récoltais toutes les cendres volantes, c'est ce qui reste après la combustion du charbon ; de la saloperie, je te le dis, ça te gêne pour respirer, parfois je ne savais plus quoi en faire, il y en avait des camions entiers, alors quand j'ai entendu dire qu'il fallait combler la Lieveke, avec mes hommes j'ai aussitôt balancé dedans cette saleté. » Roger me regarde, les yeux scintillants, comme s'il venait de me raconter une bonne blague. Par conséquent, mon cher ami, cette Lieveke qui a été comblée, elle est remplie de métaux lourds, d'oxydes qui comptent parmi les plus polluants et autres immondices. Normalement, on recycle ces cendres dans de la brique ou de l'asphalte, mais là, on les a tout simplement balancées dans le canal derrière les maisons. Il ne faut pas se demander, dit-il en souriant, pourquoi tout a du mal à pousser ici, mais depuis, ça s'est un peu arrangé, je pense que ces pauvres arbres transforment les cendres par leurs racines, je ne suis pas jardinier de métier, comme ton Verhulst, je ne sais pas vraiment.

Je proteste : Mientje écrit pourtant dans son journal que

les jardiniers de la ville faisaient de leur mieux pour planter des fleurs par ici, je lui lis à haute voix le passage que j'ai sur moi :

« *Septembre… Notre petit parc aussi est très beau – très soigneusement entretenu par les jardiniers de la ville. Mais il faudrait également que les gens apprennent à tout préserver joliment.* »

Oui, les services des espaces verts faisaient de leur mieux, dit Roger, mais au bout de quelques semaines, les plantes avaient triste mine. C'est à cause des cendres volantes, on disait à l'époque, ces plantes sont *gazées*… bon, enfin. Comme tu le sais, le sol est meuble ici et la terre est noire dans les petits jardins publics et on a du mal à faire pousser quoi que ce soit dans ce coin… Je lui demande : Et cette histoire de bateau alors, est-ce qu'un bateau a coulé dans la Lieveke ou pas ? Bien sûr que oui, dit-il, mais il n'est pas allemand – on n'a tout simplement pas pu dégager le vieux remorqueur qui s'est enfoui ici dans la boue, alors monsieur le ramasseur d'ordures l'a rempli de graviers pour le laisser s'enfoncer le plus profondément possible dans la vase, c'était toute une entreprise, ensuite ils se sont contentés de jeter des cendres volantes par-dessus… d'ailleurs je me souviens du moment où on l'a fait sombrer, j'entends encore les personnes présentes crier, quand le bateau s'est fendu en deux : Coulez-le ! Coulez-le !

Dire que les gens après la guerre ont dit qu'il s'agissait d'un bateau allemand, oh, il fallait bien qu'ils aient quelque chose à raconter.

Je sors, je me promène dans la rue du Vieux Bourg, je m'arrête dans le passage qui mène vers la cour intérieure de l'ancienne MEGA. Méconnaissable. Personne ne s'en souvient, pas une trace. Juste le bruit de quelqu'un qui fait maladroitement de la batterie. Les restaurants turcs sont encore vides à cette heure, les lampadaires projettent leurs halos de lumière blafarde sur le trottoir ; je m'engage dans les ruelles de ce vieux quartier populaire, assailli par les souvenirs. En parcourant une boucle, je débouche sur la Kaatsspelplein, il fait vraiment nuit à présent et, à la lumière d'un lampadaire, je vois pour la première fois aussi nettement, sur la façade latérale droite de la chapelle à travers le crachin qui les a mouillées, les briques vernissées s'illuminer et composer des motifs. Je distingue une première forme : incontestablement une étoile de David, et pas une petite. Je la regarde, interloqué ; pendant toutes les années où j'ai vécu ici, je n'ai jamais vu l'étoile s'illuminer aussi clairement. Pourquoi a-t-on dessiné à cet endroit, lors de la construction en 1607, une étoile de David sur la façade latérale ? Willem l'a-t-il jamais vue ?

Ah – patiner avec la belle et élégante madame Hevesy sur les étangs de Tronchiennes, elle a dû porter ce genre d'étoile plus tard sur son manteau.

Me revoici debout devant la façade de la maison. La peinture noire que j'ai appliquée sur la porte d'entrée il y a plusieurs décennies continue de s'écailler. Je sors de la ruelle, tourne au coin, vois l'arrière de la maison, la courette et la vieille grille. À mon approche, un spot éblouissant s'allume brusquement. Mais dans la lumière, je la vois d'autant mieux s'éclairer : autour d'un des barreaux pend encore une dernière branche, un fragment, une sorte de bras maigre et noir qui se cramponne au-dessus du vide, sans racine, sans tronc, le dernier vestige de la glycine de Mientje. Je lève le bras et pose la main sur le bois fragile. Puis les lumières de la demeure que je connais si bien s'allument brutalement elles aussi ; une silhouette approche de la fenêtre de la véranda pour scruter au-dehors, me voit debout dans la lumière du spot qui s'est subitement déclenché ; une femme ouvre la porte et me demande d'une voix forte si elle peut m'aider. Je lui dis que je voulais juste toucher la branche noire. Elle referme vite la porte et la verrouille, convaincue d'avoir affaire à un fou devant sa cour.

Quelques jours plus tard, je reviens pour photographier la branche. Dans la lumière grise de la journée, elle paraît encore plus noire et fine, une sorte de serpent s'accrochant au néant. Bientôt elle lâchera son emprise et atterrira dans le sol poussiéreux du petit jardin pour y disparaître en silence, sans que nul ne sache ce qu'elle a signifié autrefois.

Épilogue

Qui sait ? Peut-être était-ce une forme de fétichisme, mais j'ai fini par me rendre à Comblanchien. Le nom du marbre brun-rose du manteau de la cheminée dans le salon avait continué de me hanter. Mon fétichisme était somme toute banal : je voulais seulement voir le sillon d'où avait été extrait le marbre décorant le salon de la maison gantoise et sur lequel avait été posé le vulgaire plâtre du buste d'Hitler. Le contraste entre ces deux types de calcaire n'avait cessé de me hanter : cette pierre polie française et cette tête en plâtre flamande.

Je n'ai pris connaissance qu'à ce moment-là des atrocités infligées à Comblanchien dans la nuit du 21 août 1944. Sachant qu'ils avaient perdu la guerre, les Allemands se livraient contre la population locale à des actes de représailles de jour en jour plus sadiques et insensés ; la commune rurale de Comblanchien avait caché des résistants dans les bois isolés autour des vignobles. Les Allemands considéraient le village comme un repaire de terroristes où les irréductibles viticulteurs et tailleurs de pierre s'étaient livrés à du sabotage en restant fidèles au drapeau tricolore français et à leurs séculaires *terroirs** – un mot qui malheureusement peut être associé à *terreur** quand on ne parle pas très bien français. La nuit aurait pu être belle, écrit un chroniqueur, la soirée était douce, quelques sentinelles allemandes parcouraient les rues d'un pas de promeneur, même si elles étaient déjà complètement ivres à force d'engloutir des vins exquis volés chez les cavistes et dans les châteaux des environs ; il y avait de la tension dans l'air.

Juste avant le couvre-feu, deux jeunes hommes arrivant à vélo du village viticole voisin, Nuits-Saint-Georges, constatent que plusieurs camions allemands vides bloquent l'entrée du village ; un instant plus tard, ils remarquent que la route en provenance de Corgoloin, un village situé de l'autre côté, est aussi barrée par des camions allemands. Peu après neuf heures et demie, plusieurs granges sont incendiées. Quelques SS tirent en l'air pour simuler une attaque de résistants ; selon plusieurs témoins, il n'y avait pas la moindre trace de résistants à des lieues à la ronde. Des troupes d'assaut déboulent en trombe de la ville de Beaune, trente Feldgendarmen et quatre-vingts soldats prennent position, en rugissant, l'arme en joue, formant un cordon autour du village comme si une attaque se préparait. Cinq mitrailleuses sont installées en plein cœur de Comblanchien. Trois collaborateurs parlent à voix basse avec les Allemands et pointent en direction de certaines rues ; la plupart des habitants ne comprennent pas ce qui leur arrive. Soudain plusieurs portes sont défoncées, les habitants sont tabassés, roués de coups de pied, frappés. Sous les cris de « *Terror !* » « *Terrorismus !* » « *Terroristen !* », une dizaine de maisons sont incendiées au lance-flamme, avec leurs habitants encore à l'intérieur. Les soldats mettent le feu à d'autres maisons, surtout quand ils s'aperçoivent que certains habitants se sont enfuis dans les champs et ont réussi à s'échapper en traversant leurs vignobles ; on saccage, on hurle, on cogne. Ce ne sont pas que les habitations qui sont attaquées : l'action porte le sceau de représailles aveugles. Dans la rue, plusieurs femmes, déjà en chemise de nuit et en chaussons, tremblent en cette nuit estivale. Comme le portail de l'église refuse de céder sous les bourrades et les coups de crosse des fusils, les SS rassemblent les personnes présentes près de la mairie ; vingt-trois hommes sont emmenés vers un train qui les attend à la gare. Il est minuit, des incursions violentes et des contrôles d'identité brutaux s'ensuivent. L'air est plein de tirs, de cris et de hurlements. Plus tard dans la nuit, on entend des fusillades au loin dans la carrière ; les coups de feu produisent un écho monstrueusement fort contre la haute paroi rocheuse. Puis le silence revient peu à peu, à l'exception des crépitements des maisons qui brûlent. Vers quatre heures et demie du matin, l'action est terminée ; les camions partent. Les ruines fument encore dans l'aube naissante, des étincelles s'envolent au-dessus de la vallée, vers les vignobles couverts de rosée avant le lever du soleil. Dans la petite gare, le train emporte les otages en direction d'une ville proche, Dijon. Pendant le trajet, un jeune homme se hasarde à demander à un militaire allemand quel est le sens de cette violence absurde. « Les bons doivent payer pour les méchants », lui répond un Feldgendarm.

La liste des fusillés sur la place du village montre l'arbitraire de l'action. Contre l'église se dresse une pierre monumentale taillée dans les carrières de Comblanchien, sur laquelle sont gravés les noms des victimes. Il s'en est fallu de peu que Comblanchien ne connaisse le même sort atroce qu'Oradour-sur-Glane, une commune devenue célèbre dans le monde entier.

Je parcours en voiture les vignobles en direction des carrières que j'ai vues déjà si souvent depuis l'autoroute, j'arrive enfin sur le gigantesque site – une cuvette impressionnante, inouïe, impitoyable, une grande plaie de plusieurs kilomètres dans le paysage, une fosse gigantesque, une montagne creusée sur laquelle, au loin, des bulldozers rampent le long des parois tels de curieux insectes. Près de l'endroit où je suis, tournent, crissent et mugissent d'énormes broyeurs, un tapis trieur, quelques grandes grues ; l'atmosphère désolée me prend à la gorge. De la poussière s'envole en nuages colossaux dans le ciel gris. Après mon voyage à travers les fraîches forêts vertes d'avril, j'ai l'impression d'avoir atterri dans un paysage lunaire dont la désolation me coupe le souffle. Le manteau de la cheminée du salon vient donc d'ici, me dis-je. Voilà l'histoire que Mientje aurait encore voulu raconter à Willem, la fois où il ne parvenait plus à se souvenir du nom de Comblanchien, mais qu'il n'avait pas le temps d'écouter, il devait retrouver ses amis au café.

Je regarde le tout fixement comme un enfant.

Je prends ma voiture pour me rapprocher, en faisant un détour, du bord du ravin situé plus haut. Je poursuis à pied jusqu'à l'entrée du chantier. Une jeune femme coiffée d'un casque jaune, qui s'est aussitôt approchée dans un petit véhicule tout-terrain, me demande d'un ton bourru ce que je viens faire ici ; rien, dis-je, je ne fais rien, je veux prendre quelques photos de la carrière, c'est tout. Pour ça, il faut vous signaler à la baraque là-bas, dit-elle, et obtenir une autorisation écrite de la direction. Je veux juste prendre quelques photos, dis-je, et je lui montre d'un air innocent mon téléphone portable. Faites vite alors, en fait ce n'est pas autorisé. Ah bon, pourquoi… ? je lui demande, mais elle a déjà remonté sa vitre. Elle s'éloigne en trombe, projetant des gravillons, sur la route rudimentaire vers l'enfer de pierre en contrebas. Les énormes blocs de calcaire qui protègent le terrain des gêneurs comme moi ressemblent à des tombes primitives presque préhistoriques.

Sur l'autoroute, je me dis que la nuit épouvantable à Comblanchien s'est déroulée seulement quelques semaines avant la fuite de Willem Verhulst de Drongenhof.

Wir kommen niemals zurück – nous ne reviendrons jamais.

Une ascension est fondé sur des faits historiques et sur une ample documentation, complétés par l'imagination de l'auteur. J'ai été reconnaissant de pouvoir faire usage des documents suivants :

LATOMME, Greta, *Memoires*. Archief voor Nationale Bewegingen, Anvers, sans date

VANDERMEULEN, Lieve, *Van vingerhoed tot voorzittershamer, Georgine Blanchaert 1883-1965* [Du dé à coudre au maillet de présidente, Georgine Blanchaert 1883-1965]. Article, université d'Utrecht, 1996

VANDERMEULEN, Lieve, *Kroniek van een leven* [Chronique d'une vie]. Manuscrit, 2010

VERHULST, Adriaan, *Zoon van een »foute« Vlaming* [Fils d'un Flamand fautif]. Pelckmans, Anvers, 2000

VERHULST, Aletta, *Dochters van een fantastische moeder. Met een bijdrage van Suzanne Verhulst* [Filles d'une mère fantastique. Avec une contribution de Suzanne Verhulst]. Autoédition, Edegem, 2013

VERHULST, Willem, *Wils jeugd* [La jeunesse de Wil]. Manuscrit. Archives de la famille Verhulst, sans date

VERHULST, Willem, *Celbrieven en gedichten* [Lettres et poèmes de prison]. Archives de la famille Verhulst, sans date

WEVER, Bart de, *Feestrede ter ere van Griet Verhulst en Mia Brans* [Discours de la fête en l'honneur de Griet Verhulst et de Mia Brans]. 16 novembre 1997, Archief voor Nationale Bewegingen, Anvers

WIJERS, Harmina, *Dagboeken* [Journaux intimes], 29 août 1944-26 juin 1946

WIJERS, Harmina, *Dagboeken* [Journaux intimes], 11 août 1946-6 mars 1947 / 31 mai 1967-18 mars 1968

WIJERS, Harmina, *Dagboeken* [Journaux intimes], 25 octobre 1947-10 juin 1951 / 24 octobre 1966-17 mai 1967

J'ai aussi tiré de précieuses informations des publications suivantes :

AERTS, Koen, *Kinderen van de repressie. Hoe Vlaanderen worstelt met de bestraffing van de collaboratie* [Enfants de la répression. Comment la Flandre se débat avec la sanction de la collaboration]. Polis, Anvers, 2018

AERTS, Koen, e.a., *Was opa een nazi ? Speuren naar het oorlogsverleden* [Grand-père était-il un nazi ? Enquête sur le passé de la guerre]. Lannoo, Tielt, 2017

BOECKMANS, Louis, *Hoe ik Breendonk en Buchenwald overleefde* [Comment j'ai survécu à Breendonk et à Buchenwald]. Annoté par Peter Serrien. Horizon, Anvers, 2019

CLAEYS, Wim, *Mijn papa was bij de ss* [Mon papa était à la SS]. Borgerhoff & Lamberigts, Gand, 2018

DIJN, Rosita de, *Gasten van de Führer. De vlucht van Vlaamse collaborateurs naar nazi-Duitsland tijdens de bevrijding in september 1944* [Hôtes du Führer. La fuite des collaborateurs flamands vers l'Allemagne nazie pendant la libération en septembre 1944]. Manteau, Anvers, 2014

EETVELDE, Robby van, *De Sicherheitspolizei und Sicherheitsdienst (SIPO-SD) Aussendienststelle Antwerpen. Het politionele repertoire van een lokale Duitse politiedienst in bezet België* [Les services extérieurs à Anvers de la Sicherheitspolizei et du Sicherheitsdienst (SIPO-SD)]. Contributions à l'Histoire contemporaine. Université de Gand, 2008

FLÜGEL, Heinz, *Zwischen den Linien. Autobiographische Aufzeichnungen* [Entre les lignes. Documents autobiographiques]. Chr. Kaiser Verlag, Munich, 1987

GOBYN, Winne, *De Sicherheitspolizei und Sicherheitsdienst. Een casestudy aan de Gentse Aussenstelle 1940-1945* [La Sicherheitspolizei et le Sicherheitsdienst. Une étude de cas du service extérieur de Gand 1940-1945]. Thèse, université de Gand, 2002

GOETHEM, Herman van, *1942. Het jaar van de stilte* [1942. L'année du silence]. Polis, Anvers, 2019

PONTEUR, Leo, e.a., *Liber Amicorum Adriaan Verhulst* [Liber Amirocum d'Adriaan Verhulst]. Willemsfonds, Gand, 1995

RAUSER, Jürgen Hermann, *Neuensteiner Heimatbuch* [Livre de la patrie de la ville de Neuenstein]. Heim-Verlag, Neuenstein, 1981

SAERENS, Lieven, *De jodenjagers van de Vlaamse ss* [Les persécuteurs des juifs de la SS flamande]. Lannoo, Tielt, 2007

SEBERECHTS, Frank, *Drang naar het oosten. Vlaamse soldaten en kolonisten aan het oostfront* [L'attirance vers l'Est. Les soldats et les colons flamands sur le front de l'Est]. Polis, Anvers, 2019

VANDEWEYER, Luc, 'Etnische zuivering als politiek project in België' [La purification ethnique en tant que projet politique en Belgique], in *Belgisch Tijdschrift voor Nieuwste Geschiedenis* n° 5, 1999, pp. 43-71

VERSCHOORIS, Marc, *Hoe zwart in het donker gedijt. De Sicherheitsdienst en de Sicherheitspolizei Gent-Leeuwarden, 1940-1945* [Comment les collabos profitent dans l'ombre. Le Sicherheitsdienst et la Sicherheitspolizei Gand-Leuwarden, 1940-1945]. Davidsfonds, Louvain, 2016

WEVER, Bruno de, ASCH, Martine van, DOORSLAER, Rudi van, *Gekleurd verleden. Familie in oorlog* [Un passé teinté. Familles en guerre]. Lannoo, Tielt, 2010

REMERCIEMENTS

Ce livre n'aurait pas pu voir le jour sans le soutien actif et infatigable de mesdames Aletta Verhulst et Suzanne Verhulst, qui m'ont accueilli, informé et procuré des documents, ont évoqué des souvenirs et m'ont encouragé à mener à bien ce livre.

Je remercie également Jan et Lina Mahy, les enfants d'Aletta Verhulst, pour la générosité de leur soutien et de leur aide, leur lecture attentive du manuscrit et leurs suggestions.

Je remercie le professeur Bruno De Wever et le professeur Koen Aerts, qui m'ont aidé à pouvoir consulter les documents judiciaires, pour leur soutien collégial, leur lecture critique et leurs annotations.

Je remercie les services des Archives de l'État de Gand et ceux des Archives générales du Royaume à Bruxelles, en particulier monsieur Luc Vandeweyer.

Je remercie Laurent Stevens pour la photo du « bouton » de la Radiodiffusion, et Benjamin Praet pour les exemplaires du *Brüsseler Zeitung*.

Je suis reconnaissant à Koenraad Tinel, Lieve Vandermeulen et Roger Van Bockstaele pour nos conversations et les informations reçues.

J'ai une profonde gratitude envers ma responsable d'édition, Suzanne Holtzer, qui m'a accompagné intensivement au fil des ans pour faire aboutir ce projet, et envers Nienke Beeking, pour sa mise au point rédactionnelle dévouée.

Je me souviens également de plusieurs discussions décisives avec ma directrice éditoriale, Francien Schuursma, à Montpellier, Francfort, Amsterdam et Beersel, qui ont été déterminantes pour la forme qu'a fini par prendre ce livre. Son soutien constant m'a également été indispensable.

Je remercie aussi Wil Hansen, Herman Balthazar, Chantal De Smet, Marc Reugebrink et Jan Vanriet pour leur lecture critique des épreuves des versions successives de ce récit.

Enfin, je remercie ma femme Sigrid, qui a non seulement partagé avec patience et compréhension les hauts et les bas du parcours complexe de ce livre, mais qui a aussi été ma lectrice fidèle et critique.

Composition : Nord Compo
Achevé d'imprimer
par Normandie Roto Impression s.a.s.
à Lonrai (Orne) en janvier 2022
Dépôt légal : janvier 2022
Premier dépôt légal : décembre 2021
Numéro d'imprimeur : 2200276

ISBN 978-2-07-294099-6 / Imprimé en France

540954